JN319189

新　潮　文　庫

二　都　物　語

チャールズ・ディケンズ
加賀山卓朗訳

新　潮　社　版

9811

この物語を、多数の公務につき、個人的にも親しくしてくださったジョン・ラッセル卿に捧げる

序　文

ウィルキー・コリンズ氏の演劇『凍れる海』に、わが子や友人たちと出演していたとき、私は初めてこの物語のおもな着想を得た。それをみずからの体で表現したいという強い思いが湧《わ》き起こり、あれこれ空想しつつ、特別な注意と関心を払っているうちに、これはぜひ目の肥えた観客に見てもらわなければならないという心境に至った。

そのアイデアは、身になじむにつれて少しずつ現在の形になってきた。執筆中はつねに私を捕らえて離さなかった。これらのページのなかの出来事や苦しみは、真実であることを徹底的に確かめたせいで、すべて私自身がまぎれもなく体験した出来事や苦しみに思えるほどである。

本書で革命前や革命中のフランスの人々の境遇に触れた部分については（どれほど些細《ささい》なことであれ）もっとも信頼できる証言にもとづいて、事実どおりに記している。あの怖《おそ》ろしい時代を理解するうえで、広く世に訴える生き生きした手法を加えたいというのが私の変わらぬ願いだが、トマス・カーライル氏の並はずれた著書『フランス革命』の哲学に何かを加えることは、何人《なんぴと》にも期待しえない。

ロンドン、タヴィストック・ハウスにて

一八五九年十一月

目次

A TALE OF TWO CITIES

BY

CHARLES DICKENS

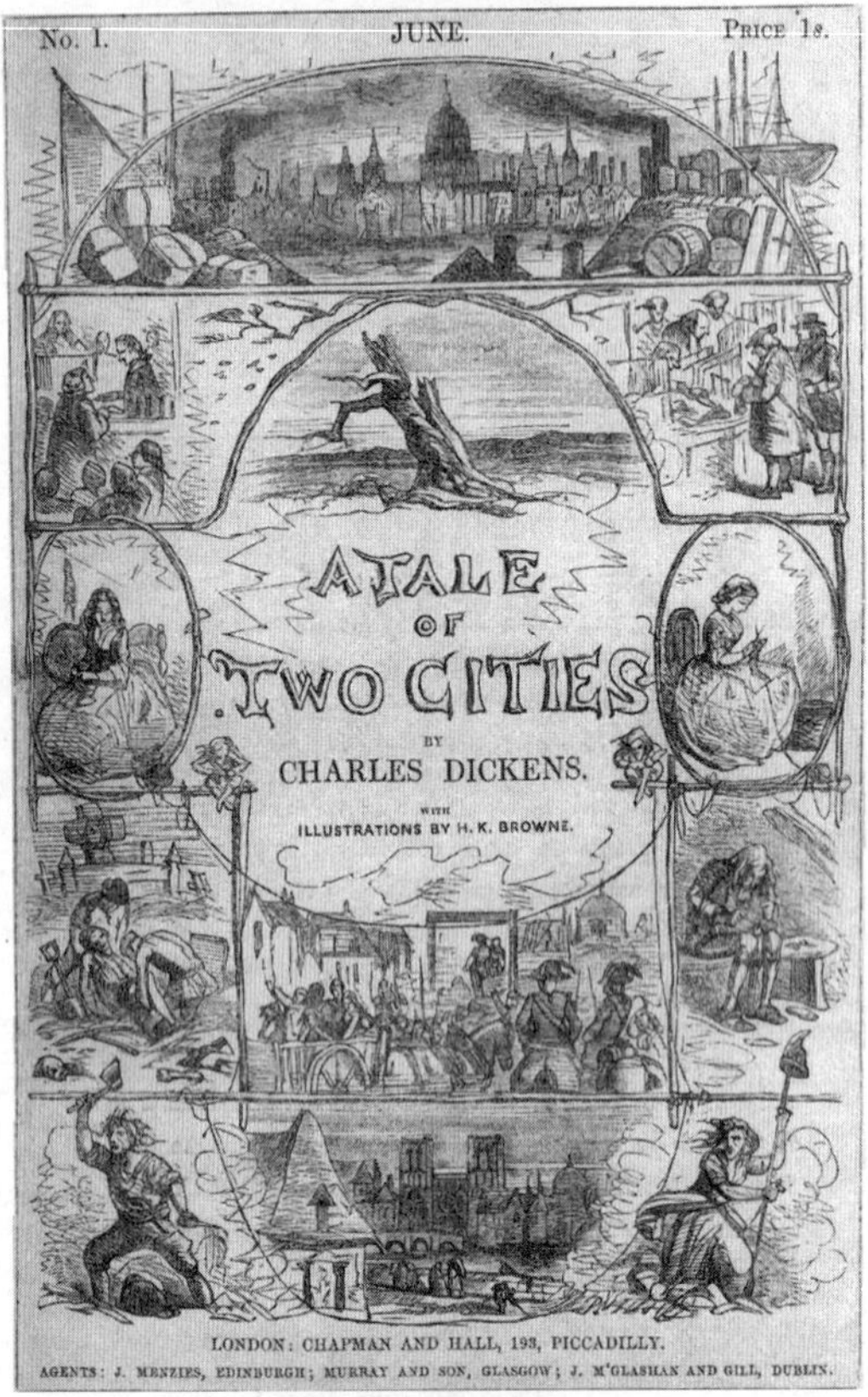

扉絵・挿画　ハブロー・ブラウン

二都物語

第一部　人生に甦《よみがえ》る

第一章　時代

あれは最良の時代であり、最悪の時代だった。叡智《えいち》の時代にして、大愚の時代だった。新たな信頼の時代であり、不信の時代でもあった。光の季節であり、闇《やみ》の季節だった。希望の春であり、絶望の冬だった。人々のまえにはすべてがあり、同時に何もなかった。みな天国に召されそうで、逆の方向に進みそうでもあった。要するに、いまとよく似て、もっとも声高な一部の権威者が、良きにつけ悪しきにつけ最上級の形容詞でしか理解することができないと言い張るような時代だった。

イギリスの王座には、顎《あご》の大きな王と素朴な顔立ちの王妃がいた。フランスの王座には、顎の大きな王と美貌《びぼう》の王妃がいた。どちらの国においても、パンと魚をたっぷり蓄えた国の貴族にとって、物事がこのまま永遠に変わらないのは水晶より明らかだった。

キリスト紀元一七七五年のことだった。イギリスではいまと同じく霊的な啓示がまかり通っていた。巷《ちまた》の預言者サウスコット夫人は、二十五歳の誕生日をめでたく迎えたばかり。その気高い出現は、すでに近衛騎兵第一連隊のとある兵卒が、ロンドンとウェストミンスターが地に呑《の》みこまれるという預言とともに高らかに告げていた。コック・レーンの家の戸を叩《たた》く幽霊も、言うべきことを騒々しく言ったあと寝静まってまだ十二年しかたっておらず、つい前年にもやはり霊たちが（超自然的な斬新《ざんしん》さには欠けるものの）霊媒の机をこつこつ叩いてそれぞれの考えを伝えていた。とはいえ、少しまえにアメリカ在住のイギリス臣民からイギリスの王室と人民に伝えられた、ただの俗事に関する知らせのほうが、雄鶏通り《コック・レーン》のどの雛鳥《ひなどり》の発する知らせより人類にとって重大な意味を持ったというのは、奇妙ななりゆきだった（訳注　アメリカの大陸会議が本国の植民地経営に不服を申し立てたことを指す。これが一七七六年のアメリカ独立宣言につながる）。

総じて、盾と三つ叉《また》の矛を持つ姉《ブリタニア》ほど霊的なものに恵まれなかったフランスは、紙幣を刷っては費やし、ただひたすら坂を転がり落ちていた。おまけにキリスト教の聖職者たちの導きで国全体が浮かれていて、雨のなか五、六十ヤード先を進む薄汚い僧侶《そうりょ》の列にひざまずかなかった若者に有罪を宣告するなり、その両手を切り落とし、舌をやっとこで引き抜き、生きながら焼き殺すなどという人道的な行為に明け暮れていた。その若者が処刑されたころ、フランスとノルウェーの森では、すでに〝運命〟という名の木こりが印をつけた木々が根を張り、育っていたはずである。やがてそれを切り倒して板に挽《ひ》き、木枠に袋と刃《やいば》がついた、歴史に名だたる怖《おそ》ろしい移動式の処刑具を作ることになる。また同じころ、パリのはずれの荒れ地に並ぶ農家のぼろ納屋《なや》には、風雨を避けてしまわれた荷車があったはずだ。田舎の泥が跳ね散り、豚が嗅《か》ぎまわり、鶏がねぐらにしたそれらの荷車は、やがて〝死〟という名の農夫が、革命の死刑囚護送馬車として使う。しかし、木こりも農夫もつねづね静かに働いていたので、誰もそのひそやかな足音を聞くことはなかった。むしろ彼らが目覚めているのではないかと疑いを抱くだけでも、無神論者で反逆者と見なされるのだった。

イギリスには国として自慢できる秩序も安全もほとんどなかった。首都ロンドンにおいてさえ、夜ごと人っぴらな武装強盗や追いはぎが発生していた。家族が街を出るときには、防犯のために家具をいったん家具屋の倉庫にあずけよという布告があった。夜の追いはぎが昼間は旧市街《シティ》の商売人で、〝頭領《かしら》〟をやっているときにたまたま仲間の商売人を呼び止めてしまい、正体を見破られて責められると、相手の頭を撃って馬で走り去ったりもした。ある郵便馬車は七人の強盗に待ち伏せされ、車掌が三人を撃ち殺したものの、銃が壊れて残る四人に撃ち殺され、馬車は悠々と略奪された。権勢と名声をほしいままにするロンドン市長も、街の西のターナム・グリーンで追いはぎに襲われ、随行がいるまえで金品を奪われた。ロンドンの監獄の囚人たちは牢番《ろうばん》に戦闘をしかけ、牢番はラッパ銃で応戦した。泥棒たちは宮廷の応接間にいる貴族の首から、ダイヤモンドつきの聖アンデレ十字を引ったくっていった。マスケット銃兵が禁制品を押収《おうしゅう》しようと貧民街セント・ジャイルズの家に入れば、暴徒が発砲し、兵も銃で対抗したが、この一連の出来事が常軌を逸していると思った者はひとりもいなかった。そんな折、せっせと働くことが無益どころか害になる死刑執行人は引く手あまただった。種々雑多な犯罪者の首を次から次へとくくり、火曜に捕らえられた押しこみ強盗を土曜に吊《つる》し、十人単位でニューゲート監獄の囚人の手に焼き印を押し、ウェストミンスター会堂のまえで出版物を燃やす。極悪な人殺しを今日処刑したかと思えば、明日は農家の息子から六ペンスを奪った哀れなこそ泥をあの世に送るといった具合だった。

あの古き良き一七七五年の前後では、これらすべてに加えて、似たようなことが無数に起きていた。そのただなかで木こりと農夫は人知れず働き、顎の大きなふたりと、素朴な顔と美貌のふたりは世を騒がせつつ、神与の絶対的な権利をこれ見よがしに行使していた。かくして一七七五年は、偉大なる彼らと幾千ものしがない人々を――この年代記に登場する人々も交えて——眼のまえに伸びる道へと導いていった。

第二章　郵便馬車

十一月末のある金曜の夜、この物語の最初の登場人物のまえに伸びる道は、ドーヴァー街道だった。その人物はシューターズ・ヒルを苦労して登っていくドーヴァー郵便馬車と並んで、ぬかるんだ丘の道を歩いていた。ほかの乗客も同じだった。みな目下の状況で運動を愉《たの》しみたかったわけでは決してなく、坂道で馬具と泥と車体があまりに重いために、馬たちがすでに三回立ち往生したばかりか、一度など反抗心もあらわに馬車を横に引いてブラックヒースに引き返そうとしたので、おりて歩くしかなかったのだ。そのままでいくと、ある種の動物には理性があるという説を裏づけることになりかねなかったが、手綱と鞭《むち》と御者と車掌が一体となって軍法を発動し、これには馬たちも降伏して本来の仕事を再開した。

馬たちは頭を垂れ、尾を震わせて、深い泥をすりつぶすように進んでいったが、たびたびもがき、よろめいて、大きな関節がばらばらにはずれそうだった。御者が慎重に「オウホウ！　ソウホウ！」と声をかけて止まらせ、休ませるたびに、左側の先頭の馬が頭やたてがみを激しく振って、丘の頂上にはたどり着けないと異常な頑固さで主張しているかのようだった。先頭の馬がそうやって暴れると、例の乗客は気が弱い客の例にもれず、かならずぎくっとして胸のざわつきを覚えた。

まわりの谷間じゅうに霧が立ちこめ、安息を求めて得られない悪霊《あくりょう》のように、わびしげに丘の上へと漂っていた。べとついて凍えるほど冷たい霧だった。不穏な海さながら、眼のまえでさざ波がまえの波を追うように重なって、ゆっくりと空中に広がっていた。濃霧で馬車のランプの明かりも届かず、霧自体の動きと道の数ヤード先しか見えない。苦しむ馬の息がそのなかに吐き出され、霧そのものを作り出しているように見えた。

ほかのふたりの乗客も馬車の横で大儀そうに丘を登っていた。三人とも頬骨から耳の上まで布で覆《おお》い、膝上《ひざうえ》までのブーツをはいていた。外見からは、互いにほかのふたりの面相がわからない。みな同行者の心の眼からも逃れようと、隠せるところはすべて隠していた。このころ旅行者同士が知り合ってすぐに打ち解けることはほとんどなくなっていた。途中で出会う誰もが強盗か、その一味かもしれないからだ。たとえば、宿駅や酒場に〝頭領〟の鼻薬を嗅《か》がされた者がいれば——それが家主だろうと、貧しい厩《うまや》の名もない男だろうと——強盗はほぼかならず起きる。一七七五年十一月のその金曜の夜、ドーヴァー郵便馬車の車掌はわが胸にそう言い聞かせて、シューターズ・ヒルをのろのろと登っていく馬車後部の持ち場に立ち、足踏みをしながら抜かりなく武器の箱に手を置いていた。箱のなかにはまず弾をこめたラッパ銃一挺《ちょう》、その下にやはり弾をこめた大型拳銃《けんじゅう》が七、八挺入っていて、さらにその下に短剣《カトラス》があった。

　ドーヴァー郵便馬車は、車掌が乗客を疑い、乗客が別の乗客と車掌を疑い、つまりみな自分以外の全員を疑うといういつもの和気靄々たる雰囲気だった。御者は馬のことにしか確信が持てなかった——新旧両聖書に誓って、この馬たちは最後まで歩けまい。

「オーホー！」御者は言った。「さあ、がんばれ！　もうひと引きで頂上だ。しかしひでえな、頂上まででこんなに苦労するとは。ジョー！」

「おうよ！」車掌が答えた。

「いま何時だ、ジョー？」

「十一時を軽く十分はすぎてる」

「なんてこった！」御者は苛立《いらだ》って叫んだ。「まだシューターズの上にも着いてねえのに。ちっ、さあ、急ぐぞ！」

　いきなり決然と鞭を振るわれた頑固な先頭の馬は、いまや決然とまえに進みはじめ、残る三頭もあとに続いた。ドーヴァー郵便馬車は、泥をずぶずぶと踏む乗客のブーツの足音をともなって、ふたたびゆっくりと前進した。馬車が止まると客も足を止め、馬車にぴたりと寄り添っていた。もう少し霧と闇のなかに踏みこもうと、あえてほかの者たちに提案すれば、おまえこそ追いはぎだと即座に撃ち殺されていたにちがいない。

最後のがんばりで馬車はついに丘の頂上に達した。馬たちは息をつくために立ち止まり、車掌が馬車からおりて、下り用の車輪止めを取りつけ、客を乗せようと馬車の扉を開けた。

「しっ、ジョー！」御者が席から坂を見おろして、警戒の声を発した。

「どうした、トム？」

ふたりは耳をそばだてた。

「馬が坂を駆け足で上がってくるぜ、ジョー」

「駆け足どころじゃない、ありゃ早駆けだ、トム」車掌は扉から手を離して、すばやく自分の持ち場に上がった。「旦那《だんな》がた！　どうかなかへ！」

急いでそう忠告したあと、ラッパ銃の鶏頭《コック》を起こして、撃つ構えをとった。

この物語が追う乗客は、馬車の踏み板に足をのせて、なかに入るところだった。ほかのふたりもすぐあとから乗りこもうとしていたが、踏み板に立つ最初の客が半身を入れて止まったので、道に取り残された。三人はそろって御者から車掌、車掌から御者へと眼を移し、聞き耳を立てた。御者が振り返り、車掌も振り返り、奮起した先頭の馬でさえおとなしく耳を立てて振り返った。

馬車の苦しく騒がしい進行が止まったあとの静寂が、夜の静寂《しじま》に加わり、あたりはしんと静まり返った。馬の荒い呼吸が馬車に伝わって、車体はうろたえるように細かく震えた。乗客の胸の鼓動も外に聞こえるほど大きかったが、ともかくこの静かな休止は、彼らが息を切らし、息を詰め、何が起きるのだろうと心臓が早鐘を打っていることの表れだった。

疾走する馬の蹄《ひづめ》の音が猛烈な勢いで丘を上がってきた。

「ソウホウ！」車掌があらんかぎりの声で叫んだ。「そこの馬！　止まれ！　さもないと撃つぞ！」

馬の足が急に遅くなり、泥を盛大にはねかして体勢を立て直す音がして、霧のなかから男の声が呼びかけた。「そっちはドーヴァー郵便馬車かい？」

「なんでもいいさ」車掌が言い返した。「そっちは何者だ」

「ドーヴァー郵便馬車だね？」

「どうして知りたい」

「もしそうなら、乗客のおひとかたに用があるので」

「誰に」

「ミスター・ジャーヴィス・ローリー」

われわれの乗客がすぐに、それは私だがと名乗った。車掌も御者もほかのふたりの乗客も、信じられないという眼で彼を見た。

「そこにいろ」車掌が霧のなかの声に言った。「もしまちがったら、やり直そうにもおまえさん、もうこの世にいないからな。さあ、ローリーって旦那がいたら、答えてくだせえ」

「いったいどうしたのだ」件《くだん》の乗客がいくらか震える声で尋ねた。「私に用があるのは誰だね？　ジェリーか？」

（「もしジェリーだとしたら、ジェリーの声は気に入らんな」車掌はひとり不満をこぼした。「あのしわがれ声は耳障《みみざわ》りだ」）

「さようです、ミスター・ローリー」

「なんの用だね？」

「あなた宛《あ》ての手紙をお持ちしたんです。T銀行からの」

郵便馬車

「あの者は知り合いだ、車掌」ローリー氏は道におりながら言った。残るふたりの乗客は親切にというより急《せ》き立てるように手を貸し、あわてて車内に乗りこむと、扉を閉めて窓を引き上げた。「近くに呼んでかまわない。何も問題はないから」

「ないことを祈るけど、ぜったい確かとも思えませんね」車掌はぶっきらぼうにつぶやいた。「よう、そこのあんた！」

「なんだい！」ジェリーはいっそうしわがれ声になって言った。

「ゆっくり近づいてくれ、いいな？　それから、鞍《くら》にホルスターをつけてるんだったら、手を近くに持ってかないように。こっちはまちがいやすい性質《たち》なんで。まちがったら鉛の弾がそっちに飛ぶってことだ。さあ来てもらおう」

引いていく霧のなかから、馬と乗り手がゆっくりと出てきた。乗客が立っている郵便馬車の横で止まり、車掌のほうを見ながら、乗客に小さくたたんだ紙を渡した。馬はあえいでいて、人馬ともに帽子から蹄まで泥まみれだった。

「車掌！」乗客が実務家の自信あふれる静かな口調で言った。

用心深い車掌は右手をラッパ銃の床尾《しょうび》に、左手を銃身に添えて構え、片眼で馬上の男を見ながら、投げやりに答えた。「なんです？」

「心配することはない。私はテルソン銀行の者だ。ロンドンのテルソン銀行は知っているだろう。仕事でパリに向かっている。このクラウン銀貨で一杯やってくれたまえ。読んでもいいかね?」

「かまいませんが、急いでお願いしますよ」

乗客は馬車の明かりの下で紙片を開いてまず黙読し、次に声に出して読んだ。「〝ドーヴァーにて令嬢《マドモワゼル》を待て〟。ほら、長くないだろう、車掌殿。そしてジェリー、私の返事は〝人生に甦《よみがえ》った〟だ」

ジェリーが鞍の上でびっくりした。「それはまた、とんでもなく妙な返事ですね」

「彼らに伝えてくれ。そうすれば返事を書いたのと同じくらい内容を理解したことが伝わるだろう。では道中気をつけて」

そう言うと乗客は馬車の扉を開け、今度は同乗の客の手を借りずに乗りこんだ。ふたりの客は時計と財布をさっさとブーツのなかに隠して寝たふりをしていた。なんのためというわけでもなく、とにかく余計なことをして危険に巻きこまれたくなかったのだ。

郵便馬車はまた進みはじめた。坂をおりだすとまわりの霧はいっそう濃くなり、馬車を包みこむように迫ってきた。ほどなく車掌はラッパ銃を箱のなかに戻し、収められた残りの武器と、ベルトにつけた予備の拳銃を確かめたあと、座席の下のもっと小さな箱のなかを見た。そこには鍛冶《かじ》の道具がいくつかと、松明《たいまつ》二本と、火打ち箱が入っている。これがそろっていれば、馬車の明かりが風に吹かれて消えてしまった場合にも――ときどきあることだ――なかに入って戸を閉めきり、まわりの藁《わら》から充分離して火打ち石の火花を飛ばせば、さほど危なくもむずかしくもなく、（運がよければ）ほんの五分でまた明かりをつけることができる。

「トム！」と馬車の屋根越しに低い声で呼びかけた。

「なんだ、ジョー」

「さっきの手紙、読んだの聞こえたか？」

「聞こえたよ、ジョー」

「ありゃどういう意味だ、トム？」

「さっぱりわからん」

「偶然だな」車掌は考えこんだ。「おれにもさっぱりわからん」

そのころ霧と闇《やみ》のなかにひとり残されたジェリーは馬からおりていた。くたびれた馬を休ませるのと、自分の顔の泥をふき、帽子の水を振り払うためだった。帽子のつばには半ガロンほど水が貯《た》められそうだった。さんざん泥水の散った腕に馬勒《ばろく》を引っかけて立っていたが、郵便馬車の車輪の音が遠ざかり、夜がふたたび静けさに包まれると、振り返り、丘を歩いておりはじめた。

「テンプル門から駆けに駆けてきたからな、婆《ばあ》さん。平らなところに着くまであんたの四本脚は信用できないよ」しわがれ声の使者は牝馬《めうま》をちらっと見て言った。「〝人生に甦った〟だと。とんでもなく奇妙な伝言だな。ま、おまえのためにはならんさ、ジェリー。だろう、ジェリー！　甦るのが流行《はや》りだしたら、とんでもないことになるぞ、ジェリー！」

第三章　夜の影

人間が一人ひとり、互いにとって深遠なる秘密であり、謎《なぞ》として創《つく》られているというのは、考えてみれば驚くべきことだ。夜、大きな街に入ると、暗いなか寄り集まった家々のひとつずつにそれぞれの秘密があって、そのひとつずつの部屋がやはりそれぞれの秘密を抱え、そこで鼓動する何十万もの心のひとつずつが、すぐ隣の心にとって秘密の何かを思い描いている。そう考えると厳粛な気持ちになる。その怖《おそ》ろしさはある意味で死に似ている。死ねば大好きだったこの大切な本のページはめくれず、読み終えたかったという願いは叶《かな》わない。一瞬の光で沈んだ財宝やら何やらがかすかに見えた、どこまでも深い水をのぞきこむこともうできない。本は最初の一ページを読んだきりぱたんと閉じられ、未来永劫《えいごう》開かない運命だった。あの水も、光が水面で踊り、私がぼんやりと岸辺に立っているうちに、氷で永遠に閉ざされる運命にあったのだ。友人は死ぬ。隣人も死ぬ。魂をこめて愛した人も死ぬ。そのそれぞれのなかに、避けがたく積み重なって残りつづける秘密がある。私も人生が終わるまで、そんな秘密を胸に抱いている。この街で通りすぎるどこかの墓地に、私にとってあわただしく動きまわる住人より理解しがたい——または彼らにとって私より理解しがたい——死者が眠っているだろうか。

それを言えば、生来他人が知りえないものを持っているという点で、馬に乗ったこの使者も、王や、首席国務大臣や、ロンドン一の富商と変わるところがなかった。苦労して進む古い郵便馬車の狭い空間に押しこめられた三人の客も同様で、ひとりずつ六頭立ての馬車に、あるいは六十頭立ての馬車に乗っているかのように、互いに謎であり、隣の客とひとつの郡ほども離れていた。

使者はゆっくりめの速歩《はやあし》で街に戻ってきた。道々何度も酒場に立ち寄ったが、たいていひとりで飲み、帽子も目深《まぶか》にかぶっていた。そのかぶり方が似合う両眼は一見黒く、しかし色や形に深みはなくて、あいだが離れるとどちらかの悪巧みがばれるとでも言わんばかりに、寄りすぎていた。三角形の痰壺《たんつぼ》のような帽子と、顎《あご》から喉《のど》を覆《おお》って膝《ひざ》近くまで垂れるほど長い襟巻のあいだで、その眼が邪険な表情を浮かべていた。酒場に入ると左手で襟巻を下げ、右手で酒をあおって、またすぐに襟巻を戻した。

「いかん、ジェリー、だめだ！」使者は馬の上で同じことをくどくどとつぶやいていた。「おまえのためにはならんぞ、ジェリー。正直な商人のジェリー、そりゃおまえの仕事には向かない。甦った？　あのかたは酔っ払ってたにちがいない」

伝言の内容に思い悩むあまり、何度か帽子をとって頭を掻《か》かなければならなかった。みすぼらしく禿《は》げた頭頂を除いて、頭全体につんつんと強《こわ》い黒髪が生え、それがずんぐりした団子鼻のあたりまで伸びていた。髪の生えた頭というより、さしずめ鍛冶屋が鋭い釘《くぎ》を立てた塀のてっぺんという風情で、馬跳びの達人ですら、世界一飛び越えるのに危険な男として敬遠しそうだった。

テルソン銀行はテンプル門の横にある。詰所にいる夜警に伝言するために――夜警はそれを行内の然《しか》るべき人物に伝える――ジェリーが馬を走らせていると、夜の影がまさに甦った死者のような形をとった。牝馬も牝馬なりの不安から湧《わ》き上がる形を見ていて、それはどうやらたくさんあるらしく、道に映るあらゆる影に怯《おび》えていた。

そのころ郵便馬車は互いに見知らぬ三人を乗せたまま、重々しく、ガタガタと揺れて進んでいた。夜の影は眠りかけた彼らの眼のまえにも、とりとめもない考えにまかせた形で現れた。

テルソン銀行が馬車のなかで取りつけ騒ぎに遭っていた。馬車が激しく揺れたときに隣の客にぶつかってその人を隅に押しつけたりしないように、銀行員の乗客が吊革《つりかわ》に片腕を通し、眼をなかば閉じてうつらうつらしていると、馬車の小窓、そこから入ってくる薄暗いランプの明かり、対面に坐《すわ》った客の黒く大きな姿が、銀行とそこでおこなわれる派手な取引になった。馬具のぶつかる音が硬貨の積まれる音になり、ほんの五分のうちに、国内外で手広く商売するテルソンがふだんの三倍の時間をかけても扱ったことがないほどの為替手形が支払われた。そしてついに、この乗客がよく知っている貴重な財貨や秘密を蓄えたテルソンの地下の金庫室が眼のまえで開き、彼は大きな鍵束《かぎたば》と弱々しく燃える蠟燭《ろうそく》を手になかに入って、それらが最後に見たときと同じようにしっかりと、安全無事に、ひっそりと収まっているのを確かめる。

銀行の幻はほぼいつも見えていたし、馬車に乗っていることも(阿片《アヘン》剤を用いたあとの苦痛のように複雑な感じ方であるにしろ)つねに意識していたが、この夜はずっと別の感覚がまとわりついて離れなかった――これから人ひとりを墓から掘り起こすという感覚だ。

　眼前に現れる数多《あまた》の顔のうち、どれがその埋められた人物の顔なのか。夜の影は教えてくれないが、顔はみなひとりの四十代なかばの男のもので、おもにちがうのは、外に表れた感情と、くたびれ衰えた不気味さの度合いだった。高慢、軽蔑《けいべつ》、反抗心、意固地、服従、悲嘆が次々と見え隠れした。こけた頬、青ざめた肌、痩《や》せ細った手や体つきもみな異なる。けれども、つまるところ顔はひとつで、どの頭も若くして白髪になっていた。乗客は半分眠りながらこの幽霊に幾度となく訊《き》いた。

「埋められてどのくらいになります？」

　答えはいつも同じだった。「十八年近く」

「掘り出される望みは捨ててしまった？」

「とうの昔に」

「人生に甦ったのがおわかりですか」

「そう言われた」

「また生きたいのでしょう？」

「それはどうだろう」

「彼女をあなたのところにお連れしましょうか。それともあなたのほうから会いにこられます？」

この質問に対する答えはさまざまで、矛盾していた。ときに声を詰まらせて「待ってくれ！　あまりに早く会うと、この命が尽きてしまう」と言うこともあれば、やさしい雨のごとく涙をこぼして「会わせてくれ」と訴えることもあった。かと思えば、当惑顔でじっとこちらを見つめて、「彼女など知らない。意味がわからない」と言うことも。

そんな想像上の会話をしたあと、乗客は夢のなかで掘って、掘って、掘って――あるときには鍬《くわ》で、またあるときには大きな鍵で、別のときには両手で――この哀れな人物を掘り出す。顔も髪も泥まみれでついに外に出てきた男は突然、塵《ちり》と化して消える。乗客はそこではっと眼覚め、馬車の窓を下げて、現実世界の霧と雨を頰に受けた。

しかし、たとえ霧と雨に眼を見開き、あちこち動くランプの光や、揺れながらうしろに流れていく路傍の生け垣を眺めていても、馬車の外の夜の影が入りこんできて、なかの影と混じり合った。テンプル門の横の本物の銀行、前日の本物の取引、本物の金庫室、追いかけてきた本物の知らせ、送り返した本物の伝言、すべてがそこにあった。そのまんなかに例の幽霊の顔が浮かび出て、乗客はふたたび声をかけた。

「埋められてどのくらいになります？」

「十八年近く」

「また生きたいのでしょう？」

「それはどうだろう」

掘って——掘って——掘って、やがてふたりの客のうらのひとりが我慢しかねたように動き、彼は窓を上げざるをえなくなった。いっそう強く吊革を引き寄せ、まどろむふたりの男に思いをめぐらすが、やがて心はそこから離れ、ふたりはまた銀行と墓穴のなかにすべりこんでいった。

「埋められてどのくらいになります？」

「十八年近く」

「掘り出される望みは捨ててしまった？」

「とうの昔に」

そのことばがいま口にされたかのように聞こえているあいだに——それまでの人生で耳にしたどのことばよりはっきりと聞こえているうちに——疲れた乗客が陽の光を感じてはっと眼を覚ますと、夜の影は消え去っていた。

窓をおろし、昇る太陽を見た。耕された丘があり、前夜、馬が軛《くびき》からはずされたところに鋤《すき》がひとつ残っていた。その向こうは静かな雑木林で、木々にはまだ燃えるような赤と金色の葉がかなり残っていた。大地は冷たく湿っているが、空は晴れ、明るく穏やかで美しい太陽が昇ってきた。

「十八年!」乗客は太陽を見ながら言った。「恵み深い昼間の主よ! 十八年間も生き埋めにされていたとは!」

第四章 準備

郵便馬車が午前中に無事ドーヴァーに到着すると、ロイヤル・ジョージ・ホテルの給仕長がいつもどおり馬車の扉を開けた。まるで儀式のように大仰な仕種《しぐさ》だったのは、冬場のロンドンからの馬車の旅は、冒険好きな旅行者の勇気を祝すべき難事だったからだ。

そのとき勇気を祝された旅行者はひとりだけだった。ほかのふたりは、すでにそれぞれ途中の目的地でおりていた。湿って汚れた藁《わら》が敷きつめられた白黴《しろかび》だらけの馬車のなかは、不快なにおいと暗さも手伝って大きな犬小屋に似ていた。出てきた乗客のローリー氏も藁を振り払い、毛羽立った毛布にくるまり、つばの垂れた帽子をかぶり、両脚も泥だらけで、あたかも大きな犬のようだった。

「明日、カレー行きの定期船は出るかな、給仕長？」

「はい、このまま天気がもって風があまり強くならなければですが。午後二時ごろには潮もちょうどいい具合になるでしょう。お休みになられますか？」

「夜までは寝ないが、部屋は用意してもらおう。散髪もしたい」

「そのあとでご朝食を？　かしこまりました。こちらへどうぞ。コンコードの間《ま》にご案内しろ！　お客様のお荷物と湯をコンコードへ。コンコードでブーツもお脱がせして――石炭の火を熾《おこ》してなかを暖めております――それから散髪屋をコンコードに送ってくれ。さあ、動いた動いた。コンコードの準備だ」

　コンコードの間はつねに郵便馬車で到着する乗客のために取っておかれ、乗客はいつも頭から足まですっぽりと毛布で覆われているので、たった一種類の人間が入っていき、ありとあらゆる種類の人間が出てくるというロイヤル・ジョージのこの部屋は、妙に好奇心をかき立てるものだった。そんなわけで、別の給仕とポーターふたり、メイド数人に、女主人がたまたまコンコードと喫茶室を結ぶ廊下のあちこちをうろついているとき、茶色のスーツを着た六十がらみの紳士が朝食へと向かっていった。スーツは着古しているが円念に手入れしてあり、上着には大きな四角い袖口《そでぐち》、ポケットには大きな蓋《ふた》がついていた。

その朝、喫茶室には茶色の服の紳士以外に客はいなかった。紳士は暖炉のそばに用意されたテーブルにつき、炎に照らされながら、肖像画を描いてもらうときのように微動だにせず、朝食が出てくるのを待っていた。

両手をきちんと膝にのせ、いかにも几帳面《きちょうめん》そうに見えた。チョッキの蓋つきポケットに入った時計が、踊る火の軽やかさとはかなさに重さと生きた長さで対抗するかのように、説教めいた大きな音で時を刻んでいた。脚の形がよく、それを多少なりとも自慢するためだろう、膝丈のズボンの下に上等の生地でぴっちりしたストッキングをはいていた。留め具のついた靴も質素ながらきちんとしたものだ。一風変わったあざやかな亜麻色のかつらを頭にぴったりとつけていて、それはおそらく髪の毛でできているのに、絹かガラスの繊維を紡《つむ》いだように見えた。シャツはストッキングに似つかわしい上等品ではないが、すぐそこの浜辺に寄せて砕ける波頭か、沖合で陽光に輝く帆影のように白かった。いつも表情を抑えて穏やかな顔は、風変わりなかつらの下に潤《うる》む明るい眼でそれでも華やいでいる。過去の長い年月、この眼の持ち主がテルソン銀行員らしい落ち着きと遠慮をそなえた表情を作るのには、並々ならぬ苦労があったにちがいなかった。頬は血色がよく、顔にしわはあるものの心配事を抱えている様子はほとんどない。おそらくテルソン銀行の機密を扱う独身行員のおもな仕事は、他人の問題を気遣うことで、そもそも関心のない相手への気遣いは古着のようにたやすく脱ぎ着できるのだろう。

肖像画のために坐っている男がたいていそうなるように、ローリー氏もその場で眠りに落ちた。朝食が出てきてようやく眼覚め、椅子《いす》をテーブルに引き寄せながら給仕に言った。

「もうひとつ部屋の用意をしてもらえるかな。今日、いますぐにも若い女性が来るかもしれないのだ。ミスター・ジャーヴィス・ローリーをお願いしますと言うかもしれないし、たんにテルソン銀行のかたをと言うかもしれない。来たら知らせていただきたい」

「かしこまりました。ロンドンのテルソン銀行でいらっしゃいますか？」

「そうだ」

「さようですか。御行の皆様には、ロンドンとパリを往《ゆ》き来される際によくご利用いただいております。テルソンとあちらの支社のあいだでは出張が多いようですね」

「そう。フランスの業務はイギリスと同じくらいあるのだよ」

「お客様はさほど頻繁に出張されていないようにお見受けしますが」

「最近はそうだね。私たちが――いや、私が――最後にフランスから戻ってきて十五年になる」

「それほどに。私がここで働きはじめるまえです。というより、手前どものまえの時代です。そのころジョージは別の者が経営しておりましたので」

「だろうね」

「しかし、賭《か》けてもようございますが、テルソン銀行は十五年どころか、五十年前から繁栄しておられるのでしょう?」

「それを三倍にして百五十年と言ってもいいくらいだ」

「さようですか!」

給仕は口と眼を丸くしてテーブルからうしろに下がり、ナプキンを右腕から左腕にかけ替えて楽な姿勢に落ち着くと、ローリー氏が食べたり飲んだりするあいだ、展望台か監視塔に立ってでもいるかのように客を見つめていた――大昔からあらゆる時代の給仕がそうしてきたように。

ローリー氏は朝食を終えると、浜辺に散歩に出た。狭くてゆがんだドーヴァーの小さな町は、白亜《はくあ》の断崖《だんがい》に頭を突っこんだ海のダチョウよろしく浜辺から身を隠している。浜辺は荒波が打ち寄せ、そこらじゅうに石が転がる未開地で、海はやりたいことをやっていた――すなわち、破壊である。町に波音を轟《とどろ》かせ、崖《がけ》に襲いかかり、岸を荒々しく削っていた。家々を渡る大気には濃厚な魚のにおいが漂い、病んだ人々が海におりていって浸《つ》かるように、病んだ魚が上がってきて大気に浸かっているかのようだった。港に釣り人はあまりおらず、代わりに夜になると――とりわけ潮が満ちて町に押し寄せそうになる夜には――大勢の人間が波打ち際《ぎわ》に出て、海のほうを見ていた。ささやかな商人、といってもまっとうな仕事はしていない彼らは、ときに説明のつかない大金を手に入れ、そのあたりでは街灯の点灯夫を避けることで知られていた（訳注　フランスから禁制品、とくにブランデーを密輸していた）。

午後に入ると、ときにフランスの岸が見えるほど澄むこともある大気はまた霧と蒸気で満たされ、ローリー氏の思考も曇ってきたようだった。宵闇《よいやみ》が訪れ、朝食のときと同じように喫茶室のテーブルについて夕食を待っていた彼の心は、赤々と燃える石炭をひたすら掘って、掘って、掘りつづけていた。

食後の上等のクラレットも燃える石炭を掘る人の邪魔にはならず、せいぜい仕事への興味を失わせる程度だった。ローリー氏は所在なく長い時間をすごしていた。グラスに最後の一杯をついで、ワインひと壜《びん》を空けた血色のよい老紳士の満足の表情を浮かべたとき、外の狭い通りを車輪の音がガタゴトと近づいてきて、宿屋の馬留《とど》めに入った。

ローリー氏は持っていたグラスに口をつけず、テーブルに置いた。「お嬢さんだ《マドモワゼル》！」まもなく給仕が寄ってきて、ミス・マネットがロンドンから到着し、テルソン銀行の紳士と会いたがっていると告げた。

「そんなに早く？」

飲み物は来る途中で飲んできたのでもう必要ない、テルソン銀行の紳士さえよければいますぐにでも会いたいということだった。

テルソン銀行の紳士もそう言われては仕方なく、静かにグラスを空けると、小さく奇妙な亜麻色のかつらを耳の上でしっかり調節して、給仕のあとからマネット嬢の部屋へ向かった。そこは大きな暗い部屋で、葬儀のように黒い馬巣織《ばすおり》の布が張りめぐらされ、重厚な黒い机がいくつも置かれていた。どれも長年磨きに磨かれ、中央の机では、二本の長い蠟燭《ろうそく》の光が天板で暗く反射していた。まるで蠟燭自体が黒いマホガニーの墓深く埋めこまれ、掘り出されるまで光らしい光を発することができないかのように。

見通しの利《き》かない暗がりのなかで、ローリー氏はすり切れたトルコ絨毯《じゅうたん》の上を慎重に歩きながら、さしあたり令嬢は隣の部屋にでもいるのだろうと思った。が、二本の長い蠟燭のまえをすぎたところで、暖炉の手前にある机の横に、十七歳にも満たない令嬢が立って待っているのが見えた。乗馬用のマントを着て、旅行向けの麦藁帽子をリボンのところで持っている。小柄でほっそりした愛らしい体つき、豊かな金髪、こちらをまっすぐに見て問いかけてくる青い眼、そして眉《まゆ》を上げたり、ひそめたりして、当惑、驚き、警戒、聡明《そうめい》な集中のどれかひとつではなく、四つすべてを含んだ表情を作れる額（若くてなめらかな額だから、なおさらその能力が際立つ）――それらを見るうち、ふいにローリー氏の眼のまえに、雹《ひょう》が激しく打ちつけ海が荒れていた寒い日、まさにこの海峡を渡ったときに腕に抱いていた幼子の面影が甦《よみがえ》った。その面影は令嬢のうしろの不気味な縦長の姿見に吹きかけた息のように、たちまち消え去った。姿見の額縁では、頭や体のどこかしらが欠けた黒い天使たちが、病院で列をなす小児患者のように並んで、黒い女神たちに、死海の果実を盛った黒い籠《かご》を渡していた。ローリー氏はマネット嬢に正式なお辞儀をした。

「どうぞお坐《すわ》りください」彼女ははっきりして心地よい声で言った。外国ふうの抑揚もあるが、それもほんのわずかだった。

「その手にキスを、お嬢さん」ローリー氏は古式にのっとり、もう一度お辞儀をしてから席についた。

「昨日、銀行からお手紙をいただきました。わたくしに伝えたい内々の情報――あるいは、発見があると」

「言い方は重要ではありません。どちらでも」

「可哀相《かわいそう》な父のわずかな遺産に関することだとか。わたくしが一度も会ったことのない――はるか昔に亡《な》くなった――」

ローリー氏は椅子の上で体を動かし、困惑した顔を黒い天使の列に向けた。その馬鹿《ばか》げた籠のなかに何か救いになるものが入っているかのように！

「銀行のかたと連絡をとって、パリへ行く必要があるということでした。そのかたはわざわざこの目的のためにパリに同行してくださるそうで」

「私です」

「そうおっしゃるだろうと思っていました」

令嬢はひざまずき、片脚をうしろに引いてお辞儀をした（当時の若いレディの作法だった）。相手のことをずっと年長で賢いと思っているのを伝えたいという、いじらしい気持ちからだ。ローリー氏ももう一度お辞儀をした。

「銀行にはこうお答えしました。わたくしをご存知で、親切に助言してくださるかたが必要だとおっしゃるのですから、フランスには行くべきでしょう。さらに、わたくしは孤児ですし、同行してくれる友人もいませんので、この旅のあいだ、その立派な紳士につき添っていただけるのなら、これほどありがたい話はございません、と。紳士はすでにロンドンを発《た》たれていましたが、使者があとから追いかけて、わたくしをここで待ってくださるようにお願いしたことと思います」

「この仕事を仰《おお》せつかって光栄です」ローリー氏は言った。「実際に取りかかれば、いまよりもっとうれしいことでしょう」

「本当にありがとうございます。心から感謝いたします。銀行のかたからは、旅のくわしい内容はその紳士が説明してくださる、驚くべきことだから心の準備をしておくようにと言われました。できるだけ準備はしてきたつもりですが、当然ながら、それが何なのかとても興味があります」

「当然ですね」ローリー氏は言った。「そう――私は――」

間ができたあと、あざやかな亜麻色のかつらをまた落ち着かせながらつけ加えた。

「切り出し方がとてもむずかしいのです」

まだ話を始めず、ためらっているうちに視線が合った。若い娘の額が持ち上がって、例の奇妙な表情を浮かべた。奇妙というだけでなく、彼女ならではの可愛らしい表情でもある。令嬢は通りすぎる影を思わずつかむか引き止めようとするように、片手を上げた。

「わたくしたち、本当に初対面でしょうか」

「ちがいますか?」ローリー氏は両手を開き、議論を挑むような笑みを浮かべながら、まえに伸ばした。

両眉のあいだ、あるかなきかの細いしわが寄った女らしい小さな鼻の上で、例の表情が濃くなり、令嬢は考えながらすぐ横の椅子に腰をおろした。ローリー氏は相手が物思いに沈むのを見ていたが、その眼がまた上がるなり続けた。

「この国に帰化されたのですから、あなたをイギリスの若いレディとしてお話するのがいちばんかと思いますが、いかがですか、ミス・マネット?」

「ええ、どうぞ」

「ミス・マネット、私は実務家です。果たすべき職務があります。そのことを念頭に置いて、私を話す機械以上のものと考えないでいただきたい。実際に、それとさして変わらないのです。お許しいただけるなら、これから私どものあるお客様の身の上話をしたいと思います」

「身の上話!」

ローリー氏は彼女がくり返したことばをあえて取りちがえたかのように、急いで続けた。「そう、お客様です。銀行業では相手先をお客様と呼ぶのが通例ですので。さて、その人物はフランス人でした。科学につうじ、学識豊かな紳士――医師だったのです」

「ボーヴェ（訳注　パリの北、カレーに向かう途中にある町）のかたではありませんか？」

「なんと、そう、ボーヴェのかたです。あなたの父上のムシュー・マネットのように、その紳士もボーヴェ出身でした。そして父上のムシュー・マネットのように、パリで名を馳《は》せていました。私はあちらで彼と知り合う栄誉に浴しました。仕事上のつながりでしたが、互いに信頼していました。私は当時フランス支店にいて、あれは――なんと、もう二十年になる」

「あの、当時とはいつのことでしょう」

「二十年前です、お嬢さん。そのかたはイギリスの女性と結婚し、私は管財人のひとりでした。多くのフランスの紳士や家族の例にもれず、彼も諸事すべてをテルソン銀行にまかせていたのです。同様に、私はいまも昔も多くのお客様のなんらかの財産を管理しています。ただ、これらはたんに仕事上の関係です。そこに友情はありませんし、特別な関心も、感情が入る余地もない。仕事をこなしながら、ひとところから別のところに移るだけ。毎日の仕事で、あるお客様から次のお客様に移っていく。要するに、私には感情がないのです。ただの機械です。さらに言えば――」

「これはわたくしの父の身の上話ですね。少しずつ思い出してきたのですが」――好奇心でしわの寄った額をしっかりとローリー氏のほうに向けて――「父の死後わずか二年で母も亡くなり、孤児になったわたくしをイギリスに連れてきてくださったのは、あなただったのではありませんか。まちがいなくそういう気がします」

ローリー氏は、信頼を寄せるようにためらいがちに差し出された小さな手を取ると、儀式ばった仕種で自分の唇に当てた。そして若いレディをまたまっすぐに椅子《いす》のところへ連れていき、左手でその背もたれをつかみ、右手で自分の顎《あご》をなでたり、かつらを引き下げたり、言ったことばを強めたりしながら、立ったまま令嬢の顔を見おろした。彼女はその顔を見上げていた。

「ミス・マネット、そのとおりです。なのにあれ以来、あなたと一度もお会いしたことがなかった。そのことを考えれば、私には感情がない、知り合いとのつき合いは仕事のうえだけだと言っているのがどれほど正直なことばかわかるでしょう。そう、その後ずっとあなたはテルソン銀行の被後見人ですが、私はといえば銀行のほかの仕事で忙しかった。感情！　私には感情に割く時間がないのです。そんなものは生まれようがない。この全人生を、お札の巨大なしわ伸ばし機をまわしてすごすのですから」

そんなふうに日々の業務を奇妙に描写したあと、ローリー氏は頭の上の亜麻色のかつらを両手で平らに押しつけ（その光り輝く表面ほど平らなものはないのだから、これはまったく無用の仕種だった）、そのまえの態度に戻った。

「ここまでは、お嬢さん、あなたがおっしゃったとおり、あなたの気の毒な父上の身の上話です。しかし、ここからがちがう。もし父上が亡くなったとされるときに亡くなっていなかったら――驚かないで！　どうしてそこまで！」

たしかに彼女は驚いていた。両手でローリー氏の手首をつかんだ。

「お願いです」ローリー氏はなだめ、左手を椅子の背から、すがりつくように手首をつかんで激しく震えている相手の指に移した。「お願いですから、どうか落ち着いて。事務的な話です。先ほど言いかけたように――」

相手があまりに取り乱しているので、ローリー氏は口を閉じて、ためらい、改めて話しはじめた。

「先ほど言いかけたように、もしムシュー・マネットが亡くなっていなかったら。もし突然、静かに姿を消したのだったとしたら。あるいは、もし神隠しに遭ったのだとしたら。あとは追えないにしろ、もしそこがどれほど怖ろしい場所か、たやすく推察できるとしたら。もし彼に同国人の敵がいて、その敵がこの時代でもっとも勇気ある人々も囁《ささや》き声でしか話せないような特権を、海の向こうで行使したとしたら。その特権とは、たとえば、空白の書状を埋めれば誰だろうと無期限で監獄に送って忘れてしまえるといったことです（訳注　フランス旧体制下で濫発された国王封印状を指す）。そしてもし彼の奥様が、王に、王妃に、法廷に、教会に釈放を嘆願しても、まったく聞き入れてもらえなかったとしたら――そのとき、あなたの父上の経歴は、この不幸な紳士、ボーヴェの医師の経歴と重なることでしょう」

「どうぞ先を続けてください」

「ええ、そうしましょう。耐えられますか？」

「いまの不確かな状況に比べれば何にだって耐えられます」

「話しぶりが落ち着いてきた。実際に落ち着いている。たいへんけっこう！」（とはいえ、口ほどに満足はしていないようだったが）「事務的な話です。事務処理と考えてください――片づけなければならない事務だと。さらに、その医師の奥様が、大いなる勇気と活力の持ち主だったとはいえ、この事態にあまりにも心を痛め、小さなわが子が生まれるまえに――」

「その幼子は娘だったのですね」

「娘さんでした――どうか、事務の話ですからあまり動転なさらないように。よろしいですか、もしその気の毒な奥様が、わが子が生まれるまえにあまりにも心を痛めて、この苦悩をわずかなりとも可哀相な子に背負わせてはならないと思い、父上は亡くなったと信じこませて育てよう、とそんなふうに決意したら――いけません、ひざまずかないで。どうして私のまえにひざまずかなければならないのです！」

「真実のためです。どうか思いやりを。真実を告げてください！」

「これは――事務です。あなたの態度で私は混乱してしまう。混乱して事務処理ができますか？　頭をはっきりさせましょう。さあ、ためしに次の答えを言っていただけると、ほっとするのですが。九ペンスの九倍はいくらですか。二十ギニーは何シリングですか。答えてもらえれば、まだ考えがしっかりしていることを確認できて、いまよりずっと安心できます」

　彼女はその問いにすぐには答えず、そっと立たせると静かに椅子に坐った。相変わらず彼の手首を握っている両手はまえとは比べものにならないほど落ち着いていたので、ジャーヴィス・ローリー氏もいくらか安心した。

「そう、そうです。勇気です！　事務です！　あなたのまえには仕事があるのです、有益な仕事が。ミス・マネット、母上はあなたのためにこの道を選ばれた。一向に見つからない父上をたゆまず探しつづけた末に、亡くなるときには――心痛のあまりでしょうが――二歳のあなたが花のように美しく育ち、幸せになれるように配慮したのです。父上が監獄でたちまち心をすり減らして亡くなったのか、それとも痩《や》せ衰えたまま嫌というほど長い年月をすごしているのか、そんな不安の暗い雲があなたの生活にかからないように」

そう言いながら、ローリー氏は流れるような金色の髪に見惚《みほ》れ、しかし憐《あわ》れみも感じた。心のなかで、その髪にすでに白いものが混じっているところを想像しているかのように。

「おわかりでしょうが、ご両親に大きな財産はありませんでした。持っていたものはすべて母上とあなただけに遺《のこ》されました。その後新しいものは見つかっていません。お金も、ほかのいかなる所有物も。ですが――」

手首を握る令嬢の手にぎゅっと力がこもり、ローリー氏はことばを切った。とりわけ彼の注意を惹《ひ》いていた額の表情はいまやもう動かず、いっそう深い苦悩と恐怖をたたえていた。

「ですが、彼が――見つかったのです。生きておられます。ひどく変わっているでしょう、当然ながら。やつれ果てているかもしれない。最善を祈るしかありません。ですが、生きておられる。父上はパリの昔の使用人の家に滞在していて、私たちはこれからそこへ向かいます。私は可能であれば彼が本人であることを確認するために。そしてあなたは彼を人生に、愛に、仕事、休息、安寧に連れ戻すために」

令嬢の全身に震えが走り、それがローリー氏にも伝わった。彼女はあたかも夢のなかでつぶやくように、低くはっきりした畏《おそ》れおののく声で言った。

「父の幽霊と会うのですね！　父本人ではなく、幽霊と！」

ローリー氏は自分の腕をつかんだ令嬢の両手をやさしくなでた。「さあ、さあ、落ち着いて！　いいですか。いまあなたには最良のことと最悪のことが知らされました。もうすぐ不当に虐《しいた》げられた気の毒な紳士に会えるのです。快適な海の旅と、快適な陸の旅を経て、まもなく愛する彼のそばに行ける」

マネット嬢は相手と同じ囁き声でくり返した。「わたくしは自由でした。幸せでした。でも父の幽霊が訪ねてきたことは一度もありませんでした！」

「あとひとつだけお伝えします」ローリー氏は彼女の注意をうながすために語一語を強調した。「父上は見つかったときに別の名前を使っていました。もとの名前は長いこと隠され、忘れられていました。それが何だったのか、いま尋ねてもなんの役にも立たないし、むしろ害になります。長年無視されてきたのか、それとも厳しく監視された囚人だったのか。そんなことを訊《き》いてもいけない。何を尋ねても危険なのです。いかなる場所でも、いかなるかたちでも、そのことにはいっさい触れず、とにかくしばらくのあいだ父上をフランスから連れ出すことが望ましい。イギリス人として安全な私でさえ、フランスでも信任の厚いテルソン銀行でさえ、この件で名前はいっさい出さないようにしているのです。これに関連した書類一枚持ち歩きません。完全な秘密任務なのです。私の信任状、通行許可、覚書はたった一行、〝人生に甦《よみがえ》った〟です。どうにでもとれることばですから。だがどうしたことだ、この人は何も聞いていない！　ミス・マネット！」

令嬢は微動だにせず、沈黙して椅子の背にもたれずに、ローリー氏の手の下で完全な無感覚に陥っていた。眼を見開いて彼に釘《くぎ》づけにし、額に例の最後の表情を、まるで彫刻か焼き印のように張りつけて。あまりに強く彼の腕を握りしめているので、ローリー氏は無理に離れると怪我《けが》をさせてしまうのではないかと思い、その場を動かず大声で助けを呼んだ。

見るからに荒々しい女性が、宿屋の働き手より先に部屋に駆けこんできた。全身これ赤、髪も赤毛で、異常なまでにきつそうな服を着て、頭には擲弾兵《てきだんへい》の木の枡《ます》のような帽子——しかも立派な枡だ——か、さもなくば大きなスティルトン・チーズ（訳注　イギリスの同名の村が原産の高級チーズ）のような驚くべきボンネットをかぶっている。ローリー氏は動揺しながらも、そこまで見て取った。来るなり女性は、気の毒な若い娘からどう離れようかというローリー氏の悩みを解決してくれた。彼の胸に力強い手を当て、そばの壁まで突き飛ばしたのだ。

（〝この人は男にちがいない！〟というのが、壁にぶつけられて息ができなくなったローリー氏の反応だった。）

「まったく、なんというざまなの！」この女性は宿屋の使用人を怒鳴りつけた。「そんなところに突っ立って見ていないで、必要なものを取ってきたらどう？　わたしなんか見ても仕方がないでしょう？　早く取ってきて。芳香塩と冷たい水と酢を、さあ早く。さっさと行かなきゃ思い知らせますよ」

すぐさま気つけ薬を求めてみなが散ったあとで、女性は患者をそっとソファに寝かせ、ずいぶん慣れた手つきでやさしく介抱した。「大切なかた！」とか「わたしの小鳥！」などと呼びかけながら、令嬢の金色の髪を丁寧きわまりなく、誇らしげに肩のまわりに広げてやった。

「それからそこの茶色い服のあなた！」怒りもあらわにローリー氏のほうを向いて言った。「話をするにしても、こんなに死ぬほど怖がらせずに話せなかったのですか？　この青ざめた可愛らしい顔と冷たい手をご覧なさい。銀行家として恥ずかしくないの？」

ローリー氏は答えにくい質問にすっかりまごつき、離れたところから弱々しく同情し、身を縮こめて見ているしかなかった。たくましい女性は、使用人が突っ立って眺めていたらどうなるか説明しないまでも、とにかく〝思い知らせる〟という謎《なぞ》めいた罰で彼らを部屋から追い出したあと、手慣れた様子で少しずつマネット嬢を回復させ、なだめて、力なく垂れた頭を自分の肩に寄りかからせた。

「少しよくなるといいのですが」ローリー氏は言った。

「だとしても茶色いあなたのおかげではありません。ああ、愛しいお嬢さん!」

「願わくは」ローリー氏はまた弱々しく同情し、恐縮して言った。「フランスまでミス・マネットについてきていただけませんか」

「いかにも思いつきそうなことね!」たくましい女性は答えた。「塩っ辛い海を渡らせるのが、わたしを島国に生まれさせた天のご意志だったとでも言うの?」

これまた答えにくい質問だったので、ローリー氏は口をつぐんで考えこんだ。

第五章　酒店

ワインの大きな樽《たる》が通りに落ちて壊れた。事故はそれを荷車からおろしているときに起きた。樽が急に転がり、箍《たが》が弾《はじ》け飛び、酒店のすぐ外の敷石に当たって胡桃《くるみ》の殻のように割れたのだ。

近くにいた人々はみな仕事の手を止めるか、ぼんやりしていたのがはっとわれに返って、その場に駆け寄り、ワインを飲んだ。通りのごつごつした石は、さまざまな形であらゆる方向に突き出し、近づくすべての生き物の足を損なうために配置されているのではないかと思えるほどだったが、それがワインの流れをせき止めてあちこちにためたので、たまった大きさにしたがってさまざまな人数の集まりができた。男たちはひざまずき、両手で酒をすくって、指のあいだからこぼれ落ちてしまうまえに飲んだり、肩越しに首を伸ばしてくる女に飲ませてやったりした。欠けた小さな陶器のマグですくったり、女の髪をまとめていた布を浸して幼児の口に搾《しぼ》ってやる男女もいた。小さな土手を作ってワインをためておこうとする者や、まわりの高い窓から見おろす見物人の指示を受けて、新しい方向に流れだす小さな川をせき止めようと飛びつく者もいた。ほかの者たちはもっぱら、ワインの澱《おり》がたっぷり染みこんだ樽板を夢中でなめたり、もっとすごいのになると、酒で腐敗したぐしょぐしょの木片をさも美味《うま》そうに食べたりしていた。溝に流す掃除をしなくても、ワインは残らず飲まれたばかりか、いっしょに泥までかき取られたので、通りは街路清掃人が来たのかと見まがうほどになった。存在すらあまり知られていない清掃人が奇跡的に現れた、と信じられればの話だが。

このワインの争奪戦のあいだは、男女子供の甲高い笑いと愉快そうな声が通りにこだました。乱暴なことがほとんどない、大いに愉《たの》しい気晴らしだった。特別な交友も生まれた。誰もが眼に見えてほかの人の輪に加わりたがった。とりわけ運がよかった集団や、陽気な集団では、みな飛び跳ねて抱き合い、おのおの健康に乾杯し、握手し、ともすると十数人がまとまって手をつないで踊りだした。酒がなくなり、たくさんたまっていた場所まですっかり指で引っかかれて格子《こうし》模様になると、騒ぎは始まったときと同じように急に終わった。切っていた薪《まき》に鋸《のこぎり》をそのまま立てていた男は作業を再開した。自分やわが子の指先や足先のしもやけの痛みを和らげる、熱い灰の入った小さな壺《つぼ》を玄関先にほったらかしていた女は、そこに戻っていった。地下室から冬の光のなかに出てきた、むき出しの腕、ぼさぼさの髪、死人のように青ざめた顔の男たちもまたおりていき、そこには陽光よりこの界隈《かいわい》に似合いそうな薄闇《うすやみ》が立ちこめた。

こぼれたワインは赤で、パリのサンタントワーヌのはずれの狭い通りを赤く染めた。多くの手、多くの顔、多くの素足と多くの木靴も染めた。木を切っていた男の手は、薪に赤い跡を残し、赤ん坊をあやす女の額には、頭に巻き直したぼろ布から色が移った。樽板を貪《むさぼ》っていた者たちの口のまわりには虎《とら》の縞模様《しまもよう》を思わせる汚れがついた。長くて汚らしいナイトキャップを頭にかぶるというより引っかけている、ひとりの背の高い道化者が、泥とワインの澱のなかに指を浸して、壁に〝血〟と書き殴った。

血のワインが通りの敷石にこぼれ、あたり一面、赤い染みが広がるときも近づいていた。

サンタントワーヌの聖なる顔は束《つか》の間の輝きを失い、また黒雲に覆《おお》われた。闇は重苦しかった――この聖人には、寒さ、汚れ、病、無知、欠乏が仕えていた。どれもみな有力な貴族だが、とりわけ力が強いのは殿《しんがり》の欠乏だった。年寄りを若返らせる民話の臼《うす》ではなく、ぞっとするほど残酷な臼に碾《ひ》きつぶされた人間の見本が、通りの角という角で震え、そこらじゅうの戸口を出入りし、どの窓にも顔をのぞかせ、風がはためかすぼろ着に包まれて怯《おび》えていた。彼らを碾く臼は、若者を老《ふ》けさせた。子供は老人の顔になり、重く沈んだ声でしゃべった。子供だろうと大人だろうと、顔の老いたしわのすべてに〝飢え〟の印が刻まれ、新たに浮かび上がっていた。飢えはあらゆる場所にあった。高い建物から突き出された竿《さお》や、物干し紐《ひも》にさがる惨《みじ》めな服に染みついていた。藁《わら》や、ぼろ布や、木や、紙で継ぎを当てられた家々に入りこんでいた。飢えは男が切った薪のどんな木《こ》っ端《ぱ》にもくり返し現れた。煙の立たない煙突から地上を見おろし、ゴミのなかにも残飯はおろか食べられるものなど何ひとつない、不潔な通りから立ち昇っていた。飢えはパン屋の棚の銘文であり、乏しくて質の悪いパンのどのひと切れにも書きこまれていた。肉屋では、売りに出される死んだ犬のソーセージの一本一本に。飢えは回転ロースターで炙《あぶ》られる栗《くり》のなかで、乾いた骨をカラカラと鳴らした。ほんのわずかの油で揚げ、貧相な小鉢に盛ったすかすかのジャガイモのどのチップにも、飢えが入りこんでいた。

　飢えはふさわしいところすべてに棲《す》みついていた。不快なものと悪臭に満たされた、狭く曲がりくねった通りにも、そこから枝分かれしたさらに狭く曲がりくねった通りにも。そのすべてにぼろ着とナイトキャップの人々がいて、みなぼろ着とナイトキャップのにおいを放っていた。眼に入るものすべてが陰気に沈みこみ、病んで見えた。追いつめられた様子の人々には、それでも反撃の機会をうかがう野獣の本能があった。落ちこんでひそやかに行動していても、眼の炎は消えていなかった。押し殺した思いで唇を白く引き結び、自分がいつかのぼるのではないか、または他人をのぼらせるのではないかと考える絞首台《こうしゅだい》のロープのようなしわを額に寄せていた。

　ほとんど店の数だけある看板は、みな暗い〝欠乏〟の表れだった。肉屋は痩《や》せこけた骨と皮ばかりの肉を、パン屋は粗末なパンの小さな塊だけを描いていた。酒場の看板に乱雑に描かれた人々は、なけなしの薄いワインやビールを飲んで不満を言い立て、しかめ面《つら》を突き合わせて密談を交わしていた。景気よく描かれているのは道具と武器だけだった。刃物屋の短剣や斧《おの》は鋭く輝き、鍛冶《かじ》屋の金槌《かなづち》はずっしりと重く、鉄砲屋の銃は殺意に満ちていた。足を傷つける敷石の通りは、あちこちに泥水がたまってて、歩道らしきものはなく、家の戸口のまえで急に途切れる。通りのまんなかに形ばかりの下水溝が掘られているが、水が流れるのは激しい雨が降ったあとだけだし、流れたら流れたで発作のように汚水があふれて家のなかに入りこむ。通りの両側には広い間隔を置いて不恰好《ぶかっこう》なランプが滑車とロープで吊《つ》り下がり、夜、点灯夫がそれをおろして火を入れ、また上げると、薄暗い灯心の頼りない木立が、海に浮かんでいるかのように頭上で不気味に揺れた。ある意味で本当に海に浮かんでいて、船と乗組員には大嵐《おおあらし》が差し迫っていた。

というのも、その地の痩せこけた案山子《かかし》のような人々が、長年の無為と飢餓の末に点灯夫よりうまい街灯の使い方を思いつき、滑車とロープで人を吊して、人生の闇に火を灯すときが近づいていたからだ。しかし、そのときはまだ訪れていなかった。フランスを吹くあらゆる風は案山子のぼろ着を揺らしていたが、きれいな羽の鳥たちはさえずるばかりで風の警告に耳を貸さなかった。

その酒店は通りの角にあり、ほかの店より見た目も格も上だった。黄色のチョッキに緑の膝丈《ひざたけ》のズボンという風体の主人が店の外に立ち、こぼれたワインをめぐる騒動を眺めていた。「うちのせいじゃない」最後に肩をすくめて言った。「市場の人間がしくじったんだ。もうひと樽持ってこさせよう」

そこでふと店主は、落書きをしている背の高い道化者に眼を止め、通りの向こうに声をかけた。

「おい、ギャスパール、そこで何してる」

男は大偉業をなしとげたかのように落書きを指差した。この手の連中によくあることだった。落書きの冗談は面白くもなんともない。これもこの手の連中によくあることだった。

「どうした。頭がいかれたのか」店主は言うと、道を横切り、泥をひとつかみ取って落書きになすりつけた。「どうしてみんなが通る道にこんなものを。ほかに書くところはないのか、え、答えてみろ」

そうたしなめて、きれいなほうの手を（たまたまかもしれないし、そうでないかもしれないが）道化者の胸の上に置いた。相手はそれを自分の手で軽く叩《たた》き、ぴょんと上に跳んで、踊りのような妙な振りつけで下におりた。そして酒に染まった靴の片方をすばやく脱ぐと店主のほうに突き出した。この男は狼《おおかみ》並みにずる賢いとは言わないまでも、きわめて抜け目ないようだった。

「そんなもの、さっさとはきな。酒なら酒と言って終わりにしろ」店主はそう助言して、泥で汚れた手を、汚れたのはそちらのせいだと相手の服（服と呼べればだが）でふき、また道を横切って店のなかに戻った。

　この主人は猪首《いくび》で軍人めいた顔つきの三十歳、ひどく寒い日なのに上着を着ず、一方の肩に引っかけているところからしても気性は激しいにちがいなかった。シャツの袖《そで》もまくり上げ、陽焼けした腕を肘《ひじ》まで出していた。頭に帽子はなく、のっているのは固い縮れ毛の黒髪だけだった。顔の色も濃く、形のいい両眼が互いに離れすぎるほど離れている。全体として陽気な印象だが、同時に頑固そうでもあった。明らかに強い意志とはっきりした目的を持っている。両側が谷の狭い道では会いたくない男だった。何があろうと引き返さないに決まっているからだ。

　彼の妻のドファルジュ夫人が、店の勘定台のうしろに坐《すわ》っていた。入ってきた夫と同い歳《どし》ぐらいの太った女で、注意深い眼はめったにひとところにとどまらず、大きな手に指輪をたくさんつけていた。目鼻立ちのくっきりした顔は揺るぎなく、態度もどっしりと落ち着き、自分の支配下にあることでまずまちがった判断は下さないだろうと思わせる雰囲気がある。寒いのが苦手らしく毛皮にくるまり、あざやかな色のショールを頭に巻きつけているが、大きなイヤリングがはみ出していた。ドファルジュ夫人の手元には編み物があった。それを下に置き、左手で右肘を支えて爪楊枝《つまようじ》で熱心に歯の掃除をしていたため、店主が入ってきたときには何も言わず、ひとつだけ空咳《からせき》をし、加えて爪楊枝の上の黒々とした眉《まゆ》をわずかに持ち上げた。それが夫への合図で、店内をよく見て、通りの向こうにいたあいだに新しい客が入ってきていないか確かめよということなのだった。

店主がそこであたりを見まわすと、隅の席に老紳士と若い女性が坐っていた。ほかの客もいる。ふたりはカード遊び、別のふたりはドミノ、三人は勘定台のまえに立って少ないワインをちびちびやっている。店主は勘定台のうしろに移動しながら、老紳士が女性に、あれが探していた男だと目配せするのを見た。

「あんたらはいったいそんなところで何してる?」ドファルジュ氏は胸につぶやいた。「あんたらなんか知らんぞ」

しかし、見知らぬふたりには気づかないふりをして、勘定台で飲んでいた三人の会話に加わった。

「どうだった、ジャック?」三人のうちのひとりがドファルジュ氏に訊《き》いた。「こぼれたワインはすっかり飲まれちまったのか？」

「一滴残らずな、ジャック」ドファルジュ氏は答えた。

同じ洗礼名を呼び合って挨拶《あいさつ》が交わされると、爪楊枝で歯をせせっていたドファルジュ夫人がまたひとつ咳払いをして、さらに少し眉を持ち上げた。

「たびたびあるわけじゃないからな」三人の二番目がドファルジュ氏に言った。「あの哀れな連中がワインを味わうなんてことは。それを言えば、黒パンと死以外の何かを。ちがうかい、ジャック？」

「そうともさ、ジャック」ドファルジュ氏は応じた。

この二度目の洗礼名のやりとりに、相変わらず泰然と楊枝を使っていたドファルジュ夫人はまたひとつ咳をし、いっそう眉を上げた。

三人のうち最後のひとりが、空《から》になった飲み物の器を置き、唇を鳴らして、言いたかったことを言った。

「ああ！　かえってむごいな。あの気の毒な連中は苦いものを口にしどおしで、つらい人生を送っている、ジャック。そうだろう、ジャック？」

「そのとおりだ、ジャック」がドファルジュ氏の返答だった。

三度目の洗礼名のやりとりで、ついにドファルジュ夫人は爪楊枝を置き、眉を上げたまま椅子の上で体を動かして衣《きぬ》ずれの音を立てた。

「失礼、ちょっと待った」彼女の夫が言った。「みんな——これが家内だ！」

三人の客は帽子をとり、いずれも大仰な仕種《しぐさ》でドファルジュ夫人に挨拶した。夫人はそれにお辞儀で応《こた》え、三人を一瞥《いちべつ》してからゆったりと店内を見まわすと、落ち着き払って編み物を取り上げ、ふたたび集中した。

「さて、みんな」眼を輝かせて妻を見つめていた夫は言った。「ようこそ。私がちょっと出ているあいだに、見てみたいという話だった独身者向けの部屋は六階だ。階段室の入口は、このすぐ左の小さな中庭にある」と指差して、「この店の窓の近くに。だが、いま思い出した。ひとりはまえにも来たんだったな。行き方は彼が知ってる。では、さようなら！」

三人の客はワイン代を払って出ていった。ドファルジュ氏の眼は編み物をする妻に注がれた。と、例の老紳士が奥の席から出てきて、少しお話ができますかと尋ねた。

「喜んで」ドファルジュ氏は言って、紳士と静かに店の入口のほうへ向かった。

ふたりの会話はごく短かったが無駄がなかった。ほとんど最初のひと言で、ドファルジュ氏は驚き、集中した。一分とたたないうちにうなずいて、出ていった。紳士は若い女性を手で呼び寄せ、このふたりも出ていった。ドファルジュ夫人は眉ひとつ動かさずにせっせと編み物を続け、そちらには見向きもしなかった。

かくして酒店から出てきたジャーヴィス・ローリー氏とマネット嬢は、ドファルジュ氏が先ほど三人の客を案内した階段室の入口のまえに立っているところに加わった。そこは悪臭が淀《よど》んだ暗く小さな中庭に面していて、大勢の人が住む多くの家共有の入口になっていた。陰気なタイル張りの階段ののぼり口でドファルジュ氏は片膝をつき、かつての主人の娘の手を取って唇に当てた。紳士らしい所作だが、やり方はおざなりだった。ほんの数秒のうちに彼の様子はがらりと変わっていた。顔から開けっ広げの陽気さが消え、内に何かを秘めた、怒って危険な男になっていた。

「高いところだし、少々急なのでゆっくり上がったほうがいい」ドファルジュ氏が厳しい声でローリー氏に言い、三人は階段をのぼりはじめた。

「彼はひとりですか?」ローリー氏が囁《ささや》いた。

「ひとり! おお神よ、誰といっしょにいるというんです!」ドファルジュ氏は同じ低い声で言った。

「すると、いつもひとりなのですね?」

「ええ」

「本人の希望で?」

「希望というより必要からです。私に声がかかり、危険覚悟でひそかにかくまってほしいと頼まれたあと、初めてあのかたに会ったときからそうでした。いままで、ずっと」

「大きく変わっていますか？」

「変わるも何も！」

酒店の主人は立ち止まって横の壁を叩き、ひどい悪態をついた。直接答えていたとしても、その半分の力もなかっただろう。三人で階段をのぼるにつれ、ローリー氏の気分はますます沈んだ。

パリのごみごみした旧市街にあるこの手の階段は、まわりのものも含めて当代でも充分劣悪だが、あのころの状況に慣れて無感覚になっていない人にとっては、胸が悪くなるほどのひどさだった。大きく不潔な巣を思わせる高い建物に入った小さな世帯の一つひとつ――すなわち、共用の階段に面したドアの向こうのひと部屋か数部屋――がそれぞれの踊り場にゴミを積み上げ、窓からは別のゴミを捨てている。制御不能の腐敗に次ぐ腐敗で、たとえ貧困と欠乏が眼に見えない不純物をまき散らしていなかったとしても、空気は救いがたく汚染されていた。有形無形の源から立ち昇るにおいは鼻がもげそうになるほどだった。そんな臭気のなかを、汚れと毒に満ちた暗い急な階段が続いていた。心は千々に乱れ、マネット嬢のいや増す不安にも影響されて、ジャーヴィス・ローリー氏は二度立ち止まって休まなければならなかった。どちらも惨めな格子窓《こうしまど》の横で、そこからかろうじて腐らず残っていた空気も出ていき、おぞましい瘴気《しょうき》が入りこんでいるように思われた。錆《さ》びた格子を挟んで、荒れ果てた住人たちの生活をうかがう、というより味わうことができた。そこからノートルダム大聖堂の二基の大きな塔のてっぺんまで、その距離と高さにおいて健康な生活や健全な希望を約束するものは何ひとつなかった。

ようやく階段室の上まで来て、三人は三度目に足を止めた。そこからさらに険しく狭い階段が屋根裏部屋へとつながっていた。若い女性から何か質問されることを怖れるかのように、酒店の主人はつねに少しまえをローリー氏と並んでのぼっていたが、部屋のまえで振り返ると、肩にかけていた上着のポケットを慎重に探って、鍵《かぎ》を取り出した。

「なんと、鍵をかけている？」ローリー氏が驚いて言った。

「ええ、そうです」ドファルジュ氏は暗い声で答えた。

「不幸な紳士を閉じこめなければならないのですね」

「鍵をかけなければならないと思います」ドファルジュ氏は相手の耳元で囁き、眉間《みけん》に深いしわを寄せた。

「なぜ?」

「なぜ! あまりにも長く閉じこめられていたために、ドアを開けたままにしておくと、怖がるか、ひどく興奮するか、自分をばらばらに引き裂くか、死んでしまうか――とにかく想像もつかないようなことをしてしまうからです」

「そんなことがありうるのですか」ローリー氏は語気を強めた。

「ありうる?」ドファルジュは苦々しげにくり返した。「もちろん。なんとすばらしい世界でしょう。そんなことがありうるだけでなく、実際に起きてるんだから! あの空の下で、毎日のように。悪魔万歳。さあ、行きましょう」

この会話はごく低い囁き声で交わされたので、若い女性の耳にはひと言も届かなかったが、そのころ彼女は強い感情に揺さぶられて打ち震え、顔に深い不安、とりわけ恐怖と怯《おび》えの表情を浮かべていた。ローリー氏はひと言元気づけなければならないと感じた。

「さあ、勇気を出して、お嬢さん。勇気です! 仕事です! 最悪のところはもうすぐ終わります。ドアの先に行けば最悪の部分は終わるのです。そのあとは、あなたのほうから彼にあらゆる善意、あらゆる慰め、あらゆる幸せを与えてください。そのためにこの親切な友人の手を借りましょう。そうですね、ムシュー・ドファルジュ。さあ、来て。仕事、仕事です！」

　彼らはゆっくりと、静かにのぼっていった。そこからの階段は短く、すぐ上に着いた。階段が急に曲がったところで、ふいに三人の男が眼に入った。ドアの横に屈《かが》んで頭を寄せ合い、壁の割れ目か穴から部屋のなかを熱心にのぞきこんでいる。三人はうしろから近づく足音を聞いて振り返り、立ち上がった。酒店で飲みながらジャックと呼び合っていた男たちだった。

「あなたの訪問に驚いて、彼らのことを忘れていました」ドファルジュ氏が説明した。「悪いがここからおりてくれ。こっちの用事があるんでね」

　三人は彼らの横を通り抜けて、静かにおりていった。

　その階にほかのドアはないようで、店主は自分たちだけになるとまっすぐそのまえに行った。ローリー氏は少し怒りをにじませて小声で尋ねた。

「ムシュー・マネットを見世物にしているのかね？」

「いまご覧になったように、ごくかぎられた人間にしか見せませんよ」

「そういうことでいいのか？」

「私はいいと思います」

「かぎられた人間とは？　どうやって選ぶ？」

「ちゃんとした人間を選びます。私の名前を持ち――ジャックという名ですが――見ることが本人たちのためになりそうな人間を。この説明で充分でしょう。あなたはイギリスのかただ。理解できないと思います。ちょっとここでお待ちいただけますか」

制するように手を上げてふたりを止まらせ、屈んで壁の割れ目からなかをのぞいた。やはりそしてまたすぐに頭を上げると、ドアを二、三度、明らかに合図として叩いた。やはり合図として鍵でドアを三、四度引っかいたあと、それをぎこちなく鍵穴に入れ、できるだけ重々しい音を立ててまわした。

ドアがゆっくりと内側に開いた。店主は押しながら部屋のなかを見て、何か言った。弱々しい声が答えた。どちらもほんのわずかしかことばを交わさなかった。

店主は振り返って、ふたりを呼び入れた。ローリー氏はくずおれそうな娘の腰をしっかりと抱き寄せて支えていた。

「あ――さあ――仕事です、仕事！」急き立てる彼の頰を仕事とは関係のない涙が濡《ぬ》らしていた。「入って、入って！」

「怖いのです」彼女は震えながら言った。

「何がです？　何が？」

「あのかた。わたくしの父が」

彼女はそんな様子だし、案内役の店主にも手招きされて、ローリー氏はままよとばかりに娘の震える腕を自分の肩にまわし、抱え上げるようにしてすばやく部屋のなかへ連れこんだ。ドアのすぐ内側で彼女をおろし、すがりついてくるのを支えた。

ドファルジュは鍵を抜いてドアを閉め、なかから施錠してまた鍵を引き抜き、手に持った。それだけのことをてきぱきと、この上なく騒々しい音を立ててやると、慎重な足取りで窓辺まで歩き、止まって、振り返った。

薪《まき》などの乾燥保管庫として造られた屋根裏部屋は薄暗かった。屋根窓の位置にあるのが、屋根に出るための扉だったからだ。上部には通りから貯蔵物を吊《つ》り上げるための滑車装置がついている。ガラスも入っておらず、フランス窓がみなそうであるように両開きだった。寒気が入らないように片側はしっかり閉じられ、もう一方もわずかな隙間《すきま》しか開いていなかった。部屋にはそこからしか光が入ってこないので、足を踏み入れたときにはほとんど何も見えないほどだった。誰であれ、それほど暗いところでなんらかの細かい作業をするのには、そうとうの習熟を要する。しかし、この屋根裏部屋ではその手の作業がおこなわれていた。ドアに背を向け、店主が立っている窓のほうに顔を向けて、白髪の男が低いベンチに腰かけ、前屈みで一心不乱に靴を作っていたのだ。

第六章　靴職人

「ごきげんよう！」靴のすぐ上に垂れた白髪頭を見おろして、ドファルジュ氏が言った。

その頭が一瞬持ち上がり、どこか遠くにいるようなか細い声で挨拶《あいさつ》を返した。

「ごきげんよう」

「まだ熱心に働いているのですね？」

長い沈黙のあと、白髪頭がまたいっとき持ち上がって声が答えた。「ああ――働いている」今度はやつれた眼が質問者をとらえたが、顔はまた下を向いた。

その声のか細さは哀れで、怖ろしくもあった。体が弱ってか細いのではなかった。むろん監獄での厳しい生活は少なからず体を蝕《むしば》んでいたが。痛ましいのは、孤独で使っていないために声が弱くなっていることだった。まるではるか昔に出された音の、消えかけた最後のこだまのようだった。人間の声の生命力や響きが完全に失われ、かつて美しかった色が褪《あ》せてくすんだ染《し》みになったような感じを抱かせた。打ち沈み、押し殺され、地下から響く声のようだった。絶望し、途方に暮れた心がありありと伝わってきて、ひとり荒野をさまよい疲れ果てた旅人が聞けば、のたれ死にするまえに故郷と友人たちを思い出しそうな声音だった。

黙って作業をする数分がすぎた。やつれた眼がまた上を向いた。興味や好奇心からそうしたのではなく、先ほど唯一気《ゆいいつ》づいた訪問者が立っていた場所がまだ空いていないのを、機械的に確かめただけだった。

「できれば」ドファルジュが靴職人から片時も眼をそらさずに言った。「もう少し光を入れたいのですが。少しなら耐えられますか?」

靴職人は作業の手を止めた。耳に入っているのかいないのか、自分の横の床を見て、今度は反対側の床を見、話し手に眼を上げた。

「いまなんと?」

「もう少し光を入れても耐えられますか?」

「耐えなければならない、あなたが入れると言うのなら」〝耐えなければならない〟をごくわずかに強調した。

店主はフランス窓の片側をもう少し開き、その角度で止めた。屋根裏部屋に太い光の筋が射《さ》しこみ、作りかけの靴を膝《ひざ》にのせて手を休めている男の姿が浮かび上がった。

足元とベンチの上にはありふれた道具がいくつかと、さまざまな形の革の切れ端があった。白い口ひげは不揃《ふぞろ》いだがさほど長くはなく、虚《うつ》ろな顔で眼が異様に輝いていた。顔の痩《や》せ方と虚ろさのせいで、もつれた白髪とまだ黒い眉毛《まゆげ》の下の眼がただでさえ目立つのに、もとから大きい眼なので、それはもう不自然に見えるほどだ。着古した黄色いシャツが喉元《のどもと》で開き、痩せ衰えた体がのぞいていた。本人と、古い粗布の仕事着、ゆるい靴下、破れたぼろのような残りの衣類のすべては、長いこと外界の光と空気からさえぎられて色褪せ、羊皮紙のようにくすんだ黄色のひとつの影になって、どれがどれか見分けがつかなかった。

男は光のまえに手をかざした。手の骨までも透けて見えそうだった。坐《すわ》ったまま、虚ろな視線をぴくりとも動かさずに休んでいた。眼のまえの人物を見るときには、音と場所を結びつける習慣を忘れてしまったかのように、かならず床のこちら側とあちら側を見てから眼を上げ、話すときにもかならず同じようにためらって、結局話し忘れるのだった。

「その靴は今日完成させるのですか？」ドファルジュが訊《き》いて、ローリー氏を手で呼び寄せた。

「なんと言った？」

「その靴を今日完成させるつもりですか？」

「はっきりとは言えない。たぶんできる。わからない」

しかし質問されて仕事を思い出したらしく、また靴の上に屈みこんだ。

ローリー氏は娘を入口に残しておいて静かに進み出た。一、二分、ドファルジュの横に立っていると、靴職人が眼を上げた。すぐまえに人がもうひとり増えて驚いた様子はなかったが、見ながら片手の震える指は唇をさまよい（唇も指の爪《つめ》も同じ薄い鉛色だった）、あっという間にまた手を落として靴作りに専念した。

「ご覧のとおり、訪ねてきたかたがいます」ドファルジュ氏が言った。

「なんと言った？」

「お客さんですよ」

靴職人はまた眼を上げたが、仕事の手は止めなかった。

「さあ！」ドファルジュは言った。「いい靴は見ればわかる紳士です。いま作っている靴をお見せしましょう。どうぞ、ムシュー」

ローリー氏は靴を手に取った。

「どういう靴か説明してあげてください。それと製作者の名前も」

ふつうより長い間ができたあと、靴職人が答えた。

「何を訊かれたのか忘れてしまった。なんと言った？」

「どんな靴を作っているのか、このかたに説明してくださいと言ったのです」

「婦人用の靴だ。若い女性が散歩をするときの。当世風だ。この眼で見たことはないが、型紙があったので」と言って、いくらか誇らしげに靴に眼をやった。

「製作者の名前もうかがえますか」ドファルジュは言った。

　作業中の靴がなくなったので、男は両手をもみ合わせたり、ひげの生えた顎《あご》をなでたりと、片時も休まずにあれこれ手を移していた。何かを言ったあとに沈んでいくところから彼を引き戻すのは、気を失った衰弱者を蘇生《そせい》させたり、何か告白させるために瀕死《ひんし》の人の魂を引き止めようとするのに似ていた。

「私の名前を訊いたのか？」

「まさしくそうです」

「北塔の百五番」

「それだけですか？」

「北塔の百五番」

　ため息でもうめき声でもないくたびれた音とともに、彼は下を向いて仕事を再開した。ややあって、また沈黙が破られた。

「靴を作るのがあなたの職業ではありませんね？」ローリー氏が相手を見すえて言った。

男のやつれた眼が、代わりに答えてくれというようにドファルジュのほうを向いたが、助けてもらえないのがわかると、また床をさまよってからローリー氏を見上げた。

「靴を作るのが職業ではない？　そう、靴作りは私の職業ではない。私は――ここで学んだのだ。独学で。許しを求めて――」

そこでまた視線がさまよい、何分ものあいだ、また手を左、右と交互にもみ合わせていた。ようやくゆっくりとローリー氏に眼を戻すと、はっと驚き、眠っていた人がその瞬間に眼覚めて前夜の話題の続きにかかるように、また話しだした。

「独学の許しを求めて、長く苦労した末に認めてもらい、そのときから靴を作りつづけている」

渡した靴を返してほしいと手を伸ばした。ローリー氏は相変わらず相手の顔を見すえて言った。

「ムシュー・マネット、私にまったく見憶《みおぼ》えがありませんか？」

靴が床に落ちた。男の眼が質問者に釘《くぎ》づけになった。

「ムシュー・マネット」ローリー氏はドファルジュの腕に触れた。「この人にも見憶えはありませんか？　彼を見てください。この私も。昔の銀行家、昔の仕事、昔の使用人、昔の時代があなたの頭に浮かびませんか、ムシュー・マネット？」

長年の囚《とら》われ人はローリー氏とドファルジュを交互に見つめていた。久しく消えていた活発な知性の印が、まわりの黒い霧を押し分けてゆっくりと額のまんなかに浮かび上がってきた。それはまた曇り、薄くなって消えたが、たしかに一度はそこにあった。まったく同じ表情が若い令嬢の顔にもあった。マネット嬢は男が見える位置まで壁沿いにそっと近づき、立ち上がって見ていた。彼を遠ざけたいとか、視界から閉め出したいとまではいかないにしろ、最初は怯《おび》えと憐憫《れんびん》で持ち上がっていた両手は、いまや彼のほうに伸ばされ、その幽霊めいた顔を若く温かい胸に抱き寄せて、みずからの愛で人生と希望に連れ戻したいという熱意で震えていた。彼女の若く美しい顔に表れた表情はあまりにもそっくりで（彼女のほうがもっと強いにしろ）、光が動くように彼から彼女に移ったかに見えた。

男にまた闇《やみ》がおりていた。眼のまえのふたりを見るものの、注意はますます離れていき、暗く放心した眼がまたも探るようにまわりの床を見まわした。そして最後に長く深いため息をついて、靴を取り、仕事を再開した。

「同じ人だとわかりましたか、ムシュー？」ドファルジュが囁《ささや》き声で訊いた。

「ああ、一瞬だけれどね。最初は希望がないと思ったが、まちがいなく、昔とてもよく知っていた顔を見た気がした。しいっ！　うしろに下がろう。さあ、静かに！」

令嬢が壁から離れて、男が坐るベンチのすぐそばまで来ていた。屈んで作業をしている背中に手を伸ばして触《さわ》れるほど近くにいるのに、彼が気づかないのは不気味だった。

ことばひとつなく、音もなかった。令嬢は幽霊さながら男の横に立ち、彼は靴の上に身を屈めていた。

やがて彼が手に持った道具をおろし、靴作り用のナイフを取ろうとした。ナイフは令嬢が立っていない側の床に置かれていた。それを拾ってまた作業に取りかかろうとしたとき、彼女の服の裾《すそ》が眼に止まった。男は眼を上げて、彼女の顔を見た。残りのふたりがまえに進み出ようとしたのを令嬢は手で制した。ふたりはナイフを怖れたが、彼女はナイフで刺されることを怖れていなかった。

男はぞっとする表情で彼女を見つめた。ややあって、唇が何かことばを発するように動いたが、声は出てこなかった。つらそうでせわしない呼吸の合間に、少しずつこう言うのが聞こえた。

「これは、いったい？」

頰に涙を流しながら、彼女は両手を唇に当て、彼にキスを送った。そしてその手を、まるで彼の損なわれた頭を抱きしめるかのように胸の上で合わせた。

「あなたは牢番《ろうばん》の娘ではないのか」

彼女は小さく息を吐いた。「ちがいます」

「では誰だ」

まだしっかり話せるかどうかわからず、令嬢はベンチの彼の横に腰をおろした。男はびくっとしたが、彼女はその腕にやさしく手を置いた。そのとき、彼が不思議な感覚に打たれ、体を興奮が駆け抜けたのが見て取れた。そっとナイフを置くと、顔を上げて相手を見つめた。

令嬢はカールした長い金髪を手早く一方に寄せて首筋に垂らしていた。彼は少しずつ手を伸ばしてその髪を取り、眺めていたが、途中でまた心が離れて、またひとつ大きなため息をつくと、ふたたび靴作りに戻った。

ただそれも長くは続かなかった。令嬢が彼の腕から手を離して、肩に置いた。彼はそれが本当にそこにあるのを確かめるように、怪訝《けげん》そうに二、三度見てから、作りかけの靴を下に置き、首に手をやって、黒ずんだ紐《ひも》をはずした。紐の先の小さく折りたたんだぼろ布を膝の上で丁寧に開くと、ごく少量の髪の毛が入っていた——遠い昔、

靴職人

指で巻き取ったのであろう長い金色の髪がほんの一、二本。

隣の女性の髪をまた手に取り、まじまじと観察した。「同じだ。どうしてこんなことが！　いつ？　どうやって？」

精神を集中したときの表情が男の額に戻るにつれ、女性の額にも同じ表情が浮かんでいることに気づいたようだった。彼女を光のほうへしっかり向けて、見つめた。

「私が連れ出されたあの夜、あの子はこの肩に頭をのせた。私がいなくなるのが怖かったのだろう。私自身は怖さなど感じなかったが。そして北塔に閉じこめられたとき、この髪が服の袖《そで》についていたのだ。〝これは持っていてもいいでしょう？　持っていても、この体は逃げられない。心は逃げられるかもしれないが〟と私は牢番に言った。いまもよく憶えている」

声に出すまえに何度も唇だけ動かして、話すことばを思いめぐらしていた。とはいえ、実際に出てきたことばは、ゆっくりではあるが明瞭《めいりょう》だった。

「どうして？　あれはあなただったのか？」

突如猛然と彼女をつかんだので、残るふたりはまたぎくりとした。しかし彼女はあくまで落ち着いて坐り、低い声でただこう言った。「お願いです、おふたりとも、わたくしたちに近づかないでください。お話もなさらないで。どうか動かないで！」

「聞いたか！」彼は叫んだ。「いまのは誰の声だ？」

　叫び声を発しながら両手を彼女から離して自分の頭に持っていき、狂ったように白髪をかきむしった。が、やがてそれもおさまり、靴作り以外のあらゆるものが彼から消えていたように、消えていった。小さなぼろ布をまたたたんで胸のまえにかけようとしたが、眼は彼女から離さず、暗い表情で首を振った。

「いや、いや、ちがう。あなたは若すぎる。花のように美しすぎる。ありえない。この囚人を見るがいい。これはあの子が知っている手ではない。あの子が知っている顔でもない。あの子が聞いたことのある声ではない。ちがう、ちがう。あの子は――そして彼は――私が北塔ですごしたあまりにも長い年月のまえの――はるか昔の存在だ。あなたの名前はなんだね、わがやさしい天使？」

　男の声と態度が穏やかになったのを認めて、彼の娘はその場にひざまずき、彼の胸に手を当てて訴えた。

「ああ、あなた様、わたくしの名前はいつかお知らせします。わたくしの母が誰で、父が誰だったのかも。そしてなぜわたくしが両親のつらい、つらい過去を知らなかったのかも。でも、いまここでは話せません。いまここで話せるのは、わたくしに触れて、わたくしを祝福していただきたいと心から願っていることだけです。キスをしてください、どうかキスを！　ああ、愛しいかた、わたくしの愛しいかた！」

男の寒々しい白髪頭が彼女の輝かしい髪と混じり合った。彼女の髪は降り注ぐ自由の光のように彼を照らし、暖めた。

「もしわたくしの声のなかに、かつてあなたの耳に美しい音楽として響いた声に似たところが少しでもあるなら――あるかどうかはわかりませんが、あってほしいと願います――泣いてください！　もしわたくしの髪に触れて、かつて若く自由だったときに胸に抱いた愛しい頭を少しでも思い出したら、泣いてください！　もしわたくしが心からあなたに寄り添い、誠意をこめて尽くすことのできる故郷《ふるさと》がすぐそこにあると言ったとき、あなたの打ちしおれた可哀相な心に、長年忘れられていた故郷が少しでも浮かんだら、泣いてください！　泣いてください！」

そうして彼の首を抱きかかえ、子供をあやすように胸の上で揺すった。

「最愛のかた、あなたの苦しみは終わったのです。わたくしはそのためにここへ来ました。いっしょにイギリスに戻って心穏やかに暮らしましょう。そう聞いて、むなしく費やされた人生を思い、あなたにひどい仕打ちをした、わたくしたちの祖国フランスのことを考えたなら、泣いてください！　そしていつかあなたに、わたくしの名前と、生きている父の名前、亡《な》くなった母の名前を告げたとき、わたくしが尊敬する父のまえにひざまずいて赦《ゆる》しを乞《こ》わなければならないことを知ったなら、泣いてください！　わたくしには、昼は父のために一心に努力し、夜は一睡もできずに泣き明かすことができませんでした。なぜなら可哀相な母が、わたくしを愛するがゆえに、父の想像も及ばない苦しみを隠していたからです。どうか泣いてください、母のために、そしてわたくしのために！　善き紳士のおふたり、神様にお礼を捧《ささ》げてください！　わたくしの顔にこのかたの清い涙が流れています。このかたのすすり泣きがわたくしの胸に伝わります。ああ、見て！　ありがとう、ありがとうございます、神様！」

男は彼女の腕のなかに沈みこみ、顔を胸に埋《うず》めていた。感動的な光景だったが、このまえにあったあまりにも不当で苛酷《かこく》な出来事を思うといたたまれず、見ていたふたりも両手で顔を覆《おお》った。

屋根裏部屋の沈黙が長く続き、男の波打っていた胸と震えていた体も静かになってしばらくたつと――それはあらゆる嵐《あらし》のあとの静寂、人生という嵐の最後にかならず訪れる、人間性の象徴としての安らぎと静けさだった――ローリー氏とドファルジュは父と娘を床から引き上げようとまえに出た。父のほうはゆっくりと床にくずおれ、気力も体力も尽きて横たわっていた。娘も床に坐《すわ》りこみ、父の頭をやさしく腕にのせている。その髪が彼に垂れかかって光をさえぎっていた。

「もしこのかたに負担をかけずに」令嬢は、何度も鼻をかんだあとで近くに立ったローリー氏に手を上げながら言った。「いますぐパリを発《た》つ準備ができて、このドアの向こうにすぐ連れ出せるのなら――」

「ですがご覧なさい。この体で旅に耐えられるでしょうか」ローリー氏が訊《き》いた。

「このかたにとってあまりにも怖ろしいこの街にいるよりはましだと思います」

「たしかに」そばにひざまずいていたドファルジュが言った。「それだけでなく、どう考えてもムシュー・マネットはフランスから出たほうがいい。馬車を呼びましょうか？」

「それは仕事だ」ローリー氏はたちまち几帳面《きちょうめん》な態度を取り戻した。「仕事であるからには私がやらなければ」

「ではお願いします」令嬢はうながした。「わたくしたちふたりはここに残ります。心配ほら、もうこんなに落ち着いていますから、いっしょにいれば心配ありません。心配する必要がありますか？　誰も入ってこないように鍵《かぎ》をかけていってくだされば、戻られたときにもまちがいなくこのまま静かです。いずれにしろ、わたくしが世話をしていますから、お戻りになったらすぐにここから連れ出しましょう」

ローリー氏もドファルジュもこれにはあまり気乗りせず、どちらかひとりが残るべきではないかと思ったが、馬車だけでなく旅行のための書類も準備しなければならず、その日はすでに終わりかかって時間もないので、結局ふたりはやるべき仕事を手分けして急いで外に出ていった。

迫りくる闇のなかで娘は父親のそばの硬い床に頭を横たえ、彼を見つめた。闇がますます濃くなり、ふたりは静かに横になっていた。そしてようやく、壁の割れ目から光が射《さ》した。

ローリー氏とドファルジュ氏が旅の支度を万端調えて戻ってきた。旅行用のマントや毛布に加えてパンと肉、ワイン、熱いコーヒーも持ってきていた。ドファルジュ氏は食べ物と手に持っていたランプを靴職人のベンチに置き（屋根裏部屋にはこのほかに粗末な板張りの寝台しかなかった）、ローリー氏と力を合わせて囚《とら》われ人を起こし、立ち上がらせた。

いかなる人間の知性も、彼の驚き怯えた虚《うつ》ろな顔からその心の謎《なぞ》を解き明かすことはできなかっただろう。何が起きたか本人にはわかっているのか、彼らが言ったことを憶えているのか、自由になったことを理解しているのか――そうした疑問には、どれほどの賢者も答えられなかっただろう。彼らが話しかけても混乱しきっていて、答えるのがとても遅く、なおさら心があらぬ方向に行くのではないかと心配なので、しばらくそっとしておくことにした。ときおりそれまで見たことのない荒々しさで、われを忘れたように両手で自分の頭を鷲《わし》づかみにするのだが、それでも娘の声を聞くだけで喜びがこみ上げるらしく、彼女が何か言うたびにそちらを向いていた。

長年命令にしたがってきた人間のおとなしさで、彼は与えられた食べ物や飲み物を口に運び、手渡されたマントや毛布を身にまとった。娘が腕を組もうとすると素直に腕を差し出し、両手で彼女の手を握っていた。

一行は階段をおりはじめた。ドファルジュ氏がランプを持って先頭に立ち、ローリー氏が列の最後についた。長い主階段をまださほどおりないうちに、男は足を止め、屋根とまわりの壁を見つめた。

「ここを憶《おぼ》えているのですか、お父様？　この階段を上がったことを？」

「いまなんと言った？」

しかし彼女が質問をくり返すまえに、まるでもうくり返したかのように彼は答えをつぶやいた。

「憶えている？　いや、憶えていない。あまりにも昔のことだから」

監獄からこの家に連れてこられたときの記憶がすっぽり抜け落ちているのは明らかだった。彼が「北塔、百五番」とつぶやくのが聞こえた。まわりの壁は長いこと閉じこめられていた堅固な監獄の壁にほかならなかった。中庭までおりると、彼はあたかも跳ね橋を渡ろうとするかのように自然に歩幅を変えた。跳ね橋はなく、開けた通りで馬車が待っているのを見ると、握っていた娘の手を離し、また頭に指を食いこませた。

入口に群衆はいなかった。多くの窓のどこにも人影はなく、異様な静寂があたりを支配していた。眼に入ったのはただひとり、ドファルジュ夫人だけで、戸口の柱にもたれ、編み物をしながら見て見ぬふりをしていた。

囚われ人が馬車のなかに入り、娘が続いた。ローリー氏が踏み板に足をかけたところで囚われ人が、靴作りの道具と作りかけの靴を取ってこなければ、と惨《みじ》めな声で言った。すかさずドファルジュ夫人が取ってくるわと夫に呼びかけ、編み物を続けながらランプの光の外に出て、中庭を横切っていった。そしてすぐに戻ってくると、道具と靴を馬車のなかに渡し、たちまちまた柱にもたれて編み物に専念した。

ドファルジュ氏が御者台に乗り、「城門へ！」と伝えた。御者が鞭《むち》を鳴らし、馬車は揺れる薄暗い街灯の下をガタゴトと走りだした。

揺れる街灯――裕福な地域では明るく、貧しい地域では暗くなる――の下、明かりの灯った店や、愉《たの》しげな群衆、明るい喫茶店、劇場のまえを通りすぎて、パリの城門のひとつに到着した。番小屋にランタンを持った哨兵《しょうへい》がいた。「旅行者は書類を提出！」「これです、どうぞ」とドファルジュが言い、馬車からおりて重々しい態度で兵士を馬車から遠ざけた。「これがなかにいるあの白髪の紳士の書類です。ご本人とともに私に託されたもので、場所は——」そこで声を落とした。兵士たちのランタンに動きがあり、そのうちひとつが馬車のなかに突き入れられた。それを持った軍服の上の眼は、ふだんとはちがう真剣さで白髪の紳士を見つめた。「よし。進め！」と軍服の兵士が言った。「さようなら《アデュー》！」とドファルジュ。そして馬車はますます暗くなる街灯の下をしばらく走り、大きな星空の下に出た。

その動かない永遠の光の天蓋《てんがい》の下で——知者によると、いくつかの星はこの小さな地球からあまりに遠く離れているので、地球を何かが苦しめられたり、なしとげられたりする天体の一点と認めて光を送り届けているかどうか、疑わしいというが——夜の影は茫洋《ぼうよう》として暗かった。明け方までの寒くて不安な旅のあいだじゅう、埋められ掘り出された男の向かいに坐って、この男の精妙な力のどれが永久に失われ、どれを取り戻せるのだろうと考えていたジャーヴィス・ローリー氏の耳に、夜の影はいま一度、同じ問いを囁《ささや》いた。

「人生に甦《よみがえ》りたかったのでしょう？」

答えも同じだった。

「それはどうだろう」

第二部　金の糸

第一章　五年後

テンプル門のそばにあるテルソン銀行は、一七八〇年においてさえ古色蒼然《そうぜん》とした建物だった。非常に小さく、暗く、醜く、狭苦しい。共同経営者たちがその小ささ、暗さ、醜さ、狭苦しさを誇りに思っている点でも昔気質《むかしかたぎ》だった。そうした特徴を吹聴《ふいちょう》することすらあり、もっと快適になったら威厳が目減りすると堅く信じていた。それはただの消極的な信念ではなく、快適なほかの職場に対して振りかざす武器だった。曰《いわ》く、テルソン銀行には広々とした空間も照明も必要ない。装飾などもってのほかである。どこの馬の骨ともわからない商会には必要かもしれないが、テルソンはちがう。ありがたいことに！

どの共同経営者も、息子がテルソン銀行を建て替えるなどと提案したら勘当していただろう。その点でテルソン銀行はイギリスと同類だった。この国も、古来きわめて耐えがたいがそれゆえに尊敬されている法律や慣習を、息子たちが改善しようとするたびに勘当してきた。

かくしてテルソン銀行は不便の輝かしい完成形となった。ばかばかしいほど重い扉を、蝶番《ちょうつがい》を軋《きし》ませてやっとのことで押し開け、階段を二段おりるときにつまずいて、われに返ると、惨《みじ》めなほど小さな店内にいる。手狭な窓口がふたつあり、よぼよぼの係が小切手を受け取って、風にそよぐようにぷるぷると震わせながら署名を確認する。その脇《わき》の窓はフリート街から跳ね散らされる泥でつねに汚れているうえ、鉄格子《てつごうし》がはまっているし、テンプル門の陰にもなってなおさら暗い。仕事の都合で頭取に会わなければならない場合には、行内の〝死刑囚監房〟に押しこめられ、無為にすごした人生を振り返っているうちに、頭取がポケットに両手を突っこんで現れる。ただし陰気な薄闇《うすやみ》のなかだから、眼をしばたたいてもその姿はよく見えない。

顧客の金は虫食いだらけの古い木の抽斗《ひきだし》に出し入れされた。抽斗が開いたり閉じたりするたびに木の粉が飛んで、鼻から喉《のど》の奥に入っていく。紙幣はかび臭く、見る間に腐って原料のぼろ布《きれ》に戻ってしまいそうだった。顧客の銀器もそのあたりの汚水溜《だ》めさながらの場所にしまわれ、〝悪《あ》しき交際《まじわり》〟によって一日か二日で輝きが失われた。証書類は、もとは台所と食器洗い場だったにわか作りの金庫室に持ちこまれ、銀行の空気のなかに油分がすっかり飛んでぱさついた。私文書の入った小さめの箱は、二階のバーミサイドの部屋に行く（訳注　バーミサイドは『千一夜物語』に出てくる富豪で、饗宴に空の食器ばかりを並べた）。つねに大きな食卓が置かれているが、食事が供されたことはついぞなく、一七八〇年という年とはいえ、箱に収められた昔の恋人や幼いわが子からの初めての手紙は、アビシニアやアシャンティ（訳注　どちらも当時のアフリカの国名）顔負けの残忍さと獰猛《どうもう》さでテンプル門の上にさらされた首に、窓越しにのぞき見られる恐怖から、先ごろ解放されたばかりだった。

しかし当時、あらゆる商売や職業――なかんずくテルソン銀行――で流行《はや》っていた処方箋《せん》は〝死刑〟だった。死は自然が与えた万物の治療薬であり、法の世界にそれが当てはまらないわけがあろうか。かくして文書偽造者は死刑になり、贋札《にせさつ》を使った者も死刑になった。他人宛《あ》ての書簡を開封した者、四十シリング六ペンスの端金《はしたがね》を盗んだ者、テルソン銀行のまえから馬を連れ去った馬番、シリング硬貨の偽造者も死刑になった。およそ〝犯罪〟の楽音を響かせた者の四分の三は、死刑になった。ただこれは犯罪防止にはまったく役立たなかった。むしろ逆効果だったと指摘すべきだが、おのおのの事件に関連した問題を（少なくともこの世から）あと腐れなく消し去ったのは確かだった。したがって、最盛期のテルソン銀行は、同時代のほかの大企業と同じく多くの命を奪っており、死者を個別に埋葬する代わりにその首をテンプル門の上に並べたら、銀行の地階に入っていたわずかばかりの光も、おそらく完全にさえぎられてしまったことだろう。

種々雑多な薄暗い食器棚のようなところに押しこめられて、よぼよぼの老人たちが鹿爪《しかつめ》らしく仕事に取り組んでいた。ロンドンのこの店に若い新人を採用したときには、歳《とし》をとるまでどこかに隠しておいた。チーズのように暗い場所に入れ、テルソンの風味と青かびがたっぷりつくまで保存しておくのだ。そこでようやく彼は人前に出され、分厚い帳簿をこれ見よがしに調べたり、ズボンとゲートルで建物の荘重さになお重みを加えたりすることを許された。

そんなテルソン銀行の外に——呼ばれないかぎり決してなかに入ることはない——奇妙な仕事の男がいた。ときに荷物運び、ときに使い走りとなり、銀行の生きた看板として働いていた。開店中はつねに外に控え、使いに出て留守のときには息子が代わりを務めた。息子は十二歳で、父親と瓜《うり》ふたつの薄汚い腕白小僧だ。人々は、こういう奇妙な仕事の男を受け入れているのも銀行の風格の表れと考えていた。たしかに銀行はそれまでかならず誰かにこの役目を振り当てていて、男はたまさかの運でそこに流れ着いたのだった。男の名字はクランチャー。幼いころ、ハウンズディッチの東教区の教会における洗礼式で、代理人を立てて〝暗黒《くらき》の業〟を退けると誓ったときに、ジェリーの呼び名を与えられた。

場所はホワイトフライアーズ通りのはずれ、ハンギング・ソード・アレーにあるクランチャー氏の自宅。時はキリスト紀元《アンノ・ドミニ》一七八〇年三月の風の強い朝七時半（クランチャー氏自身は、キリスト紀元のことを〝アンナ・ドミノズ〟と呼んだ。明らかに、人気のゲームであるドミノが発明された日にこの暦法が始まり、発明者の女性がみずからの名を冠したと思いこんでいた）。

クランチャー氏の住まいはいくらか柄の悪い地域にあった。部屋もふたつしかなく――それもガラス窓ひとつの小部屋をひとつとして数えればだが――掃除は行き届いていた。風の強いその三月の朝のまだ早い時間でも、彼が寝ている部屋はすでにふき掃除がすみ、ぐらつくモミのテーブルにかかった清潔そのものの白いクロスの上に、朝食のカップと皿が並べられていた。

クランチャー氏はパッチワークのベッドカバーにくるまり、家にいる道化師《ハーレクイン》のように眠っていた。最初はぐっすり眠りこんでいたが、やがて寝返りを打ったり体をもたげたりしだすと、ついに起き上がって――つんつん尖《とが》った髪がシーツを短冊《たんざく》に裂いてしまいそうだった――すさまじい見幕で叫んだ。

「またやってやがる！」

部屋の隅で両膝《りょうひざ》をついていた、小ざれいで真面目《まじめ》そうな身なりの女がさっと立ち上がった。そのあわてて怯《おび》えた様子から、怒声を浴びせられた当人だとわかる。「またやってんのか！」

「何してる！」クランチャー氏はあたりを見まわしてブーツを探した。

そうやって妻に怒鳴ったあと、三度目の挨拶《あいさつ》にブーツを投げつけた。ブーツは泥だらけで、クランチャー氏の収入にかかわる奇妙な事情を物語っていた。銀行の仕事から帰ってきたときにはきれいなのだが、翌朝起きると同じブーツがよく泥まみれになっているのだ。

「なんなんだ！」狙《ねら》いをはずしたあと、また話しつづけた。「何してやがる、この迷惑女が」

「祈ってただけですよ」

「祈ってた！　なんていいやつなんだ！　で、どたばたひざまずいて、おれの不幸を祈るとはいったいどういう了見だ」

「不幸なんて祈ってません。幸せになるようにって祈ってるんです」

「ちがうな。もしそうだとしても、おれはおまえの思いどおりにはならんぞ。おいジェリー！　おまえの母ちゃんはいいやつだ、父ちゃんの不幸を祈ってくれるんだから。まったく気がまわる母親さ、信心深くてなあ、わが息子。たったひとりのわが子の口にパンとバターが入りませんようになんてどたばた祈ってやがる」

クランチャーの息子（まだシャツ一枚だった）はこれを深刻に受け止め、ぼくの食べ物を奪うお祈りなんて、と嫌悪《けんお》丸出しで母親を責めた。

「で、おまえのお祈りにどれだけの値打ちがあると思ってんだ、このうぬぼれ女」クランチャー氏は言っていることの辻褄《つじつま》が合わないのに気づかず続けた。「おまえのお祈りの値段を言ってみろ！」

「あたしは心から祈ってるだけよ、ジェリー。それだけです」

「それだけです」クランチャー氏は鸚鵡《おうむ》返しに言った。「だったら大した値打ちはないな。どっちにしろ、おれを不幸にする祈りはやめろ、言っとくが。そんなのは許さん。おまえにこそこそやられて不幸になってたまるか。どうしてもどたばたしたいんなら、亭主と息子の不幸じゃなくて幸せを祈れ。おれにちょっとでもまともなかみさんがいたら、そしてこいつにちゃんとした母親がいたら、先週はいくらか金が入ったかもしれないんだ。ところがまあ、お祈りで呪《のろ》われるわ、計画はうまくいかないわ、神様には嫌われるわで踏んだり蹴《け》ったりよ。まあーったく！」話しながら、ずっと服を着ていた。「信心に邪魔されたり、しくじりが重なったりして、先週は哀れにもだまされ、正直な商売人にとってこれ以上ないほどの不運にみまわれた！　ほらジェリー、おまえも早く服を着ろ。父ちゃんはブーツの泥を払うから、母ちゃんをときどき見て、もしまた祈りそうだったらおれを呼べよ。言っとくが」とまた妻のほうを向いて、「二度とこういうことはさせんからな。おれは貸し馬車みたいにガタガタだし、阿片《アヘン》をやったみたいにだるいし、腰は張って痛みがなきゃ自分のだか他人のだかわからないほどだが、そこまでがんばっても金はろくに入ってこない。だからおまえが朝から晩まで祈りまくって金が入らないようにしてんじゃないかと思うわけよ。もう我慢ならんからな、この迷惑女。どうだ、言い返すことがあるか！」

それに続けて、「ああ、そうともさ！　おまえは信心深い。亭主や息子の損になることをするわけがない、だろう？　おまえにかぎって！」などと怒鳴ったり、ほかにも皮肉たっぷりなことばを回転砥石《といし》の火花よろしく吐き飛ばしたりしながら、手はもっぱらブーツの掃除にいそしみ、着々と仕事の準備を進めた。その間、幾分柔らかそうなつんつん頭と父親譲りの間隔の狭い眼を持つ息子は、言われたとおり母親を見張っていた。身支度をしている寝室代わりの小部屋からときどき飛び出してきて、「母ちゃん、また祈ろうとしたでしょ――父ちゃん、たいへんだ！」などと小さく叫んでは、偽りの報告が終わると親不孝なにやにや笑いを浮かべてまた小部屋に駆けこみ、気の毒な母親をひどくあわてさせるのだった。

クランチャー氏の機嫌は朝食の席についてもちっともよくならなかった。それどころか、夫人の食事前の祈りを聞いていっそう腹を立てた。

「こら、迷惑女！　何してる？　またやる気か？」

妻はただの食前の祈りだと説明した。

「とにかくやめろ！」クランチャー氏は妻の祈りの力で本当にパンが消えてしまうとでも思ったのか、テーブルを見やった。「お祈りで家から追い出されるなんてまっぴらだぞ。祈って食卓から食べ物を消すことも許さない。おとなしくしてろ！」

ひどい終わり方をした宵越しの宴会明けのように、ジェリー・クランチャーは眼を真っ赤に充血させて、むっつりとしていた。見世物の動物さながら、朝食を食べるというよりうなりながら食いちぎった。九時が近づくと、荒れた心を落ち着け、本性のうえにできるだけ立派な職業人らしい外見をまとって、この日の仕事に出ていった。

本人はしきりに〝正直な商売人〟と言うが、彼の仕事はとても〝商売〟と呼べるようなものではなかった。道具といえば、背もたれがとれた木の椅子《いす》の脚を切りつめた足台ひとつきり。それを息子のジェリーが毎朝持って父親の横を歩き、銀行のテンプル門にいちばん近い窓の下に置く。奇妙な仕事の男の足元を寒さと湿気から守るために、どれでも通りがかりの車から落ちた藁《わら》をひとつかみ取ってそこに加えると、その日の仕事場のできあがりだ。そこで働くクランチャー氏は、フリート街とテンプル門のあたりでは、門そのものと同じくらいよく知られ、同じくらい見苦しかった。

風の強いこの三月の朝、ジェリーは八時四十五分に持ち場についたので、テルソン銀行に入っていくよぼよぼの行員たちに三角帽をとって挨拶する時間ができた。息子のジェリーは、からかい甲斐《がい》のある小さな子がテンプル門の向こうを通りかかると、襲いかかって手ひどく痛めつけるが、そうしていないときには父親の横に立っていた。互いにそっくりな父と子はフリート街の朝の人通りを静かに眺めていた。おのおの両眼のようにふたつの頭を近づけているさまは、まるで二匹の猿だった。たまたま歳上のジェリーが藁くずを嚙《か》んでは吐き出し、若いジェリーが眼を輝かせて、父親やフリート街のほかのすべてのものをきょろきょろと見まわしているので、なおのこと二匹の猿のように見えた。

テルソン銀行のなかに常勤している使者のひとりが入口から顔を出して言った。

「ポーター、頼む!」

「やった、父ちゃん! 朝からもう仕事だ!」

そうやって父親を急いで送り出すと、若いジェリーは足台に坐《すわ》り、父親が嚙んでいた藁くずにまたふと関心を覚えて考えこんだ。

「父ちゃんの指はいつも錆《さび》だらけだ」若いジェリーはつぶやいた。「いったいどこであんなに鉄錆をつけてくるのかな。このあたりに鉄錆なんて全然ないのに」

第二章 見世物

「オールド・ベイリーはよく知っているだろう？」よぼよぼの行員のひとりが使者のジェリーに言った（訳注 オールド・ベイリーはニューゲート監獄がある通りで、監獄と隣接する中央刑事裁判所の通称でもある）。

「はい」ジェリーは断固たる口調で答えた。「もちろん知ってます」

「だろうと思った。ミスター・ローリーも知っているね？」

「はい、ミスター・ローリーも知ってます、ベイリーよりずっとくわしく」ジェリーの態度は、問題の裁判所の証人台に不承不承立った人間に似ていなくもなかった。

「正直な商売人としては、ベイリーのことはあまり知りたくありませんけど」

「よろしい。証人用の出入口を見つけて、扉のまえにいる廷吏にミスター・ローリー宛《あ》てのこの手紙を見せるのだ。なかに入れてもらえるから」

「法廷のなかへ入るんですか？」

「入るのだ」

クランチャー氏の両眼がさらに寄り、「どう思う?」と互いに尋ねているように見えた。

「法廷内で待つってことですか?」彼は会話の結論を尋ねた。

「いま説明する。廷吏がミスター・ローリーに手紙を渡してくれるから、身ぶりでミスター・ローリーの注意を惹《ひ》いてきみのいる場所を教えるのだ。あとは彼に求められるまで待っていればいい」

「それだけで?」

「それだけだ。ミスター・ローリーは使者をそばに置いておきたい。だから、きみがいることを知らせる」

年老いた行員は丁寧に手紙をたたみ、宛名を書いた。クランチャー氏は黙って見ていたが、行員がインクの吸い取り紙を使いはじめたところで言った。

「今朝はたしか文書偽造の裁判ですね?」

「反逆罪だよ!」

「四つ裂きの刑じゃないですか。野蛮だなあ!」

「法律だから」年老いた行員は驚いて、眼鏡の顔を向けた。「法律だよ」

「法律とはいえ人に穴をあけて中身を出すってのは残酷な刑だと思います。殺すだけでも残酷だけど、穴をあけるのはなおさら」

「それはまったくちがう」年老いた行員ははねつけた。「法律は立派なものだ。胸にあること、声に出すことには注意したまえよ、わが友人。法律のことは法律に心配させておけばよろしい。それが私の忠告だ」

「おれの胸と声は湿気がひどくてね、旦那《だんな》。いまの生活手段がどれだけ湿気《しけ》てるかは想像におまかせしますが」

「ほほう」年老いた行員は言った。「われわれにはみな、それぞれの生活手段がある。湿気たのもあれば、乾いたのもあるだろう。さあ、手紙だ。よろしく」

ジェリーは手紙を受け取り、恭《うやうや》しくお辞儀をしながらも、心のなかでは「あんただってがりがりの爺《じじい》じゃねえか」とつぶやいた。出がけに息子に行き先を伝えて、裁判所へと向かった。

当時、絞首刑《こうしゅけい》はタイバーン（訳注　いまのハイド・パークの近くにあった処刑場）でおこなわれていたので、ニューゲート監獄の外の通りにまだのちの悪い評判は立っていなかったが、さりとて監獄はありとあらゆる堕落と毒悪がはびこる魔窟《まくつ》だった。怖ろしい病気も発生し、それがときおり囚人経由で法廷に持ちこまれて、被告席から裁判長その人に襲いかかり、席から引きずりおろした。死刑宣告の黒い帽子をつけた裁判長が、囚人同様に自分にも暗い運命を言い渡すことになり、囚人より先に死んでしまうこともまれではなかった。残りの人たちにとって、オールド・ベイリーは、死出の宿のようなものとして有名だった。夜を日に継いで青ざめた旅行者が荷車や馬車で出てきて、処刑場までの二マイル半ほどの公道を運ばれていく。その光景から眼をそらす市民は、いたとしてもわずかだった。習慣の力はかくも強く、それだけに最初から正しい習慣を作っておくことが望ましい。オールド・ベイリーは、さらし台という昔ながらの賢い道具でも有名だった。その刑罰の重さは誰にも予見できなかった。また別の賢い道具、鞭《むち》打ち柱もあり、その刑の執行を見る人はみな心が萎《な》え、憐《あわ》れみを覚えた。さらにこれも先祖伝来の知恵である、重罪犯通報者への報奨金という追加の方策が、天のもと最悪の金目当ての犯罪を次々と引き起こした。つまるところ、そのころのオールド・ベイリーは、詩人アレキサンダー・ポープの〝何事であれ存在するものが正しい〟という箴言《しんげん》を地でいく場所だった。過去に存在したものはすべてまちがっていないという困った結論さえ導かなければ、このものぐさな断定も至当だったことだろう。

ぞっとするそんな場所をうろつく薄汚れた群衆のなかを、使者は静かに歩くことに慣れた者の足取りで進み、探していた扉を見つけると、そこについた小窓から手紙を廷吏に渡した。当時は演劇を観《み》るように、金を払ってオールド・ベイリーの裁判を傍聴することができたので——ベドラム（訳注　精神病院である王立ベスレム病院の略称）の見学もできたが、オールド・ベイリーの娯楽のほうがはるかに高額だった——裁判所内の扉は厳重に監視されていた。もちろん犯罪者が出入りする扉は例外で、つねに大きく開いている。

廷吏はしばらくためらっていたが、渋々扉をほんの少し開けた。ジェリー・クランチャー氏は身をよじるようにして法廷内に入った。

「いま何してる？」隣にいた男に小声で尋ねた。

「まだ何も」

「次は？」

「反逆罪だ」

「四つ裂きの刑？」

「それだ！」男はうれしそうに答えた。「すのこ橇《ぞり》で運んで、しばらく首を吊《つ》ったあと、おろして、本人に見させながら腹を切り裂く。そして内臓を引きずり出して焼くのを見させたうえ、首を落として、体を四つ裂き。そういう刑だ」

「もし有罪になれば、だろう？」ジェリーは条件をつけた。

「はっ、有罪になるさ」相手は言った。「心配すんな」

クランチャー氏は、手紙を持ってローリー氏に近づいていく扉の番人に注意を向けた。ローリー氏はかつらをつけた紳士たちに混じって机についていた。彼らからそう離れていないところに囚人の弁護士が坐り、眼のまえの机に書類を山と積んでいた。そのほぼ真向かいにもうひとり、両手をポケットに突っこんだかつらの紳士がいて、いつ見ても、関心のすべてを法廷の天井に集中させているようだった。ジェリーはしわがれた咳《せき》をし、顎《あご》をこすり、手を振って、ローリー氏の眼を惹いた。立ち上がってジェリーを探していたローリー氏は静かにうなずき、また腰をおろした。

「あの人が事件にどうかかわるんだね？」先ほど話した男が訊《き》いた。

「さっぱりわからん」ジェリーは言った。

「ならあんたはどういうかかわりだ？　訊いてもよけりゃ」

「それもさっぱり」

裁判長が入ってきて廷内がざわつき、静まると、ふたりも会話を中断した。いまや被告席に注目が集まった。立っていたふたりの牢番《ろうばん》が出ていき、囚人が連れてこられて、被告席についた。

相変わらず天井を見ているかつらの紳士ひとりを除いて、なかにいた全員が囚人に眼を注いだ。全員の息が波のように、風のように、あるいは炎のように彼に押し寄せた。囚人をひと目見ようと、熱心な人々が柱の陰や部屋の隅から首を伸ばした。うしろの列にいた傍聴人たちは髪一本見逃すまいと立ち上がり、法廷と同じ高さにいる者たちは、まえにいる人の肩に両手をついて体を持ち上げ、他人の迷惑を顧みず囚人を見ようとした。その姿を完全にとらえようと爪先《つまさき》で立ったり、出っ張りの上にのったり、足がかりすらないところに立ったりしていた。そのなかにジェリーも立ち、ニューゲート監獄の塀の忍び返しが生きているかのように、つんつん尖《とが》った頭を揺らして目立っていた。来る途中で引っかけたビールのにおいがする息を囚人めがけて吐くと、ビール、ジン、紅茶、コーヒー、その他のにおいを漂わせるほかの息と入り混じった。人々の息はすでに不純な霧となってジェリーのうしろの大窓を曇らせ、流れ落ちていた。

　これほどの衆目を浴び、叫び声をかけられているのは、背が高くてすぐれた顔立ち、陽焼けした頬と、黒い眼の二十代なかばの若者だった。外見は若いジェントルマンで、黒か濃い灰色の質素な服を着、長い黒髪をリボンで束ねてうしろに垂らしているが、飾りのつもりというより、髪が邪魔だからそうしているように見えた。感情は体を何で隠そうがおのずと外に表れるものだが、陽焼けしたその若者の顔も状況がもたらす緊張で青ざめ、心の力が太陽より強いことを示していた。ただ、それを除けば冷静そのもので、裁判長に　礼したあと静かに立っていた。

これだけの興奮で若者を注視する物見高さは、人間として見上げたものではなかった。言い渡される判決がこれほど怖ろしいものでなければ――むごたらしい処刑の細目のどれかひとつでも欠ける見込みがあったら――その分、彼の魅力は減ったはずだ。まもなく非道に引きちぎられる人の体が見世物になるのだった。不死の人間が叩《たた》き殺され、ばらばらに裂かれることが人々の興奮をあおっていた。さまざまな見物人がどれほど自己欺瞞《ぎまん》の技を駆使しようと、根っこにある興味は人食い鬼《オグル》と変わらなかった。

静粛に！　と裁判長が口を開いた。チャールズ・ダーネイは昨日、起訴事実に対して罪責なしとの答弁をおこなった。（修飾も華やかに延々と述べ立てられた）起訴事実は、高貴高大なるわれらが王に対する戦争において、多様な機会に多様な手段をもってフランス王ルイを幇助《ほうじょ》することにより、高貴高大なるわれらが王に反逆したことだった。すなわち、邪悪で、不誠実で、反国家的で、有害なる意図のもと、高貴高大なる王の領地と、フランス王ルイの領地を往復することによって、高貴高大なる王の軍がカナダおよび北アメリカに派遣すべく準備している兵力を、当該フランス王ルイに内報した（訳注　この一七八〇年はアメリカ独立戦争末期で、二年前にフランスがアメリカ側に加わってイギリスは劣勢、結局三年後のパリ条約でアメリカの独立を認める）。法律用語のせいでジェリーの髪はますます逆立ったが、以上のことはなんとか聞き取れて大いに満足し、遠まわりながら、眼のまえの被告席に立っているのが何度となく〝当該〟をつけられるチャールズ・ダーネイであること、陪審員が宣誓手続きをしていること、次に弁論するのは法務総裁であることを理解した。

法廷内の誰もが心のなかで吊るし首にし、断頭し、四つ裂きにしている（そして当人もそのことを知っている）被告は、事態にたじろぎもしなければ、芝居がかった仕種《しぐさ》も見せなかった。静かに注意を払い、裁判の冒頭のなりゆきを真剣に見守っていた。立って両手をまえの板に置いているさまはとても落ち着いていて、撒《ま》かれているハーブの葉一枚、動かしていなかった。囚人が持ちこむ臭気と熱病を防ぐために、廷内のいたるところにハーブと酢が撒かれていたのである。

囚人の頭上には、被告席に光を当てるための鏡があった。邪悪で浅ましい数多《あまた》の人間がそこに映り、やがて鏡の表面からも、地上からも消えていた。もし鏡が過去に映した人間たちを呼び戻せるなら、大海がある日そのなかから死人を浮かび上がらせるように、そこはあらゆる幽霊が取り憑《つ》いた身の毛のよだつ場所になっただろう。そんな場所にいることの屈辱と不名誉が心をよぎったのか（鏡はまさにそうさせるためにあった）、ともかく囚人は体を動かし、顔に射《さ》した光に気づいて天井を見上げた。鏡を見ると顔を赤らめ、右手はハーブの葉を何枚か押しやった。

たまたまそうして顔は法廷の左側を向いた。ちょうどその眼の高さ、裁判長席の列の端にいたふたりに彼の視線はたちまち釘《くぎ》づけになった。その突然の動きと、表情ががらりと変わったのとで、彼に見入っていた人々の眼もいっせいにそちらを向いた。

そこにいたのは二十歳を越えてまもない若い女性と、明らかに彼女の父親の紳士だった。紳士の髪は真っ白で、顔には言い知れぬ強さ――しかし外に働きかけるものではなく、深く考え、自己と対話している強さ――があり、非常に人目を惹いた。その強さが表情に出ているときには老いて見えるが、娘に話しかけているいまのように、移ろい消えたときにはハンサムで、人生の真っ盛りという感じだった。

隣に坐《すわ》った娘のほうは片方の手を父親の腕にかけ、そこにもう一方の手を押し当てて、法廷という場の恐怖と囚人への憐憫《れんびん》から、ひしと父親に寄り添っていた。怖れおののき、被告の身に迫る危険のことしか考えられないほど同情しているのが、額の表情からありありとうかがえた。その表情があまりにも目立ち、力強く自然なので、囚人になんら憐《あわ》れみを覚えない見物人たちも思わず心を動かされ、「あのふたりは何者だ」という囁《ささや》きが広がった。

使者のジェリーも彼なりに観察していたが、指についた錆《さび》をなめとりながら首を伸ばして、彼らが誰なのか聞き取ろうとした。まわりの人々は押し合いへし合いして、ふたりのすぐそばにいる廷吏にまで順に質問を伝えていった。やがて、ゆっくりと答えが返ってきて、ようやくジェリーの耳にも入った。

「証人だ」

「どっち側の？」ジェリーは訊いた。

「反対側の」

「どっちに反対するほうだ？」

「囚人に」

法廷全体を見渡していた裁判長がふたりを証人台に呼び、わが手に命をあずかった男をしかと見すえた。そこで法務総裁が首吊りの縄を綯《な》い、斧《おの》を研ぎ、処刑台に釘を打ちこむために立ち上がった。

第三章　期待はずれ

法務総裁は陪審に語りかけた。皆さんの眼のまえにいるこの被告はまだ若いけれども、反逆行為においては老獪《ろうかい》であり、当然死罪に値する。社会の敵に情報を流しはじめたのは今日でもなければ昨日でもなく、去年、あるいは一昨年ですらない。そのずっとまえから、正直に説明できない秘密の仕事のためにフランスとイギリスのあいだをなんども往《ゆ》き来していたのは確かである。もしそうした行為に成功する余地があるなら（幸い、まったくないが）、被告の真に邪悪な犯罪が明るみに出ることはなかった。しかしながら、神は勇敢で申し分のないひとりの人物に、被告の悪《あ》しき企てを突き止めることを託された。その人物は事実を知ると恐怖に打たれ、首席国務大臣閣下と栄誉ある枢密院《すうみついん》に報告した。のちほどこの愛国者に証言してもらう。その態度は崇高《すうこう》そのものである。被告の友人であったにもかかわらず、幸いかつ不幸にして被告の恥ずべき悪行を見出すや、もはや友として認めえない反逆者を祖国の聖なる祭壇に捧《ささ》げる決意をした。古代ギリシャやローマに倣《なら》って、わが国においても公益に尽くした人物の像を建てるとしたら、この尊敬すべき人物はまさしくそのひとりになるであろう。ただ、遺憾ながらわが国にその慣行はない。詩人たちが説くように（皆さんも一言一句まちがえず諳《そら》んじておられるはずだ、と法務総裁は詩をいくつも引用したが、陪審員の申しわけなさそうな顔は、どれもまったく知らないことを示していた）、美徳は言うなれば人から人へ伝染する――なかんずく愛国心、または祖国愛という輝かしい美徳は。王国側の証人、話題にのぼすだけで名誉となるこの非の打ちどころのない人物の気高い規範が、被告の使用人にも伝わり、主人の机の抽斗《ひきだし》やポケットのなかを調べ、書類を手に入れようという貴い決意をさせるに至った。この称讃すべき使用人には、主人を欺《あざむ》いたという非難もあるかもしれないが、私はじつの兄弟姉妹より彼を好ましく思うし、じつの父母より敬っている。陪審の皆さんも同様に考えていただきたいと自信を持って申し上げる。以上二名の証言と、これから回覧する彼らが発見した書類によって、被告がわが国の陸海の軍事力とその配備状況に関するリストを有していたこと、その種の情報を恒常的に敵側に渡していたことは明白である。それらの書類が被告みずからの手稿であることは証明できないが、それは罪科を減らさないばかりか、被告が用意周到であったことを示しているのであり、むしろ国の主張の正しさを裏づけている。証拠は五年前にさかのぼって、わが国の軍がアメリカと初戦を交える（訳注　一七七五年四月十九日のレキシントン・コンコードの戦い）数週間前に、すでに被告がこの悪意ある使命に着手していたことを明らかにする。これらのことから、祖国に忠実な陪審であり（それは私がよく知っている）、責任感あふれる陪審である（それはご自身がよく知っている）皆さんは、被告に有罪を宣告し、好むと好まざるとにかかわらずその命を絶つにちがいない。被告の首が落ちなければ、皆さんは夜も枕《まくら》を高くして眠れないだろうし、奥方やわが子が枕を高くして眠ることにも耐えられないはずだ。要するに、被告の首がついているかぎり、家族ともども諸君は枕を高くして眠れないだろう——そう言って法務総裁は、善きものすべての名において断首を要求し、被告の命はすでにないという絶対的な確信で弁論を締めくくった。

彼が話し終えると、法廷内にざわめきが生じた。まもなく見られる囚人の無残な姿に期待して、雲霞《うんか》のごとき青蠅《あおばえ》の群れが飛びはじめたかのように。それがふたたび静まると、非の打ちどころのない件《くだん》の愛国者が証人台に立った。

法務次長が上役を引き継いで尋問に取りかかった。愛国者の紳士の名はジョン・バーサッド。その純粋な魂の証言は、総裁が予告した内容と寸分たがわなかった。もし欠点があるとすれば、あまりにもちがいがなさすぎることだった。高貴な胸から重荷をおろして慎ましく引き下がろうとしたとき、ローリー氏からさほど離れていない場所で書類をまえに坐っていたかつらの紳士が、いくつか質問してもよろしいですかと訊いた。対面にいるかつらの紳士は依然として法廷の天井を見上げていた。

あなた自身はスパイだったことがありますか？　いいえ。バーサッドは露骨な当てこすりに冷笑で答えた。生計は何で立てておられる？　資産で。その資産はどちらにあるのですか？　はっきりとは憶《おぼ》えていない。どのような資産です？　他人にとやかく言われる筋合いはない。相続したのですか？　そうだ。誰から？　遠い親戚《しんせき》から。かなりの遠縁ですか？　そうだな。あなたは監獄に入ったことは？　あるわけがない。債務者監獄も？　どういう関係があるのかわからないな。債務者監獄に入ったこともないのですね？　もう一度言ってくれ。債務者監獄に入ったこともありませんね？　あるよ。何度です？　二、三度だ。五、六度ではなく？　そのくらいかもしれない。あなたの職業は？　ジェントルマンだ。人に蹴《け》られたことはありますか？　あるかもしれない。たびたび？　いや。階段で蹴り落とされたことは？　ないに決まってる。いや、一度、階段の上で蹴られて、自分のほうから下に落ちたことはあるかな。サイコロ賭《と》博《ばく》でいかさまをやって蹴られたのですね？　おれを蹴った酔っ払いの嘘《うそ》つきはそう言ってるかもしれないが、事実じゃない。事実ではないと誓えますか？　もちろんだ。いかさま賭博で生活したことがありますか？　ないね。賭博で生活したことは？　ジェントルマンがふつうにやる程度だ。被告から借金をしたことがありますか？　あるよ。返したことは？　ない。被告との親交は、じつのところほとんどないのではありませんか、たんにあなたが馬車や宿屋や定期船で偶然を装《よそお》って会っていただけで？　ちがうね。被告が問題のリストを持っているところを見たのは確かですか？　確かだ。そのリストについてほかに知っていることはありませんね？　ない。たとえば、あなた自身が手に入れたのではありませんね？　もちろん。今回の証言で何か報酬をもらいますか？　もらわない。政府に雇われて人を陥《おとし》れているのではない？　まさか、そんなことがあるわけない。ほかのことについても雇われていない？

雇われてないに決まってるだろ。誓えますか？　何度でも誓いますよ。今回の動機は純粋な愛国心だけですね？　完全にそれだけだ。

有徳の使用人、ロジャー・クライの証言はてきぱきと進んだ。被告のもとで四年前からまめまめしく働いている。カレー行きの船の上で、使用人を雇う気はないかと被告に尋ねたところ、雇ってくれた。お情けで雇ってほしいと頼んだわけではない。そんなことは考えもしなかった。ほどなく被告の言動が怪しいと思いはじめ、注意して見るようになった。旅行のときに被告の服の準備をしていて、ポケットのなかに似たような書類を何度も見たことがある。証拠となったリストは被告の机の抽斗から取り出したもので、自分がそこに入れたのではない。被告はこれと同じリストをカレーでフランスの紳士に見せていたし、似たようなものをカレーとブローニュで別のフランスの紳士に見せていた。自分はこの国を愛しており、そういうことは見るに耐えないので、情報を提供した。銀のティーポットを盗んだと疑われたことはない。辛子《からし》壺《つぼ》について中傷されたことはあるが、あれは純銀ではなく銀メッキだった。先ほどの証人とは七、八年の知り合いである。これはたんなる偶然で、ことさら奇妙な偶然ではない。偶然というのはたいていい奇妙なものだ。自分の動機も先の証人と同じく純粋な愛国心のみだけれど、これも別に奇妙な偶然ではない。自分はイギリスの忠実な臣民であり、こういう人間がもっと増えればいいと思う。

また青蠅のざわめきがあり、法務総裁がジャーヴィス・ローリー氏を証人台に呼んだ。

「ミスター・ジャーヴィス・ローリー、あなたはテルソン銀行にお勤めですね？」

「はい、そうです」

「一七七五年十一月のある金曜の夜、商用があってロンドン、ドーヴァー間を郵便馬車で移動しましたか」

「しました」

「馬車のなかにほかの乗客はいましたか」

「ふたりいました」

「夜のどこかで、そのふたりは馬車からおりましたか」

「おりました」

「ミスター・ローリー、被告を見てください。彼はそのふたりのうちのひとりですか」

「そこはなんとも言いかねます」

「被告はそのふたりの乗客のどちらかに似ていますか」

「両人とも上から下まで布で覆《おお》われていましたし、暗い夜でした。お互い話もほとんどしなかったので、わかりません」

「ミスター・ローリー、もう一度被告を見てください。この人物がふたりの乗客のように布で覆われていたとしたら、背恰好《せかっこう》から見て、ふたりのどちらでもないと言いきれますか」

「いいえ」

「どちらでもないとは誓えないということですね、ミスター・ローリー?」

「はい」

「つまり、少なくともどちらかひとりが被告だった可能性がある?」

「あります。ただ、あのふたりは私と同じように、追いはぎが現れるのではないかと怯《おび》えていましたが、被告にそのような様子は感じられません」

「怯えるふりをする人を見たことはありますか、ミスター・ローリー?」

「もちろんあります」

「ミスター・ローリー、被告をもう一度見てください。以前に見たという確かな記憶がありますか」

「あります」

「それはいつです?」

「数日後にフランスから戻ってきたときです。カレーで乗った定期船に被告も乗ってきて、いっしょに海を渡りました」

「被告が船に乗ったのはいつごろですか」

「真夜中すぎでした」

「そんな時間にたったひとりで船に乗ってきた？」

「たまたまひとりでした」

「たまたまかどうかは関係ない。とにかく真夜中にひとりで船に乗ってきたのですね」

「そうです」

「あなたもひとりで旅行中でしたか、ミスター・ローリー、それともどなたかいっしょに？」

「ふたりといっしょでした。紳士と若い女性です。ふたりともここにいます」

「いますね。あなたは船上で被告と会話しましたか」

「ほとんどしませんでした。海が荒れていて、長くたいへんな船旅でした。私はほとんど最初から最後までソファに横たわっていました」

「ミス・マネット！」

すでに全員が見ていて、改めて眼を注がれた若い女性が、坐《すわ》っていた場所で立ち上がった。父親も立ち、娘の手を腕に引き寄せていた。

「ミス・マネット、被告を見てください」

被告にとって、これほど若く美しい女性に誠意と憐《あわ》れみがあふれる表情で見つめられるのは、群衆全員からじろじろ見られるよりつらかった。自分を取り巻く好奇の眼ではなく、この女性とともにいわば墓穴の縁に立っているうちに、じっとしていられなくなり、右手でそわそわと眼のまえのハーブを集めて、想像上の庭に花壇を作った。呼吸を整えようとして唇が震え、そこから胸まで赤みが差した。大きな蠅の羽音がまた高くなった。

「ミス・マネット、これまでに被告と会ったことがありますか」

「あります」

「どちらで？」

「先ほど話に出た定期船の上で、同じ機会に」

「先の証言で〝若い女性〟と言われたのは、あなたですか」

「ええ！　そうです、本当に不幸なことに！」

同情に満ちた悲しい声に、裁判長のあまり音楽的でない声が重なった。裁判長は激しい口調で言った。「質問に簡潔に答えてください。感想は述べないように」

「ミス・マネット、海峡を渡るその船の上で、被告と会話しましたか」

「はい、しました」

「内容を述べてください」

静まり返った法廷のなかで、彼女は弱々しく話しはじめた。「あの紳士は船に乗ってきて——」

「それは被告のことですか」裁判長が眉間《みけん》にしわを寄せて訊《き》いた。

「はい、裁判長」

「では被告と言いなさい」

「被告は船に乗ってきて、わたくしの父が」と横に立っている父親に愛おしそうな眼を向け、「とても疲れてひどく弱っているのに気づきました。たしかに衰弱していたので、外気の入らないところに行くのもどうかと思い、わたくしは船室におりる甲板の階段近くに父が横になれる場所を作って隣で介抱していたのです。あの夜、乗客はほかにおらず、わたくしたち四人だけでした。被告はとても親切に声をかけ、わたくし自身がやるよりずっと上手に、父を風や寒さから守る方法を教えてくださいました。わたくしには船が港から出たあと風がどう吹いてくるのかもわかりませんでしたので。

あのかたが代わりにやってくださったのです。父の状態をとても心配し、やさしくしてくださって。あれはまちがいなく本心からだったと思います。そんなふうにして、わたくしたちは話しはじめました」

「ちょっと質問させてください。被告はひとりで乗船しましたか」

「いいえ」

「いっしょにいたのは何人ですか」

「フランスの紳士がふたりいました」

「彼らは会話をしていましたか」

「船が出る直前まで話していて、フランスの紳士は艀《はしけ》で岸に戻っていきました」

「彼らはここにあるリストと似たような書類を渡し合っていましたか」

「たしかに書類を渡し合っていましたが、なんの書類かはわかりません」

「形や大きさはこれと似ていましたか」

「かもしれません。でも本当にわからないのです。三人はわたくしのすぐそばに立って、囁《ささや》き声で話していました。船室におりる階段の上にさがったランプの光を使っていたからです。とはいえ光は暗く、声も低かったので、話の内容までは聞こえず、ただ書類を見ているのがわかっただけでした」

「では、被告との会話に戻ってください」

「被告は父にも親切で、礼儀正しく、頼り甲斐《がい》があったのですが、困っていたわたくしにも同じくらい心を開いて、誠実に接してくださいました。それなのに今日――」

そこでわっと泣き伏した。「こんなかたちでお返しすることになるなんて」

青蠅の羽音。

「ミス・マネット、どれほど気が進まなくても、証言することはあなたの義務です。あなたは証言しなければならないし、そこから逃れることもできません。この法廷でそのことを完全に理解していない人間がいるとすれば、それは被告ただひとりです。どうか先を続けてください」

「彼はわたくしに、細心の注意を要するむずかしい仕事のために旅をしているとおっしゃりました。それによってある人々を厄介事に巻きこむかもしれず、だから偽名を使って旅行している。その仕事があったために、ほんの数日の準備でフランスに行かなければならなかった。ことによると、今後長いあいだフランスとイギリスのあいだを往《ゆ》き来しなければならないかもしれない、と」

「被告はアメリカについて何か言いましたか、ミス・マネット？　もう少し具体的に」

「アメリカでの争いがどんなふうに発生したか、説明してくださろうとしました。彼が見たところ、イギリス側がまちがっていて愚かだと。そして冗談のように、歴史上、ジョージ・ワシントンはイギリスのジョージ三世と同じくらい有名になるかもしれないと言いました。ですが、悪意のこもった口調ではありませんでした。笑いながら話して、愉《たの》しいときをすごしていただけです」

誰もが注目する興味深い場面になると、観衆は知らず知らず主演者の顔の際立《きわだ》った表情をまねるものだ。マネット嬢は証言をし、裁判長がそれを書き留めるあいだ、口を閉じて法律家たちの反応をうかがっていたが、その額には痛ましいほど心配して集中しているしわが刻まれていた。法廷を埋め尽くした見物人も同じ表情を浮かべ、裁判長がけしからぬジョージ・ワシントン擁護論を聞いて書類から眼を上げ、マネット嬢を睨《にら》みつけたときには、大多数の額はまるで証人を映す鏡になった。

法務総裁は裁判長に、念のため女性の父親であるマネット医師にも型どおりの尋問をする必要がありますと言った。それが認められ、マネット氏が証人台に呼び出された。

「ドクター・マネット、被告をこれまでに見たことがありますか」

「一度だけ。わが家を訪ねてきたことがあります。三年か、三年半ほどまえに」

「あなたといっしょにカレーからの定期船に乗ってきた人物と同じかどうかわかりませんか。あるいは、あなたのお嬢さんと先ほどの証言の会話を交わした人物かどうか？」

「どちらもわかりません」

「わからないのには特別な理由がありますか」

マネット氏は低い声で答えた。「あります」

「その理由とは、あなたが母国で、公判はもちろん正式な告訴すらないままに、長期にわたって監獄に入れられていたことですか、ドクター・マネット？」

マネット氏は万人の心を揺さぶる口調で答えた。「長い時間でした」

「そして先ほどの証言にあった時期に釈放された？」

「そういうことのようです」

「そのときのことを憶《おぼ》えていないのですか？」

「まったく。あるときから――いつだったかすらわかりませんが――私の心は空白になりました。囚《とら》われの身だったそのときから靴を作りはじめ、気がつくと、ロンドンでここにいる愛《いと》しい娘と暮らしていました。恵み深い神がふたたび意識を与えてくれたときに、この子とは親しくなっていましたが、どうしてそうなったのかもわかりません。途中の記憶がないのです」

法務総裁が席に坐り、父親と娘も同時に坐った。

そこでひとつ奇妙なことが起きた。国側の主張は、五年前の十一月のその金曜の夜、被告は正体不明の共犯者と郵便馬車に乗り、途中で人目をくらますために馬車をおりて消えたが、じつはそこからチャタムの海軍工廠《こうしょう》まで十数マイル引き返して情報を仕入れたというものだった。これを裏づけるために別の証人が呼ばれ、まさにそのころ兵営と工廠があるその町のホテルの喫茶室で、被告が人待ちをしているのを見たと証言した。被告の弁護士が反対尋問をおこなったが、証人が被告を見たのはその一度きりだったという発言のほかに成果はあげられなかった。そのときである。最初からずっと法廷の天井を見上げていたかつらの紳士が、小さな紙切れにひと言ふた言書きつけ、くしゃくしゃに丸めて弁護士に放《ほう》った。弁護士は弁論の合間にそれを開くと、見るからに好奇心をかき立てられて被告を見つめた。

「もう一度うかがいます。あなたが見たのは被告にまちがいありませんね?」

証人は、まちがいないと答えた。

「被告にそっくりな人物を見たことはありますか?」

取りちがえてしまうほど似ている人は見たことがない、と証人は言った。

似た者同士

「そこにいる私の同僚をよく見てください」と紙切れを放った男を指差して、「その次に被告を。どうです？　お互いそっくりだと思いませんか」

同僚の外見が自堕落とは言わないまでも無頓着《むとんちゃく》でだらしないことを除けば、たしかにふたりはよく似ていて、訊かれた証人のみならず、その場にいる全員が眼をみはるほどだった。弁護士は、同僚にかつらをとるよう命じていただきたいと裁判長に言った。裁判長が渋々応じ、同僚がかつらをとると、ふたりはますます似ていた。裁判長はストライヴァー氏（被告の弁護士）に、このあとカートン氏（同僚）を反逆罪で審理しなければならないのかと訊いた。ストライヴァー氏は、いいえと答えたが、一度あることは二度あるのではないかと証人に尋ねたいと言った。いまのように簡単に見まちがえることがわかっていたら、あれほど自信たっぷりに証言できただろうか。もしこれを先に見ていたら、あれほど確信できただろうか。こうした尋問の結果、先の証言は陶器さながら砕け散り、証拠としてはまったく役に立たないことになった。

クランチャー氏はここまでの証言を聞きながら、指についた鉄錆《てつさび》を昼食代わりにずいぶん舐《な》めとっていたが、続いてストライヴァー氏が被告側の弁論を仕立服のように陪審にあてがうのを聞かなければならなかった――愛国者のバーサッドは金で雇われたスパイ、反逆者であり、恥知らずの血の商人である。忌《い》まわしいユダ以降、地上に生まれ出たなかでも最悪の奸物《かんぶつ》のひとりであって、面相までユダに似ている。有徳の使用人クライのほうはバーサッドの友人かつ相棒であるから、どういう人間かは推して知るべし。この抜け目ない詐欺師《さぎし》にして偽証者のふたりが、被告を餌食《えじき》にしようと眼をつけたのは、フランスの家系に生まれついた被告がよんどころない家族の事情で海峡を何度も往復しなければならなかったからである。ただその事情については、彼に近しい大切な人々を守るために、本人の命に替えても明かすわけにはいかない。先ほど若い女性から無理やり引き出された証言は――陪審の皆さんも、どれほど彼女が苦悩していたか見られたであろう――あのようにたまたま出会った若い男女が互いに示す気遣いや社交辞令以外の何物でもない。もっとも、ジョージ・ワシントンに関する発言だけは例外だけれども、これはあまりにも浮き世離れしていて、不謹慎な冗談だったと解するほかない。国民のもっとも下等な反感と恐怖心に訴えて人気を得ようとする今回の企てが失敗すれば、政府の弱さが露呈されることになるから、法務総裁も懸命の努力をされたのだろうが、すでに示された下劣で破廉恥《はれんち》な偽《にせ》の証拠以外に拠《よ》って立つものはない。裁判をゆがめてしまうこの手の証拠はあまりにも多く、わが国の国事犯裁判集にも山のように事例がのっている。しかし、そこで裁判長が（それはちがうと言いたげな厳《いか》めしい面持ちで）割りこみ、当法廷でそのような当てつけがましい論説は認めないと釘《くぎ》を刺した。

ストライヴァー氏はそのあと被告側の証人を数人呼び出した。次にクランチャー氏は、ストライヴァー氏が陪審に着せた服を法務総裁がすっかり裏返しにするのを傍聴しなければならなかった——バーサッドとクライは彼が思っていたより百倍は善人になり、被告は百倍悪人になった。そして最後に裁判長自身が、裏返しになった服をまた表にしたり、それをまた裏に戻したりしたが、全体としてはハサミを入れ、形を変えて、被告の死に装束にしたのだった。

ようやく陪審が検討に入り、大きな蠅《はえ》がまた群がった。

長いこと法廷の天井を見つめて坐っているカートン氏は、これだけ廷内がざわつきはじめたのに、体も動かさなければ態度も変えなかった。かたやこの仕事で組んでいる友人のストライヴァー氏は、眼のまえの書類をまとめながら、近くに坐った人たちに囁いたり、ときどき不安げに陪審を見やったりしていた。見物人も動きまわり、そここで頭を寄せ合っている。裁判長でさえ席を立ってゆっくりと右に左に歩き、少なからず興奮しているのではないかと見物人に疑われている。ところがカートン氏ひとりは椅子《いす》にふんぞり返り、破れた法服をだらしなく着て、一度とった薄汚いかつらをまたぞんざいに頭にのせ、両手をポケットに突っこんだまま、日がな一日天井を見ていた。とりわけ無頓着なその態度のせいで、見た目が胡散臭《うさん》いだけでなく、被告とまちがいなく似ている点も目立たなくなり（最初に見比べたときには一瞬熱心な顔つきになっていたので、被告とよく似ていたのだ）、見物人もいまの姿を見て、さっき似ていると思ったのが信じられないなどと語り合っていた。クランチャー氏も隣の男にそう言って、つけ加えた。「半ギニー賭《か》けたっていいが、あいつに弁護を頼むやつなんかいないよな。とても頼む気がしないだろ？」

しかし、カートン氏は見かけと裏腹に、廷内の状況を隅々まで把握していた。マネット嬢の頭が父親の胸にぐったりともたれると、誰よりも先に気づいて大声で言った。「廷吏！　あの娘さんの世話をしてくれ。父上に協力して法廷から連れ出すんだ。気を失いそうになってるのがわからないのか！」

マネット嬢が連れ出されると、そこらじゅうで憐《あわ》れみの声があがった。父親にも大きな同情が寄せられた。監獄に入れられていた日々を思い出すのはとてもつらかったにちがいない。尋問中には内面の動揺が見て取れた。以来あの顔には、考えこみ思い悩む厚い黒雲のような表情が張りついて、実際より老《ふ》けて見えた。陪審員たちは彼が出ていくのをしばらく振り返って見たあと、法廷に向き直り、陪審長をつうじて協議の結果を発表した。

結論は、合意に達しなかったのでいったん退廷してさらに検討したいというものだった。裁判長は（おそらくジョージ・ワシントンが念頭にあったのだろう）驚きを隠さなかったが、不断の監視のもとで退廷するのはかまわないと了承し、自身も法廷から出ていった。すでに裁判は一日がかりになっていて、廷内の明かりも灯されるところだった。陪審はしばらく帰ってこないぞという噂《うわさ》が流れ、見物人は休憩するために三々五々出ていき、被告も台のうしろに置いてある椅子に坐《すわ》った。

マネット父娘の退出につき添ったローリー氏が戻ってきて、ジェリーに合図を送った。人が減っていたので、ジェリーはたやすく近づくことができた。

「ジェリー、もし空腹だったら何か食べてきてかまわないが、あまり離れないでくれ。陪審が戻ってくる音が聞こえたら、かならずいっしょに入るように。評決を銀行に伝えてほしいのだ。きみは私が知るなかでいちばん足の速い使者だから、私よりずっと早くテンプル門に戻れるだろう」

ジェリーの額は片手の拳《こぶし》でようやくこつんと叩《たた》ける程度の広さだったが、承知したことと、もらった一シリングへの感謝を伝えるために、こつんとやった。そのときカートン氏が近づいてきて、ローリー氏の腕に触れた。

「彼女の具合はいかがです？」

「ひどく悩み苦しんでいますが、父君がいたわっています。本人も法廷から出て少しは気分がよくなったようで」

「被告にそう伝えます。あなたのような立派な銀行家が、公然と彼に話しかけるのを見られてもいけませんから」

ローリー氏は内心そのことについて考えていたかのように赤面した。カートン氏は被告が坐っている席のほうへ歩いていった。法廷の出口も同じ方向だったので、ジェリーは眼を見開き、聞き耳を立て、髪の毛も立ててあとからついていった。

「ミスター・ダーネイ！」

呼ばれるなり被告はまえに出てきた。

「証人のミス・マネットがどうなってるか、ぜひとも知りたいだろう。快方に向かってる。ここにいたときの動揺がいちばん激しかったようだ」

「ぼくのせいであんなったことが本当に申しわけない。彼女にそう伝えてもらえないだろうか、心からすまなく思うと」

「わかった。伝えよう、お望みなら」

カートン氏の態度は投げやりで、横柄《おうへい》ともとれるほどだった。立ったまま相手からなかば顔を背け、被告席に肘《ひじ》をのせていた。

「ぜひお願いしたい。感謝の至りだ」

「評決は」カートンはやはり半分だけ相手のほうを向いて言った。「どうなると思う、ミスター・ダーネイ？」

「最悪を覚悟している」

「覚悟しておくのは賢明だし、そうなる可能性は高いが、陪審が退廷したというのは好材料だと思うね」

法廷の出口のあたりでうろつくわけにはいかないので、ジェリーはあとの会話を聞くことなく廷内から出ていった。顔立ちはそっくりだが態度はまるでちがうふたりの男は、並んで立ち、どちらも頭上の鏡に映っていた。

盗人やごろつきが屯《たむろ》する通路で、羊肉パイとエールの救いはあったものの、一時間半がのろのろとすぎた。しわがれ声の使者は食事をとったあと、坐り心地の悪い長椅子でうたた寝していたが、人々の大きな話し声で眼覚め、法廷につながる階段を続々とのぼりはじめた人波に押されてなかに入った。

「ジェリー！　ジェリー！」入口ですでにローリー氏が叫んでいた。

「ここです！　人が多すぎて。ここにいます！」

ローリー氏は人混みをかき分けてジェリーに紙を手渡した。「さあ早く！　ちゃんと持ったね？」

「はい」

紙に走り書きされていた文字は〝無罪〟だった。

「もしまた〝人生に甦《よみがえ》った〟と伝えたかったのなら」ジェリーは踵《きびす》を返してつぶやいた。「今度こそは意味がわかったんだがな」

オールド・ベイリーを出るまで、ほかのことを言ったり考えたりする暇はなかった。群衆がものすごい勢いで法廷からあふれ出し、足をすくわれそうだったのだ。外の通りは、困った青蠅が次の腐肉を求めて散っていく大きな羽音で満たされた。

第四章　祝辞

暗いランプの灯った通路から、一日じゅう煮立っていた人間シチューの残り汁が裏ごしされていくと、マネット医師と、娘のルーシー・マネット、ローリー氏、そして被告側弁護士のストライヴァー氏が、釈放されたばかりのチャールズ・ダーネイ氏のまわりに集まり、死から逃れられてよかったと祝辞を述べた。

もっと明るい光のもとでも、マネット医師の知的な顔とすっと伸びた立ち姿に、パリの屋根裏部屋にいた靴職人の面影を見ることはむずかしかっただろう。しかし、一度マネット医師を見た者は、かならず気になってもう一度見直す。たとえ彼の重く低い声の悲しい調子を耳にしたり、これといった理由もなく発作のように起きる放心状態に接したりしたことがなくてもだ。ひとつの外的要因として、長く続いた例の苦悩に触れられると――今回の裁判中のように――かならず彼の魂の深淵《しんえん》から放心状態が引き出されるのだが、ときに自然とそうなることもあって、マネット医師に暗い影を落とした。すると彼の身の上を知らない人たちは、三百マイル彼方にある本物のバスティーユが夏の陽の影を差しかけたような、不思議な思いにとらわれるのだった。

そんな彼を暗い思念から引き戻す魅力を持っているのは、娘だけだった。ルーシーは、父親のむごい体験よりまえの過去と、あとの現在を結びつける金の糸だった。彼女の声の響き、顔の輝き、手の感触は、ほとんどいつも父の気持ちを引き立てる強い力を持っていた。力が及ばないこともあるにはあったが、ごくまれで、今後はないと彼女は信じていた。

ダーネイ氏は熱意と感謝をこめて彼女の手にキスをし、ストライヴァー氏にも丁寧に礼を言った。ストライヴァー氏は三十すぎだが、それより二十歳は上に見える。堂々たる恰幅《かっぷく》に大声、赤ら顔、あけすけな性格で、遠慮や気おくれとは無縁だった。

どんな集団や会話にも臆《おく》さず（精神的にも肉体的にも）割りこんでいき、そうしてわれ勝ちに人生の階段をのぼってきたことを示していた。

ストライヴァー氏はかつらと法服を身につけたまま、依頼人の正面に強引にまわりこんで、素直なローリー氏を集団から押し出した。「あなたを名誉とともに救い出せて、うれしく思いますよ、ミスター・ダーネイ。恥ずべき告発でした。まことに恥ずかしい。だからといって、有罪にならないともかぎらなかった」

「あなたには命を救ってもらった。一生の恩義になりました」依頼人は弁護士の手を握って言った。

「あなたのために全力を尽くしましたよ、ミスター・ダーネイ。私の全力はほかの誰にも負けないと信じています」

「負けないどころかはるかに上だ」と誰かが言わなければならないのは明らかだったので、ローリー氏が言った。ただ下心がなかったわけではなく、また会話に加わりたかったのである。

「そう思います？」ストライヴァー氏が言った。「ふむ。あなたは最初からここにいらっしゃったから、わかるはずだ。しかも実務家だし」

「では実務家として――」ローリー氏が言った。弁護士が、押し出したときと同じように彼を仲間のなかに押し戻していた。「実務家として、ドクター・マネットに提案したい。今日はこのあたりでお開きにして、それぞれに帰宅を命じていただけませんか。ミス・ルーシーは加減が悪そうですし、ミスター・ダーネイにとってはたいへんな一日だった。全員疲れきっています」

「あなたはそうかもしれませんが、ミスター・ローリー」ストライヴァーは言った。「私には今夜もまだ仕事があります。お開きというのはあなたの意見だ」

「たしかに私の意見です」ローリー氏は言った。「しかし、ミスター・ダーネイとミス・ルーシーの意見でもある。どうです、ミス・ルーシー、私が皆さんの意見を代表してもかまいませんか」彼女に狙《ねら》いを定めて訊《き》き、父親のほうをちらりと見た。

マネット医師の顔は凍りつき、鋭く詮索《せんさく》するような眼つきでダーネイを見ていた。真剣さを通り越して、眉間《みけん》に嫌悪《けんお》と不信、さらには恐怖すら感じさせるしわが刻まれている。そんな奇妙な顔つきで心はまたどこかをさまよっていた。

「お父様」ルーシーは父親の手に自分の手をそっと重ねた。

マネット医師はゆっくりと影を振り払い、娘のほうを向いた。

「家に帰ります、お父様?」

長いため息をついて、彼は言った。「ああ」

無罪になった被告の友人たちは、まさかその夜釈放されることはあるまいと考え——被告自身がそんな印象を植えつけたのだが——すでに散り散りに去っていた。通路の明かりはほとんど消えていた。ちょうど鉄の門が軋《きし》んで閉まるところで、暗い裁判所には、絞首台《こうしゅだい》やさらし台、鞭《むち》打ち柱、焼き印への興味がまた群衆を呼びこむ翌朝まで、人気《ひとけ》がなくなる。ルーシー・マネットは父親とダーネイ氏のあいだを歩いて外に出た。父と娘は辻《つじ》馬車を呼び止めて乗りこみ、走り去った。

ストライヴァー氏はみなと通路で別れて、威風堂々と更衣室に引き上げていた。彼らに加わらなかったもうひとりの人物がいた。誰ともひと言も交わさず、いちばん暗い陰にある壁にもたれていたが、出ていく彼らのあとを静かに追い、辻馬車が遠ざかるのを見ていた。その人物はローリー氏とダーネイ氏が立っていた通りに進み出た。

「ミスター・ローリー！　実務家もようやくミスター・ダーネイと話せるようになりましたか」

その日の裁判でカートン氏が果たした役割について、感謝した人はひとりもいなかった。何をしたのか誰も知らなかったのだ。法服は脱いでいたが、見映えは一向によくなっていなかった。

「実務家の心のなかの葛藤《かっとう》がわかったら面白いと思うよ、ミスター・ダーネイ。良心的なふるまいと職業上の体面のあいだで実務家の心がどう揺れ動いているか」

ローリー氏は顔を赤らめ、気色ばんで言った。「先刻もそんな話をしましたね。われわれ銀行に仕える実務家は、勝手気ままにはふるまえない。自分たちよりまず銀行のことを考えなければならないのです」

「わかってる。わかってます」カートン氏はぞんざいに応じた。「そうイライラしないでください、ミスター・ローリー。あなたは誰にも負けないくらい、いい人だ、まちがいない。それどころか誰よりもいい人ですよ」

「じつのところ」ローリー氏は相手を無視して続けた。「今回の件にあなたがどうかかわっているのかわからない。言わせてもらえば――あなたよりはるかに歳上《としうえ》ですから許されると思いますが――これはあなたの仕事なのですか」

「仕事！　まいった。おれに仕事なんてありませんよ」カートン氏は言った。

「それは残念だ」

「まったくです」

「仕事があれば」ローリー氏は言った。「専念できるだろうに」

「いやいや、まさか、専念などしませんよ」

「よろしいか！」ローリー氏は相手の無関心に憤《いきどお》って叫んだ。「仕事はすばらしいも

祝辞

の、尊重すべきものです。仕事のために、あることができなくなったり、口を閉じなければならなかったりもする。ミスター・ダーネイは、若く寛大な紳士として、そういう事情をちゃんと理解してくれる。ミスター・ダーネイ、おやすみなさい。神のご加護を！　今日という日があったのは、今後幸せで栄《は》えある人生を送られるためであったことを祈ります。そこの椅子駕籠《いすかご》！」

相手だけでなく自分にも幾分腹を立てていたのだろう、ローリー氏は足早に駕籠に乗りこむと、テルソン銀行へと運ばれていった。ポートワインのにおいを漂わせ、あまり素面《しらふ》に見えないカートンは、笑ってダーネイのほうを向いた。

「あんたとこうして知り合ったのも奇遇だね。自分そっくりの人間と、夜ふたりきりで通りの敷石の上に立ってるのは妙な気分だろう？」

「といっても」チャールズ・ダーネイは答えた。「まだこの世界に戻ってきた気もしないところだから」

「そりゃそうだ。あっちの世界のすぐ手前まで行って、まだそれほどたってないからね。声も弱々しい」

「本当にふらふらしてきた」

「だったら食事をしたらどうだ？　おれはしたよ、陪審の阿呆《あほう》どもがあんたをどっちの世界に行かせるか侃々諤々《かんかんがくがく》やってたときに。すぐ近くに美味《うま》いものを出す酒場がある。教えよう」

カートンは相手の腕を取り、ラドゲート・ヒルをフリート街までおりると、トンネル通路をのぼって酒場に入った。ふたりは小さな個室に案内され、ほどなくチャールズ・ダーネイは、簡素だが美味《おい》しい食事とワインで元気を回復した。カートンは同じテーブルの向かいに坐《すわ》って、ポートワインのボトルを注文し、例のなかば横柄《おうへい》な態度を保っていた。

「そろそろ生きた人間の世界に戻ってきた感じがしはじめたかな、ミスター・ダーネイ？」

「時間と場所についてはまだ怖ろしく頭が混乱しているけれど、やっとそう感じられるほどには回復した」

「そりゃとびきりうれしいにちがいない！」

カートンは苦々しげに言って、自分のグラスをまた満たした――大きなグラスだった。

「おれなんて、最大の望みがこの世にいるのを忘れることだからね。おれにとっていいことなんて何もないし――こういうワインを除いてだが――この世にとっても、おれはなんの役にも立たない。これに関しては、おれたちはあまり似てないわけだな。いや、じつはどんなことについてもあまり似てない気がしてきた、あんたとおれは」

その日の出来事に心を乱されているうえ、自分と瓜《うり》ふたつの粗野な人間と同席しているのが夢のように思われるチャールズ・ダーネイは、どう答えるべきかわからず、結局何も言わなかった。

「さて、食事も終わったところで」カートンは言った。「健康を祝そうじゃないか、ミスター・ダーネイ。乾杯を捧《ささ》げよう」

「誰の健康に？　どういう乾杯だい？」

「いま口先まで出かかってたろう。ひとりしかいない。ほかには考えられない。さあ、わかってるはずだ」

「では、ミス・マネットに！」

「そう、ミス・マネットに！」

カートンは相手の顔をまっすぐ見すえてグラスを干し、肩越しにうしろの壁に放り投げた。グラスが粉々に割れると、ベルを鳴らして新しいのを要求した。

「あれほど若くて美人なら、暗いところで手を貸して馬車に乗せてやる甲斐《かい》もあるってもんだ、ミスター・ダーネイ！」新しいグラスにワインをつぎながら言った。

ダーネイは少し眉《まゆ》をひそめ、「ああ」とだけ答えた。

「若い美人にあれほど心を寄せられ、泣いてもらったんだ。どういう気分だね？　あれだけの同情と思いやりの対象になるなら、命がけの裁判にかけられても本望じゃないか、ミスター・ダーネイ？」

これにもダーネイは答えなかった。

「あんたのことばを伝えたらすごく喜んでたよ。表情に出たわけじゃないが、あれは喜んでたと思う」

それを聞いてダーネイは、苛酷《かこく》だったこの日、眼のまえの図々《ずうずう》しい相手がみずから進んで自分を助けてくれたことを思い出した。そこで話をそちらに持っていき、カートンに感謝した。

「感謝してもらいたくはないし、それに値するようなこともしてない」にべもない返事だった。「第一に、大したことじゃないし、第二に、どうしてあんなことをしたのかもわからない。ミスター・ダーネイ、ひとつ質問してもいいかな」

「もちろんだ。厚意に対してそのくらいはお返ししないと」

「おれはあんたのことが好きだと思うかい？」

「ミスター・カートン」ダーネイは奇妙にうろたえて答えた。「それは考えてみたことがなかった」

「だったらいま考えてくれ」

「してくれたことから考えると、そんなふうにも見えるけれど、とくに好きではないと思う」

「おれもそう思う」カートンは言った。「なかなか理解力があるね」

「それでも」ダーネイは腰を上げて給仕を呼ぶベルに手を伸ばしながら言った。「ぼくがここの勘定を持つ妨げにはならないし、双方わだかまりなく別れることができると思う」

「まったくだ！」カートンは答えた。ダーネイはベルを鳴らした。「全部払ってくれるのか？」カートンは訊いて、そうだという答えが返ってくると、「なら同じワインをもう一パイント頼む、給仕。でもって十時におれを起こしてくれ」

支払いが終わり、チャールズ・ダーネイは立ち上がって、おやすみと挨拶《あいさつ》した。カートンは挨拶を返さず、やはり立ち上がると、挑むような口ぶりで言った。「最後にひとつ、ミスター・ダーネイ、おれは酔ってると思うか」

「飲んでいたんだろうと思うよ、ミスター・カートン」

「思う？　本当はわかってるんだろう」

「そこまで言うなら、そう、わかっている」

「だったらついでに理由も教えよう。おれはこき使われて失望した人間だ。地上の誰も好きじゃないし、誰からも好かれていない」

「それは残念だ。その才能をもっと生かせるところがあるだろうに」

「かもしれないな、ミスター・ダーネイ。ないかもしれないが。素面だからって浮かれるなよ。人生何が起きるかわからないからね。ではおやすみ！」

ひとり店に残ると、この奇妙な人物は蠟燭《ろうそく》を手に取り、壁にかかった鏡のまえまで行って自分の姿をとくと眺めた。

「おまえはあの男が好きか？」カートンは鏡に映った自分につぶやいた。「どうして自分に似た男を好きにならなきゃならない？　人を好きになるなんて、おまえの柄じゃない、わかってるはずだ。ちくしょう。おまえは変わり果てた。あの男に惹《ひ》かれるのももっともさ。落ちぶれるまえの自分、こうなってたかもしれない自分を見せてくれるんだから。あいつと立場が逆だったらどうだ。あの女《ひと》の青い眼は、あいつを見たときみたいにおまえを見ただろうか。あの顔は、あいつのときみたいに気が気でない様子でおまえに同情しただろうか。ほら、正直に言えよ、おまえはあいつが大嫌いなんだろう」

カートンはワインに心の慰めを求めて、数分で一パイントを飲みきってしまい、両腕に頭をのせて眠りこんだ。髪はテーブルに垂れかかり、広げた埋葬布のように溶け出した蠟燭の蠟が、ぽたぽたと体に落ちていた。

第五章　ジャッカル

このころは飲酒が盛んで、たいていの男は浴びるほど酒を飲んだ。いまやその習慣もだいぶ改善し、当時ひとりの男が完璧《かんぺき》な紳士という評判を落とさずに一夜で飲むワインとパンチの量を控えめに言うだけでも、とんでもない誇張だと思われるほどだ。もちろん法曹界も飲んで騒ぐことにかけてはほかの知的職業に引けを取らず、すでに肩で風を切る仕事ぶりで大成しているストライヴァー氏も、法律のことのみならず、酒のことでも同僚たちに負けていなかった。

オールド・ベイリーでも、その他の刑事裁判所でも人気者のストライヴァー氏は、みずからのぼった梯子《はしご》の下の段を用心深くはずして、さらに上をめざしていた。もはやそうした裁判所が彼を出廷させたければ、長い腕を伸ばして招き入れるしかない。ストライヴァー氏の血色のよい顔は、毎日のように王座裁判所《キングズ・ベンチ》の首席裁判官のまえにしゃしゃり出て、同僚のかつらのなかからつんと飛び出し、まるで花壇いっぱいに咲くほかの花を押しのけて太陽を追う大輪のヒマワリだった。

法曹界で一時期、彼は弁が立ち、ずる賢く、周到で大胆だけれども、弁護士の素養としてとりわけ重要な、供述の山のなかから本質を見つけ出す能力に欠けていると言われたこともあったが、これについてはかなりの進歩があった。扱う案件が増えるほど物事の真髄を突く力も増すらしく、シドニー・カートンとどれだけ夜が更《ふ》けるまで飲んですごそうと、翌朝にはかならず訴訟の要所を押さえていた。

怠け者で成功にはまったく縁のなさそうなシドニー・カートンは、ストライヴァーの頼もしい仲間だった。ヒラリー開廷期からミカエルマス開廷期まで（訳注　当時の裁判所の開廷期は年に四度あり、ヒラリーはその第一期で一月、ミカエルマスは最後の第四期で十一月だった）にふたりが飲む酒の量ときたら、王の船を一艘《そう》浮かべられるかと思うほどだ。ストライヴァーが弁護に立つところ、かならずカートンも同行して、両手をポケットに突っこみ、法廷の天井を見上げていた。巡回裁判でもいっしょに働き、そこでも夜の暴飲をくり広げた。真っ昼間にカートンが野良猫《のらねこ》のように人目を憚《はばか》って、ふらつきながら家に帰るところも目撃されていた。かくして同業者のあいだでは、シドニー・カートンはライオンにはなれないが、きわめて優秀なジャッカルであり、そういう立場でストライヴァーにつき添い、奉仕しているのだという噂《うわさ》が流れていた。

「十時ですよ、お客さん」前夜に頼まれていた酒場の店員がカートンを起こした。

「なんだって？」

「十時です」

「どういう意味だ。夜の十時か？」

「ええ。起こしてくれとおっしゃったでしょう」

「あ！　そうだ。思い出した。よかった、助かったよ」

何度かまたうとうとしかけたが、店員が気を利《き》かせて暖炉の火を五分間かきまわしつづけたので、カートンはようやく起きて、帽子をかぶり、外に出た。テンプル（訳注　多くの法廷弁護士が所属するふたつの法曹学院がある地区）に入ると、キングズ・ベンチ通りとペーパー・ビルディングのあいだを二度歩いて酔いをさましてから、ストライヴァーの家を訪ねた。

この手の打ち合わせに加わったことのない書記がすでに引き上げていたので、ストライヴァー本人がドアを開けた。スリッパにゆったりとしたナイトガウンという恰好《かっこう》で、襟元を開いてくつろいでいた。眼のあたりに、この階級の道楽者に共通するすさんでゆがんだ表情が焼きついている。古くはジョージ・ジェフリーズ（訳注　残忍と放埒で知られる十七世紀の大法官）から今日に至るまで、画工の技法でさまざまに繕ってはいるが、〝飲酒の時代〟の肖像画に決まって見られる表情だった。

「少し遅れたな、記憶屋」ストライヴァーが言った。

「いつもの時間とそう変わらんよ。十五分ぐらい遅れただけで」

ふたりは、本がずらりと並んで書類があちこちに散らばった汚い部屋に入った。暖炉には赤々と火が燃えていて、炉のなかの棚で薬罐《やかん》が湯気を立てていた。散乱する書類のまんなかにぴかぴかのテーブルが置かれ、上には大量のワイン、ブランデー、ラム、砂糖、レモンがのっていた。

「すでに一本空けたようだな、シドニー」

「今晩は二本かな。今日の依頼人と食事をした。というより、依頼人が食事するのを見てた――どっちでも同じことだ」

「本人だったかどうかという論点を持ち出したのは大正解だったぞ、シドニー。あれをどうして思いついた？　いつ？」

「なかなか男前だと思ったんだ。運がよけりゃ、おれもあのくらいの男前になっただろうなと」

ストライヴァー氏はすでに出はじめている腹を揺すって笑った。「きみに運とはな、シドニー！　さあ、仕事だ仕事」

ジャッカルはむっつりとして衣服をくつろげ、隣の部屋に入ると、冷水の入った大きな水差しと洗面器、タオルを一、二枚取ってきた。タオルを水に浸《つ》け、途中まで絞ってたたみ、見苦しくぴしゃりと頭にのせてテーブルのまえに坐《すわ》った。「準備ができたぞ」

「今晩、煮詰めなきゃならないものはあまりないよ、記憶屋」ストライヴァー氏は書類を見ながら陽気に言った。

「どのくらい？」

「たったふた組だ」

「まずむずかしいほうをくれ」

「これだ、シドニー。始めてくれ」

ライオンはテーブルの片側にあるソファに寝そべり、ジャッカルはその反対側のやはり書類が散らばった自分の机にボトルとグラスを持っていって坐った。ふたりとも飲み物のテーブルを充分活用していたが、それぞれやり方はちがっていた。ライオンは両手を腰のベルトに挟んで、暖炉の火を見ながらのんびりしているか、ときどき軽めの書類をぱらぱらめくる程度。他方、ジャッカルは眉間《みけん》にしわを寄せ、真剣な面持ちで仕事に没頭していた。グラスに伸ばす手の先も見ていないほどで、一、二分かけてグラスを探し当て、ようやく口に運ぶありさまだった。二、三度、検討している内容がややこしすぎたために、ジャッカルは席を立ち、タオルをまた水に浸さなければならなかった。水差しと洗面器の巡礼から戻ると、また形容できないほど奇天烈《きてれつ》なものを頭にのせた姿になり、本人が厳粛に仕事に取り組んでいるだけにそれがいっそう滑稽《こっけい》だった。

しばらくしてジャッカルはライオンのために軽食を用意し、差し出した。ライオンはそれを注意深く受け取り、自分が食べるものを選んでは感想を述べた。ジャッカルはそれをいちいち手伝った。食事に関する討議が尽くされると、ライオンはまたベルトに両手を差し入れ、横になって黙考しはじめた。ジャッカルはグラス一杯の酒でみずからに活を入れ、頭に新しく絞ったタオルをのせて、二回目の食事を作りにかかった。同じように出されたこの食事をライオンが食べ終わったのは、時計が朝の三時を打つころだった。

「さあシドニー、終わったからパンチでも一杯つげよ」ストライヴァー氏は言った。

ジャッカルはまた湯気を立てていた頭からタオルをはずし、ぶるっと震え、あくびをしてまた震え、ライオンの指示にしたがった。

「しかし、今日の国側の証人に対するきみの作戦は上出来だったな、シドニー。どれもこれも」

「いつも上出来だ。ちがうか？」

「否定はしないよ。どうしてそう不機嫌なんだ。パンチを飲んで機嫌を直せ」

ジャッカルは非難がましくうなって、またしたがった。

「古き良きシュルーズベリー校時代そのままの、古き良きシドニー・カートン」ストライヴァーは現在と過去のカートンについて考えながら、うなずいた。「昔ながらのシーソー男、カートン。上がったかと思えばまた下がる。意気軒昂《けんこう》のあとは意気消沈」

「ああ！」カートンはため息をついて言った。「そのとおり！　相も変わらぬシドニー、相も変わらぬツキの悪さ。他人の宿題ばかりやって、自分のはめったにしなかった」

「どうしてだ？」

「わからない。それがおれということなんだろう」

カートンは両手をポケットに突っこんで坐ったまま、脚をまえに伸ばして、暖炉の火を見ていた。

「カートン」友人はまっすぐ彼のほうを向いて、咎《とが》める口調で言った。眼のまえの火《ひ》格子《ごうし》はたゆみない努力が鍛えられる加熱炉で、いま古き良きシュルーズベリー校卒の古き良きシドニー・カートンに思いやりを示すとしたら、無理にでもそこに押しこんでやることだと思っているかのように。「きみはいまも昔もだらしない。やる気も目的意識もない。私を見たまえ」

「余計なお世話だ」シドニーは少し機嫌を直して、明るく笑いながら言った。「あんたに人の道を説かれるとはな」

「私はいままでどうやって業績をあげてきた？」ストライヴァーは言った。「いまどうやって業績をあげてる？」

「ひとつには、おれを金で雇うことによって。だが、おれにそんなことを言っても、空気に言うようなものさ。とにかくあんたは、やりたいことをやる。いつも前面に出て、おれはいつもうしろだった」

「出るにはそれなりの努力が必要だった。生まれつきそうだったわけじゃない。だろう？」

「生まれたところに立ち会ってないからね。だが、おれの意見を言えば、生まれついてると思うよ」そこでまた笑い、ストライヴァーもいっしょに笑った。

「シュルーズベリーのまえ、シュルーズベリーにいるとき、そしてシュルーズベリーからずっと」カートンは続けた。「あんたはあんたの列、おれはおれの列にいた。パリの学生街《カルチエ・ラタン》でともにフランス語や、フランス法や、その他あまり身につかなかったフランスのもろもろを学んでたときでさえ、かならずあんたは存在を認められ、おれはいないようなものだった」

「それは誰のせいだ？」

「正直なところ、あんたのせいでないとは言えないな。あんたは片時も休まず、つねに力ずくでどんどんまえに進んできたから、おれは錆《さ》びついてじっとしてるしかなかった。だが、新しい朝が来ようってときに自分の過去を語るのはぞっとしないね。帰るまえに話題を変えてくれないか」

「では、美しい証人に乾杯しようか」ストライヴァーはグラスを掲げて言った。「そっちのほうが愉《たの》しい話題かな？」

明らかにそうではなかったようで、カートンはまた沈みこんだ。

「美しい証人か」と自分のグラスを見つめてつぶやいた。「今日は昼も夜も証人と大勢つき合った。どの美しい証人のことを言ってる？」

「あの医師の絵になる娘、ミス・マネットだよ」

「彼女が美しい？」

「美しくないか？」

「ないね」

「おっと。法廷じゅうの男が称讃してたぞ」

「法廷じゅうの称讃など知るか。いつからオールド・ベイリーは美人の鑑賞会になったんだ。ありゃまるで金髪の人形だ！」

「わかってるのか、シドニー」ストライヴァー氏は相手を鋭い眼で見すえ、赤ら顔を手でふいて言った。「思うに、あのときさみは金髪の人形に同情したばかりか、金髪の人形に起きたことをいち早く見て取ったんじゃないか？」

「いち早く見て取った！　人形だろうとなんだろうと、自分の鼻の一、二ヤードほど先で女性が気絶しそうになったら、望遠鏡がなくたってわかるだろう。気づいたのは認めるが、彼女が美しいというのには賛成しない。さあ、もう酒はいい。寝に帰るよ」

ストライヴァー氏が燭台《しょくだい》を手に階段の上までついてきて、友人がおりていく足元を照らした。汚れた窓から冷たい朝の光が射《さ》しこんでいた。カートン氏が家の外に出ると、あたりは寒々しく、悲しく、鈍色《にびいろ》の雲が空を覆《おお》い、テムズ川は暗く霞《かす》み、一面命のない砂漠のような光景だった。朝の疾風で土埃《つちぼこり》がくるくると舞い上がっていたが、それはあたかも遠くで砂嵐《すなあらし》が巻き起こり、最初に届いた砂塵《さじん》が街全体をうっすらと包みはじめたかのようだった。

カートン氏は胸にぽっかりと穴が開いたような気分で、砂漠に取り巻かれ、静まり返った家々のまえの通りにたたずんだ。一瞬、眼のまえの不毛の地に、誇り高い野心や、自制や、忍耐力に満たされた人生の幻が見えた。この幻の美しい都には、キューピッドや女神が見おろす空中の回廊があり、人生の果実がたわわに実る庭があり、眼にまぶしい希望の泉がある。しかし幻はほんの一瞬で消えた。カートン氏は深井戸から仰ぎ見るような家々の高みにある一室まで階段をのぼり、整えていないベッドに服を着たまま倒れこみ、むなしい涙で枕《まくら》を濡《ぬ》らした。

悲しいことに、じつに悲しいことに、太陽がまた昇った。しかし何より悲しいのは、すぐれた才能と心根を持ちながら正しく使うすべを知らず、己を助けることも、幸せにすることもできず、自分を損なうものに気づきながら、あきらめて身をまかせているこの男の姿だった。

第六章　何百という人々

マネット医師の静かな住まいは、ソーホー・スクウェアからほど近い閑静な通りの角にあった。ダーネイの反逆罪の裁判に四カ月という時の波が押し寄せ、大衆の興味と記憶が及ばぬ沖合に運び去ったあとの晴れた日曜の午後、ジャーヴィス・ローリー氏は、自宅のあるクラークンウェルから陽当たりのいい通りを歩いて、医師との食事に向かっていた。何度か仕事だけに明け暮れる時期をすごしたあと、ローリー氏は医師と親交を深め、閑静な通りの角は彼の人生でもっとも陽当たりのいい場所になっていた。

この晴天の日曜、午後の早い時間にソーホーに向かっていたのには習慣上の三つの理由があった。第一に、天気のいい日曜には、正餐《せいさん》のまえによくマネット父娘と散歩に出ていたから。第二に、あまり天気のよくない日曜には、家族の友人としていっしょに話をしたり、本を読んだり、窓の外を眺めたりしてすごすのがつねだったから。そして第三に、たまたま解決しなければならない小さな問題があり、医師の家庭の事情から見て、このときがそれにふさわしく思われたから。

ロンドンに通りは数あれど、医師のこの住まいほど風変わりな一画はなかった。袋小路になっており、正面の窓からは俗世を離れた心地よい小景が愉《たの》しめた。当時、オクスフォード街道の北側にあまり家はなく、いまはもうない野原には森の木が茂り、野草が生え、サンザシの花が咲いていた。結果として、田園の空気は宿なしの貧者のように教区に迷いこんで消えたりせず、ソーホーを自由奔放に流れていた。近所の多くの家の南側にはよく陽の当たる塀があり、季節になるとすぐそばで桃が実っていた。朝のうちはこの角にもまばゆい夏の光が射《さ》しこむが、通りが暑くなるころには日陰に入る。といっても、さほど大きな陰ではなく、向こうには明るく照らされた場所が残っている。医師が住む角は涼しく、静かだが晴れやかで、街の喧騒《けんそう》を沖に臨む港のように、こだまだけが聞こえる位置にあった。

そんな停泊地には船がひっそりと泊まっていなければならず、事実泊まっていた。医師は大きく無骨な家の二階分に住んでいた。日中はほかの階でさまざまな仕事が営まれているはずだが、物音はほとんどせず、夜になると完全に静まり返った。一本のスズカケが緑の葉をさらさら鳴らしている中庭を挟んだ裏手の建物では、教会のオルガンが作られ、銀の浮き彫り細工が手がけられているという話だった。玄関口の壁から、金を打ち延ばす謎《なぞ》の巨人のものだろうか、金色の腕が突き出していて、自分もこのように金に変わったが、訪問客も同じように打ち延ばしてやると脅しているかのようだった。こうした商売人も、階上にひとり寂しく住んでいると噂《うわさ》される人物も、階下に会計室を持っているという薄ぼんやりした馬車具の作り手も、めったに音を立てず、姿を見られることもなかった。ときおり職人が上着を着ながらはぐれたように玄関を横切ったり、見知らぬ人間がきょろきょろしていたり、くぐもった金音――それとも金の巨人の槌音《つちおと》か――が中庭を横切ってくることもあったが、それらはあくまで例外で、日曜の朝から土曜の夜まで気ままにふるまえるのはスズカケのスズメたちと、通りの角のこだまだけという法則を証明するためのものだった。

マネット医師は、昔の評判なり、彼の身の上が巷間《こうかん》伝わるにつれ甦《よみがえ》った評判なりで訪ねてくる患者を診ていた。医学知識と周到で巧みな治療技術を信頼して訪れる人もそこそこいたので、収入は望むままに得られた。

これらすべてを知り、考え、気に留めていたジャーヴィス・ローリー氏は、この晴れた日曜の午後、通りの角の静かな家の呼び鈴を鳴らした。

「ドクター・マネットはご在宅かな？」

もうすぐ戻ってこられます。

「ミス・ルーシーは？」

もうすぐ戻ってこられます。

「ミス・プロスはいらっしゃる？」

おそらくいたが、メイドには、ミス・プロスが在不在についてどう答えたいかわからなかった。

らうよ」

「自分の家に帰ったようなものだから」ローリー氏は言った。「階上《うえ》に上がらせても

医師の娘は生まれ故郷のことは何も知らないが、フランス人のもっとも有益で好ましい気質のひとつである、わずかなものから多くのものを引き出す能力を生来身につけているようだった。家具はどれも簡素ながら、あちこちにささやかな装飾がついて、どれも高価ではないものの格段に趣を深め、美しさを引き立てていた。もっとも大きなものからごく小さなものまで、無駄を抑えながら、繊細な手と、確かな眼と、すぐれた感覚で選んで配置してあり、優美で多様な色遣いや対照の妙に心が和む。と同時に、どれも設《しつら》えた人の内面をはっきりと表現していて、ローリー氏は見まわすうちに、椅子《いす》や机が、もはや見慣れたマネット嬢のあの独特の表情を浮かべて、この装飾はいかがですかと問いかけてくるような気がするのだった。

ひとつの階に三つの部屋があり、ドアは通気をよくするためにすべて開け放してあった。ローリー氏は、まわりのものすべてからマネット嬢を思い起こして微笑《ほほえ》みながら、ひと部屋ずつ進んでいった。最初は応接間で、ルーシーの飼い鳥や花、本、机、仕事台があり、水彩画の道具が入った箱が置かれている。次は医師の診察室で、食事もここでとる。三番目は医師の寝室だ。庭のスズカケの葉影が壁に踊るその部屋の隅

に、使われなくなった靴作りの台と道具のトレイがあった――パリ郊外サンタントワーヌの酒店の横に立つ、暗い建物の六階にあったときとまったく同じように。

「不思議だな」ローリー氏はまわりを見る眼を止めて言った。「苦難の日々の思い出を残しているとは」

「どうして不思議なんです？」突然質問されてローリー氏は跳び上がった。

声の主はミス・プロス、力強く荒っぽい赤毛の女性だった。ドーヴァーのロイヤル・ジョージ・ホテルで初めて会ったあと、ふたりは仲よくなっていた。

「いや、ただふと――」

「はっ！　ただふと、ですって！」ミス・プロスが言い、ローリー氏は口を閉じた。

「ご機嫌いかが？」ミス・プロスは鋭く、しかし悪意はないことを示したいような口調で訊《き》いた。

「元気ですよ、ありがとう」ローリー氏はおとなしく答えた。「あなたはどうです？」

「自慢できたもんじゃありません」

「本当に？」

「ええ、本当に！　わたしの愛《いと》しいお嬢様のことで腹が立って仕方がないのです」

「本当に？」

「お願いだから〝本当に〟以外のことを言ってくださる？　イライラして死んでしまいそう」身の丈はあるのに気が短いのがこの人の性格だった。

「そうなんですか？」ローリー氏は言い換えた。

「そうなんですか、も同じです」ミス・プロスは答えた。「でも、まだましね。そうなの、腹が立って仕方がないの」

「理由をうかがっても？」

「あのお嬢様にふさわしくない人が何十人もここに来て面倒を見ようとするのが気に入らないからです」

「何十人も来るのですか」

「何百人も」ミス・プロスは言った。

　この女性の特徴は（似たような人はまえの時代にもあとの時代にもいるが）、自説に疑問を投げかけられると、むしろそれを誇張するところだった。

「なんと！」ローリー氏は思いつくなかでいちばん無難なことばを発した。

「わたしはあの愛しいかたが十歳のときからいっしょに住んできました。というより、あのかたがわたしと住んで、給金を払ってくださいました。宣誓してもいいけれど、本当はそうすべきじゃなかったんです、もし何もいただかずに自分やあのかたを養えたのなら。とにかく、それはもうたいへんでした」

何がたいへんなのかよくわからなかったので、ローリー氏は首を振った。何にでもぴったり合う妖精のマントとして、自分の大切な部分を使ったのだ。

「あのかたにちっともふさわしくない人たちが、次から次へと訪ねてくる」ミス・プロスは言った。「あなたがこのことを始めてから――」

「私が始めたのですか、ミス・プロス？」

「ちがいますか？　彼女のお父様を人生に呼び戻したのはどなた？」

「ああ！　もしあれが始まりだったのなら――」

「終わりじゃないでしょう？　いいですか、あなたがこのことを始めてから、それはもうたいへんでした。ドクター・マネットのせいじゃありませんよ、ただドクターはあれほどの娘さんには見合わないというだけで。責めるつもりはありません。何があろうと、あのお嬢様に見合った人などいるはずもないのですから。でもとにかく、ドクターのあとから、それはもう山のように人が訪ねてきて（あのかたひとりなら我慢もできたのですが）、愛しいお嬢様のわたしに対する愛情を奪っていこうとするので、本当に、二倍にも三倍にもたいへんでした」

ミス・プロスは嫉妬《しっと》深い性質《たち》だが、奇抜な恰好《かっこう》やふるまいの下に私心のない人格が隠れていることもローリー氏は知っていた。これが見られるのは女性だけで、純粋な愛情と称讃の気持ちから別の女性に身も心も捧《ささ》げるのだ――自分が失ってしまった若さに、自分にはなかった美しさに、不運にもなしとげられなかった物事に、みずからの暗い人生には輝かなかった明るい希望に対して。ローリー氏はこれまで世の中を見てきて、心からの奉仕ほどすばらしいものはないことを理解していた。損得勘定抜きで尽くすそうした献身を尊ぶあまり、来世での報酬の序列を考えるときには――われわれは多かれ少なかれこの種の序列を思い描いている――テルソン銀行に口座を持つ、容貌《ようぼう》や服飾においてははるかに恵まれた多くの女性より、ミス・プロスを位《くらい》の卑《ひく》い天使のずっと近くに置いているほどだった。

「愛しいお嬢様にふさわしい男性は、あとにも先にもたったひとりしかいません」ミス・プロスは言った。「わたしの弟のソロモンです、もし弟が人生のあやまちを犯したのでなかったら、ですが」

ここでもまた、ローリー氏の質問によって、ミス・プロスの過去が明らかになった。弟のソロモンは薄情《かしゃく》ならず者で、賭博《とばく》のために姉のミス・プロスから何もかも奪っていき、良心の呵責《かしゃく》など微塵《みじん》も感じず、彼女を永遠に貧乏のどん底に突き落とした。それでもミス・プロスはソロモンを信じており（この〝些細《ささい》な〟あやまちでわずかに評価が下がったとはいえ)、ローリー氏は感じ入って、ますます彼女の評価を高めた。

「たまたま私たちしかいませんし、ふたりとも仕事ひと筋の人間ですから」ローリー氏はミス・プロスと応接間に戻り、打ち解けた雰囲気で椅子に坐《すわ》って訊いた。「ひとつうかがいます。ドクターはルーシーと話をするときに、靴を作っていたころについてはひと言も触れませんか」

「まったく触れません」

「なのに寝室にはベンチと道具が置いてある?」

「ああ!」ミス・プロスは首を振りながら答えた。「心のなかでも触れないとは言ってませんよ」

「当時のことをたびたび考えていると思うのですね?」

「思います」

「こんなふうに想像したことは——」ローリー氏が言いかけると、ミス・プロスがさえぎった。

「わたしは何も想像しません。想像力というものがないのです」

「訂正します。こう思ったことはありますか——ときどき何かを思うことならありますね?」

「ときには」

「ではこう思ったことはありますか」ローリー氏は明るい眼に笑みのような輝きを浮かべ、やさしく相手を見て言った。「ドクター・マネットには、あれほど長い年月虐《しいた》げられた理由について、彼なりに考えていることがあると。もしかすると、彼を監獄に追いやった人物の名前を知っているとか？」

「思うも何も、わたしは愛しいお嬢様が教えてくれたことしか知りませんよ」

「そのこととは？」

「お嬢様は父上が知っていると思っています」

「あれこれ質問しても怒らないでください。仕事ひと筋の鈍感な人間ですから。あなたも仕事ひと筋のかただ」

「鈍感な？」ミス・プロスは穏やかに尋ねた。

ローリー氏は謙虚な形容詞を使わなければよかったと思いながら答えた。「いえいえ、もちろんちがいます。仕事の話に戻ると、われわれ全員が知っているとおり、疑問の余地なく犯罪とは無関係なドクター・マネットが、そのことを口にしないのは驚くべきことだと思いませんか。私に言わないのはまだわかる。大昔に仕事のつき合いはありましたし、いまは親しくなっていますけれどね。それよりあの美しい娘さんに言っていないのがおかしいのです、あれほど互いに深く思いやっているというのに。信じてください、ミス・プロス、たんなる好奇心からこの話題を持ち出したのではありません。このことが本当に心配なので」

「わたしが知るかぎり、といっても大したことを知っているわけじゃありませんが」ミス・プロスはいくらかすまなそうに言った。「あのかたはこの話題全体が怖いのです」

「怖い？」

「理由は単純だと思います。おぞましい記憶ですし、正気を失うことにもなった。どうして失ったのかも、そこからどうして回復したのかもわからないから、またいつ失うともかぎらないと感じているのかもしれません。それだけでも避けたい話題になるのではないかしら」

ローリー氏が期待していたより深い回答だった。「たしかに。思い出すだに怖ろしいにちがいない。しかしそれでも、ミス・プロス、私の心にひとつ疑問が浮かぶのです。ドクター・マネットにとって、その記憶をいつも自分のなかに閉じこめておくのはいいことでしょうか。そう考えると、ときに不安になる。だからこうしてあなたに相談しているのです」

「どうしようもありません」ミス・プロスは首を振りながら言った。「その話題が出ると、たちまちあのかたは具合が悪くなるのです。そっとしておくほうがいい、というより、そっとしておくべきです、好むと好まざるとにかかわらず。ときどき真夜中に起きて部屋のなかを往《い》ったり来たりしている音が、わたしたちにも聞こえます。お嬢様には、あのかたの心が昔の監獄のなかを歩きまわっているのがわかるので、部屋に駆けつけて、落ち着くまでいっしょに往ったり来たりするのです。けれどもあのかたは、じっとしていられない本当の理由についてはひと言も話しません。お嬢様もそこに触れないのがいちばんだとわかっているので、愛情をこめて寄り添ってあのかたがわれに返るまで、黙っていっしょに往ったり来たりします」

想像力はないと本人は言ったが、往ったり来たりという句のくり返しからは、ひとつの悲しみに取り憑《つ》かれた心の痛みを感じていることがわかり、想像力がちゃんとあることを証明していた。

すでに記したとおり、この住まいはこだまが豊かに響く通りの角だったが、まるで憔悴《しょうすい》して往ったり来たりする話がきっかけになったかのように、いまや近づく足音がはっきりとこだましていた。

「お帰りです！」ミス・プロスが会話を中断して立ち上がった。「もうすぐ何百という人が訪ねてきますよ！」

不思議な音響効果があって、そのあたりの〝耳〟になっているような角の家だったので、足音の主である父親と娘を見ようと窓を開けて立っていたローリー氏は、ふたりが決して近づいてこないのではないかと思った。こだまが聞こえなくなっただけでなく、代わりに別の足音が聞こえて、それもすぐそこに来たかというところですっかり消えてしまったからだ。しかし、父親と娘がようやく現れると、ミス・プロスが通り側の玄関で出迎えた。

ミス・プロスは荒々しく、赤ずくめで、断固としているが、いそいそと愉《たの》しそうに立ち働いた。階段を上がってきた愛しいマネット嬢のボンネットを受け取ると、ハンカチの端で軽く埃《ほこり》を払い、マントを片づけられるようにたたみ、あたかもミス・プロス自身がつんとすました絶世の美女で、自身の髪を見せつけるかのように、マネット嬢の豊かな髪を誇らしげにくしけずる。令嬢も愉しそうにミス・プロスを抱きしめ、感謝して、そんなに何から何まで面倒を見てくださらなくてもと抗議する。もちろん、ふざけて言っているのだ。でなければミス・プロスは傷つき、部屋に引き上げて泣きだしてしまうだろう。医師もそんなふたりを見て愉しそうだった。ルーシーを甘やかしすぎるとミス・プロスをたしなめるが、その口調も眼つきも、ミス・プロスと同じくらいか、そんなことが可能なら彼女以上に娘を甘やかしていた。小さなかつらをつけたローリー氏もまた愉しげに顔を輝かせてこの光景を眺めた。これほどの年齢になった自分に光を当てて〝家庭〟へと導いてくれた独身者の星に感謝しながら、ミス・プロスの預言が当たるのを待ったが、誰も来なかった。

食事の時間。何百人もの訪問者はまだ現れなかった。この瀟洒《しょうしゃ》な住まいでミス・プロスは下の階の台所を受け持ち、立派に役割を果たしていた。用意する食事は質素だが、巧みに料理され、出し方もよければ盛りつけも申し分なく、イギリスふうとフランスふうを半分ずつ取り入れて、これ以上のものは望めないほどだった。ミス・プロスの交友は徹底して実用主義で、ソーホーやその近隣を熱心に探索しては貧しいフランス人に声をかけ、シリング硬貨や半クラウン硬貨を与えて料理の秘訣《ひけつ》を聞き出していたのだ。そんな落ちぶれたゴール人の子孫から仕入れた技があまりにすばらしく、鶏やウサギや庭の野菜のひとつふたつを手に入れて、思うままの料理に仕上げるので、家のメイドたちは、ミス・プロスは魔女かシンデレラの魔法使いにちがいないと思っていた。

日曜はミス・プロスもマネット医師のテーブルで食事をとったが、ほかの曜日は下の階か、上の階の自室――本人のほか彼女の愛しいお嬢様しか入室を許されない〝青ひげ公〟の部屋――で、いつともなくすませていた。この日のミス・プロスは、令嬢のうれしそうな顔とミス・プロスを喜ばせようとする努力に応《こた》えて、格別に腕をふるい、料理は最高の出来だった。

蒸し暑い日だったので、食事のあと、ワインをスズカケの下に持っていって外でくつろぎましょうとルーシーが提案した。すべては彼女が決めることだったので、一同は外に出て、スズカケの木の下に坐った。ルーシーはローリー氏のためにワインのボトルを運んだ。しばらくまえからローリー氏の給仕役をもってみずから任じ、スズカケの下で話しているあいだも彼のグラスを満たしつづけた。坐っているところからは、謎《なぞ》めいたほかの建物の裏や端が見え、頭上からはスズカケがさやさやと囁《ささや》きかけてきた。

依然として何百もの人は現れなかった。スズカケの下にいたときに、ダーネイ氏が現れたが、訪ねてきたのは彼ひとりだった。

マネット医師とルーシーは温かく彼を迎えたが、ミス・プロスは突然、頭と体が痙《けい》攣《れん》すると言って家のなかに引き上げていった。そういうふうに具合が悪くなることは珍しくなく、ミス・プロスは友人との会話でそれを〝ぴくぴく発作〟と呼んでいた。

医師の体調はすこぶるよく、この日はとりわけ若々しく見えた。そんなときこの父娘はじつによく似ていて、ルーシーが隣に坐った父親の肩に頭をあずけ、父親が娘の椅子《いす》の背に腕をのせていると、そっくりなのがわかって微笑《ほほえ》ましかった。

医師は多くの話題について、いつにない活力で一日じゅう話していた。「ところで、ドクター・マネット」スズカケの下でたまたま話題がロンドンの古い建築物になり、話の穂を継いでダーネイ氏が言った。「ロンドン塔を隅々までご覧になったことがありますか」

「ルーシーといっしょに行ったことはあるが、ざっと見ただけだ。とても興味深いということがわかった程度だな」

「ぼくはあそこにいたのです、ご承知のとおり」ダーネイは微笑みながらも、怒りで少し顔を赤らめて言った。「別の人間、それも、施設のなかはあまり見学できない人間として。あそこにいたときに奇妙な話を聞きました」

「奇妙な話？」ルーシーが訊《き》いた。

「何かの改修の折に、作業員が偶然、作られたきり長年放置されていた古い地下牢《ちかろう》に入ったらしいのです。内側の石壁は囚人たちが彫りこんだ文字で埋め尽くされていました――日付、名前、非難、祈りといったもので。そこの隅の石に、処刑されたと思《おぼ》しきある囚人が、最後の仕事として三つの文字を刻んでいました。道具らしい道具は使わず、震える手で彫ったものでした。最初〝DIC〟と読めましたが、よく見ると、最後の文字は〝G〟です。この三つを頭文字に持つ囚人は記録にも昔語りにもおらず、どういう名前だろうと、みなあれこれ推測しましたが、結局答えは出ませんでした。ところが、長い時間を経たあと、それは頭文字ではなく〝掘れ《DIG》〟という一語ではないかという話が出た。そこで文字の下の床をくわしく調べてみると、石というか、瓦《かわら》というか、敷石の欠片《かけら》というか、とにかくその下に、もう塵《ちり》と化した小さな革の箱か袋に混じって、やはり塵になった紙がありました。名もない囚人が書いたものは読めませんでしたが、彼はそこに何か書いて、牢番に見つからないように隠しておいたのです」

「お父様」ルーシーが叫んだ。「どうなさったの！」

医師は突然立ち上がって、頭に手を当てていた。その動作と表情が全員を震え上がらせた。

「いや、なんでもない。大丈夫だ。大きな雨粒が落ちてきたので驚いたのだ。なかへ入ったほうがよさそうだな」

医師はすぐに落ち着きを取り戻した。本当に大きな雨粒が落ちて、手の甲に水がついていたが、ダーネイが語った発見についてはひと言も返さなかった。家のなかに入りながら、ローリー氏の仕事ひと筋の眼は、チャールズ・ダーネイのほうを向いた医師の顔に、法廷の通路でダーネイを見かけたときと同じ奇妙な表情が浮かんでいるのを見た――少なくとも、見た気がした。

けれども、その表情はあっという間に消えたので、ローリー氏は仕事ひと筋の自分の眼がおかしかったのだろうと思った。マネット医師はすでに玄関口の金色の巨人の腕以上に落ち着き、腕の下で立ち止まると、いまだに些細《ささい》なことに驚いてしまう（そのうちよくなるのだろうが）、今回は雨に驚いた、とみなに説明した。

お茶の時間になり、ミス・プロスがお茶を淹《い》れたものの、またぴくぴく発作で席をはずした。相変わらず何百人もの訪問者はない。カートン氏がふらりと訪ねてきたが、それでたったのふたりだった。

ひどく蒸す夜で、ドアと窓を開け放っても暑さがこたえた。ティーテーブルの上のものがなくなると、彼らはそろって窓辺に移動し、夕闇《ゆうやみ》に沈む外の景色を眺めた。ルーシーは父親の隣に坐り、ダーネイは彼女の横、カートンは窓にもたれていた。長く白いカーテンがさがっているが、通りに吹きこんだ嵐《あらし》を呼ぶ風がそれを天井近くまで跳ね上げ、幽霊の白い翼のようにはためかした。

「まだ雨が降っている。大きくて重い雨粒が、ぽつりぽつりと落ちてくる」マネット医師が言った。「ゆっくり来ているな」

「まちがいなく来ます」カートンが言った。

ふたりとも小声で話していた。何かをじっと待っている人はたいていーー暗い部屋で稲妻をじっと待っている人はかならずーーそうする。

通りでは嵐が襲来するまえにどこかに身を隠そうと、人々が大あわてで逃げていた。不思議なこだまの角には、近づいたり遠ざかったりする足音のこだまが盛んに響いたが、人の姿はどこにもなかった。

「これだけ人がいるのに、なんという寂しさだ！」しばらく聞いたあとでダーネイが言った。

「感心されました、ミスター・ダーネイ？」ルーシーは訊いた。「夕方ここに坐《すわ》っていると、ときどき想像してしまうんですーーでも、今晩はあらゆるものが暗くて、重苦しくて、そんな馬鹿《ばか》げた想像をするだけでぞっとするのですがーー」

「ではいっしょにぞっとしましょう。話してください」

「なんでもないことだと思われるかもしれません。こういう考えが強い印象を残すのは、おそらく思いついたときだけで、人に伝えるべきことではないのでしょう。ですが、ときに夕方、ここにひとりで坐って耳をすましていると、こだまする足音のすべてが、やがてわたくしたちの人生に入りこんでくる人たちの足音に聞こえてくるのです」

「だとすると、ある日たいへんな数の人間がわれわれの人生に入りこんでくるな」ふいにシドニー・カートンが、いつものむっつりした口調で割りこんだ。

足音は一向にやまず、ますますあわただしくなった。通りの角をこだまがくり返し渡った。何人かは窓の下に、別の何人かは部屋のなかにいるような感じで、近づくものも、遠ざかるものもあり、途切れるのも、完全に止まってしまうのもあった。しかし、どれも遠くの通りにいて、人の姿はまったく見えなかった。

「あの人たちがわれわれ全員のところに来るのですか、ミス・マネット？　それとも、われわれのなかで分け合うことになっているのですか」

「わかりません、ミスター・ダーネイ。馬鹿げた想像だと申し上げたのに、聞きたいとおっしゃるから。ひとりでいるときにそんな考えに身をまかせていると、あの足音のすべてがわたくしの人生に、そしてお父様の人生に、入りこんでくる人たちに思えるのです」

「そいつらをおれの人生に受け入れよう！」カートンが言った。「おれは質問もしないし、条件もつけない。大群衆がこちらに迫ってきますよ、ミス・マネット。おれには見える――稲妻の光で」最後のことばは、まばゆい閃光《せんこう》が窓辺に立つ彼の姿を照らし出したあとにつけ加えられた。

「音も聞こえる」雷鳴が轟《とどろ》いたあとで言った。「さあ来たぞ。すごい速さで、猛然と、怒り狂って！」

轟然《ごうぜん》と叩《たた》きつける雨のことを言ったのだった。声もかき消されるので、カートンは口を閉じた。雷光をともなうすさまじい嵐が訪れ、雨が降りけむった。雷も、稲妻も、雨も一瞬たりともやむことなく、夜中に月が昇るまで続いた。

一転澄みわたった空に、セント・ポール大聖堂の大きな鐘が一時を鳴らした。ローリー氏は、ブーツをはきランタンを持ったジェリーに先導されて、クラークンウェルの家に出発するところだった。ソーホーとクラークンウェルのあいだにはいくつか寂しい場所があるので、ローリー氏は追いはぎを警戒してつねにジェリーを呼び、馬で帰ることにしていた。いつもはこの日より二時間早く家路についていたが。

「なんという夜だろうな、ジェリー」ローリー氏は言った。「死者を墓から呼び出しそうな夜だった」

「そんな物騒な夜は見たことないし、見たいとも思いませんね、旦那《だんな》」ジェリーは答えた。

「おやすみなさい、ミスター・カートン」実務家は言った。「おやすみなさい、ミスター・ダーネイ。またこんな夜をいっしょに見ることがありますかね」

おそらく、あるだろう。そして大群衆がこの夜の嵐のように轟々と迫ってくるのを見ることになるだろう。

第七章　街の侯爵《こうしゃく》

宮廷でも抜きん出た有力貴族であるその閣下は、パリの豪邸で二週間に一度の接見会を催していた。聖域のなかの聖域、その外に続く部屋に集まった崇拝者たちにとって至聖所である邸内の個室で、いましもチョコレートを飲むところだった。閣下はたいていのものをたやすく飲みくだすことができ、ほどなくフランスまで飲みこんでしまうのではないか、と悲観論者のいくたりかは噂《うわさ》していたが、朝のチョコレートは、料理人のほかに四人の立派な男が助けなければ彼の喉《のど》を通らないのだった。

そう、四人である。みなきらびやかな衣装をまとい、なかでもいちばん偉い男は、閣下の高貴で奥床しい装《よそお》いに倣《なら》って、つねに二個以上の金時計をポケットに入れていなければ生きていけないほどだった。その四人が閣下の唇にチョコレートの喜びをもたらす。まずひとりがチョコレート・ポットを御前に運びこむ。次の召使いが小さい特別の器具でチョコレートをかき混ぜて泡立てる。三番目が指定のナプキンを取り出す。そして四番目（金時計を二個持っている召使い）がチョコレートを注ぎこむという具合だった。どのひとりが欠けても閣下はチョコレートを飲むことができず、天の祝福のもと崇高な地位を保つことができなかった。たった三人に見苦しく給仕させようものなら、家名が深く傷つくし、それがふたりになれば、悶死《もんし》してしまうにちがいない。

前夜はちょっとした晩餐《ばんさん》に出かけ、魅力あふれる喜劇と歌劇を鑑賞した。じつは毎夜のごとく晩餐に出かけ、見目麗《みめうるわ》しい人々に取り巻かれていた。きわめて上品で感受性の強い閣下は、味気ない国政や国家機密に関しても、フランス国家全体の窮乏より、多分に喜劇や悲劇にもとづいて考えていた。フランスにとってはなんとも幸運なことだ。似た幸運に恵まれたあらゆる国に同じことが言え、たとえばイギリスなら、〝陽気なスチュアート〟王が国を売った悲しむべき時代がそうだった。

閣下は社会事業一般にまことに高貴な考えを抱いていた――すなわち、すべてなりゆきにまかせる。ただし、特定の社会事業については、また別のまことに高貴な考えがあった――すべては己の権力と財力を増やすものでなければならない。さらにもうひとつ、こと自分の快楽に関しては、一般だの特定だのにかかわりなく、またまことに高貴な考えがあって、世界は己の快楽のためにあるというのがそれだった。彼の世界観を表す一文は（聖書の文の代名詞ひとつを置き換えているが、大したことではない）、〝地と之に満つる物とは閣下の物なればなり〟だった。

とはいえ、閣下も遅まきながら、俗世の厄介事が公私両面で忍び寄ってきたことに気づき、必然的に徴税請負人と手を組んでいた。まず公の財政については何ひとつ理解できないので、理解できる人間に頼るしかない。個人の財政についても、徴税請負人が裕福になる一方で、閣下のほうは何世代もの贅沢《ぜいたく》と散財で貧しくなりつつあったので、尼僧のベール――身にまとえるなかでもっとも安い衣類――をかぶる間際《まぎわ》だった妹を修道院から連れ戻して、身分は低いがたいそう金持ちの徴税請負人に褒美《ほうび》として嫁入りさせた。その徴税請負人がいま、金持ちにふさわしく頭部に金色のリンゴがついた杖《つえ》をつきながら、ほかの人々に混じって外の部屋にいた。誰もがそのまえにひれ伏しているが、閣下やその妻を含めて、すぐれた血筋の貴族はそのかぎりではなく、心の底から徴税請負人を見下していた。

その徴税請負人は豪奢《ごうしゃ》な男だった。厩《うまや》には馬が三十頭いて、男の召使いが二十四人、妻の世話は六人のメイドが見ていた。することと言えば、奪えるものをみな奪い、取れるものをみな取ることだけのようにふるまうこの男は、その結婚が社会道徳にどんな影響を及ぼしたにせよ、少なくともこの日、閣下の豪邸に集った有力者のなかではいちばんの現実主義者だった。

というのも、邸内の数々の部屋は、当時の趣味と技術であたうかぎりの装飾がほどこされ、見た目には華やかだが、そのじつ健全なものではなかったからだ。同じ街の別の場所に、ぼろ着とナイトキャップ姿の案山子《かかし》のような人々がいる（しかも遠くではなく、両方からほぼ等距離にあるノートルダムの塔からはこの両極端が見えた）ことを思えば、度を越して不愉快なものだったかもしれない――もしこの豪邸にいる面々のひとりでもそれを気にすればだが。軍事知識のない陸軍士官、船を知らない海軍士官、行政を忘れた文官、ふしだらな眼とだらしない舌を持ち、輪をかけてだらしない生活を送る、俗まみれで恥知らずの聖職者。みなそれぞれの職業にまったくふさわしくなく、おぞましい嘘《うそ》をついてそこに収まっているが、遠い近いの差はあれ閣下の取り巻きとなってまんまと公職につき、好きなものを好きなだけ懐《ふところ》に入れている。こうした例は枚挙にいとまがなかった。

閣下や国と直接のつながりはないにしろ、同じくらい現実離れしていて、地道な目標にまっすぐつながる道を歩く人生とは縁のない人々も、数においては負けていなかった。閣下の控えの間では、そもそも存在しない架空の病気に繊細な治療をほどこして大金を稼いだ医師たちが、宮廷の優雅な患者に笑みを向けていた。接見会では、国を煩《わずら》わす些細な問題にあらゆる解決策を見出してきた――しかし、罪悪のひとつとて真剣に解決する手立てを講じたことはない――理論家たちが、捕まえられる耳という耳にくだらない理論を吹きこんでいた。閣下のこのすばらしい集まりでは、ことばで世界を改造し、天にも届くカルタのバベルの塔を築いている不信心な哲学者が、錬金術の心得がある不信心な科学者と愉《たの》しげに語らっていた。閣下の豪邸では、この特筆すべき時代から今日に至るまで、人間たるもの関心を持って当然の事物に関心を寄せないという教育の成果で知られる、きわめて洗練された紳士たちが、見本のような倦《けん》怠《たい》状態にあった。集まったさまざまな貴人がこのすばらしいパリの街に残す家庭には妻がいるが、閣下の崇拝者にまぎれたスパイたち――この高雅な集団のゆうに半分を占める――も、その社会の天使たちのなかに、外見やふるまいから母親と呼べそうな女性はひとりも見つけられなかっただろう。実際、子供という煩わしい生き物をこの世にもたらす行為そのもの――それだけではとうてい母親と呼ぶに値しない――を除いて、母親であることは流行遅れだった。流行遅れの赤ん坊は、農家の女たちにあずけて育てさせるものであり、魅力をそなえた六十歳の婆《ばあ》さんたちは二十歳のように着飾って食事をとっていた。

　閣下のまわりにいる人間はみな〝浮き世離れ〟の病で醜く変貌《へんぼう》していた。それでもいちばん遠い部屋には例外が六人いて、ここ数年、物事が悪い方向に進んでいるという漠然とした不安を抱いていた。なかの三人はそれを正しい方向に戻す確実な方法として、風変わりな痙攣《けいれん》派（訳注　当時フランスで流行していた狂信的なキリスト教の一派）の教団に加入したばかりか、館《やかた》のその場で泡を吹いて怒り、叫び、凝り固まった姿勢で自分たちの深遠な知識を伝えるべきだろうか、そうして閣下のために将来を指し示すべきだろうかと心中ひそかに考えていた。彼ら以外の三人は、〝真理の中心〟という戯言《たわごと》で物事を修正する別の教団に駆けこんでいた。その教義は、人類は論証するまでもなく真理の中心から遠ざかってしまったが、まだ〝外周〟から飛び出してはいない、断食《だんじき》と、霊との交流によって外周にとどまり、うまくすると真理の中心に戻ることができる、というものだった。したがって年がら年じゅう霊と話し合い、それがすばらしい効果をもたらしていると言うのだが、効果が眼に見えたためしはなかった。

　慰めがあるとすれば、閣下の壮麗な邸宅に会した一同の装いは完璧《かんぺき》だった。もし最後の審判日がたしかに盛装の日であったなら、そこにいる全員が永遠に正しいとされただろう。カールをかけ、白粉《おしろい》をはたいて盛り上げた髪、化粧で作り保っているきめ細やかな肌、見るからに勇ましい剣、そして繊細でかぐわしいにおい――これらによって、あらゆることが永遠にうまくいくにちがいない。出自の立派な洗練された紳士は小さな宝石や時計や鎖をぶら下げていて、物憂《ものう》げに歩くと、そうした金色の拘束具が小さい鈴のように鳴った。その音色や、絹、金襴《きんらん》、高級リンネルの衣《きぬ》ずれの音が空気にさざ波を立て、サンタントワーヌの貧しい人々の飢えを遠くへ追いやっていた。

服装はすべてをあるべき場所に収める、霊験あらたかな護符だった。終わりなき仮装舞踏会のために誰もが着飾っていた。仮装舞踏会はテュイルリー宮殿から、貴族、全宮廷、議院、法廷を含むあらゆる社会（ただし案山子たちを除く）を経て、死刑執行人にまで及んでいた。死刑執行人も〝カールに白粉の髪、金モールの上着、エナメル短靴、白絹の長靴下〟のまじないにしたがって職務を果たすことが求められていた。かくして、ムシュー・パリとして知られる死刑執行人――ムシュー・オルレアンをはじめ各地域の同業者のあいだでは、監督教会ふうにそう呼ばれていた――は、華麗な衣装で絞首《こうしゅ》刑や車輪刑を――斧《おの》はめったに使われない――執行していた。このキリスト紀元一七八〇年、閣下の宴会に集まった人々のなかで、カールに白粉、金モール、短靴、白絹の長靴下の死刑執行人に根ざした体制が、空の星々より長続きしないと思っていた者がはたしていただろうか！

チョコレートを飲み終えて、四人の召使いを重責から解放すると、閣下は至聖所の扉をさっと開けさせて外に進み出た。すると部屋じゅうの人間がお辞儀をし、畏《かしこ》まって褒めそやした。なんという隷属《れいぞく》！　世も末の卑屈さ！　身も心も閣下に捧《ささ》げすぎて、天に捧げる分がなくなり、なるほど閣下の崇拝者が神に祈ろうともしない理由のひとつはそれかもしれなかった。

閣下は約束のことばをかけたり、微笑《ほほえ》んだり、うれしそうな奴隷の耳に囁《ささや》いたり、また別の奴隷に手を振ったりしながら、いくつもの部屋を抜け、遠い〝真理の外周〟に達すると今度は戻ってきて、しかるのちにチョコレートの精霊がいる至聖所に閉じこもり、それきり出てこなかった。

謁見《えっけん》が終わると、空中のさざ波は小さな嵐《あらし》のように乱れた。ほどなく高価な鈴の音とともに群衆が去っていき、ひとりの人物だけが残った。帽子を脇《わき》に挟み、嗅《か》ぎ煙草《たばこ》入れを持って、外につながる鏡張りの廊下をゆっくりと歩いていった。

「おまえなんぞ」その人物は最後の扉のまえで立ち止まると、閣下の聖域を振り返って言った。「悪魔のもとへ行け！」

そこで足の埃《ほこり》を払うように、指についた煙草を振り払い、静かに階段をおりていった。

歳《とし》は六十がらみ、立派な服を着て、態度の高慢な男だった。顔は上品な仮面さながら抜けるように白く、眼鼻立ちがくっきりとして、ひとつの表情が張りついていた。両方の鼻孔の上がわずかにくぼんでいるが、鼻全体の形はよく、顔の表情で変わるのはそのふたつのくぼみだけだ。そこの色はときどき変わり、弱い脈拍らしきものにしたがってふくらんだり、すぼんだりする。そうなると顔全体から不実さと残酷さが感じられた。よく見れば口と眼の形もまっすぐで薄すぎ、酷薄な印象を強めているが、それでもやはり並はずれて端整な顔だった。

その顔の持ち主は階段を中庭へおり、馬車に乗りこんで走り去った。接見のあいだはまわりの人から離れて立っていて、あまり大勢とは話さなかったし、彼に対する閣下の態度ももう少し温かくてもよかろうにと思うほどだった。そんなわけで、この人物はどうやら、馬のまえで市井《しせい》の人々が逃げ惑い、たびたび轢《ひ》き殺されそうになるのを見て愉しんでいた。御者は敵に突進するような勢いで馬車を走らせていたが、主人の顔に無謀な運転を咎《とが》める表情はいっさい浮かばないし、制止のことばも出てこなかった。ものが聞こえないこの街の、ものが言えないこの時代においてさえ、歩道のない狭い通りで貴族が猛烈に馬車を飛ばす習慣によって下々の者が危険な目に遭い、無残にも大怪我《けが》を負わされるという苦情が申し立てられていたが、ほとんど一顧だにされず、結局この件もはかの件と同様、虐《しいた》げられた人々が自力で困難から逃れるしかなかった。

荒々しい音と振動、そして当代では考えられないほど人道に反する配慮のなさで、馬車は通りを疾走し、角を急に曲がった。女たちは悲鳴をあげ、男たちは仲間や子供の腕を引いて馬車の進路から遠ざけた。ついに馬車が噴水のある角を全速力で曲がったときに、車輪のひとつがガクンと揺れ——胸が悪くなる揺れ方だった——何人かが大声で叫んだ。馬は棒立ちになって急に止まった。

馬が止まりさえしなければ、馬車は走りつづけただろう。怪我人を残して去っていくのがふつうだし、それの何が悪いというのだ。しかし、このときばかりは怯《おび》えた従者が通りにおりると、十人の手が馬勒《ばろく》をつかんでいた。

「どうした?」馬車のなかの紳士は穏やかに外を見て言った。

ナイトキャップをかぶった背の高い男が、馬の足元から何か包みのようなものを持ち上げ、噴水のたもとに置き、泥と水のなかにひざまずいて野獣のように叫んでいた。

「お赦《ゆる》しください、侯爵様!」ぼろを着た卑屈な男が言った。「子供でございます」

「どうしてあのように不愉快な声をあげているのだ。あれは彼の子か?」

「お赦しを、侯爵様！ 残念ながら、そうでございます」

噴水までは少し距離があった。その場所で通りが十数ヤード四方に広がっていたからだ。背の高い男がいきなり地面から立ち上がり、馬車に向かって走ってきたので、侯爵はとっさに剣の柄《つか》を握った。

「殺された！」男は絶望に打ちひしがれて叫び、頭上に両手を伸ばして侯爵を見すえた。「死んだ！」

まわりから群衆が近寄ってきて、侯爵を見た。多くの眼から読み取れるのは用心深さと真剣さだけで、威嚇《いかく》や怒りは感じられなかった。人々は最初に叫んだだけであとは何も言わず、ずっと静かだった。口を開いた卑屈な男の声は平板でおとなしく、極端にへりくだっていた。侯爵は穴から出てきたネズミを見るような眼で彼らを見まわした。

そして財布を取り出した。

「まったくあきれ果てるな」侯爵は言った。「おまえたちが自分やわが子の面倒すら見られないのには。かならずひとりふたり道に飛び出してくる。これまで私の馬がどれだけ怪我をしたことか。ほら、これをあいつにやれ」

従者に金貨を一枚放って拾わせた。群衆の全員が首を伸ばして、金貨が落ちるのを眼で追った。長身の男がまたこの世ならざる大声で叫んだ。「死んだ！」

そのとき人混みをかき分けて別の男が駆け寄り、長身の男を捕まえた。哀れな男は叫ぶのをやめ、相手を見てその肩にがっくりと寄りかかると、すすり泣きながら噴水のほうを指差した。そこには女が何人か集まって、動かない包みを見おろし、まわりをゆっくりと歩いていたが、男たちと同じく押し黙っていた。

「わかってる、わかってるさ」駆け寄った男が言った。「気をしっかり持て、ギャスパール！　可哀相《かわいそう》なあの子は、生きてるよりこうやって死んだほうがましだった。即死だから苦しみもなかった。ほんの一時間でもこれより幸せに生きられたか？」

「哲学者だな、そこのおまえは」侯爵は微笑みながら言った。「名は？」

「ドファルジュと申します」

「職業は？」

「侯爵様、酒屋でございます」

「これを拾え、哲学者の酒屋」金貨をもう一枚投げて、「好きに使うがいい。そこの馬は大丈夫か？」

侯爵は集まった人々にそれ以上見向きもせず、座席の背にもたれた。ふとしたことでつまらないものを壊し、弁償を楽にすませた紳士の雰囲気をまとって走り去ろうとしたところで、一枚の金貨が馬車に投げ入れられ、床で音を立てたために、快適な気分が台なしになった。

「待て！」侯爵は言った。「馬を止めろ！　これを投げたのは誰だ」

さっきまで酒屋のドファルジュがいた場所を見たが、嘆き悲しむ父親が地面に倒れ伏して泣いているだけで、その横に浅黒い太り肉《じし》の女が立って編み物をしていた。

「犬どもめ！」侯爵は言ったが、口調はなめらかで、顔の表情も鼻の両隅を除いてまったく変わらなかった。「おまえたちの誰だろうと喜んで轢いて、この世から消し去ってやる。金貨を馬車に投げた狼藉者《ろうぜきもの》がこの近くにいたら、車輪で挽《ひ》きつぶされると思え」

民衆は怯えきっていた。長くつらい経験から、侯爵のような人間が法の内であれ外であれ彼らにできることを知り尽くしていたので、誰も声や手はおろか、眼すら上げなかった――男は誰ひとり。編み物をしていた女だけはしっかりと顔を上げ、侯爵を正面から見つめたが、侯爵としてはそれを気にして威厳を失うわけにはいかなかった。軽蔑《けいべつ》をむき出しにした彼の眼は、女と、残りのネズミ全員の上をちらりとすぎた。侯爵はまた座席に反り返ると、御者に「行け」と命じた。

馬車は走り去った。ほかの馬車もあとを追って次々と駆けていった。大臣、政治評

噴水での停止

論家、徴税請負人、医師、弁護士、聖職者、歌手、喜劇役者——仮装舞踏会のすべての参加者が輝かしい流れとなって駆け抜けた。ネズミたちは穴から這《は》い出してきて、そのまま何時間も見物していた。兵士や警官が何度も彼らのまえを往《ゆ》き来して壁を作ると、彼らはそのうしろに忍び寄って、あいだからのぞき見した。例の父親はとうの昔に、死んだ子を抱え上げて姿を消していた。噴水のたもとに倒れた子の世話をしていた女たちは、その場に腰をおろして、噴水の水が流れ、仮装舞踏会の面々が去っていくのを見ていた。その間、ひとり編み物をして目立っていた女は、〝運命〟のように着々と編みつづけていた。噴水の水は流れ、馬車の川も流れ、日も早々と夜に流れて、この街の数多《あまた》の人生は、定めどおりに死へと流れていった。時は人を待たず。ネズミたちはまた暗い穴で身を寄せ合って眠り、仮装舞踏会の晩餐はきらびやかに輝き、すべてはそれぞれの道を流れていった。

第八章　田舎の侯爵《こうしゃく》

美しい風景だった。トウモロコシが明るい色を添えているが、あたり一面ではない。本来トウモロコシがあるべきところに貧相なライ麦が育ち、やはりあちこちに貧相な豆類や、小麦の代わりになる貧しい雑穀が生えていた。農作物もたいていい、それを育てる男や女と同じように、嫌々生きているように見えた――すっかり落胆してあきらめ、枯れてしまいたがっているかのように。

侯爵が乗った馬車は（もっと軽くしてもよかったのだが）御者ふたりが操る四頭立てで、急な坂をつらそうに登っていた。侯爵の顔に赤みが差しているのは、育ちの悪さと誤解されるおそれはない。内面から生じたものではなく、どうしようもない外の環境のせいだったからだ――日が暮れかけていた。

日没の光が丘の頂上に達した馬車を赤々と照らして、なかにいる侯爵を真紅に染めた。「光は消えていく」侯爵は自分の両手を眺めながら言った。「もうすぐ」

たしかに太陽が地平線にかかり、いましも沈むところだった。馬車が重い車輪止めをつけて丘をおりはじめ、舞い上がった土煙のなかで燃えかすのようなにおいがするあいだに、赤い光はたちまち薄れていった。太陽も侯爵もいっしょにおりていき、車輪止めがはずされるころには、輝きはまったく残っていなかった。

しかし、崖《がけ》も野もある貧しい田舎は見渡すかぎり残っていた。丘のふもとには小さな村があり、その向こうはまた広々とした丘で、教会の尖塔《せんとう》、風車、狩りのできる森があり、岩山の上の砦《とりで》は監獄として使われている。侯爵はいかにもわが家に近づく人らしく、夕闇《ゆうやみ》に包まれてきたそれらすべてを見まわした。

村には貧しい通りが一本走り、貧しい酒造所、貧しい皮なめし屋、貧しい酒場、駅馬をあずかる貧しい厩舎《きゅうしゃ》が一軒ずつ、そして貧しい水汲《みずく》み場といった、貧村につきもののもろもろがあった。村人は全員貧しく、多くは家のまえに坐《すわ》って、わずかなタマネギの類《たぐい》を刻んで夕食を作り、土から取れる草や葉など、とにかく食べられる小さなものを水汲み場で洗っていた。彼らを貧しくしているものは、至るところにその姿を現していた。国税、教会税、領主税――村の厳しい掟《おきて》にしたがって、あちらこちらで国にも地元にも税を支払わなければならず、いまだにどの村も干上《ひあ》がらずに残っているのが不思議なほどだった。

子供を見かけることはほとんどなく、犬もいない。大人の男女については地上に次の選択肢があった――風車のふもとの小さな村で餓死寸前の生活を送るか、聳《そび》え立つ岩山の監獄に閉じこめられて死を迎えるか。

侯爵は馬車を宿駅の門のまえに停めた。到着はあらかじめ先を走る従者と、御者が振るう鞭《むち》の音によって高らかに告げられていた。夜気のなか、御者の鞭はヘビのように馬の頭に巻きつき、馬車は復讐《ふくしゅう》の女神に引かれているようにも見えた。宿駅は水汲み場の近くにあり、農夫たちが仕事の手を止めて侯爵を見た。視線を返した侯爵がそうと気づかず見たものは、ゆっくりと確実に痩《や》せ衰えていく惨《みじ》めな顔や体だった。それらのせいで、フランス人はやつれているという俗信がイギリスに百年近く残ることになったのだ。

侯爵は自分のまえでおとなしく頭を垂れている人々を見まわした。彼ら貴族が宮廷の閣下のまえで頭を垂れたのと同じだが、唯一《ゆいいつ》のちがいは、眼のまえの顔はただ苦しんでおり、媚《こ》びへつらっていないことだった。そのとき、白髪混じりの道路工夫が集団に加わった。

「あの者をここへ！」侯爵は従者に言った。

その男が連れてこられた。帽子を脱いで手に持っていた。ほかの者たちは、パリの噴水前の群衆のように集まってきて、耳をそばだてた。

「ここへ来る途中でおまえを見かけた気がするが？」

「はい、閣下。光栄にも途中でお目にかかりました」

「丘を登るときと、丘の頂上の両方で？」

「さようでございます、閣下」

「何を熱心に見ていたのだ」

「閣下、男を見ておりました」

道路工夫は少し屈《かが》み、ぼろぼろの青い帽子で馬車の下を指した。誰もが屈んで馬車の下を見た。

「なんの男だ、この役立たずめ。どうしてそんなところを見ている？」

「お赦《ゆる》しください、閣下。その男はぶら下がっていたのです――車輪止めの鎖に」

「それは誰だ」侯爵は訊《き》いた。

「閣下、男でございます」

「こういう馬鹿《ばか》どもは悪魔にくれてやる！　だからその男の名前はなんなのだ。このあたりに住む男は全員知っているだろう。そいつは誰だ」

「どうかご慈悲を、閣下！　このあたりの男ではなかったのです。いままでの人生で一度も見たことがございませんでした」

「鎖にぶら下がっていた？　首を吊《つ》って死のうとしていたのか？」

「情け深くお赦しいただけるのなら、そこがまさに驚くべきところなのでございます、閣下。彼の頭はぶら下がっていたのです――こんなふうに！」

道路工夫は馬車に対して横になり、背を反らして空を仰ぎ見、頭をうしろに垂らした。そしてまたもとの姿勢に戻ると、帽子をいじりながら、お辞儀をした。

「見た目はどんな男だった？」

「閣下、それが粉屋より白かったのです。土埃《つちぼこり》にまみれて幽霊みたいに真っ白で、幽霊みたいに背高でした」

その姿を思い描いた農夫たちがざわめき立ったが、全員の眼はほかの眼と意見を交わすことなく、侯爵に向けられた。彼の良心に幽霊の入る余地があるのかどうか、確かめようとしていたのだろう。

「大したものだ」侯爵は、こういう虫けらどもに腹を立てても仕方がないと適切に気づいて言った。「私の馬車に泥棒がついてきたのを見つけながら、その大きな口を閉じていたとはな。もういい、こいつを下がらせろ、ムシュー・ギャベル！」

ギャベル氏は宿駅の長で、いくつかの徴税もおこなっていた。この尋問を手伝おうともみ手をしながら出てきて、ものものしい態度で道路工夫の袖《そで》をつかんでいた。

「ほら、あっちへ行け！」ギャベル氏は言った。

「今晩、その見知らぬ男がこの村に宿を探しにきたら、捕らえて、悪さをしないようにしっかり見張っておけ、ギャベル」

「閣下、喜び謹んでご命令にしたがいます」

「その男は逃げたのだな？　さっきの罰当たりはどこにいる？」

罰当たりはすでに友人五、六人と馬車の下にもぐって、青い帽子で鎖を指し示していた。別の友人五、六人がすぐさま彼を引きずり出し、息もつかせず侯爵のまえに立たせた。

「抜け作、その男は馬車が車輪止めをつけようと停まったときに逃げたのか」

「閣下、丘の斜面に頭から飛びおりたのでございます、まるで川に飛びこむみたいに」

「調べるのだ、ギャベル。さあ進め！」

　まだ五、六人が羊のように車輪のそばにいて鎖をのぞきこんでいた。馬車が急に走りだしたので、彼らが自分の骨と皮を救うことができたのは幸いだった。もっとも、体に骨と皮以外のものがついていたら助からなかったかもしれないが。

　馬車が村を出発して先の丘を登りはじめたときの勢いは、急坂ですぐに削《そ》がれた。徐々に歩く速さにまで落ち、夏の夜のさまざまな甘い香りに包まれて、ガタゴトと揺れながら進んだ。御者たちは、いまは復讐の女神ではなく糸遊のように飛ぶ無数のブヨにたかられ、静かに鞭の革紐《かわひも》の先を繕っていた。従者は馬の横を歩いている。先触れの従者が足早に前方の闇を行く音が聞こえた。

　坂がもっとも急なところに小さな墓場があり、十字架と真新しい大きなイエス像が立っていた。不慣れな田舎者の手になる木彫りの像だったが、実在する人物——おそらくは彫った本人——にもとづいて作ったのだろう、怖ろしく痩せ細っていた。

これまでも長いこと悪化してきたが、まだ底には達していない世の中の悲惨さを象徴する、その悲惨な像のまえに、ひとりの女がひざまずいていた。馬車が通りかかると振り向き、さっと立ち上がって馬車の扉に駆け寄った。

「あなた様でございますか、閣下！　閣下、お願いがございます」

またかといった不満の声を発しながらも、閣下は例のごとく表情の変わらない顔で外を見た。

「なんだ？　どうしたのだ。いつもお願い、お願いだ！」

「閣下、偉大な神様の愛のために！　わたしの森番の夫のことでございます」

「森番の夫？　おまえたちはいつも同じだ。また夫が何か納められなくなったのか」

「納めるものはすべて納めました、閣下。主人は死んだのです」

「なるほど。ならば静かだ。私に生き返らせろとでも？」

「いいえ、ちがいます、閣下。ですが主人はあそこにおります、あの雑草の生えた小さな盛り土の下に」

「だから？」

「閣下、あそこには雑草の生えた盛り土がたくさんございます」

「だからなんなのだ」

年嵩《としかさ》の女に見えたが、じつは若かった。悲嘆に打ち震え、静脈の浮いたガリガリの手を何度も力強くもみ合わせ、片方をやさしく、愛《いと》おしむように馬車の扉にかけた——あたかもそれが人の胸で、馬車が彼女に触れられるのを感じ取れるかのように。

「閣下、どうぞ聞いてください！　閣下、お願いでございます！　主人は貧しさのために死にました。たくさんの人が貧しさのせいで死んでいます。これからもたくさん死ぬでしょう」

「だからどうした。食べ物でも配れというのか」

「閣下、天の神様はご存知ですが、わたしは食べ物を求めているのではありません。わたしのお願いは、主人が横たわる土地の上に、主人の名前の入った一片の石か木を置きたいということでございます。それがなければ、あの場所はすぐに忘れられ、同じ病でわたしが死んだときにも見つからず、わたしは雑草の生えた別の盛り土の下に埋められることになるのです。閣下、盛り土はいまもたくさんあって、どんどん増えつづけております。みな貧しくて次々と死んでいますので。閣下！　閣下！」

従者が女を扉から引き離し、馬車は急発進した。御者が速度を上げたので、女は見る見る後方に遠ざかった。また復讐の女神に先導された閣下は、自分の館《やかた》との距離をたちまち数リーグ（訳注　一リーグは約五キロ）減らした。

　夏の夜の甘い香りが彼のまわりに立ちこめた。その香りは降りだした雨とともに、そこからさほど遠くない水汲み場にいる、ぼろを着てくたびれた埃まみれの人々も等しく包みこんだ。道路工夫は相変わらず無二の友である青い帽子の助けを借りて、村人たちが聞く耳を持つかぎり、例の幽霊男の話をくだくだしく語っていた。やがて聞き飽きた人がひとり、ふたりと去っていき、家々の小さな窓に明かりが灯った。その窓が暗くなるにつれて星が増え、明かりは消されたというより空に打ち上げられたように見えた。

　そのころ侯爵の馬車には、屋根の高い大きな館と、頭上に覆《おお》いかぶさるように枝を伸ばした木々が影を落としていた。その影が松明《たいまつ》の光に入れ替わって、馬車が停まり、館の大きな扉が開いて彼を迎え入れた。

「ムシュー・シャルルが来るはずなのだが、もうイギリスから到着しているかな？」

「閣下、まだでございます」

第九章　ゴルゴンの首

侯爵の館はどっしりとして壮大な建物だった。広い石の前庭があり、ゆったりと湾曲した石の階段がふたつ、石のテラスにつながって、その先に玄関の扉がある。あらゆるものが石造りで、至るところに重厚な石の欄干《らんかん》や、石の壺《つぼ》、石の花、石の人面、石のライオンの頭があった。まるで二世紀前の完成時に、見たものを石に変えるゴルゴンの首がひととおり見渡したかのようだった。

松明が先に立ち、侯爵は馬車からおりて、広く浅い石段を上がっていった。松明の光で闇《やみ》が乱れ、木立の向こうの大きな厩《うまや》の屋根にいたフクロウが咎《とが》めるように鳴いた。それを除くとあたりは静まり返り、石段をのぼる松明と、玄関前に掲げられた別の松明のパチパチ燃える音が、夜の外気ではなく閉ざされた広間のなかにあると思われるほどだった。フクロウの声のほかには石の噴水の水が落ちる音がするだけだ。何時間も息を止めたあと、ゆっくりと、少しずつ吐き出して、また息を止めているような闇夜だった。

玄関の大扉が重い音を立てて背後で閉まり、侯爵は猪《いのしし》を突く槍《やり》や剣、狩猟用の短剣が並んだ不気味な広間を歩いていった。すでに慈悲深い〝死〟に召された多くの農夫が、領主の怒りを買って打ちすえられた乗馬用の重い鞭《むち》もあって、不気味さはいや増した。

夜間は施錠される大きな暗い部屋を避けながら、侯爵は松明持ちに導かれて階段をのぼり、廊下に面したドアにたどり着いた。開けるとそこは侯爵がふだん使用する寝室と、残りふた部屋の住まいである。いずれも高い丸天井で、石の床は絨毯《じゅうたん》がなくひんやりとして、冬のあいだ薪《まき》を燃やす暖炉には大きな薪支えがついている。贅沢《ぜいたく》な時代と国に生きた侯爵にふさわしい、あらゆる贅沢品がそろっていた。豪華な家具の多くには、永遠に続くであろう現王朝の先々代、ルイ十四世時代の様式がうかがえたが、フランスの歴史を彩《いろど》るもっと古い時代のものもたくさんあった。

三番目の部屋――館に四つある、先端が蠟燭《ろうそく》消しに似た塔のなかの円形の部屋――にふたり分の夕食が準備されていた。天井の高い小さめの部屋で、窓はすっかり開いているが、木の鎧戸《よろいど》が閉められ、夜の闇は石色の鎧戸の板と互いちがいに、黒い横縞《よこじま》となって見えるだけだった。

「わが甥《おい》は」整えられた食卓を見て侯爵は言った。「まだ到着しておらぬそうだな」

到着はされていません、閣下とごいっしょだとばかり思っておりました、との返事。

「うむ、今晩はもう来ないだろう。だがテーブルはこのままにしておけ。私は十五分で用意する」

閣下は十五分で身支度をすませ、選りすぐりの豪勢な料理のまえにひとりで坐った。窓と向かい合った席でスープを飲み、ボルドーワインのグラスを唇まで持っていきかけて、ふとまたテーブルに置いた。

「あれはなんだ?」黒と石色の横縞を見ながら、穏やかに訊《き》いた。

「閣下、何でございましょう」

「鎧戸の外にいる。鎧戸を開けてみろ」

開けた。

「どうだ?」

「閣下、何もおりません。木と闇があるばかりで」

答えた召使いは鎧戸を開け放ち、空っぽの闇を見渡してから、窓を背景に振り返り、指示を待った。

「わかった」冷静な主人は言った。「閉めろ」

鎧戸が閉められ、侯爵は食事を続けた。が、半分ほど進んだところで、またグラスの手を止めた。軽快な車輪の音が近づいてきて、館のまえで停まった。

「誰が来たのか確かめてこい」

閣下の甥だった。午後の早いうちに、閣下の数リーグあとから走ってきていたのだ。急速に距離を縮めていたが、途中で追いつくには至らず、宿駅で閣下が先に出立したことを耳にしていた。

夕食ができているから来るようにという閣下のことばを召使いが伝え、甥は到着後しばらくして現れた。彼はイギリスではチャールズ・ダーネイとして知られていた。

閣下は礼儀正しく甥を迎えたが、握手はしなかった。

「昨日パリを発《た》たれたのですか」甥はテーブルにつきながら尋ねた。

「昨日だ。おまえは？」

「直接来ました」

「ロンドンから？」

「はい」

「来るまでにずいぶんかかったな」侯爵は笑みを浮かべて言った。

「それほどでも。直接来ましたから」

「ちがう！　長旅だったと言っているのではない。来ようと思うまでに時間がかかったと言っているのだ」

「遅れたのは――」甥は少し間を置いてから答えた。「いろいろやるべきことがありまして」

「だろうとも」洗練された叔父は言った。

召使いがいるので、ふたりはそのあとひと言も交わさなかった。コーヒーが出てきて、ふたりきりになると、甥は叔父の上品な仮面のような顔を見て眼を合わせ、話を切り出した。

「お察しのとおり、ここに戻ってきたのは、そもそもここを離れる理由になった目的を果たすためです。そのせいで予想外のたいへんな危機にもみまわれました。ですが、これは神聖な目的ですから、たとえ死に至ることになったとしても、ぼくを支えてくれたでしょう」

「死ぬわけがない」叔父は言った。「そこまで言う必要はない」

「本当に死ぬ間際《まぎわ》まで行ったとしても」甥は言い返した。「叔父上は止めてくれなかったでしょうね」

鼻のくぼみが深くなり、残忍な顔の細い線がすっと長くなって、その不吉な見立てが正しいことを暗示した。叔父は優雅に手を振って否定したが、育ちのよさからそうしただけで、甥を安心させることはなかった。

「それどころか」甥は続けた。「もしかすると、あなたはぼくに降りかかった嫌疑をさらに怪しく見せようと、ことさらに働きかけたのかもしれない」

「いやいや、まさか」叔父は快活に言った。

「真偽は別として」甥は相手を深い不信の眼で見て続けた。「とにかく、叔父上の方針は、ぼくを思いとどまらせることなのですね。どんな手段をとろうと、ためらうことなく」

「わが友、だからそう言ったではないか」鼻のくぼみがぴくぴくと動いた。「ずっと昔、はっきりとそう言ったことを思い出してもらいたい」

「憶《おぼ》えています」

「それはありがとう」侯爵はじつに愛想よく言った。

その声が楽器の音のように空中に長くとどまっていた。

「じつのところ」甥は続けた。「あなたの不運とぼくの幸運が重なったせいで、ぼくはいまフランスの監獄に入っていないのだと思います」

「よくわからないな」叔父はコーヒーを飲みながら言った。「説明してもらえないか」

「あなたが宮廷の不興を買い、過去長きにわたって暗い雲の下にいなければ、とっくに封印状によってどこかの監獄に永遠に閉じこめられていたでしょう」

「その可能性はある」叔父は落ち着き払って言った。「家族の名誉のためなら、そのくらいの不便はかけるかもしれない。許してくれ」

「こちらにとってはうれしいことに、一昨日の接見会でも、いつもどおりあまり温かく迎えられなかったようですね」

「うれしいと決めつけるのはどうかな、わが友」叔父はいっそう礼儀正しく言った。「そこはわからないと思うがね。孤独のなかに身を置くのは、ものごとを深く考える絶好の機会だ。いまのまま努力するよりはるかにすばらしい運命が開けるかもしれぬ。だが、論じても詮《せん》ないことだな。おまえが言うとおり、私は不遇に甘んじている。ちょっとした刑罰を加えるにしろ、家族の権力と名誉を保つにしろ、おまえを困らせる些細《ささい》なことを頼むにしろ、いまやしつこいぐらい手をまわさなければ、うまくいかなくなった。それらを求める者はいくらでもいるが、与えられることはあまりにも少ない！　昔はちがったのだが、フランスではその手のあらゆることが悪いほうへ進んだ。われわれからさほど遠くない先祖は、まわりの卑《いや》しい者どもに対して生殺与奪の権を握っていた。まさにこの部屋から、そういう犬畜生の多くが連れ出されて吊《つる》された。伝え聞くところ、隣の私の寝室では、ひとりの男が自分の娘にかかわることで主人に不敬なことばを吐き、すぐに短剣《ポニャード》で刺されたらしい。自分の娘だぞ。われわれは多くの特権を失った。新しい考え方が流行《はや》っていて、こちらの身分を主張するだけでも、じつに厄介なことになりかねない（さすがに、かならずなるとは言わないが）。何もかも本当にひどいありさまだ！」

侯爵はひとつまみ嗅《か》ぎ煙草《たばこ》を嗅いで、首を振った。自分というすばらしい再生の手段を持ちながら不甲斐《ふがい》ない国のありようを、それでもできるだけ貴族らしく、品よく嘆いてみせた。

「われわれはいまも昔も変わらず身分を主張し、権力を振るってきました」甥は暗い声で言った。「フランスのどの家系よりわが家が忌《い》み嫌われるほどに」

「そう願いたいね」叔父は言った。「上流階級に対する嫌悪《けんお》は、下の者たちの無意識の敬意の表れだ」

「このあたりのどこを探しても」甥はまえの口調に戻って続けた。「ぼくを敬意のこもった眼で見る人はいませんよ。まわりの顔に見えるのは、恐怖と隷従《れいじゅう》にもとづく暗い敬意ばかりで」

「むしろ寿《ことほ》ぐべきだ」侯爵は言った。「それこそ先祖がこうして維持してきた家門の偉大さの証《あかし》だから」また嗅ぎ煙草をひとつまみやって、優雅に脚を組んだ。

しかし、甥がテーブルに片肘《かたひじ》をついて思い悩むように手で両眼を覆《おお》うと、上品な仮面はそれを横目で見て、いかにも無関心な態度と裏腹に、鋭い集中、同族意識、嫌悪の入り混じった表情を浮かべた。

「抑圧だけが、長続きする哲学なのだ。恐怖と隷従にもとづく暗い敬意だよ、わが友」侯爵は言った。「それが犬を鞭《むち》にしたがわせる。この屋根が」と天井を見上げて、「空を隔てているかぎり」

とはいえ、それは侯爵が考えているほど長続きしなかったかもしれない。その夜、侯爵がもし数年後の自分の館の光景を、ほかの似たような五十もの館といっしょに見せられたら、焼け落ちて炭になり、略奪された廃墟《はいきょ》のどれが自分の館か見分けがつかなかっただろう。自慢の屋根については、別の働きをしていることに気づいたかもしれない——すなわち、鉛板が溶かされ、何十万挺《ちょう》ものマスケット銃の弾に作り替えられて、それで撃ち殺された人々の眼から永遠に空を隔てていることに。

「ともかく」侯爵は言った。「おまえにやる気がないなら、私が一族の名誉と平和を守る。だが、今日は疲れているだろう。とりあえず今晩は終わりにしようか？」

「あと少し」

「少しと言わず、一時間でもかまわないが」

「叔父上」甥は言った。「われわれは、まちがったことをしてきました。そしてそこから果実を得ている」

「われわれがまちがったことをしてきた？」侯爵は問いかけるような笑みを浮かべてくり返し、穏やかにまず甥を、次いで自分を指差した。

「われわれの一族です。名誉ある一族。その名誉はわれわれふたりにとって重要ですが、意味合いはまったくちがう。父の時代ですら、まちがったことをたくさんしました。なんであれ自分たちが求める快楽のまえに誰かが立ちふさがったら、見境なく痛めつけて。父の時代のことを話す必要はなかった。それはあなたの時代でもありますから。父の双子の弟で、共同遺産相続者で、後継者であるあなたを、どうして父と切り離すことができますか」

「死が切り離したではないか！」侯爵は言った。

「そしてぼくは家という怖ろしい体制に搦《から》め捕られ、責任をとらされているけれど、まったく力はない。ただひたすら、愛《いと》しい母の唇が最後に発した願いを叶《かな》え、愛しい母の眼に最後に浮かんだ表情にしたがおうとしている。母の眼は、慈悲の心で過去のあやまちを正してほしいと訴えていました。なのにぼくはどこからも助力が得られず、苦しんでいます」

「もし私から得ようと思っているのなら、わが甥よ」侯爵は人差し指で相手の胸を軽く突いて言った。「それは永遠に無理な相談だ」

ふたりは暖炉のそばに立っていた。侯爵の透けるように白い顔の細くまっすぐな線が、どれも残酷で狡猾《こうかつ》そうにぴんと張りつめた。侯爵は手に嗅ぎ煙草入れを持って、静かに甥を見たあと、もう一度指でその胸に触れた。指が胸を巧みに刺し貫く短剣の鋭い切っ先であるかのごとく。

「わが友、私は自分が生きた体制を永遠に保ちながら死ぬつもりだ」

そう言いながら、煙草の最後のひとつまみを嗅いで、箱をポケットにしまった。

「理性を働かせて」侯爵はテーブルの小さな呼鈴を鳴らして言った。「運命を素直に受け入れたほうがいいのだがな。しかし、おまえはもう戻ってこない、ムシュー・シャルル、私にはわかる」

「ぼくにとって、この家の財産と、この国のすべては失われたものです」甥は悲しそうに言った。「どちらも捨てます」

「捨てようと思って捨てられるものなのか、どちらも？　フランスは捨てられるかもしれないが、この家の財産も？　もうおまえのものなのか？　言うまでもないことだが」

「もとより自分のものというつもりはありませんでした。たとえ明日、あなたから譲り受けたとしても――」

「そんなことはありえないと思いたいね」

「あるいは、二十年後でも――」

「それは長く見積もりすぎだろう」侯爵は言った。「だが、まだそちらのほうがいい」

「ぼくはそれを捨てて別の手段、別の場所で生きます。捨てると言っても大したことじゃない。荒れ果てた惨《みじ》めな廃墟以外に何があるというのです！」

「はっ！」侯爵は贅沢《ぜいたく》な室内を見まわして言った。

「見た目はきれいですが、昼間に明るい空の下でありのままを見ると、崩れかけた廃墟の塔です。浪費、悪政、強奪、借金、抵当、抑圧、飢餓、不毛、苦悩の産物です」

「はっ！」侯爵は満足げにまた言った。

「もしぼくのものになったら、しっかりした人にまかせて、いまの堕落の重荷からゆっくりと（可能ならですが）解放してもらいます。土地から離れられず、忍耐ぎりぎりのところまで搾取《さくしゅ》されている惨めな人々が、次の代ではいまほど苦しまなくてすむように。ですが、自分のものにはしない。この家も国じゅうの土地も呪《のろ》われています」

「どうするつもりだ？」叔父は言った。「好奇心から訊くが、おまえはその新しい思想のもとで潔《いさぎよ》く生きるつもりなのか」

「この国のほかの人たちが、たとえ名家の後ろ盾があろうと、いつの日かしなければならないことをします——働くのです」

「たとえばイギリスで？」

「ええ。家族の名誉はこの国で守られます。ほかの国にいれば家族の名前は使いませんから、名誉が傷つく怖れはありません」

侯爵が呼鈴を鳴らしたのは、隣の寝室に明かりを灯させるためだった。入口の向こうが光った。侯爵はそちらを見て、召使いが去っていく足音を聞いていた。

「イギリスはおまえにとってよほど魅力があるようだな、あちらでうまくやっているところを見ると」穏やかな笑みを甥に向けた。

「申し上げたとおり、あちらでの成功はあなたに負うところもあると感じています。それを除けば、イギリスはぼくの安全な逃げ場です」

「高慢なイギリス人に言わせると、多くの人間にとって安全な逃げ場になっているそうじゃないか。あそこに無事逃げたフランス人をもうひとり知っているだろう？　医師を」

「ええ」

「娘といっしょにいる」

「ええ」

「そうか。おまえは疲れている。ではおやすみ」

きわめて丁寧にお辞儀をして微笑《ほほえ》んだ侯爵の顔は、何かを隠しているようだった。そのことばの謎《なぞ》めいた雰囲気が甥の眼や耳を圧倒した。と同時に、眼のまわりの細い線と、薄くまっすぐな唇と、鼻の両脇《りょうわき》のくぼみが皮肉にゆがみ、端整な悪魔を思わせる表情を作った。

「そうか」侯爵はくり返した。「娘といっしょにいる医師だ。そう。こうして新しい哲学が始まるわけだ！　おまえは疲れている。おやすみ」

侯爵のいまの顔に質問するより、館の外の石の顔のどれかに質問するほうがまだ実りがありそうだった。甥はドアに歩いていきながら、叔父をむなしく見つめた。

「おやすみ」叔父は言った。「明日の朝、また会うのを愉《たの》しみにしている。ゆっくり休みなさい。明かりを持て！　わが甥を寝室に案内してやれ」そしてひとりでつぶやいた。「なんならついでにベッドで焼き殺してやれ」もう一度小さな呼鈴を鳴らして、自分の寝室に召使いを呼んだ。

召使いが来て去っていくと、侯爵はゆったりとしたローブで部屋のなかを歩きまわり、静かに寝る支度をした。暑くて風のない夜だった。柔らかいスリッパをはいているので歩いても衣《きぬ》ずれの音しかせず、その動きは優雅なトラのようだった。物語のなかで、改悛《かいしゅん》の見込みがないためにときどき魔法でトラに変えられる邪悪な侯爵が、いままさにトラに変わるか、トラから人間に戻るところのように。

贅《ぜい》を凝らした寝室を端から端まで歩きながら、侯爵は、おのずと心に浮かぶその日の場面を思い返していた――夕暮れどきに丘を苦労して登った馬車、沈む夕陽、下り坂、風車、岩山の監獄、盆地の小さな村、水汲《みずく》み場にいた農夫たち、そして青い帽子で馬車の下の鎖を指し示していた道路工夫。村の水汲み場はパリの噴水を思い出させた。段の上に小さな塊が横たわり、女たちがその上に屈《かが》みこみ、背の高い男が両手を上げて、「死んだ!」と叫んでいた。

「涼しくなった」侯爵は言った。「これで寝られる」

大きな暖炉に蠟燭《ろうそく》を一本だけ残して、薄衣のカーテンをベッドのまわりに垂らし、横になりながら、夜が長いため息をついて静寂を破ったのを聞いた。

外の石壁に彫られた顔は、重苦しい三時間のあいだ、ただ暗い夜を見つめていた。重苦しい三時間のあいだ、馬は厩《うまや》の枠をガタガタと鳴らし、犬は吠《ほ》え、フクロウは古来詩人が表現してきた声とは似ても似つかぬ声で鳴いていた。しかし、こうした動物は得てして意固地で、わかっていることを口にしないものだ。

重苦しい三時間ものあいだ、館の石の顔は――ライオンも人間も――ただ夜を見つめていた。漆黒《しっこく》の闇があたりを埋め尽くし、土埃《つちぼこり》が落ち着いた道の静けさに、さらに静けさを重ねた。墓地も真っ暗で、雑草の生えた盛り土はどれも区別がつかず、十字架の人物がおりてきていたとしても何も見えなかった。村では税を取る者も取られる者もぐっすりと眠っていた。おおかたの飢えた人のように、豪華な食事の夢を見ているのかもしれなかった。あるいは、酷使された奴隷や軛《くびき》につながれた牛のように、安らかに暮らす夢を。痩《や》せ細った村人たちはぐっすりと眠り、夢のなかで食べ、自由になっていた。

村の水汲み場の水は誰にも見聞きされずに流れ、館の噴水も見聞きされずに滴《したた》っていた。どちらの水も暗い三時間のあいだ、時の泉からこぼれる時間さながら溶けて消えていた。やがて両方の灰色の水は幽霊のようにぼんやりと明るくなり、館の石の顔の眼が開いた。

明るさはいよいよ増して、ついに太陽が静かな木々の梢《こずえ》に触れ、丘全体に光を注いだ。その輝きで館の噴水の水は血の色に変わり、石の顔もみな赤く染まった。鳥たちは声高くさえずり、侯爵の寝室の朽ちかけた大きな窓枠に止まった一羽の小鳥が、愛くるしい歌を力のかぎり歌った。すぐそばの石の顔はそれに驚き、鳥を見つめて口をぽっかりと開き、畏怖《いふ》の念に打たれているように見えた。

太陽がすっかり昇り、村が動きはじめた。窓が開き、壊れかけた扉の閂《かんぬき》がはずされ、人々が朝の清々《すがすが》しい空気に体の芯《しん》まで冷やされ、震えながら外に出てきた。そうして一日じゅう休む間もない村人全員の重労働が始まった。水汲み場に向かう者もいれば、畑に向かう者もいた。いくらかの男女は鋤《すき》や鍬《くわ》で土を掘り、別の男女はわずかな家畜の世話をしたり、痩せこけた雌牛を道の脇《わき》の貧しい牧草地に引いていったりした。教会のなかや例の十字架のまえでは、数人がひざまずいて祈っていた。十字架のまえに連れていかれた牛たちは、朝食に足元の雑草を食べようとしていた。

館が眼覚めるのは、威厳にふさわしく村人たちより遅いが、ゆっくりと着実に活動しはじめた。まずひっそりとしていた猪《しし》狩りの槍と短剣が昔のように朱に染まり、朝陽を浴びて鋭く輝いた。次いで扉や窓が次々と開けられた。厩にいる馬は入口から注ぎこむ光と爽《さわ》やかな空気に振り返り、鉄格子《てつごうし》の窓で木々の葉がきらめいてさやぎ、犬は早く解放してくれと焦《あせ》って鎖を引っ張り、後肢《あとあし》で立った。

これらは朝が来るたび決まってくり返される平凡な出来事だったが、明らかにそうでないこともあった。館の大きな鐘が鳴り、階段を駆け上がったりおりたりする足音が響き、テラスにあわてふためく人影が現れ、館のあちこちでどたばたと動きまわる音がしたあと、馬に急いで鞍《くら》をつけて走り去る者もいた。

この大騒ぎを白髪混じりの道路工夫に伝えたのは、どの風だったろう。彼はすでに村はずれの丘の上で、その日のわずかな弁当が入った、カラスも見向きもしない手荷物を石の上に置いて、仕事に取りかかっていた。遠くに知らせの穀粒を運んでいた鳥たちが、地面に種をまくように彼にひと粒落としていったのか。ともあれその蒸し暑い朝、道路工夫は命がけで膝《ひざ》まで土を巻き上げて丘を駆けおり、水汲み場に達するまで一度も足を止めなかった。

村人はみな水汲み場に集まって、暗い表情で囁《ささや》きを交わしていたが、傍目にわかるのは不気味な好奇心と驚きだけだった。そそくさと引いてこられ、手近なものにつながれた牛たちは、ぼうっと立っているか、中断した散歩の途中で拾い食いしたものを、なんの足しにもならないのに反芻《はんすう》しながら寝そべっていた。館で働く数人と、宿駅の数人、そして徴税官の全員がなんらかの武器を持ち、狭い通りの向かい側に固まっていたが、何をすればいいのかわからない様子だった。道路工夫はすでに五十人ほどの友人のなかに割りこみ、青い帽子で自分の胸を叩《たた》いていた。この騒ぎはいったい何の兆《きざ》しだ？　駅長のムシュー・ギャベルが、馬に乗った召使いのうしろに押し上げられ、馬が（荷は二倍になったのに）全速力で、ドイツの物語詩《バラッド》のレオノーラ（訳注　十字軍遠征で死んだはずの恋人に、ある夜起こされ、彼と馬に乗って駆け去るが、その恋人は亡霊だったという話）よろしく彼を運び去ったのは、何を表しているのだ？

それは館に石の顔がもうひとつできたことの兆しだった。ゴルゴンが夜のあいだにあの家をもう一度見渡して、足りなかった石の顔をひとつつけ加えたのだ――二百年ほど待ち望んでいた石の顔を。その顔は侯爵の枕《まくら》の上にのっていた。上品な仮面のような顔が突然驚き、怒って、石になり、その顔がついた石像の心臓には短剣が突き立っていた。柄《つか》に一枚の紙が巻かれ、そこにはこう書かれていた――

〝さっさと墓に運べ。ジャックより〟。

第十章　ふたつの約束

十二カ月が来て去った。チャールズ・ダーネイ氏はイギリスに移り住み、大学生にフランス語を教えていた。フランス文学にも精通していたから、いまなら教授になっているところだが、当時は家庭教師である。世界じゅうの生きた言語を学ぶ余裕と意欲がある若者たちに教えながら、かの国に蓄えられた知識と空想への趣味を養っていた。さらにダーネイ氏は、それらについて正しい英語で書き、正しい英語に移し替えるという、当時としてはまれな能力を持っていた。かつての王族や、王になり損ねた者たちが教師になる時代でもなかったし、落ちぶれた貴族がテルソン銀行の台帳から消されてコックや大工になるようなこともまだなかったころだ。その学識で生徒たちに並はずれて快適で豊かな生活をもたらす家庭教師として、また、辞書にのっている知識を超えた仕事をする一流の翻訳家として、若きダーネイ氏はほどなく評判となり、引き立てられるようになった。加えて母国の事情にくわしく、イギリスではフランスへの関心が高まる一方だったので、彼は根気強く、勤勉に働いて成功を収めていた。

ロンドンでの暮らしに、金で舗装された歩道や薔薇《ばら》のまかれたベッドは期待しなかった。もしそんな贅沢《ぜいたく》を望んでいたら成功できなかっただろう。仕事をするつもりで来て、見つけ、精いっぱい努力したのだ。だからこそうまくいった。

一定の時間はケンブリッジですごし、税関経由で輸入したギリシャ語とラテン語ではなく、禁制品のヨーロッパ言語を、いわば黙認された密輸業者として大学生に教えた。残りの時間はロンドンにいた。

さて、常夏《とこなつ》のエデンの園の昔から、荒涼たる冬ざれの今日まで、男の世界は変わらずひとつの方向に進んでいる――女との恋路だ。チャールズ・ダーネイも同じだった。

彼は命の危険にさらされたあの日からずっと、ルーシー・マネットを愛していた。

彼女のいたわりに満ちた声ほど、甘美で愛おしいものは耳にしたことがなかった。自分のために掘られた墓穴の縁に立っていたとき、眼のまえにあった彼女の顔ほどやさしく美しい顔は見たことがなかった。けれども、まだそれを本人に告げたことはない。逆巻く海と、土埃舞う長い長い道の果てにある見捨てられた館――いまや夢のように霞《かす》んだあの堅固な石造りの古城――での暗殺事件から一年がたっていたが、胸の思いはまだひと言も彼女に打ち明けていなかった。

それには本人も重々承知している理由があった。ふたたび夏の日、大学で教えたあとの夕刻にロンドンに着いたダーネイは、マネット医師に心の内を明かそうと、ソーホーの静かな通りに入った。この夏の日暮れどき、ルーシーがミス・プロスと外出しているのはわかっていた。

医師は窓辺の肘《ひじ》かけ椅子《いす》で本を読んでいた。かつて苦しい時期に彼を支え、しかし同時にあの体験をなおさらつらいものにしていた精力が、徐々に戻ってきていた。いま医師は活気にあふれ、強い意志と決断力を持ち、旺盛《おうせい》に行動していた。その精力は、たしかにほかの機能が回復しはじめたころなど、突然発作のように現れて消えることもあったが、それももう頻繁ではなく、日を追うごとに少なくなっていた。

医師は大いに学び、少ししか眠らず、疲れ知らずで、にこやかだった。チャールズ・ダーネイが入ってくると、本を置いて手を差し伸べた。

「チャールズ・ダーネイ！　よく来てくれた。この三、四日、きみが立ち寄るのではないかと話していたところだ。昨日はミスター・ストライヴァーとシドニー・カートンが訪ねてきてね。きみの話をひとしきりしていった」

「関心を持ってくれてありがたいことです」ダーネイは、弁護士たちについてはやや冷たく、医師に対しては心をこめて答えた。「ミス・マネットは――」

「元気だよ」医師は先まわりして言った。「みな、きみが帰ってきたのを喜ぶだろう。あの子はいま家の用事で出かけているが、もうすぐ戻ってくる」

「ドクター・マネット、彼女が出かけているのは知っていました。ミス・マネットが家にいないときに、あなたとお話ししたかったのです」

沈黙ができた。

「そうかね」医師は明らかに緊張して言った。「ではここに椅子を持ってきて、話したまえ」

ダーネイは言われたとおり椅子を持ってきたが、話をするのはそれほど簡単ではないようだった。

「ぼくは幸せでした、ドクター・マネット」ようやく切り出した。「この一年半、お宅にこんなふうに温かく迎えていただいて。ですので、これからの話題が――」

医師が手を上げてダーネイを止めた。しばらくそうしていたあと、手をおろして尋ねた。

「話題というのは、ルーシーのことかね？」

「はい」

「あの子について話すのは、つねにつらい。きみのその口調で話されるとなおさらだよ、チャールズ・ダーネイ」

「心からの称讃と、本物の敬意、深い愛の口調です、ドクター・マネット！」ダーネイは恭《うやうや》しく言った。

また沈黙ができたあと、父親が答えた。

「だろうと思う。私はきみを信頼している。信じるよ」

医師の緊張はますます高まった。それがいまの話題のせいであることも明らかだったので、チャールズ・ダーネイはためらった。

「続けてよろしいでしょうか」

また沈黙。

「ああ、続けなさい」

「これから申し上げることを、あなたはすでに予想しておられる。ですが、どのくらい熱意をこめて言っているか、どれほど真剣にそう感じているかは、ぼくの秘めた心と、そこに長いことあった希望や怖《おそ》れや心配を知らないかぎり、おわかりにならないと思います。親愛なるドクター・マネット、ぼくはお嬢さんを愛しています。心の底から、深く、私欲なく、ひたむきに。もしこの世に愛というものがあるのなら、ぼくは彼女を愛しています。あなたも人を愛されたことがありますね。その愛をいまぼくが抱いていると思ってください」

医師は顔を背け、眼を床に落としていた。ダーネイの最後のことばでまたさっと手を差し出して叫んだ。

「それは言わないでくれ！　そっとしておいてほしい。どうか思い出させないで！」

本当に体に痛みを感じているような叫び声で、終わったあともチャールズ・ダーネイの耳にはその響きがいつまでも残っていた。医師は伸ばした手を振り動かした。話をやめてほしいというふうに見えたので、ダーネイは口を閉じた。

「すまなかった」ややあって、医師は落ち着いた声で言った。「きみがルーシーを愛していることを疑うわけではない。そこは安心してもらいたい」

椅子の上でダーネイのほうに向きを変えたが、まだ眼は上げなかった。片手に顎《あご》をのせ、垂れた白髪で顔が隠れていた。

「ルーシーには話したのかな？」

「いいえ」

「手紙も？」

「書いていません」

「この父親に遠慮してか。わかっていないふりをすれば失礼になる。感謝するよ」

握手の手を伸ばしたが、眼はついてこなかった。

「あなたとミス・マネットがいっしょにいるところを見るたびに、おふたりのあいだにはただならぬ愛情があることがわかります」ダーネイは敬意をこめて言った。「どうして気づかずにいられます？　おふたりの愛情は胸打たれるほどで、これまでの困難のなかで育《はぐく》まれたのにふさわしい、父と子の思いやりということを考えてもめったにない愛情です。ドクター・マネット、彼女の心のなかには、大人になった娘の父親に対する愛情と責任に混じって、幼子が父親に向ける愛と信頼があります。そのことも感じずにはいられません。子供のころ、彼女には両親がいなかった。ですからいまの年頃、いまの人格で持ちうるありたけの誠意と熱意に、あなたがいらっしゃらなかった幼いころの信頼と愛着を加えて、身も心もあなたに捧《ささ》げているのです。たとえあの世から甦《よみがえ》ったとしても、いまのあなたほど彼女にとって神聖な人はいないでしょう。あなたはつねにそういう存在です。よくわかっています。彼女があなたにしがみつくとき、あなたの首にまわっているのは、赤ん坊と少女と大人の女性がひとつになった手です。彼女があなたを愛しながら、自分と同い歳《どし》の母上を見て愛し、ぼくと同い歳のあなたを見て愛していることもわかります。心破れた母上を愛し、怖ろしい試練を経て甦り、祝福されるまでのあなたを愛しているのです。この家に迎え入れていただいたときから、ぼくは昼も夜もそんなふうに考えていました」

父親はうなだれたまま静かに坐《すわ》っていた。呼吸が少し速くなったが、ほかに心の動揺をうかがわせるものはなかった。

「親愛なるドクター・マネット、そのことはわかっていましたし、神聖な光に包まれたおふたりがいつも支え合っているのを見てきましたので、ぼくは人として可能なかぎり、我慢に我慢を重ねてきました。自分の愛情を——自分のこの愛情ですら——おふたりのあいだに持ちこめば、あなたの過去をあまりよくないもので汚《けが》すのではないかとずっと感じてきました。いまでもそう思います。けれど、ぼくは彼女を愛している。ぼくが彼女を愛していることは、天もご存知です」

「信じるよ」父親は悲しげに答えた。「以前からそう思っていた。信じる」

「もうひとつ信じていただけますか」ダーネイには、医師の悲しげな声が自分を非難しているように聞こえた。「いつの日か幸運に恵まれて、彼女を妻に迎えたとしても、彼女とあなたを引き離すようなことはいっさいしません。もしそんなことになるなら、今回のことは言えないし、言うつもりもありませんでした。あなたと彼女のあいだに割りこむことなど、どだい無理ですし、卑《いや》しむべき行為です。たとえ遠い将来であれ、そんな可能性の片鱗《へんりん》でも頭に浮かんで、心のどこかにひそむのなら――過去一度もなかったことですが、もしありえたとしたら――いまこうしてありがたく手を握らせていただくことなどできません」

言いながら、自分の手を医師の手に重ねた。

「そうなのです、親愛なるドクター・マネット。ぼくはあなたと同じく、みずからの意志でフランスから亡命してきました。あなたと同じく、あの国の放埒《ほうらつ》、抑圧、悲惨に追われてきました。あなたと同じく、あの国を離れて、日々の生活のために汗を流し、将来はいまより幸せになれると信じています。ぼくはただ、あなたと運命をともにし、人生と家庭を分かち合いたいのです。死ぬまで忠誠を誓います。ルーシーから、あなたの娘であり、伴侶《はんりょ》であり、友人である権利を奪わず、むしろ手を貸して、もっと強くあなたと結びつけたいのです――もしそんなことが可能であれば」

　ダーネイの手はまだためらいながらルーシーの父親の手に重ねられていた。父親は一瞬、しかし冷たくもなくそれに応《こた》えたあと、そっと手を引いて椅子の肘かけにのせ、この会話のなかで初めて眼を上げた。心の葛藤《かっとう》がはっきりとうかがえた。彼の顔にときどき表れる暗い疑念と恐怖の表情だった。

「心のこもった男らしいことばだ、チャールズ・ダーネイ。本当にありがたいと思う。私も正直にすべてを話そう――ほとんどすべてを。ルーシーがきみを愛していると考える根拠は何かあるのかね？」

「ありません、いまのところ、何ひとつ」

「この話し合いのいちばんの目的は、私からそれを探り出すことか」

「いいえ、ちがいます。確かめる勇気はこの先何週間も湧《わ》かないかもしれません。あるいは（勘ちがいであれ、なんであれ）明日にも湧くかもしれない」

「私の助言を求めている？」

「いいえ。ただ何か思いつかれて、助言すべきだと考えられたのなら、してくださるだろうとは思いました」

「私の約束を取りつけたいことがあるとか？」

「あります」

「それは？」

「あなたなしでは、いかなる希望もないことはよくわかっています。かりにいまミス・マネットがあの無垢《むく》な心でぼくを慕っていたとしても――そう信じこむほど自惚《うぬぼ》れていると思わないでください――父上に対する愛情に比べれば、ぼくの居場所はないに等しいでしょう」

「であれば、ほかに何があるというのだね」

「父上が求婚者のひとりを支持すれば、彼女にとって自分自身より、世界のすべてより重みを持つこともわかっています。ですから、ドクター・マネット」ダーネイは謙《けん》遜《そん》しつつも断固たる口調で言った。「ぼくとしては、どうしてもその支持をお願いするわけにはいきません」

「たしかに。チャールズ・ダーネイ、慕い合う近しい人間のあいだにも、遠く離れた人間たちと同じように、謎《なぞ》が生まれるものだ。その謎は繊細で、はかなく、容易に理解できるものではない。娘のルーシーも、まさにそういう意味で私にとって謎なのだ。あの子が心のなかで何を考えているのかはわからない」

「うかがってもよろしいでしょうか、彼女には――」ためらっているあいだに、父親が補足した。

「ほかの求婚者がいるか？」

「そう訊《き》こうとしていました」

父親は少し考えてから答えた。

「きみもここでミスター・カートンに会ったことがあるだろう。ミスター・ストライヴァーもときどき来ている。もし求愛しているとしたら、ふたりのうちのどちらかだろうね」

「または、ふたりとも」

「それは考えていなかった。むしろ、どちらもちがうのではないかな。私に約束させたいことがあるのだろう。聞かせてもらおうか」

「はい。ぼくが思いきってお話したのと同じような気持ちを、もしいつかミス・マネットのほうから打ち明けられることがあったら、ぼくの先ほどのことばを伝えて、本心からそう言っていたと証言していただきたいのです。不利なことをおっしゃらないだけの好意を抱いていただけるとうれしいのですが。自分に関してほかにお願いしたいことはありません。これだけです。さあ、条件をおっしゃってください。当然ながら、あなたには条件をつける権利があります」

「約束しよう」医師は言った。「まったく無条件で。きみの望みは、自分で言ったとおり純粋で誠実だと思う。私と、私自身よりはるかに大切な分身との結びつきを弱めるのではなく、強めようとしているのだと信じている。もし完全に幸せになるにはきみが欠かせないとあの子が言うようなら、きみのもとへやろう。もし、チャールズ・ダーネイ、もしかりに——」

若者は感謝して彼の手を取っていた。手をつないだままで医師は続けた。

「あの子が心から愛した男にとって不利な空想や、理屈や、懸念《けねん》のようなものがあったとしても、昔かいまかを問わず、私はあの子のためにすべて忘れる。あの子は私のすべてだ。あの子のためならどんな苦悩にも、不正にも耐えられる……いかんな、脇《わき》道《みち》にそれた」

そうして黙りこみ、見つめてくる表情があまりに奇妙なので、ダーネイは自分の手が相手の手のなかで冷たくなるのを感じた。医師はゆっくりとその手を離した。

「さっき私に何か言ったね」微笑《ほほえ》んで続けた。「なんだったかな」

ダーネイはなんと答えればいいのかわからなかった。が、条件について話したことを思い出し、ほっとして答えた。

「信頼してくださったのですから、こちらも信頼をお返ししなければなりません。憶《おぼ》えておられるでしょう、ぼくのいまの名前は母の名を少し変えたものですが、もともとこれではありませんでした。本当の名前をお教えします。なぜぼくがイギリスにいるのかも」

「やめなさい！」ボーヴェの医師は言った。

「知っていただきたいのです。あなたの信頼に応えるために。あなたから隠しごとをしないために」

「やめなさい！」

医師は両手で自分の耳をふさいだかと思うと、次の瞬間にはダーネイの口をふさいでいた。

「いまではなく、私が尋ねたときに教えてくれればいい。もし求婚がうまくいって、ルーシーがきみを愛していたら、結婚する日の朝に教えてもらう。約束できるね？」

「喜んで」

「握手しよう。もうすぐあの子が戻ってくる。今晩われわれがいっしょにいるところは見られないほうがいい。さあ行きなさい。神のご加護を！」

チャールズ・ダーネイが家を出たときには暗くなっていた。一時間後、あたりがいっそう暗くなったころ、ルーシーが帰宅した。ひとりで急いで部屋に入り――ミス・プロスはまっすぐ階上《うえ》に上がったので――読書用の椅子に父親がいないので驚いた。

「お父様！」彼女は叫んだ。「お父様！」

答えはなかった。しかし、父親の寝室から槌《つち》を打つ低い音が聞こえた。そっと隣の部屋を横切ってドアからのぞき、恐怖に打たれて駆け戻ると、血も凍る思いで自分の胸に叫んだ。「どうしよう！　ああ、どうすればいいの！」

ためらったのは一瞬だった。すぐに引き返して父親の部屋のドアを叩《たた》き、小声で呼びかけた。その声で室内の音がやみ、医師が彼女のまえに出てきた。ふたりは長いあいだ、家のなかをいっしょに往《い》ったり来たりしていた。

その夜、ルーシーはベッドから出て、父親の様子をうかがった。父親はぐっすり眠っていて、靴作りの道具ののったトレイも、作りかけの靴も、いつもと同じところにあった。

第十一章　二枚の絵の片方

「シドニー」同じ夜――というより、その夜の明け方――ストライヴァー氏がジャッカルに言った。「パンチをもう一杯作ってくれるか。ひとつ話したいことがある」

シドニーはその夜も、まえの夜も、思い出せないほどまえの夜からしゃかりきに働いて、ストライヴァー氏の書類を次々と処理し、長い休暇に入るところだった。書類がついになくなり、ストライヴァーの残務もきれいに片づいて、これで十一月まですっきりした。十一月になるとまた外に霧が立ちこめ、法律事務も霧に包まれ、碾《ひ》き臼《うす》にふたたび穀物が運びこまれる。

それほど仕事をこなしている割に、シドニーはあまり元気でも素面《しらふ》でもなかった。夜を乗りきるためにまたぞろ濡《ぬ》れタオルが必要になり、タオルのまえにはそれに比例する量のワインが飲まれたので、シドニーの体調はまったくすぐれなかった。また頭からターバンをはぎ取り、この六時間、たびたび浸している洗面器に放りこんだ。

「パンチは作ってるか？」丸々と太ったストライヴァーが、両手をズボンのベルトに突っこみ、寝そべっているソファから顔を上げて言った。

「ああ」

「ではいいか、これからちょっと驚くようなことを話すぞ。これできみも、私のことを食えない男だとは思わなくなるだろう。私は結婚するつもりだ」

「本当に？」

「本当に。ちなみに金のためではない。さあ、どう思う？」

「どうと言われてもね。相手は？」

「誰だと思う？」

「おれが知ってる人？」

「当ててみろよ」

「当てるどころじゃない。朝の五時で、頭のなかがぐつぐつ煮立ってるってのに。当てさせたいなら食事つきにしてくれ」

「ふむ、では言おう」ストライヴァーはソファの上でゆっくりと体を起こした。「シドニー、いちいち説明しなきゃならないのは悲しいよ。これもきみが察しの悪い犬ころだからだ」

「どうせあんたは察しがよくて、詩人の魂の持ち主で――」シドニーはせっせとパンチを混ぜながら言い返した。

「おいおい！」ストライヴァーは自慢げに笑いながら言った。「ロマンティックな男だとは思われたくない。それよりはましな人間でいたいが、きみに比べれば、繊細なほうだろう」

「それを言うなら、幸運な、だろう」

「ちがうな。私はむしろ――なんというか――」

「騎士道精神がある？」

「それだ！　騎士道精神。つまり、きみと比べて――」ストライヴァーは、パンチを作っている友人のまえで胸を張った。「女性を思いやり、女性に尽くし、女性を愉《たの》しませるすべを心得ているということだ」

「先を続けてくれ」シドニー・カートンは言った。

「いや、続けるまえに」ストライヴァーはいつもどおり偉そうに首を振りながら言った。「ひとつはっきりさせておく。きみも私と同じくらい、ドクター・マネットの家を訪ねているだろう。私より多いかもしれない。だが、あそこでのきみの不機嫌な態度は情けない。むっつりと黙りこくって、しおたれて。私の命と魂に賭《か》けて言うが、あれは恥ずかしいぞ、シドニー！」

「恥を知ることは、弁護士の仕事に大いに役立つだろう」シドニーはやり返した。

「いっそ感謝してほしいね」

「そうやって逃げるな」ストライヴァーは再答弁を押しつけた。「シドニー、きみに言っておくことは私の義務だ。面と向かって言うほうが、そっちのためにもなると思う。いいかね、きみはあの種の人づき合いではそれこそ悪魔のように性質《たち》の悪い男だ。いっしょにいて不愉快なんだよ」

シドニーは作ったパンチをグラスになみなみとついで飲み、大声で笑った。

「この私を見てみろ」ストライヴァーは居丈高に言った。「きみほど他人に気を遣う必要はないんだ。弁護士としてひとり立ちしているし、稼ぎもあるから。なのになぜ気を遣うのか」

「気を遣ってるところなんて見たことないけどな」シドニーはつぶやいた。

「なぜなら、そうするのが賢いからだ。信条としてそうしている。するとどうだ！見てのとおり、うまくいった」

「結婚の打ち明け話については、うまくいってないね」シドニーはさらりと言った。「そっちの話に集中してもらえないか。おれについては――もはや救いがたいのがわからないのか」

いくらか軽蔑《けいべつ》するように問いかけた。

「わざわざ救いがたい人間になる必要はない」友人はさほどなだめようともしなかった。

「おれが知るかぎり、何になる必要もないな」シドニー・カートンは言った。「相手は誰だ？」

「名前を聞いて機嫌を損ねないでくれよ、シドニー」ストライヴァー氏は発表に先立って、これ見よがしに親しげになった。「きみの言うことの半分は本気じゃないのがわかってるからな。もし本気だとしても、大して意味はない。まえもってこんなことを言うのは、一度きみが彼女をけなすのを聞いたからだ」

「そうなのか?」

「そうだとも、まさにこの部屋で」

シドニー・カートンはパンチのグラスを見て、満足げな友人を見た。パンチを飲み、満足げな友人に眼を戻した。

「きみはあの若い女性を〝金髪の人形〟と呼んだ。若い女性とは、ミス・マネットだ。もしきみが感性の鋭い人間だとか細やかな感情の持ち主だったら、シドニー、私もそういう決めつけに腹を立てたかもしれないが、きみはそういう人間ではない。感性など持ち合わせていない。だからきみの言い種《ぐさ》は気にかけないことにした。描いた絵を絵心のない人間に批評されたときのようにね。あるいは、作った曲を、音楽のわからない人間にどうこう言われたときのように」

シドニー・カートンはパンチを立てつづけに飲んでいた。グラスについでは口に運び、友人を見ていた。

「これできみも知るところとなったぞ、シド」ストライヴァー氏は言った。「財産のことは気にしない。彼女は魅力的な女性だから、私はやりたいようにやることにした。

総じて好きにやれるだけの余裕はあるしね。彼女が私のなかに見るのは、この歳《とし》にしてすでに裕福な男、立身出世の階段を駆け上がっている栄誉ある男だ。彼女にとっては幸運だが、まあ、幸運を手にするだけの人だということだな。どうだ、驚いたか？」

カートンはパンチを飲みながら言った。「どうして驚かなきゃならない？」

「賛成してくれるか？」

カートンはまだパンチを飲みながら言った。「どうして賛成しない？」

「ほう！」友人のストライヴァーは言った。「存外素直に受け止めたな。それに、損得抜きで私のことを考えてくれているようでもある。もっとも、長いつき合いだから、この旧友が意志の固い男だというのはわかってるんだろうが。そう、シドニー、変りばえのしないこの生活にもう飽きてしまったのだ。男として、帰りたくなったときに帰れる家があるのもいいものだと思いはじめた。嫌になったら帰らなきゃいいんだから。ミス・マネットならどこへ出しても恥ずかしくないし、こっちの名もまちがいなく上がる。だから心を決めた。さて、シドニー、わが友よ、今度はきみの将来の見通しについて言っておきたい。きみはいまひどい状態だ。本当に。金の価値はわからないし、乱れた生活をしている。いつかガタが来て、病に倒れ、貧乏になるぞ。看護してくれる人を真剣に探したまえ」

大立者気取りの恩着せがましい口調で、ストライヴァーは実物の二倍の大きさに見え、四倍不愉快だった。

「提案させてくれ」と続けた。「自分の将来を正面から見すえるのだ。私は私なりの方法でそうした。きみはちがった方法で見ればいい。結婚しろよ。誰かに面倒を見てもらえ。女性とつき合っても愉しくないとか、うまくつき合えないとか、女性が理解できないとか、そんなことは気にしなくていい。誰か見つけろ。いざというときに備えて、多少財産がある品のいい女性を——どこかの家主とか、宿屋の女将《おかみ》とか——見つけて、結婚するんだ。それがきみのとるべき道だ。一度考えてみろ、シドニー」

「考えてみるよ」シドニーは言った。

第十二章　繊細な男

寛大にも医師の娘に幸運をもたらす決心を固めたストライヴァー氏は、長期休暇で街を離れるまえに、本人に朗報を届けるつもりだった。しばらく頭のなかで討論したあと、事前準備はすべてすませておいて、ふたりの時間の余裕があるときに、結婚をミカエルマス開廷期の一、二週間前にするか、ミカエルマスとヒラリーのあいだの短いクリスマス休暇中にするかを決めればよかろうという結論に達した。

今回の弁論については成功を露ほども疑わず、評決は明らかだと思っていた。しっかり現実に即した観点から陪審に説明すれば――考慮に値するのはそれだけだ――ごく単純な訴訟であり、弱いところはひとつもない。みずからを原告として呼び出してみたが、その証言は磐石《ばんじゃく》で、被告の弁護士はあきらめて準備書類を放り投げ、陪審はわざわざ協議するまでもなかった。訴訟の場面を思い描いて、ストライヴァー裁判長は、これほど簡単な事件はないなと満足した。

そこでさっそく長期休廷の幕開けに、ミス・マネットをヴォクスホール・ガーデンズにお連れしたいと正式に申し出た。それが失敗したので、ラネラ・ガーデンズを提案した。しかし、どうしたわけかそれもうまくいかず、結局ソーホーに赴いて、みずからの高貴な心の内を明かすことにした。

かくしてストライヴァー氏は長期休廷に入ってまもなく、テンプルからソーホーに向かって堂々と歩きはじめた。まだ門の聖ダンスタン教会側にいたが、肩で風を切り、まわりの弱い人々を押しのけて自信満々に石畳を歩いていくさまを見た者はみな、無敵の辣腕家《らつわんか》だと思ったことだろう。

テルソン銀行のまえをすぎたとき、なかに入ろうかという考えがストライヴァー氏の頭をよぎった。取引銀行でもあるし、マネット家の親しい友人であるローリー氏も知っている。ソーホーに開けた明るい未来の話をしてもいいではないか。そこで銀行の重い扉を開け——蝶番《ちょうつがい》が低い音で軋《きし》んだ——つまずくように階段を二段おり、ふたりの年老いた出納係のまえを通って、かび臭い奥の小部屋へずんずん進んでいった。ローリー氏はそこに坐《すわ》って、数字用の罫線《けいせん》が入った大きな台帳を何冊も広げていた。部屋の窓には鉄棒が縦に入っていて、これも数字の計算をしているがごとし。空の雲の下、すべては数字の残高なのだった。

「やあやあ！」ストライヴァー氏は言った。「どうしてます？　お元気だといいが」

ストライヴァーの一大特徴は、どんな場所や空間にいてもやたらと大きく見えることだった。それがとにかくテルソン銀行のなかでは大きすぎ、遠い端にいるよぼよぼの行員が眼を上げて、あなたのせいで壁に押しつけられると言いたげな非難の視線をよこすほどだった。やはり遠くにいた頭取も、もったいぶって読んでいた新聞を下げ、高価なチョッキにストライヴァーの頭が突っこんできたかのように顔をしかめた。

慎み深いローリー氏は、こういう場合の模範になるべき口調で、「これはこれは、ミスター・ストライヴァー。ご機嫌いかがですか」と言って握手した。頭取がじっと注目しているときに顧客の手を握る行員は、かならずこの方式を採用する。自分を押し殺し、テルソン銀行の代表として握手するのだ。

「今日はどのようなご用件でしょうか、ミスター・ストライヴァー」ローリー氏は銀行員らしく尋ねた。

「いいえ、ちがいましてね。あなたに会いにきたのです、ミスター・ローリー。個人的にお話ししたかったもので」

「ほう、そうですか」ローリー氏は耳を傾けながらも、眼は遠くにいる頭取をしきりに見ていた。

「これからですね」ストライヴァー氏は打ち解けた様子で机に両腕をのせて言った。ふつうの倍ぐらいある大きな机だったが、彼がそうすると、必要な大きさの半分にも満たないように見えた。「あなたのしとやかで可愛いご友人、ミス・マネットに結婚を申しこみにいきます」

「なんとそれは！」ローリー氏は大声をあげ、顎《あご》をなでながら、疑うような眼で訪問者を見た。

「なんとそれは？」ストライヴァーは体を起こしてくり返した。「なんとそれは、ですか？　どういう意味でしょう、ミスター・ローリー」

「つまり」実務家は答えた。「もちろん、友人として喜ばしいし、さすがお目が高いと思っております。あなたにとって最高の名誉にもなる。要するに、あなたが望むすべてです。しかし、それはそれとして、ミスター・ストライヴァー、おわかりでしょう――」ローリー氏はことばを切り、なんとも奇妙な感じに首を振って、内なる声がどうしても言いたがっているというようにつけ加えた。「あなたはあまりにも、あなたすぎる」

「ほう」ストライヴァーは不満げに机をばしんと叩《たた》き、眼を大きく見開いて大きく息を吸った。「つまりおっしゃりたいのは、ミスター・ローリー、私は振られるということですな！」

ローリー氏はそのとおりだと仄《ほの》めかすように両耳のところでかつらを調節し、ペンの羽根の先を嚙《か》んだ。

「まったく、なんですか！」ストライヴァーは相手を見すえて言った。「私では不適格だとでも？」

「いえいえ、そんなことはありません。適格ですとも！」ローリー氏は言った。「あなたがそうおっしゃるなら、ええ、もちろん適格です」

「私は成功していませんか」ストライヴァーは尋ねた。

「成功しているかどうかということなら、もちろん成功しています」

「そしてさらに前進している？」

「前進していることについては」ローリー氏はまた同意できることに喜んで言った。

「疑問を抱く人はひとりもいないでしょう」

「すると、ためらっておられるのはなぜです？」ストライヴァーは見るからに傷ついて訊《き》いた。

「それは――これからソーホーに行かれるのですか？」ローリー氏は言った。

「ええ、まっすぐ！」肉づきのいい手をどんと机に落として言った。

「もし私だったら、やめておくと思います」

「なぜです」ストライヴァーは言った。「さあ、どうしても答えてもらいますよ」法廷でやるように相手に人差し指を振った。「あなたは実務家だ。理由があるはずです。おっしゃってください。どうしてやめておくのですか」

「なぜなら」ローリー氏は言った。「多少なりとも成功する見込みがないことには乗り出さないからです」

「なんてことを！」ストライヴァーは叫んだ。「まったく驚きだ！」

ローリー氏は遠くにいる頭取をちらっと見やり、腹を立てているストライヴァーに眼を戻した。

「あなたは実務家だ。長年経験を積んでいて、しかも銀行で働いている」ストライヴァーは言った。「そんな人が、成功まちがいなしの立派な理由をいま三つ認めたかと思うと、今度は成功する見込みがないとはね。肩の上にちゃんと頭をのっけてそういうことをおっしゃる！」頭をちょん切られた人間に言われたほうが驚きははるかに少ないとでも言わんばかりだった。

「この場合の成功とは、若いお嬢様への求婚が成功するということです。そして、見込みとか理由とかいうのは、若いお嬢様を説得できるかどうかにかかわります。要するに、お嬢様の問題なのです」ローリー氏はストライヴァーの腕を軽く叩きながら言った。「お嬢様がすべてに優先するのですよ」

「すると、こういうことでしょうか、ミスター・ローリー」ストライヴァーは両肘《りょうひじ》を左右に張り出して言った。「あなたの思慮深い意見では、いま話に出ている若いお嬢様は気取った愚か者だと？」

「かならずしもそうではありません。よろしいですか、ミスター・ストライヴァー」ローリー氏は顔を紅潮させて言った。「誰であろうと、私のまえであの若いお嬢様の悪口を言うことは認めません。もし私の知り合いに、この机であのお嬢様の悪口を言わずにはいられないほど悪趣味で、度しがたく横柄《おうへい》な人がいたとしたら——いないことを願いますが——テルソン銀行がどう言おうと、叱《しか》りつけないわけにはいきませんな」

怒りたくても声を抑えなければならないことから、ストライヴァー氏の血管は危険なほど浮き出していた。いつもは規律正しく動いているローリー氏の血管も、自分が怒る番になると同じくらい危ない状態になった。

「それが言いたかったのです」とローリー氏。「どうぞ誤解なきように」

ストライヴァー氏はしばらく簿記棒の端をなめていたが、それを歯にコツコツと打ちつけながら立ち上がった。歯が痛くなったにちがいない。気まずい沈黙を破って言った。

「奇妙な話ですね、ミスター・ローリー。あなたの思慮深い助言は、ソーホーには行くな、結婚の申しこみはするなということですか。この私、王座裁判所《キングズ・ベンチ》の法廷に出入りするストライヴァーが？」

「私の助言をお求めになりますか、ミスター・ストライヴァー？」

「ええ、求めます」

「けっこう。いま申し上げたとおりです。あなたはそれを正確にくり返した」

テルソン銀行を訪ねたストライヴァー氏

「それについて私が言えるのは」ストライヴァーは苛立《いらだ》ちながら笑った。「は、は――これだけです。まったく、前代未聞《みもん》の驚きだ」

「ご理解いただきたい」ローリー氏は続けた。「実務家としてこの件に関しては何も言えません。実務家としては何も知らないからです。しかし、幼いミス・マネットを胸に抱き、ミス・マネットと彼女の父親に信頼され、ふたりに深い愛情を抱いている老いぼれの友人として話をさせていただいた。よろしいですか、助言を求めてきたのは私ではなく、あなたです。まちがっていますか」

「いませんよ！」ストライヴァーは口を尖《とが》らせて音を立てた。「第三者に常識を説いてもらおうとは思わない。そんなことは自分で考えます。私が理に適《かな》っていると思うことを、あなたはすまして、くだらないナンセンスだと言う。私にとっちゃ不思議だが、もしかすると、あなたが正しいのかもしれない」

「ミスター・ストライヴァー、自分の考えが正しいかどうかは自分で決めます。言っておきますが」ローリー氏の顔にまたさっと血がのぼった。「いかなる紳士だろうと――たとえテルソン銀行のなかだろうと――勝手にそれを決めつけるのは許せませんね」

「ああ、これは失礼」

「いいでしょう。さて、ミスター・ストライヴァー、私はこう提案するつもりでした。あなたとしても自分のまちがいを知るのはつらいかもしれない。ドクター・マネットも、あなたに説明するとなるとつらいでしょう。ましてミス・マネットにとっては、とてもつらいにちがいない。ご承知のとおり、私は誇らしく幸せなことに、あの家族と親しい間柄にある。もしよろしければ、あなたを煩《わずら》わすことなく、あなたの代理としてでもなく、私のほうでさらに情報を集めたうえで考えて、改めて助言いたしましょうか。その助言がお気に召さなければ、あなた自身が行動して試してみればよろしい。他方、もっともだと思われたなら、いまのままということになりますが、それは当事者全員にとっていちばん苦労が少ないかもしれません。いかがです？」

「私をいつまでこの街に引き止めておくつもりです？」

「ああ、ほんの数時間ですよ。今晩ソーホーに出向いて、その足であなたのところにうかがってもかまいません」

「では、そうしていただけますか」ストライヴァーは言った。「いまは行かないことにします。それほどのぼせ上がっているわけでもないので。あなたにおまかせして、今晩寄っていただくのを待ちましょう。ご機嫌よう」

そう言うとストライヴァー氏はくるりと背を向け、銀行から飛び出していった。通ったあとにものすごい風が起きて、窓口のうしろで頭を下げたふたりのよぼよぼの行員は、吹き飛ばされないように机にしがみつかなければならなかった。この丁重で惰弱なふたりは、顧客が去るときにはかならずお辞儀をしていて、次の顧客が入ってくるまで顔を上げないと広く信じられていた。

弁護士はもちろん頭のいい男だったので、銀行家があそこまで意見をはっきり言うからには、少なくとも自分が正しいと確信しているのだろうと考えた。これほど大きな丸薬を呑《の》まされるとは思っていなかったが、とにかく呑みこんだ。「さて」と法廷で使う人差し指をテンプル一帯に大きく振り、おろして言った。「ここから抜け出す方法は、あんたたち全員がまちがっているように見せることだ」

ストライヴァー氏はオールド・ベイリーの策士の技を少々用いて、心の平安を取り戻した。「あなたが私のまちがいを証明するのではないよ、若いお嬢さん。私のほうがそうしてみせよう」

そういうわけで、その夜十時にローリー氏が訪ねてきたときには、ストライヴァー氏はわざとそこらじゅうに散らかした仕事の本や書類のなかで、午前中の話題をほとんど忘れかけているふうだった。ローリー氏を見て驚くふりまでしてみせ、すっかりほかのことに気を取られていた。

「ところで」本来の用件に入ろうと、たっぷり三十分は無駄に努力したあと、性格温厚な特使は言った。「ソーホーへ行ってきましたよ」

「ソーホーへ？」ストライヴァー氏は冷たくくり返した。「ああ、そうでした！　何を考えてたんだろう」

「もはや疑問の余地はありません」ローリー氏は言った。「今朝、私が言ったことは正しかった。的を射た意見でしたので、ここでも同じ助言をくり返します」

「これは心からのことばですが」ストライヴァー氏はこれ以上ないほど友好的な口調で言った。「あなたにも申しわけなかったし、気の毒な父上にも申しわけないことをしました。ご家族にとっては、この話題はつねに苦しいにちがいない。ですから、これで終わりにしましょう」

「意味がわかりません」ローリー氏は言った。

「わからないでしょうね」ストライヴァーはこれで穏やかにけりをつけたいというように、うなずいた。「大したことじゃない。どうでもいいことです」

「よくありませんよ」ローリー氏は反論した。

「いいえ、どうでもいいのです、本当に。常識がないところに常識があるものと想定し、あっぱれな向上心がないところに、あるものと勘ちがいしていましたが、もうすっかり自分のまちがいに気づきました。実害もありませんでした。若い女性はたびたびこれと似たようなまちがいを犯して貧乏になり、忘れ去られて、後悔してきたものです。

自分中心に考えないなら、今回のことが実現しなかったのは残念ですよ。ほかの人の得になったことですからね。自分中心に考えれば、実現しなくてよかった。実際面で私のためにはならなかったはずですから。どちらにしろ、私として何ひとつ得るものがなかったことは言うまでもありません。結局、誰にとっても損はなかった。私は若い令嬢に結婚の申しこみをしていませんし、ここだけの話、いま思えば本来そんなことを考えるべきではなかったのかもしれません。ミスター・ローリー、頭が空っぽの娘たちの虚栄心と軽薄をこちらでどうこうすることはできません。なんとかできると思った日には、かならず落胆が待っている。

さあ、もうこのことについては話さないでください。申し上げたとおり、彼らのためを思うと残念ですが、自分のためにはなったと思います。私の相談に乗って助言をくださったことに心から感謝します。あなたは私よりあの若い令嬢のことをよく知っている。あなたがおっしゃるとおりでした。今回のことはうまくいくわけがなかったのです」

ローリー氏は驚きのあまりぽかんとした顔で、自分をぐいぐい戸口のほうへ押しやるストライヴァー氏を見つめた。ストライヴァー氏は、混乱した相手に寛容と忍耐と善意のそぶりをこれでもかと示して言った。「こうするのがいちばんです。終わりにしましょう。相談に乗ってくださったことにもう一度感謝します。おやすみなさい！」

ローリー氏は夜のなかに立って初めて自分がどこにいたのかを思い出した。ストライヴァー氏のほうはソファに横たわり、まばたきしながら天井を見ていた。

第十三章　繊細でない男

もしどこかにシドニー・カートンが輝く場所があるとしても、それはマネット医師の家ではなかった。もう一年ものあいだ足繁《しげ》くやってくるのだが、いつもむっつりと不機嫌で、無為にすごしていた。たまに口を開けば話しぶりは流暢《りゅうちょう》だったけれども、無関心の雲が真っ黒な影を落としていて、内面の光が雲間から射《さ》すことはごくまれだった。

それでも彼は、マネット家のまわりの通りと、路上に敷かれた無感覚な石畳が好きだった。ワインがいっときの喜びをもたらしてくれない夜には、何度となく、ぼんやりと憂《うれ》いに沈んでそのあたりをさまよった。わびしい夜明けにも、何度となく、彼の孤独な姿が見られた。曙光《しょこう》が遠い教会の尖塔《せんとう》や高い建物の美しい輪郭をくっきりと浮き彫りにするときにも、まだそのあたりをうろついていた。そうした静かな時刻は、ほかのときには忘れられ、手も届かない善きものに対する思いを、彼の心にもたらすのだった。このところ、テンプル・コートのほったらかしのベッドに戻ることもますます少なくなり、身を投げ出したかと思えば数分後には起き上がり、またその界隈《かいわい》を歩きまわっていることがよくあった。

八月のある日——ストライヴァー氏は（「やはり結婚の件は見送ることにした」とジャッカルに告げたあと）あの繊細さとともにデヴォンシャーに旅立ち、シティの通りに咲いた香《かぐわ》しい花が、極悪の盗人にも善良な気持ちを、重病人にも健康を、最高齢の老人にも若さをもたらしていた——シドニーの足はまたいつもの敷石を踏んだ。決心がつかず、あてどなくぶらついているようだったのが、やがて何か思いつき、明確な意図を持ってすたすたと医師の住まいまで歩いていった。

階上《うえ》に案内されると、ルーシーがひとりで針仕事をしていた。シドニーがいると落ち着かない気持ちになるルーシーは、少し困ったように彼を迎え入れたが、いつもどおりの挨拶《あいさつ》を交わしながら顔を上げ、机のそばの椅子《いす》に坐《すわ》ったシドニーを見ると、ふだんと様子がちがうのに気づいた。

「お加減が悪いのではありませんか、ミスター・カートン」

「いいえ。ですが、ミス・マネット、こういう生活をしていると体にはよくありませんね。これだけの不摂生の末に何があると思います？　こんなに自堕落な人間から何を期待できます？」

「あの――ごめんなさい、うかがいたくなってしまったものだから――もっと健康な生活を送っておられないのは残念じゃありませんか」

「残念ですとも、もちろん！」

「では、どうして変えようとなさらないの？」

またそっと相手を見やって、ルーシーはその眼に涙が浮かんでいるのに驚き、悲しくなった。答える声にも涙が感じられた。

「もう手遅れなのです。いまよりましな人間にはなれない。さらに沈んでいって、悪くなるばかりです」

シドニーは彼女の机に肘《ひじ》をつき、手で両眼を覆《おお》った。続く沈黙のなかで、机が小さく震えた。

これほど気弱な彼を見たことがなかったルーシーは、どうしたらいいかわからなくなった。シドニーは顔を伏せたままそれを察した。

「申しわけありません、ミス・マネット。言いたいこともまとまらないうちに、取り乱してしまった。聞いてもらえますか」

「それでお役に立てるのなら、ミスター・カートン、それであなたが明るい気持ちになれるのなら、喜んでうかがいます」

「ああ、そのやさしさに神の祝福を！」

ややあってシドニーは顔を上げ、落ち着いて話しはじめた。

「どうか怖がらないでください。これから言うことを聞いても、たじろがないでください。おれは若死にした人間のようなものです。生涯をつうじて、そうだったかもしれない」

「いいえ、ミスター・カートン。この先かならず人生最高のときが来ます。あなたが本来、ご自身にもっともっとふさわしいかたであることはよくわかっています」

「あなたにふさわしい、と言ってください、ミス・マネット。そうでないことはわかっていますが――この惨《みじ》めな心でなぜかわかるのです――そのおことばは忘れません」

ルーシーは青ざめ、震えていた。慰めようとするシドニーも自分への絶望で満たされているので、このときの会話はほかのどこでも交わされないようなものとなった。

「もしあなたが、ミス・マネット、眼のまえにいるこの男――見捨てられて、くたびれ果てた、飲んだくれの哀れな男――の愛に応《こた》えてくださったとしたら、たしかに幸せではありますが、この日このときにも、あなたに惨めさと悲しみと後悔をもたらすことに気づくでしょう。あなたを弱らせ、辱《はずかし》め、自分ともども引きずりおろしてしまうことに。あなたがこの男になんの愛情も抱けないことはよくわかっています。愛など求められた義理じゃない。愛していただけないことに感謝したいぐらいです」

「たとえそうだとしても、あなたを助けられないのでしょうか、ミスター・カートン。また失礼なことを申しますが、あなたの人生をよりよい方向に導くお手伝いができませんか。わたくしがあなたの告白にお応えする方法はないのでしょうか。いまのお話は告白と考えてよろしいですね」少したあらったあと、彼女は心からの涙を流しながら、穏やかな声で言った。「あなたがほかの誰にも明かさないのはわかっています。わたくしのほうで、それをなんとか、あなたの役に立てられないでしょうか、ミスター・カートン？」

彼は首を振った。

「無理です。ミス・マネット、どうしようもありません。あとほんの少しだけ聞いていただけますか。あなたにできるのは、そこまでです。知っていただきたいのです。あなたはこの魂がすがりつく最後の夢でした。ここまで落ちぶれた人間ですが、あなたと父上の姿を見、あなたがここで温かい家庭を作っているのを見るにつけ、すっかり忘れていたはずの昔の幻影が甦《よみがえ》ってきます。それすらないほど落ちぶれてはいません。あなたと知り合ってから、もう二度と悩まされることはないと思っていた自責の念に駆られ、永遠に黙っているはずだった昔の声に、もっとまともな生活を送れと囁《ささや》かれているのです。もう一度がんばってみようか、とぼんやり考えることもある。怠け癖と遊び癖を返上し、放棄した闘いを再開して、新しい人生を切り開こうかと。すべて夢です。結局実現することのない夢。寝ている男は寝たままですが、そんな夢を見ることができたのも、あなたがいればこそということを知ってもらいたかったのです」

「その夢はもう残っていないのですか。ああ、ミスター・カートン、どうかもう一度考えて！　もう一度がんばってください！」

「いいえ、ミス・マネット。考えているあいだもずっと、自分はそれに値しない人間だということがわかっていたのです。しかし、心が弱いために——いまも同じですが

――あなたには知ってもらいたかった。灰の塊だったこの男に、あなたが突然、特別な力で火を熾《おこ》したことを。とはいえ、自分のことですから、その火も結局、何を元気づけるでも照らすでもなく、まったく役に立たずにむなしく消えていくのですが」

「わたくしの運の悪さから、ミスター・カートン、知り合うまえよりあなたを不幸せにしてしまったのですから――」

「そんなことを言わないでください、ミス・マネット。もし自分をまともにするものが何かあるとしたら、それはあなたなのですから。あなたは堕ちていく原因じゃない」

「お話しになった胸の内は、とにかくわたくしのなんらかの影響があってのことです――つまるところ、そういうことでしょう――から、その影響をどうにかして、あなたのために使えないでしょうか。わたくしにはあなたを助ける力はまったくないのでしょうか」

「ここへは、ミス・マネット、いま自分にとっていちばんためになることをしにきたのです。道を誤った人生の残りのあいだ、この世界で最後のよりどころであるあなたに、こうして心を開いたこと、いまのこんな自分にも、あなたが嘆き哀れむことのできる何かが残っていたことを、思い出として胸にとどめさせてください」

「わかってくださるまで何度でも、心の底からお願いします。どうかあなたのなかに、もっとよいことができるものがあると信じてください、ミスター・カートン！」

「もう信じろとは言わないでください、ミス・マネット。これまでの人生で、自分がどういう人間かはよくわかっているのです。つらい思いをさせてしまいましたね。手早く終わらせましょう。このあと、今日という日を思い出したときに、わが人生の最後の秘密があなたのその無垢《むく》な胸にしまわれ、ほかの誰にも伝えられていないと信じてかまいませんね？」

「ええ、もしそれがあなたの慰めになるのなら」

「これからあなたにとっていちばん大切になる人にも？」

「ミスター・カートン」心の動揺を表す沈黙のあとで、彼女は答えた。「あなたの秘密です、わたくしの秘密ではなく。大事にこの胸にしまっておくことをお約束します」

「ありがとうございます。そしてもう一度、神の祝福を」

シドニーは彼女の手を取って唇に当ててから、ドアのほうに歩いていった。

「ご心配なく、ミス・マネット。この会話はあとひと言も続けるつもりはありません。今後、二度と触れません。いま自分が死んだとしても、これほど確実なことはないくらいです。死ぬときには、自分に対する最後の正直なことばをあなたに聞いてもらい、この名前も、欠点も、惨めさも御心のなかにやさしくとどめてもらったという、たったひとつの神聖な思い出を胸に抱いていける。そのことについてあなたに感謝し、祝福を祈ります。あとのことは気になさらず、どうかお幸せに！」

シドニーの態度がそれまでとはまったくちがっていたうえに、彼がいままでどれほど多くのものをなげうち、毎日どれだけ抑えこみ、ゆがめているのかを思うと、あまりに悲しくて、ルーシー・マネットはさめざめと泣いた。シドニーは振り返って、そんな彼女を見ていた。

「どうか心安らかに」彼は言った。「自分にはそこまで思っていただく価値はありません、ミス・マネット。あと一、二時間もすれば、蔑《さげす》んではいても断ち切れない悪い友人たちや悪い習慣のもとへ走って、通りを徘徊《はいかい》するどんな卑劣漢よりも、あなたの涙に値しない人間になってしまう。泣かないでください！　ですが、これからずっと、この心のなかであなたに対しては、いまの自分が本当の自分です。外見はいままでどおりだとしても。このことばを信じてください。それが最後から二番目のお願いです」

「信じます、ミスター・カートン」

「そして次のお願いを最後に、あなたとのあいだに何も共通点がない訪問者は去ることにします。お互い越えられない広野があることは、よくわかっています。言っても意味はありませんが、わが魂の声ですから、言わずにはいられない。つまりおれは、あなたと、あなたが愛する人のためなら、なんでもするということです。もし生活がもう少しまともで、人のために犠牲になれる余地や機会がわずかでもあるなら、あなたと、あなたが愛する人たちのために、喜んで犠牲になります。できればお気持ちが穏やかになったときにでも、この一事についてはおれが真剣に、誠意をこめてそう言っていたことを思い出してください。いつか、それも近いうちに、あなたには新しい結びつきができる。その結びつきによって、あなたはいまも美しく整えている家庭にますますしっかりと落ち着き、やさしく暮らすことになるでしょう。その親密な結びつきがさらにあなたを輝かせ、喜ばせる。ああ、ミス・マネット、幸せな父親そっくりの小さな顔があなたの顔を見上げたとき、あなた自身のまばゆい美しさがその足元に立ったとき、たまには思い出してください、あなたの愛する命をあなたのそばに置くために、みずからの命を捧《ささ》げる男がいることを」

そして最後に「さようなら。神の祝福を！」と言い残して、去っていった。

第十四章　正直な商売人

フリート街で足台の上に坐《すわ》り、薄汚い腕白息子を横にしたがえたジェレマイア・クランチャー氏の眼には、毎日、通りを行きすぎるありとあらゆるものが映っていた。一日のあわただしい時間に何の上であれフリート街に坐っていて、往来のにぎわしい光景と喧騒《けんそう》に圧倒されない者がいるだろうか。一方の流れは太陽とともに西に向かい、もう一方は太陽から離れて東に向かう。そしてどちらも太陽が沈むと、赤と紫に染まった空の彼方にある黄泉《よみ》の地へと向かっていく。

例によって藁《わら》を嚙《か》みながら、クランチャー氏は両方の流れを見ていた。何世紀もひとつの川の流れを見守りつづけてきた異教の神のように。ただ、ジェリーは流れが途絶えるとは思っていなかったし、途絶えてほしくもなかった。気の弱い女性（たいがいは太った中年婦人）を、流れのテルソン銀行側から向こう岸に案内することで多少の収入を得ていたからだ。その都度いっしょにいる時間はごく短いものの、クランチャー氏はかならず相手の女性に並々ならぬ関心を示し、あなたの健康にぜひ乾杯したいと持ちかけた。その親切なことばにさらに駄賃が支払われ、彼の生活費の足しになるのだった。

詩人が公《おおやけ》の場で足台に坐り、人々に見られながら思索に耽《ふけ》った時代があった。クランチャー氏も公の場で足台に坐っていたが、詩人ではないので思索は最小限にとどめて、ただまわりを眺めていた。

たまたま人が少なく、ぐずぐずして道を渡れない女性もほとんどいない時期だった。あまりに実入りが少ないので、これはもしやかみさんが家でまたどたばた熱心にお祈りをしているせいではないか、という疑念がむくむくと湧《わ》き起こった。そのとき、異様な群衆がフリート街を西に駆けてくるのが眼に止まった。クランチャー氏がそちらを見ると、葬列らしきものが進んできている。人々はそれに抗議して大騒ぎしていた。

「おいジェリー」クランチャー氏は息子のほうを向いて言った。「葬式だ」

「やったあ、父ちゃん!」若いジェリーは叫んだ。

意味ありげな歓喜の声に父親は気分を害し、頃合いを見計らって息子の頬を引っぱたいた。

「どういうことだ。何が〝やったあ〟だ。おれに何を言うつもりだ、え、このちびころが! もう手に負えねえな」クランチャー氏は息子を見ながら言った。「やったあだと? もうひと言もしゃべるな。しゃべったらまた殴りつけるぞ。わかったか」

「別に悪いことしてないよ」息子のジェリーは頬をさすりながら言い返した。

「うるさい」とクランチャー氏。「おまえの〝悪いことしてない〟はもうたくさんだ。この台の上に立ってあいつらを見てろ」

息子はしたがった。群衆が近づいてきた――みな薄汚れた柩車《きゅうしゃ》と薄汚れた葬儀用の四輪馬車にわめき立てている。馬車のなかには会葬者がひとりしか乗っていなかった。厳《おごそ》かな葬礼には欠かせないと考えたのだろう、薄汚れた喪服を着ているが、ますます多くの民衆が馬車を取り囲み、嘲《あざけ》り、顔をゆがめて罵《ののし》る状況に喜んでいるはずはなかった。人々はいっときもやまずに不満の声をあげ、「ざまあみろ！　スパイども！ちっ！　このスパイどもめ！」と叫び、ここでくり返すのは憚《はばか》られる罵詈《ばり》雑言を思うさま浴びせていた。

葬儀はつねにクランチャー氏の興味を惹《ひ》いた。葬列がテルソン銀行のまえを通るといつも興奮し、真剣に注目していた。したがって、異常な数の群衆をともなったこの葬列には当然ながら大いに興奮し、最初に自分のほうに走ってきた男に訊《き》いた。

「いったいこりゃなんだ。どうしたんだね？」

「知らねえよ」男は言った。「スパイども、ざまあみろ！　ちっ、スパイども！」

別の男に訊いてみた。「ありゃ誰なんだ？」

「知らん」男は答えながらも両手を口に添えて、驚くほど激しい憤怒《ふんぬ》の声を張り上げた。「スパイども、くたばれ！　ちっ、ちっ。スパーーイ！」

ついに事情にくわしい男が見つかったので訊くと、ロジャー・クライなる人物の葬儀だということだった。

「そいつはスパイだったのか」

「オールド・ベイリーのスパイさ」くわしい男は言った。「ざまあみろ！　ちっ、オールド・ベイリーのスパイども！」

「おお、あれか！」ジェリーはこのまえ使者として送られた裁判を思い出して叫んだ。「その男は見たことがある。死んだのか」

「ばったりよ」相手は答えた。「くたばりやがれ。おい、引きずり出せ。スパイを外に引っ張り出せよ。スパイどもを！」

もともと大した考えはなかった群衆はすぐにその考えに飛びつき、ひときわ熱心に、引きずり出せ、引っ張り出せ、と声高にくり返しながら二台の車に群がった。押されて馬車が止まり、人々が四輪馬車の扉を開けると、なかにいた会葬者がもみ合いながら飛び出してきて、一瞬彼らの手に捕まれた。しかし怖《おそ》ろしく敏捷《びんしょう》な男で、隙《すき》を見てすばやく逃れ、次の瞬間には、コートも、帽子も、帽子につけた長いリボンも、白いハンカチも、弔意《ちょうい》を表すほかのものもかなぐり捨てて、歩道を走り去っていた。

群衆はそれらを無残に引きちぎり、大喜びでそこらじゅうにばらまいた。店主たちは大あわてで店を閉めた。そのころの群衆は何があっても止《とど》まらず、大いに怖れられた怪物だったのだ。すでにみなで柩車を開けて棺《ひつぎ》を取り出していたが、とりわけ気の利《き》くひとりの男が、こいつの死を祝いながら自分たちの手で目的地に運んでやろうと言いだした。現実的な提案が必要なときだったので、これも諸手《もろて》を挙げて歓迎され、馬車にはたちまち八人が乗りこみ、十数人が脇《わき》について、柩車の屋根には工夫の及ぶかぎり大勢が乗った。最初に乗りこんだひとりが、誰あろうジェリー・クランチャーで、テルソン銀行のなかから見られないように四輪馬車の隅で、つんつん尖《とが》った頭をおとなしく隠していた。

職務についていた葬儀屋は、この乗っ取りに異を唱えはじめたが、危険な川がすぐそこにあり、冷たい水に放りこめば頑固な葬儀屋も静かになるさなどという声もあがったものだから、異論はただちに尻《しり》すぼみになった。模様替えした葬列はまた進みはじめた。柩車を操るのは煙突掃除人で、ふだんの御者が横について細かく指示を出していた。馬車のほうはパイ職人が操り、隣に助手をしたがえていた。ストランド街をさほど行かないうちに、当時、大道芸で人気を博していた熊《くま》使いが、にぎやかしでパレードに加えられた。彼のひどくみすぼらしい黒熊は、行列のそこだけいかにも葬儀らしい雰囲気を醸《かも》していた。

こうして乱痴気騒ぎの行進は、ビールをあおり、パイプを吹かし、歌をがなり立て、飽きもせず弔いを物笑いの種にして続いた。少し行くたびに人が増え、行列が近づくまえにあらゆる店が閉まった。目的地は人里離れたセント・パンクラスの古い教会だった。ようやく一行はそこにたどり着き、墓地に入ると言い張って全員でなだれこみ、最終的に思いどおりに故ロジャー・クライを埋葬して、すっかり満足した。

死人が埋められると、群衆は別の愉《たの》しみを探さなければならなくなったが、また気の利く男が（あるいは同じ人物か）、何も知らない通行人をオールド・ベイリーのスパイに見立てて復讐《ふくしゅう》してやれば面白いかもしれないと思いついた。その妄想が実行に移され、生まれてこのかた一度もオールド・ベイリーに近づいたこともない無実の人々が、何十人も追いまわされて、突き飛ばされたり殴られたりした。こうなると家々の窓を割り、パブを襲ってなかのものを奪うといった蛮行に移っていくのは、自然ななりゆきだった。ついに数時間後、庭の東屋《あずまや》が打ち壊され、柵《さく》が引き抜かれて、武器を手にした喧嘩《けんか》っ早い連中がますます勢いを得たところで、近衛兵が来るという噂《うわさ》が流れた。噂が広まるにつれ、群衆は少しずつ散っていった。本当に来たのかどうかはわからずじまいだったが、暴徒の行動とはだいたいそういうものである。

クランチャー氏は最後の大暴れには加わらずに、教会の墓地で葬儀屋と話し、慰めのことばをかけていた。墓地にいると心が落ち着く。近くのパブから手に入れてきたパイプを吸いながら、墓地の柵のなかをのぞいたり、じっくりと眺めたりしていた。

スパイの葬式

「ジェリー」いつものように自分に呼びかけた。「おまえはあの日、自分の眼でクライを見たよな。若くて立派な見てくれの男だった」

パイプを吸い終わっても、まだしばらく考えていた。やがてくるりと向きを変え、テルソン銀行の終業時にいつもの場所にいられるように引き返していった。死について考えすぎて肝臓に響いたのか、以前から体調が悪かったのか、それともたんに著名人に挨拶《あいさつ》したくなったのかはさておき、クランチャー氏は帰りしなに知り合いの医師――名高い外科医――の家に立ち寄った。

息子のジェリーが留守番をちゃんと務めていて父親を安心させ、不在中に仕事はなかったと報告した。銀行が閉まり、よぼよぼの行員たちが出てきて、なじみの夜警が詰所に入ると、クランチャー氏と息子はお茶を飲みに家に帰った。

「あらかじめ言っとくぞ」クランチャー氏は家に入るなり妻に告げた。「もし今晩の正直な商売がおかしな具合になったら、おまえがおれの邪魔をしようと祈りやがったせいだからな。眼のまえで祈ってるのを見つけたときと同じように、懲《こ》らしめてやる」

クランチャー夫人は力なく首を振った。

「なんだよ、眼のまえでまたやるってのか！」クランチャー氏は怒りと心配の混じった表情で言った。

「あたしは何も言ってませんよ」

「だったら何も考えるな。考えるくらいならどたばたお祈りするほうがまだましだ。どっちにしろ害になる。全部やめちまえ」

「はい、ジェリー」妻は言った。

それだよ。〃はい、ジェリー〃。クランチャー氏はお茶のまえに坐りながらくり返した。「ああ、それだよ。〃はい、ジェリー〃。おまえはそれだけ言ってりゃいいんだ。〃はい、ジェリー〃な」

　そこまで不機嫌に念押しすることに、ことさら意味があるわけではなかった。ただ誰もがよくやるように、不満全般を皮肉に表現しただけだ。

「おまえが〃はい、ジェリー〃か」バターを塗ったパンをかじって、あたかも皿からいっしょに大きな見えない牡蠣《かき》を吸いこんだかのように呑《の》み下した。「ぴったりだ。それでいけ」

「今晩出かけるんですか」クランチャー氏がパンをもうひとかじりしたあとで、上品な妻が訊いた。

「出かける」

「ぼくも行ってもいい、父ちゃん？」息子が元気よく訊いた。

「いや、だめだ。母ちゃんは知ってるが、釣りに行くんだから。釣りだよ釣り」

「父ちゃんの釣り竿《ざお》ってすごく錆《さ》びてるでしょ」

「ほっとけ」

「家に魚を持って帰る?」

「持って帰らなきゃ、明日は食うものがない」クランチャー氏は首を振り振り言った。

「さあ、もう質問は終わりだ。どうせ出かけるのは、おまえがぐっすり寝入ったあとだからな」

その夜の残りは、クランチャー夫人を厳重に見張ることに専念し、夫人がちょっとでも不都合な願かけをしないように、無愛想に会話をしつづけた。同じ理由で息子の尻も叩《たた》いて母親と話させ、自分のほうからは彼女に対する不平不満を思いつくかぎりぶちまけて、気の毒な夫人を困らせ、一瞬たりともひとりで考える時間を与えなかった。彼がそこまで妻を疑っていたのは、誠実な祈りの力を信じていたからで、その強さたるや、もっとも敬虔《けいけん》な信者にも勝るものだった。まるで幽霊などいないと公言する者が怪談に震え上がるようなものだ。

「それと、いいか!」クランチャー氏は言った。「明日もふざけたことはするなよ。もしおれが正直な商売で、うまいこと肉の一、二切れでも持ち帰れたら、それはとっといてパンを食べましょうなんて考えは起こすな。もし正直な商売で多少のビールでも買えたら、水で我慢しようなんて思うな。郷《ローマ》に入りては郷《ローマ》にしたがえだ。おまえがローマに失礼なことをしたら、ローマのほうも黙っちゃいない。おれがおまえのローマだ、わかるな」

　そしてまた、ぶつくさ不平を並べはじめた。

「自分の食い物と飲み物にかまわないってのはどういう了見だ。おまえのお祈りや心ないおこないのせいで、食い物や飲み物を手に入れるのがどれほどむずかしいか、わかってんのか。息子を見てみろ。こいつはおまえの息子だろ？　板きれみたいにぺちゃんこだぞ。母親のいちばんの仕事は息子を丸々と太らせることだろ。それすらわからねえで、どの面《つら》下げて母親だってんだ」

　これが若いジェリーを動かし、母親のいちばんの仕事をしてよと懇願させた。ほかのどんな仕事をやろうがやるまいが、とにかく、いのいちばんに、いま父親が愛情深く遠まわしに指摘した仕事をしてほしいと訴えた。

　こうしてクランチャー家の夜はすぎ、やがて若いジェリーは寝ろと命じられた。母親も同じように命令されて、したがった。クランチャー氏は不寝の番の早い時間を、ひとりパイプ煙草《たばこ》でくつろいですごし、椅子《いす》から立とうとしなかった。物怖ろしい夜中の一時が近づくとようやく腰を上げ、ポケットから鍵《かぎ》を出し、施錠してあった戸棚を開けた。袋ひとつ、手頃な大きさの鉄梃《かなてこ》、ロープと鎖、その他の〝釣り具〟を取り出して、手際《てぎわ》よく身のまわりにつけ、最後に妻に冷たい一瞥《いちべつ》をくれて明かりを消し、外に出た。

服を脱ぐふりだけしてベッドに入っていた若いジェリーは、すぐに父親のあとを追った。闇《やみ》にまぎれて部屋から抜け出し、階段をおり、中庭を横切って、通りへとついていった。また家に入るときの心配はしなくてよかった。間借人がいっぱいいるから、ドアはひと晩じゅう開いている。

父親の正直な商売の謎《なぞ》と奥義《おうぎ》を知りたいという見上げた向学心に突き動かされて、若いジェリーは家々の軒先や塀や出入口に自分の両眼と同じくらいぴたりと寄って、尊敬する父親を視界にとらえながら追っていった。尊敬する父親は北に向かい、さほど行かないうちに、アイザック・ウォルトン（訳注　著書『釣魚大全』が有名な随筆家）の別の信奉者が加わって、ふたりでさらにとぼとぼと歩いていった。

出発してから三十分とたたないうちに、彼らはまたたく街灯と、またたくどころか眠っている夜警たちのまえを通りすぎて、人気《ひとけ》のない道に入った。そこでまた別の釣り人が加わったが、あまりに静かに現れたので、若いジェリーが迷信深い性質《たち》だったら、二番目の釣り人が突然ふたつに分かれてふたりになったと思いかねなかった。

三人の男は歩きつづけ、若いジェリーもあとを尾《つ》けた。道の片側が覆《おお》いかぶさるような土手になったところで、男たちは止まった。土手の上には、鉄柵がのった低い煉《れん》瓦《が》の塀があった。土手と塀の陰で三人は道をはずれ、見通しの悪い小径をのぼっていった。小径は高さが十フィート近くある塀の横を通っていた。若いジェリーが片隅に身を屈《かが》め、小径を見上げていると、雨混じりのおぼろな月の光に照らされて、尊敬する父親の姿がくっきりと浮かび上がり、すばやく鉄門を乗り越えていった。すぐに二番目の釣り人も門を越え、三番目も続いた。三人は門の内側にそっと着地すると、しばらく地面に伏せていた――おそらく聞き耳を立てて。そのあと四つん這《ば》いで移動していった。

今度は若いジェリーが門に近づく番だった。息を殺し、また隅にしゃがんで敷地内を見ると、三人の釣り人は生い茂る草のなかを這っていた。すべての墓石が――そこは広大な墓地だった――白衣の幽霊のように彼らを見ていた。教会の尖塔《せんとう》そのものも怖ろしい巨人の幽霊のようだった。三人はさほど進まないうちに這うのをやめて立ち上がり、釣りに取りかかった。

その釣りはまず鍬《くわ》で始まった。尊敬する父親は、見たところ大きなコルク抜きのような道具を使っているようだった。何を使っているにしろ、三人とも懸命だった。そのとき教会の鐘が怖ろしい音で鳴って、若いジェリーはすっかり怯《おび》え、父親のように髪をぴんと逆立ててその場から逃げ出した。

しかし、いま見たことをもっと知りたいという思いは断ちがたく、彼は足を止めて、先ほどの場所に引き返した。ふたたび門のところからのぞくと、三人の男はまだ粘り強く釣りをしていたが、そのうち当たりがあったようだった。地中でねじをまわすような音、何かが軋《きし》むような音がして、屈んだ三人の背中が、重いものでも持ち上げているように緊張した。その重いものが徐々に土を落としながら出てきて、ついに地表に現れた。若いジェリーには、もちろんそれが何かわかった。けれども現物が出てきたうえに、自分の尊敬する父親がそれをこじ開けようとするに至って、生まれて初めて見た光景が怖くてたまらず、また逃げ出して今度は一マイルかそこら走るまで止まらなかった。

息さえ切れなければ、そこで止まることもなかっただろう。幽霊と競走しているようなもので、一刻も早くゴールにたどり着きたかった。目にした棺があとから追いかけてくる気がしてならなかった。棺が狭くなったほうを下にしてまっすぐ立ち、ぴょんぴょん跳んでくるのだ。そして彼に追いつきそうになり、すぐ横まで跳ねてきて、腕までつかもうとする。若いジェリーはなんとしても振りきりたかった。その幽鬼はどこにでも思いがけず現れた。おかげで背後の夜全体がぞっとするものになったが、尻尾《しっぽ》も翼もないむくんだ凧《たこ》のようなそいつがぴょんぴょん跳ねて出てきそうな暗い路地はとにかく避けて、広い通りに飛びこんだ。そいつは建物の入口にもひそんでいて、不気味に両肩をドアにすりつけ、笑っているかのようにその肩を耳の下まで持ち上げていた。通りの影にももぐりこみ、仰向けに寝そべって、隙《すき》あらば彼の足を引っかけて転ばそうとしていた。しかもそのあいだじゅう、ぴょんぴょん跳んでうしろから追いついてきたので、ようやく自分の家にたどり着いた若いジェリーは、半分死にかけたような心地だった。ところがそれでもそいつは離れようとせず、どすんどすんと階段をのぼってきて、いっしょにベッドに這い上がると、眠りはじめた彼の胸の上に落ちてきて、ずっしりとのしかかったのだった。

日の出まえの空が明るむころ、若いジェリーは家族の部屋に父親の気配を感じて、苦しい眠りから覚めた。何かまずいことが起きたようだった。若いジェリーが少なくともそう推論したのは、父親が母親の両耳をつかんでその後頭部をベッドのヘッドボードに打ちつけていたからだった。

「こうしてやると言っといたぞ」とクランチャー氏。「だからやってやる」

「ジェリー、ジェリー、ジェリー！」妻は懇願した。

「仕事がうまくいかないようにと祈りやがったな。おれも仲間もさんざんな目に遭った。おまえはおれに黙ってしたがえばいいんだ。どうしてそうしない？」

「いい女房であろうとしてるのよ、ジェリー」気の毒な女性は涙ながらに訴えた。

「夫の仕事の邪魔をするのがいい女房か。夫の仕事を台なしにして、夫に尽くしてるつもりか。仕事のいちばん大事なところで余計なことをして、夫にしたがってるつもりなのか？」

「昔はあんな怖ろしい仕事をしてなかったわ、ジェリー」

「正直な商売人のかみさんだってことで満足してりゃいいんだよ」クランチャー氏は言い返した。「旦那《だんな》がいつ仕事を始めただの、始めないだの、そんなこと女がうじうじ考えるんじゃねえ。旦那を立てて旦那にしたがうかみさんは、仕事のことは旦那にまかせとくもんだ。おまえは信心深いと自分で思うのか。本当に信心深いのなら、おまえの代わりに不信心な女をあてがってくれ！　義務感てものがないやつだ。テムズの河床に杭《くい》がないのとおんなじよ。義務感を杭みたいに叩きこんでやる」

ふたりは低い声で言い合っていたが、それも正直な商売人が泥だらけのブーツを脱ぎ捨て、床に寝そべって終わった。彼の息子は、錆《さび》のついた両手を枕《まくら》代わりに仰向けに寝ている父親を、小部屋からおどおどとのぞき見していたが、また横になって眠りに落ちた。

朝食に魚は出なかった――ほかのものもほとんど。クランチャー氏は落ちこんで、機嫌も悪く、夫人が祈る気配でも見せようものなら投げつけてやろうと、鉄の鍋蓋《なべぶた》を手元に置いていた。いつもの時間に顔を洗い、髪にブラシをかけて、息子と表向きの商売に出かけた。

足台を小脇《こわき》に抱え、晴れて混雑したフリート街を父親の横について歩く若いジェリーは、ひとり闇のなかをおぞましい追っ手から逃げ帰った前夜の若いジェリーとはまったく別人だった。陽の光のなかで悪知恵が戻ってきて、恐怖は夜とともに去っていた。もっとも、その輝かしい朝、フリート街でもシティでも、同じように感じていた人はいたようである。

「父ちゃん」若いジェリーが歩きながら言った。父親とは少し距離を置き、あいだに注意深く足台を挟んでいた。「復活屋って何？」

クランチャー氏は歩道で立ち止まり、答えた。「なんで知ってると思うんだ？」

「父ちゃんはなんでも知ってると思ったから」少年は無邪気に言った。

「ふむ、まあ」クランチャー氏はまた歩きだし、帽子をとって、つんつん尖《とが》った髪を遊ばせた。「ある種の商売人だな」

「何を売るの?」若いジェリーは元気よく訊《き》いた。

「売るのはな」クランチャー氏はよく考えてから言った。「いわば科学に使うものだ」

「人の死体でしょ、ちがう、父ちゃん?」少年は興奮して訊いた（訳注　当時は医学解剖用に死体を売買することが横行していた）。

「まあそんなところだな」

「ねえ父ちゃん、ぼく大きくなったら復活屋になりたい!」

クランチャー氏は内心ほっとしたが、どうだろうなと父親ぶって首を振った。「それはおまえが才能をどう伸ばすかによる。しっかり才能を伸ばして、誰にも必要なこと以外言わないように心がけるこった。自分に何が向いてるか、向いてないかなんて、先のことはわからんからな」これに勇気づけられた若いジェリーは、数ヤード先を歩いて、テンプル門の陰に足台を置いた。クランチャー氏は続けてつぶやいた。「正直な商売人のジェリー、この子はいずれおまえにとって天の恵みになり、母親の分まで役立ってくれるかもしれんぞ」

第十五章　編み物

ドファルジュ氏の酒店では、人々がいつもより早く飲みはじめるようになっていた。朝の六時だというのに、土気色の顔がずらりと格子窓《こうしまど》に取りついて、店のなかで鬱々《うつうつ》と量り売りのワインを飲んでいる連中をのぞきこんでいた。景気のいい時期にもドファルジュ氏はごく薄いワインしか出さなかったが、このごろそれがいっそう水っぽくなっているようだった。しかもすでに酸《す》っぱくなっているか、なりかけている。飲むほうも気持ちが沈んだ。ドファルジュ氏のワインから快活な浮かれ騒ぎの炎は立たず、澱《おり》に隠れて暗くくすぶる火があるだけだった。

ドファルジュ氏の店で早めにワインが飲まれるのは、これで三日目だった。始まったのは月曜で、この日は水曜。この早い時刻には、飲むより考えこんでいる人間のほうが多かった。多くの男は店が開くなり入ってきて、耳をそばだて、囁《ささや》き合い、なかをうろつく。己の魂を救うために勘定台に小銭一枚置けないが、店じゅうの樽《たる》を注文できると言わんばかりに興味を示し、席から席、隅から隅へと移動しては、貪欲《どんよく》な顔でワインの代わりに話をがぶ飲みしていた。

異様な客の入りにもかかわらず、店主の姿はなかった。いてほしいと思われていたわけではない。入ってきた客は誰ひとり彼を探さなかったし、どこにいるのかと尋ねもせず、ドファルジュ夫人だけがあたりを払うように坐《すわ》ってワインをついでいるのを、不思議だとも思わなかった。夫人のまえの皿には、もとの刻印もわからなくなるほどすり減った使い古しの小銭が入っていた。その小銭をぼろぼろのポケットから出した男たちも、同じくらいすり減ってくたびれていた。

貴賤《きせん》を問わず、王宮から監獄まであらゆる場所に入りこんでいたスパイたちが、この店をのぞいておそらく気づくのは、店内に充満する無関心と無気力だった。カード遊びがだらだらと続き、ドミノをしていた者たちはぼんやりとそれで塔を作り、客はこぼれたワインに指をつけて絵を描いていた。ドファルジュ夫人でさえ、爪楊枝《つまようじ》で服の袖《そで》の模様をつつきながら、どこか遠くの聞こえない音を聞き、見えないものを見ていた。

サンタントワーヌのドファルジュ氏の酒店は、午前中はこんな調子だった。ちょうど午《ひる》に、埃《ほこり》まみれの男がふたり、街灯の揺れる通りを歩いてきた。ひとりはドファルジュ氏、もうひとりは青い帽子をかぶった道路工夫だった。陽に焼け、喉《のど》が渇いたふたりは酒店に入った。彼らの到着でサンタントワーヌの胸に火がつき、歩くそばから広がって、家の戸口や窓から見ていた人々の顔で炎がちらちら躍った。とはいえ、通りに出てくる人はおらず、ふたりが店に入っても、みな振り返りはしたが何も言わなかった。

「こんにちは、諸君！」ドファルジュ氏が言った。

それが口を開いてもいいという合図になったのか、客たちはそろって言った。「こんにちは」

「ひどい天気だな、諸君」ドファルジュが首を振りながら言った。

それで一同は眼を見交わし、みな下を向いて黙りこんだ。ひとりだけ、そうしない男がいて、席から立つと外に出ていった。

「なあ、おまえ」ドファルジュは夫人に呼びかけた。「この好人物の道直しと何リューか（訳注　一リューは約四キロ）歩いてきたよ。名前はジャックだ。パリから一日半ほど離れたところでたまたま知り合ってね。この道直しのジャックは、なかなか見どころのある男だ。ワインを出してやってくれ」

別の男が立って出ていった。ドファルジュ夫人はジャックと呼ばれた道路工夫のまえにワインのグラスを置いた。相手は店内の男たちに青い帽子を上げて挨拶《あいさつ》してから飲みはじめ、シャツのなかに忍ばせていた粗末な黒パンを取り出して交互に飲み食いしながら、ドファルジュ夫人の勘定台の近くに坐っていた。三人目の男が立って出ていった。

ドファルジュ氏もワインを一杯やって元気になったが、飲んだ量は道路工夫より少なかった。店主だから飲みたいときに飲める。立ったまま、工夫が朝食を終えるのを待っていた。ドファルジュ氏はもう客を見ていないし、客のほうも彼を見ていなかった。ドファルジュ夫人ですら、すでに編み物の手を忙しく動かしていた。

「食事はすんだかね、わが友人?」ややあってドファルジュ氏は言った。

「ええ、ありがとうございます」

「では来なさい。貸してやれる部屋を見せよう。きみにぴったりだと思うよ」

ふたりは店から通りに出て、通りから中庭へ、中庭から階段室へ、そして急な階段をのぼって屋根裏部屋に入った——以前、白髪の男が低いベンチに腰かけて背を丸め、靴作りに勤《いそし》んでいたあの部屋だ。

いまそこに白髪の男はいなかった。が、ひとりずつ酒店から出ていった三人の男がそろっていた。じつはこの男たちと昔の白髪の男のあいだには、小さなつながりがあった。三人が壁の割れ目から、なかにいる白髪の男をのぞいたことがあったのだ。

ドファルジュは部屋のドアをそっと閉めると、低い声で言った。

「ジャック一番、ジャック二番、ジャック三番！　こちらはジャック四番である私が約束を取りつけて会いにいった目撃者だ。彼らに話してやってくれ、ジャック五番」

　道路工夫は陽焼けした額を青い帽子でふいて言った。「どこから始めましょうか、ムシュー」

「最初から始めてくれたまえ」が、ドファルジュ氏のもっともな返答だった。

「男を見たのです」道路工夫は切り出した。「一年前の夏、侯爵《こうしゃく》の馬車の下の鎖からぶら下がっていました。そのときのことをお話しします。ちょうど道直しを終えて家に帰るところでした。陽が沈むころ、侯爵の馬車がゆっくりと丘を登ってきました。その男は鎖からぶら下がって――こんなふうに」

　そうしていつものひと幕を最初から演じた。まる一年のあいだ、村に欠かせない大人気の余興だったことから、それはいまや完成の域に達していた。

　ジャック一番が割りこんで、その男をそれまでに見たことはあったのかと訊いた。

「いいえ、一度も」道路工夫はまた背筋を伸ばして言った。

　ジャック三番が、それならなぜあとで同じ男だとわかったのだと尋ねた。

「背が高かったからです」工夫は穏やかに、鼻に人差し指を当てて言った。「あの夜、侯爵に〝見た目はどういう男だった〟と訊かれて、〝幽霊みたいに背高でした〟と答えたのです」

「こびとみたいに背が低かったと答えるべきだったな」ジャック二番が口を挟んだ。

「でも、どうしてわかります？　あの事件はまだだったし、本人からやるぞと打ち明けられてたわけでもなかったし。いいですか。あの状況でも、証拠になるようなことは何もしゃべらなかったんです。村の小さな水汲《みずく》み場に立ってたら、侯爵に指差されて、〝あのならず者をここへ呼べ〟と言われましたけどね。誓いますよ、旦那《だんな》がた、何も情報は与えませんでした」

「そういうことだ、ジャック」ドファルジュは割りこんだ男に小声で言った。「さあ続けて」

「わかりました」道路工夫は謎《なぞ》めいた雰囲気で言った。「その背の高い男は消えました。捜索は続けられましたが――何カ月ぐらいかな、九、十、十一カ月？」

「数はどうでもよろしい」ドファルジュは言った。「とにかくうまく隠れていたが、不幸なことに、ついに見つけられてしまった。続けて」

「丘の中腹でまた働いてたときです。これも陽が沈むころで、もう暗くなってたふもとの自分の小屋におりようと、道具を集めながらふと眼を上げると、兵士六人が丘を越えてきました。そのまんなかに背の高い男がいて、両腕をこう、体の横で縛られて

――」

いつも持ち歩いている青い帽子を使って、両肘《りょうひじ》を腰に縛りつけられ、その紐《ひも》がまた背中で結ばれた男を再現してみせた。

「で、道に使う砂利の山の脇《わき》に立ってますと、兵士たちと囚人が眼のまえを通っていきました（うら寂しい道だから、どんなものでも見甲斐《みがい》があるというもんで）。最初は、近づいてくる兵士六人と、縛られた背高ということしかわかりませんでした。ほとんど黒い影になっていて、沈む太陽の光が当たる側だけ赤くなってたんです、旦那がた。長い影が道の反対側から丘の上へと伸びて、巨人の影みたいでした。彼らが埃まみれなのもわかりました。まわりに土を巻き上げて、足音高く近づいてきます。そうしてすぐそばまで来たときに、その背高男に見憶《みおぼ》えがあったのです。相手にもこっちがわかったようでした。男は最初に会った夜みたいに、同じ場所の近くの斜面にまた跳んで逃げられたら、どんなにかうれしかろうという感じでした」

まるで相手がそこにいるような話しぶりで、道路工夫の眼にその姿がくっきりと映っているのは明らかだった。おそらく、それほどわくわくするものを見たことがなかったのだろう。

「兵士たちには、あたしがあの男を知ってることは悟らせませんでした。男のほうも同じです。ふたりとも目配せでそうすると決めたんです。〝さあ!〟と隊長らしいのが村を指差して言いました。〝こいつを早く墓に放りこめ!〟それで彼らの足取りが速くなりました。あたしはあとからついていきました。男の腕はきつく縛られすぎて腫《は》れています。木靴は大きすぎて、歩き方がぎこちない。ですからいつも遅れて、兵士たちにせっつかれてました。銃で、こんなふうに!」

道路工夫は、マスケット銃の床尾《しょうび》で小突かれて追い立てられる男のまねをした。

「狂ったように丘を駆けおりる途中で、男が転びました。兵士たちは笑って、また立たせました。男の顔は泥だらけで、血も出てたけど、手を縛られてるから触《さわ》れず、兵士たちはそれをまた笑うんだ。そうして彼を村に連れていくと、村じゅうの人が走ってきて見はじめました。一行は風車を越え、監獄へとのぼっていきました。暗い夜、村全体が見ているまえで監獄の門が開き、男を呑《の》みこみました。こんなふうに!」

そこで口をめいっぱい大きく開け、カツンと歯を鳴らして閉じた。また開けるとせっかくの演出が無駄になると思っているのを察して、ドファルジュが言った。「続けたまえ、ジャック」

「村人はみんな引き上げました」工夫はそっと低い声で言った。「みんな水汲み場で囁き合いました。そしてみんな眠って、あの男の夢を見ました。岩山の監獄で鉄格子の向こうに閉じこめられ、出られるのは死ぬときだけという不幸な男の夢を。翌朝、いつもの道具を肩にかけ、黒パンを食べながら、仕事に向かう途中で監獄のほうに寄り道してみると、高いところにある檻《おり》のなかにあの男がいて、まえの晩そのままの血と泥で汚れた顔で外を見てました。手はやっぱり縛られてるんで、こっちに振ることはできない。あたしもあえて呼びかけませんでした。彼はもう死人になったような眼でこっちを見てました」

ドファルジュと三人の男は暗い視線を交わした。田舎者の話を聞くうちに、彼らの顔は曇り、一様に怒りをたぎらせ、復讐《ふくしゅう》の念に燃えていた。人目を忍んではいるが、態度は厳然としていて、荒れた裁判のような雰囲気があった。ジャック一番と二番は古い板張りの寝台に坐り、顎《あご》に手を当てて、道路工夫を真剣に見つめていた。ジャック三番も同じく真剣な視線を注ぎながら、彼らのうしろに片膝《かたひざ》をつき、落ち着きのない手で口から鼻の神経をなでさすっている。ドファルジュはその三人と、窓の光が当たる位置に坐らせた工夫のあいだに立ち、彼らを交互に見やっていた。

「続けて、ジャック」ドファルジュが言った。

「彼はその鉄の檻に数日いました。村人はこっそりそれを見てました。怖いから大っぴらには見ませんけど、いつも遠くから岩山の監獄をうかがい、夕方、一日の仕事の終わりに水汲み場に集まって世間話をするときには、顔がみな監獄のほうを向いてました。そのままで宿駅のほうを向いてたのが、監獄になったわけです。死刑は宣告されたけど処刑はされないだろう、とみな小声で言ってました。わが子を殺されて、怒りのあまり頭がおかしくなってしまったのだという嘆願書がたくさんパリに出された、王様ご本人に渡されたのもあるって話でした。本当ですかね。ありえない話じゃない。本当かもしれないし、嘘《うそ》かもしれない」

「いや、いいか、ジャック」ジャック一番が厳しくさえぎった。「王と王妃の手に嘆願書が渡ったことはわかっている。きみを除いて、ここにいる全員が見た。通りに停まった馬車で王妃の隣に坐った王が受け取るのをね。このドファルジュがみずからの命をかけて馬のまえに飛び出し、訴状を差し出したのだ」

「そして、いいか、ジャック」膝をついていた三番が、指で相変わらず口や鼻の神経をさすりながら言った。何かをひどく欲しがっているのは明らかだが、それは食べ物でも飲み物でもなかった。「護衛や騎馬兵や歩兵がみんなして嘆願者を取り囲み、殴りつけたのだ。わかるか」

「わかります」

「では続けて」ドファルジュが言った。

「一方、水汲み場にはこんな噂《うわさ》もありました」田舎者は続けた。「処刑のために村に連れてこられたのだから、処刑されるのはまちがいないと。あの男が殺した領主様は、借地人――農奴ですかね、まあなんでもいいが――にとっては父親のようなものだから、あの男は親殺しの罪で処刑されるのだという噂まで。ある年寄りは水汲み場で、彼は右手に殺害に使った短剣を持たされて、眼のまえでその腕を焼かれるのだと言いました。腕や胸や脚を傷つけられ、そこに熱湯や溶けた鉛、熱い松脂《まつやに》、蠟《ろう》、硫黄を流しこまれたうえ、最後に手足を四頭の荒馬につながれて四つ裂きにされるんだって。その年寄りの話だと、ひとつまえの王、ルイ十五世を殺そうとした犯人にその刑が執行されたらしい。ですが、嘘じゃないってどうしてわかります？　あたしは学者じゃありませんから」

「ではまた聞け、ジャック！」落ち着かない手と貪欲《どんよく》な雰囲気の男が言った。「その犯人の名はダミアンだ。処刑は白昼堂々、パリの通りでおこなわれた。大勢の見物人のなかでひときわ目立ったのは上流階級の婦人の一団で、それはもう熱心に処刑を最後まで見ていた。最後はもう夜になってしまったのだが、ダミアンは両方の脚と腕一本を失って、それでもまだ息をしていたのだ。これがあったのは――ところできみは何歳だ？」

「三十五です」道路工夫は言ったが、見た目は六十歳だった。

「だとすると、これがあったときには十歳を越えていたはずだ。その眼で見てるかもしれないぞ」

「もういい！」ドファルジュが苛立《いらだ》った暗い顔で言った。「悪魔万歳だ。さあ、先を続けて」

「では。村じゅうがあの噂この噂で、監獄の男のことばかり話してました。水汲み場の水の音まで男のことをつぶやいてるみたいで。しばらくたった日曜の夜、村が寝静まってるときに、兵士たちが監獄から山道づたいにおりてきて、敷石の狭い通りで銃がガチャガチャ鳴りました。でもって働き手が土を掘り、金槌《かなづち》を振るい、兵士たちが笑って歌ってると、翌朝には水汲み場のそばに高さ四十フィートの絞首台《こうしゅだい》ができて、水を汚してました」

道路工夫は低い天井というより、その先を見て、空に聳《そび》え立つ絞首台が見えるかのように指差した。

「誰もが仕事をやめて、そこに集まりました。牛を連れていく者もいないから、牛もそこに残ってる。正午に太鼓が鳴りだしました。夜のうちに兵士たちが監獄に戻って連れてきたんでしょう、背高の男がたくさんの兵士に囲まれてました。まえと同じように縛られ、口には猿ぐつわも嚙《か》まされて。その紐があんまりきついんで、笑ってるように見えました」両手の親指で口角を耳のほうにぐいと引き上げ、その顔を再現した。「絞首台のてっぺんには、短剣が刃先を天に向けてくっつけられてました。あの男はそうして四十フィートの高さから吊《つる》され、そのまま水汲み場の水を汚しながら放っておかれたのです」

男たちは互いに顔を見合わせた。道路工夫は話の場面を思い出して浮かんできた汗を、青い帽子でぬぐった。

「怖ろしいことです、旦那がた。あんなものがぶら下がってるのに、女子供がどうやって水を汲みにいけます？　夕方、その下で世間話ができる者がいますか。吊られた男の下で。月曜の日暮れどきに村を出て、丘から振り返ると、その影が教会にも、風車にも、監獄にもかかってるんです。大地が空とくっつくところまで、ずっと影が続いてるように見えました、旦那がた」

例の貪欲な男がほかの三人を見ながら、自分の指の一本を嚙んでいた。その指は切望で震えていた。

「話はこれだけです、旦那がた。日暮れに村を去り（そうしろと言われたんで）、その夜と次の日の午前中歩きつづけて、（これも言われたとおり）この人と会いました。そして昨日の残りと夜のあいだ、いっしょに馬に乗ったり歩いたりして、ここにたどり着いたってわけです」

重苦しい沈黙のあと、ジャック一番が言った。「わかった。きみは誠実に行動し、話をした。ちょっと外に出て待っていてもらえるか」

「もちろんですとも」道路工夫は言った。ドファルジュは彼を階段の手前まで連れていって坐《すわ》らせ、屋根裏部屋に戻った。

三人の男はすでに立ち上がっていた。ドファルジュが部屋に入るなり、みな額を集めた。

「どう思う、ジャック？」ジャック一番が言った。「記録すべきか」

「滅びるべき者として記録する」ドファルジュが答えた。

「すばらしい！」貪欲な男がしわがれ声で言った。

「あの館《やかた》と一族全員を？」一番が訊《き》いた。

「館と一族全員」ドファルジュが言った。「皆殺しだ」

貪欲な男がうっとりしたしわがれ声で「すばらしい！」とくり返し、別の指を嚙みはじめた。

「記録の仕方に問題がないのは確かかな？」ジャック二番がドファルジュに訊いた。

「解読はわれわれにしかできないから、安全なのはまちがいないが、われわれはつねに解読できるのか——というより、あんたの奥さんは？」

「ジャック」ドファルジュは胸を張って答えた。「記録しているのが家内の頭のなかだけだとしても、一語たりとも失われることはない——半語たりとも。家内独自の編み目と模様のなかに入っているから、あれにとっては太陽のようにわかりやすいのだ。マダム・ドファルジュを信じたまえ。この世でもっとも臆病《おくびょう》な人間でも、マダム・ドファルジュが記憶に編みこんだ自分の名前や犯罪の一文字を消し去ろうとするより、自分自身を消してしまうほうがたやすいと思うだろう」

納得して安心したつぶやきがもれた。そこで貪欲な男が訊いた。「あの田舎者をすぐに村に送り返すか。そのほうがいいな。あれは単純な男だ。放っておくと危険じゃないかね？」

「彼は何も知らない」ドファルジュが言った。「少なくとも、自分が同じ高さに吊されるぐらいのことしか。あの男は私が責任を持とう。そばに置いて、しばらく面倒を見ながら導いてやる。上流の世界を見たがってるんだ——王や、王妃や、宮廷を。だから日曜に案内してやる」

「なんだって？」貪欲な男が眼をむいて叫んだ。「王だの貴族だのを見たがるのは悪い兆候じゃないのか」

「ジャック」ドファルジュは言った。「猫に牛乳を飲ませたいなら、牛乳を見せてやる。犬にいつか狩りをさせたいなら、野山の獲物を見せてやる。それが賢いやり方だ」

話し合いはそれで終わりだった。すでに階段のまえでうとうとしていた道路工夫は、部屋の寝台を使って休めと言われた。説得するまでもなく、彼はすぐに眠りについた。

この男ほどの田舎者を泊めるなら、ドファルジュの酒店より柄の悪い場所はパリにいくらでもあった。だから、彼にとってなぜか怖ろしく、いつも気になって仕方がないドファルジュ夫人を除けば、新しい生活は快適そのものだった。しかし夫人は一日じゅう勘定台について坐り、表向きは彼を無視して、彼がいることと水面下のことはなんのつながりもないふうを断固装《よそお》っている。道路工夫は彼女に眼が行くたびに木靴のなかまで震え、あの夫人が次にどんなふりをするかわかったもんじゃないと胸につぶやいていた。もしあの派手に飾り立てた頭で、彼が人を殺してその犠牲者から身ぐるみはぎとるのを見たことにしようと決意したら、最後の最後までそれを押し通すにちがいない、と。

そんなわけで、日曜になって、ドファルジュ氏と出かけるヴェルサイユ見物に夫人も同行するとわかったときには、（口ではうれしいと言ったものの）うれしくなかった。

しかも夫人が途中の乗合馬車のなかでもずっと編み物をしているので、まごついた。夫人はその日の午後、人々が集まって王と王妃の馬車を待っているあいだですら編み物を手放さず、道路工夫は不安やら苛立ちやらでおかしくなりそうだった。

「精が出ますね、マダム」近くにいた男が言った。

「ええ」ドファルジュ夫人は答えた。「たくさん編むものがあるからね」

「何を作っておられるのですか」

「いろいろと」

「たとえば――」

「たとえば」ドファルジュ夫人は平然と応じた。「埋葬布とか」

聞いた男はあわてて夫人から遠ざかり、道路工夫はひどく暑苦しい気がして、青い帽子で顔をあおいだ。元気回復に両陛下が必要だったとしたら、運よくその機会はすぐに訪れた。さほどたたないうちに、大きな顔の王と美貌《びぼう》の王妃が金の馬車に乗って現れたからだ。つきしたがうのは〝牛眼の間〟（訳注　ヴェルサイユ宮殿の王の寝室の隣にある控えの間）の華やかな宮廷人、笑いさざめく淑女と立派な身なりの貴族からなる輝かしい集団だった。道路工夫は、無数の宝石や絹布《けんぷ》、白粉《おしろい》、香水、あでやかにきらめく服に身を包んだ男女の、優雅だが尊大な姿、美しいが嘲《あざけ》りを含んだ顔に浸った。いっときの陶酔に、国じゅうにいるジャックの話など聞いたこともないかのように、国王万歳、王妃万歳、国民万歳、何もかも万歳と叫んだ。庭園があり、中庭、テラス、噴水、緑の堤があった。また両陛下を見て、牛眼の間に出入りする多くの紳士淑女を見た。全員万歳！　彼らを讃《たた》える声が何度もあがり、ついに道路工夫は感きわまって泣きだした。三時間ほど続いたこの場面で同じように感激して叫び、泣いている人たちがそこらじゅうにいた。そのあいだじゅうドファルジュは、工夫が讃美の対象に飛びついてばらばらに引き裂いてしまうのを止めるかのように、彼の襟首を捕まえていた。

「よくやった《ブラヴォ》」見物が終わると、ドファルジュは庇護《ひご》者のように工夫の背中を叩《たた》いて言った。「きみはいいやつだ」

道路工夫は徐々にわれに返り、いままでの自分の行動はまちがっていたのだろうかと思った。が、まちがっていなかった。

「きみこそわれわれが望む男だ」ドファルジュは彼の耳元で言った。「あの愚か者たちに、いまが永遠に続くと思いこませた。これであいつらはますます傲慢《ごうまん》になり、それだけ終わりが早くなる」

「なるほど！」道路工夫は先ほどの場面を振り返って叫んだ。「そうですね」

「あの愚か者どもは何も知らない。きみの命などなんとも思わず、自分の馬や犬の一頭を殺すくらいなら、きみや、きみの仲間百人の息の根を永遠に止めたいと思っているが、きみらが連中に言ってやることしか知らない。だからもうしばらく、だましてやろう。あいつらをだまして、だましすぎることはない」

ドファルジュ夫人は見下すような眼で客人を見て、同意の印にうなずいた。

「とにかくあんたは派手な騒ぎになるのなら、理由はなんだろうと大声で叫んで涙を流すんだろう。ちがう？」

「そのとおりだと思います、マダム。少なくともいまのところ」

「人形の山を見せられて、そこから好きなのをばらばらにして、使えるところを持っていけと言われたら、いちばん立派で華やかなやつに手を出すんだろう。ちがう？」

「おっしゃるとおりです、マダム」

「そうよね。で、飛べない鳥の群れを見せられて、どれからでも羽根をむしって持っていけと言われたら、いちばんきれいな鳥を選ぶんだろう。ちがう？」

「まさにそうです、マダム」

「あんたは今日、人形も鳥も見たんだからね」ドファルジュ夫人は人形や鳥が最後にいた場所に手を振った。「さあ、村に帰りな」

第十六章　まだ編み物

ドファルジュ夫人と夫はサンタントワーヌの懐《ふところ》へ仲よく戻っていった。一方、青い帽子の一点になった男は、闇《やみ》に包まれ土埃《つちぼこり》の舞う、うんざりするほど長い並木道を歩き、いまや墓のなかにいる侯爵《こうしゃく》の館《やかた》が木々の囁《ささや》きを聞いている方角へ、ゆっくりと近づいていった。石の彫刻の顔たちには、いまでは木々や噴水の音に耳をすます時間がたっぷりあった。ときおり案山子《かかし》のように瘦《や》せた村人たちが、食用の野草や薪にする枯れ枝を集めるために、広大な石の前庭やテラスの階段にふらりと近づき、石の顔の表情が変わったように見えるのは空腹ゆえの幻覚だろうかと考えた。村には住民たちと同じように細々とはかなく生き長らえている噂《うわさ》があった。短剣が侯爵に突き立てられたとき、石の顔が威厳の表情から怒りと苦悶《くもん》の表情に変わったというのだ。そして、首をくくられた男が水汲《みずく》み場の四十フィート上に吊《つ》り上げられたときにまた変わって、復讐《ふくしゅう》を果たした残忍な表情になり、それがこれからも永遠に続くという。殺人が起きた寝室の大窓の上にも石の顔があり、その彫刻の鼻の上に、誰の眼にも明らかな小さなくぼみがふたつできていて、昔はそんなものはなかったとみな口をそろえた。ごくたまに、ぼろを着た農夫が二、三人、群衆のなかから進み出て、石になった侯爵の顔をのぞき見ることもあるが、痩せ細った指がそれを指して一分とたたないうちに、みな脱兎《だっと》のごとく逃げ出して苔《こけ》や葉のなかに隠れた。もっとも、そこで不自由なく暮らしているウサギのほうが、まだしも彼らより幸運だったのだが。

館、小屋、石の顔、吊された男、石の床についた赤い染《し》み、村の泉のきれいな水――何千エーカーもの土地――フランスのプロヴァンスひとつ――フランスという国――そのすべてが髪の毛ひと筋ほどの細い線になって、夜空の下に横たわっていた。同様に世界全体も、偉大なことも卑小なこともすべて含めて、またたくひとつの星のなかにあった。たんなる人類の知識でさえ光を分析し、その構成要素を明らかにできるのなら、もっとすぐれた知性は、この地上の弱々しい輝きのなかに、あらゆる人間のあらゆる考え、あらゆる行為、あらゆる悪徳と美徳を読み取るのかもしれない。

ドファルジュ夫妻は星空の下、乗合馬車に揺られて、この旅程で当然通るパリの門までたどり着いた。例によって馬車は門の衛兵所で停まり、ランタンが近づいてきて、検問がおこなわれた。ドファルジュ氏は馬車からおりた。衛兵数人に加えて、警官ひとりと知り合いだったからだ。警官とはことに親しかったので、抱き合って挨拶《あいさつ》した。

サンタントワーヌがその薄暗い翼でドファルジュ夫妻をまた包みこみ、地区の入口近くでようやく馬車からおりたふたりは、ごみだらけの黒土の通りを歩いていった。そこでドファルジュ夫人が夫に言った。

「ねえ、あんた。あの警官のジャックはなんと言った？」

「今夜はほんの少しだったが、知ってることは全部教えてくれた。うちの地区にまたスパイが送りこまれたそうだ。ほかにもたくさんいるかもしれないが、少なくともひとりは知っていると」

「なるほどね」夫人は眉《まゆ》を上げ、淡々と仕事を片づける雰囲気で言った。「その男も記録しとかないと。名前はなんだい？」

「イギリス人だ」

「ますます好都合。名前は？」

「バルサ」ドファルジュはバーサッドをフランス語ふうに発音したが、注意深く記憶していたので、正確に綴《つづ》りも伝えた。

「バルサ」夫人はくり返した。「わかった。呼び名のほうは？」

「ジョン」

「ジョン・バルサ」夫人は一度口のなかで小さくつぶやいてから言った。「けっこう。外見はわかる？」

「歳《とし》は四十前後、背は約五フィート九インチ（訳注 約一七五センチ）、黒髪で肌も浅黒く、全体としては男前。眼も黒、顔は細長くて血色が悪い。鷲鼻《わしばな》が左の頬のほうに少しゆがんでいるので、悪人めいて見える」

「驚いた。まるで肖像画だ」夫人は笑いながら言った。「明日、記録しておくよ」

ふたりは（夜中なので）閉まっている酒店に入った。ドファルジュ夫人はすぐにいつもの勘定台につくと、留守のあいだにたまった小銭を数え、酒の残り具合を確かめ、帳簿を確認して、みずからもいくつか書きこみ、給仕の男を可能なかぎり問い質《ただ》して、ようやく寝てもいいと下がらせた。そうして小銭の皿をもう一度ひっくり返し、夜のあいだに盗まれないように硬貨を布にくるんでは結び、鎖状に連ねていった。その間、ドファルジュはパイプをくわえ、夫人の働きぶりにつくづく感心しながら店内を歩きまわっていたが、邪魔はしなかった。これが商売と家事の両面における彼の人生のすごし方なのだった。

その夜は暑く、不潔な地域のまんなかで店を閉めきっているので、ひどいにおいがした。ドファルジュ氏の嗅覚《きゅうかく》は決して鋭くはなかったが、蓄えてあるワインのにおいがいつになく強く感じられた。ラムやブランデーやアニゼットも同じだった。彼は吸い終えたパイプを下に置くと、それらの混じった悪臭をふうっと吹き払った。

「疲れてるんだね」夫人が結んだ小銭から眼を上げて言った。「いつものにおいと変わらないじゃないか」

「たしかに少し疲れたな」夫は認めた。

「少し気分が落ちこんでもいる」夫人のはしこい眼がこれほど会計に集中したことはなかったが、それでもちらちらと夫の様子は見ていた。「ああ、まったく男ってのは！」

「だがおまえ――」ドファルジュは言いかけた。

「だがおまえ」夫人は力強くうなずいてくり返した。「だがおまえ、だって！　今晩あんたの心は弱ってるよ」

「まあ、それはな――」ドファルジュは考えを胸から搾《しぼ》り出すようにして言った。

「時間がかかりすぎる」

「時間がかかりすぎる」妻はくり返した。「かからないなんてことがある？　復讐や報復には長い時間がかかる。それが定めだ」

「雷に打たれるときは、あっという間だがな」

「雷を作ってためとくのには、どのくらいの時間がかかるかわかる？」夫人は落ち着き払って訊《き》いた。

ドファルジュはその言い分にも一理あるというふうに、考えながら面を上げた。

「地震が町を呑《の》みこむのもあっという間さ」夫人は言った。「だけど、その地震が起きるまでにどのくらいかかる？」

「長い時間がかかるだろうな」

「でもいざ準備ができたら地震は起きて、そこにあるものすべてを破壊する。準備はつねに進行中なのさ、見えも聞こえもしないけど。それが慰めだ。憶《おぼ》えときなさい」

敵の首でも絞めるように、眼を光らせてハンカチの結び目をこしらえた。

「言っとくよ」夫人は右手を伸ばして強調した。「道のりは長いけど、もう道の上を近づいてるんだ。いいかい。これは引き返しも止まりもしない。ひたすらまえに進みつづける。まわりを見て、知ってるかぎりのみんなの生活を考えてごらん。この世で知ってるかぎりの顔を思い出してみな。農民《ジャックリー》たちがますます思いつめて、怒りと不満は時とともに確実に激しさを増している。こんな状態がいつまでも続くの？　はっ、馬鹿《ばか》げたことを」

「勇ましいわが妻よ」ドファルジュは教義問答を教わる従順で熱心な生徒のように、うつむき加減で立ち、両手を背中のうしろで握り合わせていた。「いまおまえが言ったことを、ひと言たりとも疑うわけではないが、それにしても長くかかりすぎる。われわれが生きているあいだに起きないことも充分ありうるぞ。おまえもよくわかってるだろう。本当にありうるのだ」

「ふん、だからなんなの？」夫人はまたひとり敵を絞め殺すかのように、布を結びながら訊いた。

「うむ」ドファルジュはなかば不満げ、なかば申しわけなさそうに肩をすくめた。「そうなると、勝利を目にすることはできない」

「でも助けたことにはなる」夫人は伸ばした腕を強く振って言い返した。「あたしたちのすることで無駄になることはひとつもない。あたしはこの魂のすべてで、勝利を目にすることができると信じてる。たとえそれが叶《かな》わなくても、ぜったい叶わないことがわかってても、どこかの威張り腐った貴族の首をあずけてくれれば、こうしてやるわ――」

歯を食いしばって、すさまじい力で結び目を作った。

「いや待て！」ドファルジュは臆病者《おくびょうもの》呼ばわりされたかのように、顔を少し赤らめて叫んだ。「私だって、おまえ、何があろうと止まらないぞ」

「そりゃそうよ。でもときどき犠牲者や将来の希望を見ないと決意が鈍るのは、あんたの弱さだね。そういうものなしでも前進できないと。いざそのときが来たら虎《とら》と悪魔を放つんだけど、それまでは虎と悪魔に鎖をつけて、誰の眼からも隠しておく。ただ、いつでもけしかける準備はしとくんだ」

夫人は助言の締めくくりに、小さな勘定台を叩《たた》き壊すほどの勢いで小銭の鎖を打ちつけた。そして重い布を静かにまとめて脇《わき》に抱え、そろそろ寝る時間だと言った。

翌日の午《ひる》、この堂々とした女は酒店のいつもの場所に坐《すわ》って、せっせと編み物をしていた。傍らにバラの花が一輪置いてあり、ときおりそれに眼をやっているのかもしれないが、相変わらず編み物に没頭しているようにしか見えない。客の姿はまばらで、飲んでいたりいなかったり、立っていたり坐っていたりした。とても暑い日だったので、夫人の近くに並んだべたつく小さなグラスに、詮索《せんさく》好きで冒険好きな蠅《はえ》の大群がのべつ押し寄せ、隅々まで這《は》いまわって、その底で死んでいた。残った蠅は死んだ仲間などかまわず、(まったく種がちがうゾウか何かでいるつもりか)完全に見て見ぬふりを決めこんで、結局同じ運命をたどるのだった。蠅がどれほど不注意か考えると興味深い。おそらくこの晴れた夏の日、宮廷の貴族たちも似たようなものだった。

ドアから入ってきた人物の影がドファルジュ夫人に差しかかった。見知らぬ人間だと感じた夫人は編み物を置き、頭飾りにバラを挿しながら入口を見た。

不思議なことに、夫人がバラを手に取るなり、客たちは話をやめ、数人ずつ店から出ていった。

「こんにちは、マダム」見知らぬ男が言った。

「こんにちは、ムシュー」

夫人は声に出して言ったあと、また編み物を取ってひとりつぶやいた。「はっ、こんにちは、だと。四十前後、身長約五フィート九インチ、黒髪、全体としてはまずまずの男前、肌は浅黒く、眼も黒く、細長くて血色の悪い顔。鷲鼻が左の頰のほうに少しゆがんで、悪人めいて見える。お出ましだよ、みんな」

「小さいグラスに年代物のコニャックと、冷たい水をいただけませんかね、マダム」

夫人は礼儀正しく応じた。

「これはすばらしいコニャックだ、マダム！」

コニャックが褒められたのは初めてだった。夫人は出どころを知っているから、そんなわけはないとわかっていたが、コニャックが喜んでますよと答えて、また編み物を始めた。客は彼女の指をしばらく観察したあと、店内を見まわした。

「編み物がお上手ですね、マダム」

「いつもやってるからね」

「模様もきれいだ」

「本当にそう思うの？」夫人は相手に笑みを向けた。

「もちろん。できあがったら何に使うのですか」

「ただの暇つぶし」夫人はまだ相手に微笑《ほほえ》みながら、指をすばやく動かしていた。

「使わないのですか」

「場合によるね。いつか使い途《みち》がわかるかもしれない。そしたら、そう——」息を吸い、厳《いか》めしさを残しながらも艶《つや》っぽくうなずいた。「使うね」

　驚いたことに、ドファルジュ夫人の頭飾りのバラはサンタントワーヌの男たちの趣味にまったく合わないようだった。ふたりの男が別々に入ってきて酒を注文しようとしたが、そのバラを見るや口ごもり、探していた友人が見つからなかったふりをして出ていった。新参者が入ってきたときにいた客はみな帰り、ひとりも残っていない。スパイは眼を開けていたにもかかわらず、そのことに気づかなかった。みすぼらしい恰好《かっこう》で、ひとり、ふたりと所在なげに去っていく男たちの態度はごく自然で、見咎《みとが》めようもなかった。

「ジョン」夫人は指を動かしながら編み具合を確かめ、よそ者に眼を向けて考えた。「長居するがいい。あんたが出ていくまえに〝バルサ〟の文字を編みこんでやるからね」

「ご主人はおられますか、マダム」

「ええ」

「お子さんは？」

「いない」

「商売のほうはあまり繁盛《はんじょう》していない？」

「繁盛するわけがないよ。みんな食いつめてるから」

「ああ、なんと惨《みじ》めで気の毒な人たちだろう。ひどく虐《しいた》げられて――あなたが言うように」

「それはあんたが言ったことだろう」夫人はすぐさま訂正し、編みこむ男の名前に何か呪《のろ》わしいものをつけ加えた。

「失礼。たしかに言ったのは私ですが、あなたもそう考えておられるはずだ、もちろん」

「あたしが考える？」夫人は高い声で訊き返した。「あたしと主人はこの店を開けとくので精いっぱいさ。考える余裕なんてない。考えるのは、どうやって生きるかってことだけだ。あたしたちが朝から晩まで考えるのはそれさ。それだけで頭がいっぱいで、他人のことなんか考えてる暇はない。あたしが他人のことを考える？ ありえないね」

多少なりとも情報を得るために立ち寄ったスパイは、それでも悪人めいた顔に当惑の表情ひとつ浮かべなかった。他愛ない会話を愉《たの》しみにきたと言わんばかりに、ドファルジュ夫人の小さな勘定台に肘《ひじ》をついて立ち、コニャックをちびちびやっていた。

「それにしても、マダム、ギャスパールの処刑はひどいことでしたね。いやまったく、ギャスパールも可哀相《かわいそう》に」大きな同情のため息をついた。

「それはちがうさ」夫人は平然と答えた。「ああいう目的で短剣を使ったら、報いは受けなきゃならない。彼はあの贅沢《ぜいたく》の値段を知ってたのさ。そしてその値段を払った」

「思うに」スパイは内緒話にまで声を落とし、邪悪な顔の一つひとつの筋肉で、傷つけられた革命への心情を表現した。「思うにこの近所では、気の毒なあの人の処刑に対する同情と怒りがすごいんじゃありませんか？　ここだけの話」

「そうかい？」夫人は虚《うつ》ろな顔で言った。

「ちがいます？」

「――ああ、主人が来た」

店主が入ってくると、スパイは帽子に触れて挨拶《あいさつ》し、愛想よく微笑んで言った。

「こんにちは、ジャック！」ドファルジュははたと足を止め、男を見つめた。

「こんにちは、ジャック！」スパイはくり返したが、今度はあまり自信がなさそうで、見つめられて笑みもなかなか浮かばなかった。

「勘ちがいしておられるようだ、ムシュー」店主は言った。「人ちがいですよ。私はジャックではない。エルネスト・ドファルジュだ」

「なんなりと」スパイは軽く答えたが、まごついてもいた。「とにかく、こんにちは」

「こんにちは」ドファルジュはそっけなく応じた。

「ちょうど奥さんと愉しくおしゃべりしてたところです。あの気の毒なギャスパールの悲しい運命に、ここサンタントワーヌじゃずいぶん同情と怒りの声があがってるという噂《うわさ》を聞きましたが、無理もありません」

「私は聞いてないがね」ドファルジュは首を振った。「何も知らんな」

そう言うと小さな勘定台のうしろにまわり、妻の椅子《いす》の背に手をかけて立った。そして妻の椅子越しに、夫婦の共通の敵であり、どちらにとっても喜んで撃ち殺したい相手を見つめた。

仕事慣れしたスパイは素知らぬ態度を崩さなかったが、小さなグラスのコニャックを飲み干し、冷たい水をひと口含むと、コニャックのお代わりを頼んだ。ドファルジュ夫人は酒を注ぎ、また編み物に戻って、鼻歌を歌いはじめた。

「このあたりのことにくわしいようだね。私よりくわしいんじゃないか」ドファルジュが言った。

「いいえ、まさか。ですが、もっとよく知りたいと思います。ここに住む不幸な人々にとりわけ関心があるもので」

「はっ」ドファルジュはつぶやいた。

「あなたとお話ししていて、ムシュー・ドファルジュ、思い出しました」スパイは続けた。「名誉なことに、あなたの名前に関連して、なかなか興味深い情報があるのですよ」

「本当かね」ドファルジュはいかにも興味がなさそうに言った。

「ええ、本当に。ドクター・マネットが釈放されたとき、彼の昔の使用人だったあなたが身元を引き受けたのは知っています。ここに連れてこられたんでしたね。私が事情にくわしいのはおわかりいただけるでしょう」

「たしかにな」ドファルジュは、鼻歌まじりに編み物をする妻の肘にさり気なくつつかれて言った。答えはするができるだけ短く、という指示だった。

「彼の娘さんがこちらに来て」スパイは言った。「父上の世話を引き継いでいった。同行してきたのは茶色の服の立派な紳士で、名前はなんと言ったかな、小さなかつらをつけた——そう、ローリー氏だ、テルソン銀行の。そして彼らはイギリスに渡った」

「たしかに」ドファルジュはくり返した。

「じつに興味深い思い出だ！」スパイは言った。「私はイギリスで、ドクター・マネットとも娘さんとも知り合いだったんですよ」

「ほう」

「彼らの話はもうあまり伝わってきませんか」

「そうだな」

「あまりどころか」夫人が編み物から眼を上げ、鼻歌をやめて割りこんだ。「まったく聞かないね。無事向こうに着いたという知らせが届いて、そのあと手紙の一、二通は来たかもしれないけど、その後はだんだん、あっちはあっち、こっちはこっちの生活になって、音沙汰《おとさた》もなくなった」

「なるほど、マダム」スパイは言った。「彼女はもうすぐ結婚するのです」

「もうすぐ？」夫人は訊《き》き返した。「ずっとまえに結婚しててもおかしくないけどね。あんたたちイギリス人は人情に欠けるから」

「ほう！　イギリス人だというのがおわかりとは」

酒店

「ことばに訛《なまり》がある」夫人は言った。「訛で人はわかるものさ」

スパイは出自を言い当てられてありがたくなかったが、できるだけごまかして笑い飛ばした。コニャックを最後まですすったあと、話しつづけた。

「そうです、ミス・マネットはもうすぐ結婚するのです。しかし相手はイギリス人ではなく、彼女と同じフランス人です。ギャスパールとのかかわりで言えば（それにしても可哀相なギャスパール！　なんとむごい！）、これも奇妙な縁で、彼女が結婚する相手は、ギャスパールがあんなに高いところに吊《つる》された原因である例の侯爵《こうしゃく》の甥《おい》なのです。言い換えれば、当主の侯爵ですよ。ただ、彼はイギリスで身分を隠して生きてる。侯爵ではなく、ミスター・チャールズ・ダーネイとして。母方の家族の名前がドルネでしてね」

ドファルジュ夫人は黙々と指を動かしていたが、夫のほうはその知らせに明らかに動揺していた。小さな勘定台のうしろでパイプに火を打ち入れるのもままならず、手は震えている。それを見落としたり、記憶にとどめなかったりするなら、よほど見込みのないスパイである。

価値こそわからないが、少なくともひとつこの情報は仕入れ、ほかに客が入ってきて有望な話が聞けることもなさそうなので、バーサッド氏は飲み代《しろ》を払って出ていった。出しなに、またご夫妻にお目にかかるのを愉しみにしていますと気取って挨拶した。彼がサンタントワーヌの通りに足を踏み出してしばらくは、ひょんなことで引き返してきたときに備えて、夫も妻もそのままの姿勢で動かなかった。

「そんなことがありうるだろうか」ドファルジュが椅子の背に手を置き、煙草《たばこ》を吸いながら、妻の背中を見おろして低い声で言った。「あの男がマドモワゼル・マネットについて言ったことだが」

「あの男のことばだから」夫人は眉《まゆ》を少し持ち上げて言った。「たぶんでたらめだろうが、本当かもしれない」

「もし本当なら――」ドファルジュは言いかけて、口を閉じた。

「本当なら？」

「――そしてもし、われわれが生きてるあいだに勝利が訪れるとしたら、マドモワゼル・マネットのために、彼女の旦那《だんな》がずっとフランスの外にいることを祈るよ。そういう運命であることを」

「彼女の旦那の運命は」ドファルジュ夫人はいつもの落ち着きで言った。「彼を導くべき場所へ導き、終わらせるべき場所へ連れていく。あたしにわかるのはそれだけだ」

「だとしても、あまりにも奇妙なめぐり合わせじゃないかね」ドファルジュは妻に認めてもらおうと懇願するように、「彼女とお父さんのムシューにあれだけ同情を寄せたというのに、おまえが作りつづけている記録では、いま出ていった忌《い》まわしい犬の名前の横に、彼女の旦那の名前が並ぶんだからな」

「そのときが来たら、もっと奇妙なことがいくらでも起きるさ」夫人は言った。「ふたりとも、たしかに名前を編みこんだよ。相応の理由があってこうなったんだ。それで充分だろう」

そして編み物を丸め、頭に巻いていた布からバラをはずした。サンタントワーヌの人々にその好ましくない装飾が取り払われたことを感じる能力があったのか、取り払われるのをいまかいまかと待ち構えていたのかはわからないが、いずれにしろ、ほどなく店にはまた人がぶらぶらと入ってきて、店内はいつもの様子に戻った。

一年のうちのこの季節、夕方になるとサンタントワーヌは表裏がひっくり返ったかのように住民がぞろぞろと家のなかから出てきて、玄関先の階段や窓台に坐り、汚れた通りの角や中庭に立って、外の空気を吸う。そんなときドファルジュ夫人は編み物を手に、ある場所から次の場所、ある集団から次の集団へと移り歩くのがつねだった。ほかにも大勢いるこうした女たちは、世の中にはいないほうが望ましい伝道者だった。

女はみな編み物をしていた。編んでいるのは価値のないものだが、食べたり飲んだりすることを、仕方なく自動的な手の動きに置き換えているのだった。顎《あご》や消化器官の代わりに手を動かしていた。骨張った指が止まってしまえば、胃はますます飢餓に苦しむ。

しかし、指が動けば眼も頭も動く。ドファルジュ夫人が女たちの小さな集まりから集まりへと移るにつれ、彼女らのその三つの動きはますます速く、激しくなった。

ドファルジュ氏は店の入口でパイプを吸いながら、感心して眺めていた。「大した女だ。強いし、たくましい。怖ろしいほどたくましい女だ」

夕闇《ゆうやみ》が迫り、教会の鐘が響いた。近衛隊が打ち鳴らす太鼓の音も遠く聞こえた。女たちは坐っていつまでも編み物を続け、闇がその姿を包みこもうとしていた。もうひとつの闇も着実な足取りで近づいていた――フランスじゅうの教会の尖塔《せんとう》で心地よく鳴っていた鐘が鋳《い》つぶされ、大地に轟《とどろ》く大砲に作り替えられる闇の時代が。その闇の到来とともに、今宵は権力と富、自由と命の声として力強く響いている軍鼓が、哀れな王の声をかき消すために打ち鳴らされる（訳注　断頭台に立たされたルイ十六世が見物の民衆に何か訴えようとしたところ、革命党員が太鼓を叩いてその声を打ち消した）。編みに編みつづける女たちを、多くの出来事が取り巻こうとしていた。やがてその女たちが、まだ建てられていない刑具を取り巻く。そこで彼女らは編みに編みながら、落ちた首を数えるのだ。

第十七章　ある夜

ソーホーの静かな一画に太陽がこれほどの輝きをもって沈んだことはなかった。忘れがたいこの夜、医師と娘はスズカケの木の下に坐《すわ》っていた。ロンドンの街の上にかかる月が、スズカケの葉越しにふたりを照らしたこの夜ほど柔らかな光を放ったこともなかった。

ルーシーは明日結婚する。この最後の夜を、父親とすごすためにとっておいたのだ。父娘はふたりきりでスズカケの下に坐っていた。

「お父様は幸せ?」

「とても幸せだよ」

長いことそこにいたが、話らしい話はしていなかった。針仕事や読書ができる光が残っていたときにも、ルーシーは仕事もしなければ、父に本を読み聞かせることもなかった。木の下にふたりで坐って、もう幾度となくそうしていたが、この日ばかりはちがった。同じことをする気にはなれなかった。

「わたくしも幸せよ、お父様。天に祝福された愛――わたくしからチャールズへの愛、チャールズからわたくしへの愛――に包まれて、心の底から幸せです。でも、もしこの人生をお父様に捧《ささ》げつづけることができなければ、もし今回の結婚のためにお父様とほんの通り数本でも離れることになったら、とてもことばでは言い表せないほど不幸になるし、自分を責めてしまう。たとえそうでなくても――」

たとえそうでなくても、声がどうしようもなく震えていた。

悲しい月の光のなかで、ルーシーは父の首にしがみつき、父の胸に顔をあずけた。のぼるとき、沈むときの月の光はつねに悲しい。それは太陽の光も、人生という光も同じである。

「大好きなお父様、これが最後ですから、どうかもう一度言って！　わたくしの新しい愛情、新しい義務のせいでお父様とわずかでも疎遠《そえん》になることはないわね？　わたくしには、ないとわかっています。でもお父様はどう？　胸に誓って本当にないと思っているの？」

父親はとても見せかけとは思えない喜びとともに断言した。「もちろんだ、わが愛《いと》しい娘。それどころか」とやさしくキスをして、「私の未来はおまえの結婚によってずっと明るくなったのだよ、ルーシー。この結婚がなければ考えられないほど、これまでのどんなときより明るく」

「本当にそうならいいのだけれど、お父様――」

「信じてほしい、本当にそうなのだ。信じることがどれほど自然で簡単か考えてみなさい。若くて献身的なおまえには、私がどれほど心配したか想像もつかないと思う、おまえの人生が無駄に費やされるのではないかと――」

ルーシーは手を父親の口のまえに上げて止めようとしたが、医師はその手をつかんでくり返した。

「――無駄に費やされるのではないかと心配したのだ、自然なあり方に逆らって、私のために。私がどれほどこのことで悩んできたか、私心のないおまえにはよくわからないだろう。しかし、おまえが本当に幸せでないとしたら、どうして私が幸せでいられる？　胸に訊《き》いてみればわかることだ」

「でもお父様、もしチャールズと会わなかったら、わたくしはお父様とずっといっしょにいて幸せでした」

会った以上、チャールズがいなければ不幸せなのだと暗に認めていることに、父親は微笑《ほほえ》んで言った。

「おまえは会ったのだよ。それがチャールズだった。チャールズでなければ、ほかの誰かだったろう。もしほかに誰もいなければ、その原因は私で、つまり私の人生の暗い影が伸びて、おまえに差しかかったということだ」

裁判のときを除いて、彼がみずからの苦悩の時代に触れるのは初めてだった。ルーシーは父親のことばを聞いて、それまで経験したことのない不思議な感覚を味わった。その感覚はあとあとまで記憶に残った。

「あれをごらん」ボーヴェの医師は月を指差した。「私は監獄の窓からあの月を見た。あの光に耐えられなかった。月を見て、自分が失ったものにあの光が降り注ぐと考えるだけでつらくてたまらず、監獄の壁に頭を打ちつけた。何をする気も起きない暗い気分であの月を見て、満月に横線と縦線を引いていったら何本入るだろうということしか考えられなかった」いつもの内向きな黙考の態度で月を見上げて、つけ加えた。「それがどちらも二十本だったのを憶《おぼ》えているよ。二十本目は押し入れるのがむずかしかった」

父親が当時を思い出し、問わず語りに語るのを聞くうちに、ルーシーの奇妙な感覚はますます強まったが、彼の話しぶりにわが子を驚かそうという意図は微塵《みじん》もなく、いまの無上の喜びと幸せを、すぎ去った苛酷《かこく》な時と比べているだけのようだった。

「私は月を見て、まだ生まれないうちに引き離されてしまったわが子のことを、それこそ何千回と考えた。生きているのだろうか。そもそも生きて生まれたのだろうか、それとも母親があまりに驚き嘆いたせいで死産だったのだろうか。男の子で、いつか父のために復讐《ふくしゅう》を果たしてくれるのだろうか（監獄のなかで、耐えがたいほど復讐の念が募った時期があったのだ）。男の子だったけれど、父に起きたことは何も知らずに育つのだろうか。その男の子は、父が勝手に家を出ていったという話を疑問に思う年頃まで生きてくれるだろうか。あるいは女の子で、やがて大人の女性に成長するのだろうか」

ルーシーは父親に身を寄せ、頰と手にキスをした。

「心のなかで自分の娘を思い描いた。私のことを忘れてしまった、というより、何も知らない娘を。娘の歳《とし》を年々積み上げていった。娘が私の運命をまったく知らない男と結婚するところを想像した。私は生きている人たちから完全に忘れ去られ、次の世代に自分の居場所はなかった」

「お父様！　この世に存在しなかった娘の話をこうして聞くだけでも胸を打たれます、まるでわたくしがその娘だったかのように」

「ルーシー、おまえが？　この最後の夜にこんな記憶が甦《よみがえ》って、月と私たちのあいだに入りこんでくるのも、おまえが私を慰め、力づけてくれたからこそなのだよ。どこまで話したかな」

「その娘がお父様のことを何も知らない、何も気にかけていないというところ」

「そうだった。だが、別の月夜に、悲しみと静けさがいつもとちがったふうに胸に染《し》みて、切ない心の平和が訪れたときには——痛みに根ざす感情はみなそこに行き着く——その娘が私の房のなかまで入ってきて、監獄の外の自由な世界に連れ出してくれるところを想像した。月光のなかによくその姿を見たものだ、いまこうしておまえを見ているように。ただ、この腕で抱きしめることはできなかった。私の房の小さな格《こう》子窓《しまど》と、扉のあいだに立っているだけなのだ。それがさっき話していた子供でないというのはわかるね？」

「その姿は……幻……夢ではなかったの？」

「ちがう。別のものだった。私の覚束《おぼつか》ない視界に立っているのだが、まったく動かない。一方、私の心が追っていた幻は、また別のもっと現実に近い子だった。外見からは彼女の母親に似ているということしかわからない。もうひとりのほうも——おまえと同じように——母親に似たところがあるが、似方がちがっていた。わかるかね、ルーシー？　わからないだろうね。孤独な囚人にでもならなければ、こんな混乱した思考は理解できまい」

落ち着いて話してはいるが、昔の自分の経験を穏やかに分析するその態度に、ルーシーはかえって寒気を感じた。

「そういう平和な気持ちになったときには、彼女が月光のなかをやってきて、私を外に連れ出し、結婚生活を送っている家に案内してくれるところを想像した。そこは、いなくなった父親の愛しい思い出で満たされていて、彼女の部屋には私の肖像画があるし、祈りのことばのなかにも私が出てくる。活動的で、愉《たの》しく、実り多い生活だが、そのすべてに私の哀れな過去が感じられるのだ」

「わたくしがその子だったのです、お父様。その半分もいい娘ではなかったけれど、同じくらいお父様のことを愛していました」

「そして彼女は自分の子供を見せてくれた」ボーヴェの医師は言った。「子供たちは私の話を聞かされ、同情するようにと教えられていた。国事犯監獄のまえを通るときには、不吉な塀から遠く離れて、鉄格子の窓を見上げ、囁《ささや》き声で話し合うのだ。彼女は私を自由にすることはできなかった。私の想像のなかでは、そういうものを私に見せたあと、いつももとの監獄に連れ戻す。だが、私は心安らぐ思いで涙を流してひざまずき、彼女を祝福した」

「わたくしがその子でありたいと思います。ああ、愛しいお父様、明日も心から祝福してくださいますね」

「ルーシー、私が昔の苦難を思い出したのも、今晩ことばでは言い表せないほどおまえを愛していて、この大きな幸せを神に感謝していればこそなのだ。この頭がいちばん混乱したときでさえ、おまえといっしょにいて知った幸せ、これから知る幸せに比べたらなんでもないと思えるのだよ」

医師は娘を抱きしめ、厳《おごそ》かな気持ちで天に娘の幸せを祈り、彼女を与えてくれたことを感謝した。やがてふたりは家のなかに入った。

結婚式に招かれたのはローリー氏だけで、花嫁の付添人も荒っぽいミス・プロスだけだった。結婚後もふたりは住まいを変えず、かつて間借人がいたらしいがついぞ姿を見ることはなかった階上の部屋を使うことにした。ほかにふたりが求めたものはなかった。

マネット医師はささやかな夕食の席でとても愉しそうだった。テーブルについたのはたった三人で、三人目はミス・プロスだった。医師はチャールズがいないのを残念がり、この夜彼を呼ばなかったいじらしい計らいにも異議を唱えかけたほどだった。

医師はチャールズに親しみをこめて乾杯した。

やがて父がルーシーにおやすみを言う時間となり、ふたりは別れた。しかし、あたりが静まり返った朝の三時、ルーシーはなんとはなしに嫌な予感に襲われて、また階下におり、父親の部屋にこっそり入ってみた。

幸いすべてはもとの場所にあり、静かだった。父親は眠っていた。乱れのない枕《まくら》の上に白い髪が絵のように映え、両手はおとなしくカバーの上にのっていた。ルーシーは必要のなくなった燭台《しょくだい》を遠い影のなかに置き、ベッドにそっと近づいた。父親の唇にキスをして、上から彼の顔を見た。

その整った顔には苦しい捕囚の澪《みお》がまだうっすらと残っていたが、ふだんから強い意志で押し隠しているので、眠っているときにもあらわにはならなかった。その夜、寝静まった世界で、眼に見えない敵と闘いながら、これほど毅然《きぜん》として落ち着き、安らいだ寝顔はどこにもなかっただろう。

ルーシーは愛しい父の胸に恐る恐る手を置き、自分の愛情の及ぶかぎり、父の悲しみを癒《い》やすのに必要なかぎり、誠を尽くせますようにと祈った。そして手を引っこめ、もう一度父にキスをして、部屋から出ていった。太陽が昇り、スズカケの葉影が、祈りをつぶやいた彼女の唇のようにやさしく医師の顔の上を動いた。

第十八章　九日間

結婚式の当日は輝かしく晴れ渡った。美しい花嫁と、ローリー氏と、ミス・プロスは身支度を整えて、医師の部屋の閉まったドアのまえに集まり――医師は部屋のなかでチャールズ・ダーネイと話している――これから教会に向かうところだった。ルーシーの結婚はどのみち避けられないと次第にあきらめがついたミス・プロスは、この日を大いに喜んでいたが、唯一《ゆいいつ》いまだに心残りなのは、やはり弟のソロモンが花婿《はなむこ》になるべきだったということだった。

「いやじつに」ローリー氏が言った。花嫁をいくら褒めても褒め足りず、慎ましくも美しいドレスの隅々まで見ようと、彼女のまわりを歩きまわっていた。「わが愛《いと》しのルーシー、これでこそ、まだ赤ん坊のあなたを連れてドーヴァー海峡を渡ってきた甲斐《かい》があったというものです！　いやはや！　こんなことになるとはね。わが友人のミスター・チャールズに、これほど大きな恩義をほどこすことになるとは思ってもみませんでした！」

「あなたにわかるわけないでしょう」現実主義のミス・プロスが言った。「おふたりの結婚は決まってなかったんですから。ナンセンスです！」

「そうですか？　まあ、ともかく泣かないでください」ローリー氏はやさしく言った。

「泣いてませんよ」とミス・プロス。「泣いてるのはあなたでしょう」

「私がですか、わがプロス？」（このころには、ローリー氏もときどき彼女と軽口を叩《たた》き合うようになっていた）。

「泣いてましたよ、さっき。ちゃんとこの眼で見ましたからね。まあ、驚くにはあたらないけれど。あなたのあの食器の贈り物には誰だってほろりとしますよ。わたしはあのセットのどのフォーク、どのスプーンを見ても泣かずにはいられませんでした。昨晩あの箱が届いてからというもの、もう手元が見えなくなるほど泣いてしまって」

「それはありがとうございます」ローリー氏は言った。「もっとも、あんなつまらない記念品を誰かから見えなくするつもりは誓ってありませんでしたがね。いやもう、こういう日には、自分がいままでに失ったあらゆるものについて考えてしまいますな。まったくねえ。五十になろうかというこの年月のあいだに、いつでも奥さんになってくれる人はいたかもしれないと思うと！」

「ありえません！」とミス・プロス。

「ミセス・ローリーは決して現れなかったと思うのですか」

「それはもう。あなたは生まれつきの男やもめですよ」

「ほほう」ローリー氏はにこやかに小さなかつらを調節して言った。「そうかもしれませんね」

「というより、生まれるまえから男やもめとして型抜きされてたのね」ミス・プロスは追い討ちをかけた。

「だとすると、ひどい仕打ちを受けたものだ。自分の型ぐらい自分で決めたいものです。さて、このくらいにしておきましょう。わが愛しいルーシー」と腕をやさしくルーシーの腰にまわして、「隣の部屋で父上たちが動きだしたようです。私とミス・プロスは、どちらも四角張った実務家として、この最後の機会にあなたが聞きたいと思っていることを、ぜひお伝えしておきたい。あなたがいらっしゃらないあいだ、善き父上は、あなたと同じくらい熱心で愛情あふれる私どもがおあずかりします。できるお世話はすべてしましょう。おふたりがウォリックシャー周辺を旅行されている二週間は、テルソン銀行さえ（ある程度）二の次で父上に尽くします。そして二週間後、愛し合うおふたりに今度は父上が加わって、さらに二週間のウェールズの旅に出立するときには、体調万全、気分最高の彼を送り出せるようにしておきます。さあ、大切な人の足音がドアに近づいてきました。彼があなたを自分のものにするまえに、愛しい娘さんにキスさせてください。古臭い男やもめの祝福を与えましょう」

いっときローリー氏は両手で令嬢の美しい顔に触れ、記憶に刻みこまれている額の表情に見入ってから、明るい金髪と自分の小さな茶色のかつらを触れ合わせた。その仕種《しぐさ》の本物のやさしさと繊細さは、もしこれを古臭いと言うなら、アダムの昔にさかのぼるほど古くからあるものだった。

部屋のドアが開いて、医師とチャールズ・ダーネイが出てきた。医師の顔は死んだように青ざめ——ふたりで部屋に入ったときにはちがった——まったく血の気がなかった。平静な態度こそ変わらないが、ローリー氏の鋭い観察眼には、ほんの少しまえに、かつて怖《おそ》れ避けていたものが冷風のように医師の体を吹き抜けたことがわかった。

医師は娘に腕を貸し、ローリー氏がこの日のために雇った軽量四輪馬車が待つ通りまでおりていった。ほかの者は別の馬車でついていき、ほどなく他人の眼のない近所の教会で、チャールズ・ダーネイとルーシー・マネットは幸せに結婚した。

式に立ち会ったこのささやかな集団では、笑みに混じって涙が輝いたが、花嫁の手には、とりわけまばゆく輝くダイヤモンドの指環《ゆびわ》があった。ローリー氏が暗いポケットの底から取り出したものである。彼らは家に戻って朝食をとった。食事の時間も愉《たの》しくすぎ、やがてパリの屋根裏で哀れな靴作りの白髪と触れ合った娘の金髪は、朝の光に満たされた別れ際《ぎわ》の戸口でふたたびその白髪に触れた。

別れの挨拶《あいさつ》はつらかったが、長くはなかった。父親は、愉しんできなさいと励まし、最後に娘の抱擁から静かに離れて言った。「連れていきなさい、チャールズ。彼女はきみのものだ」

ルーシーは馬車の窓から千々の思いで手を振り、去っていった。

家のある一画は通行人や野次馬もおらず、祝儀《しゅうぎ》も少人数で簡素なものだったため、医師、ローリー氏、ミス・プロスの三人はひっそりと取り残された。古い玄関の気持ちよく涼しい陰に入ったとき、ローリー氏は医師の様子ががらりと変わっているのに気がついた。まるで壁から突き出した例の金色の腕に、毒のある一撃を加えられたかのようだった。

医師は当然ながらさまざまな感情を押し殺していただろうし、その必要がなくなったいま、いくらか反動があることも考えられたが、ローリー氏を心配させたのは、昔見たことのある怯《おび》えて茫然《ぼうぜん》とした表情だった。階段を上がるなり、医師はぼんやりと頭を抱え、自室へふらふらと流されるように消えていった。それを見たローリー氏は、酒店の主のドファルジュと星空の下の帰途を思い出した。

心配して考えこんだあと、「思うのですが」とミス・プロスに囁《ささや》いた。「いまは彼に話しかけないほうがよさそうですね。というより、こちらからは何もしないほうが。私はテルソン銀行にちょっと顔を出さなければならない。これから行って、すぐ戻ってきます。そのあと彼を馬車で田舎に連れ出して、食事でもしましょう。それですべてうまくいきます」

ローリー氏にとっては、テルソン銀行に入るより出るほうがむずかしく、結局二時間引き止められた。ソーホーに戻ってくると、ひとりで階段をのぼり、召使いに何も訊《き》かずに医師の住まいに入っていったが、何かを叩く低い音が聞こえて思わず足を止めた。

「なんだろう」驚いて言った。「あれはいったい」

すぐそばにミス・プロスがいて、顔を恐怖で引きつらせていた。「ああ、どうしましょう。すべておしまいです！」両手をもみ合わせて叫んだ。「愛しいお嬢様になんと言えばいいんでしょう。あのかたはわたしが誰かもわからず、靴を作ってるんです！」

ローリー氏はできるだけ彼女を落ち着かせてから、医師の部屋に入っていった。以前、靴作りが仕事をしていたときと同じようにベンチが明かりのほうを向き、彼がうつむいて真剣に働いていた。

「ドクター・マネット。わが親愛なる友人、ドクター・マネット！」

医師は彼をちらっと見やると――なかば怪訝《けげん》そうに、なかば話しかけられて機嫌を損ねたように――また背を丸めて仕事に戻った。

上着とチョッキは横に置いてあった。シャツは昔この仕事をしていたときと同様、襟元を開いていた。かつてのやつれ衰えた顔つきさえ戻っていた。何か邪魔をされて苛立《いらだ》っているかのように、懸命に手を動かしていた。

ローリー氏はその手が作っている靴を見て、以前見たのと同じ大きさと形であることに気づいた。医師の横にあったもう片方を拾い上げ、これは何ですかと尋ねた。

「若い娘の散歩靴だ」相手は見上げずにつぶやいた。「ずっとまえに完成しているはずだった。触らないでくれ」

「しかし、ドクター・マネット、私を見てください」

相手は昔の卑屈な態度で自動的にしたがったが、仕事の手は止めなかった。

「私がわかりますか、わが親愛なる友人。もう一度考えてください。これはあなたの本来の仕事ではない。考えるんです、わが友！」

何をしようと相手はそれきり話さなかった。こっちを見てと言われれば一瞬顔を上げるが、ことばはひとつも引き出せなかった。ひたすら黙々と靴を作りつづけ、かけたことばは反響のない壁か虚空《こくう》に放たれたかのように消えていった。唯一の救いは、彼が訊かれもしないのに、ときどきちらっと顔を上げることだった。そんなときには、心のなかの疑問を解こうとしているような、好奇心か当惑のようなものがわずかにのぞいた。

ローリー氏は何より重要なふたつのことを肝に銘じた。まず、このことはルーシーには伏せておかなければならない。第二に、医師を知る残りの全員にも秘密にしておかなければならない。そこでミス・プロスと相談し、後者の対策として、医師は体調を崩したため、ここ数日は完全に休養するという話を広めることにした。ルーシーへの配慮としては、ミス・プロスが手紙を書いて送る。父上は往診で外に呼び出され、その旨《むね》ご本人が急いで二、三行したためたものが同じ便でそちらに届くはずです、と架空の手紙のことまで書き添えた。

いずれにせよ望ましいこれらの手段を講じているあいだに、ローリー氏は医師が正気に戻ってくれることを願った。そしてもしそれが早めに訪れたときには、もうひとつ別の手段を考えていた。医師の病状について、最高の権威と思われる専門家の意見を聞くのだ。

医師が回復してこの三つめの計画に移れるようにと望みながら、ローリー氏は注意深く、しかしできるだけさり気なく彼を観察することにした。生まれて初めてテルソン銀行に休暇を申し出、医師と同じ部屋の窓辺に陣取った。

まもなく、相手に話しかけるのは役に立たないどころか害になることがわかった。本人が圧力を感じて苛立つからだ。そこで会話を試みるのは初日であきらめ、ただ朝から晩まで医師のまえにいて、彼が陥ったか陥りかけている妄想に黙然と対抗するだけにした。窓辺の席で本を読んだり、何か書いたりして、ここは自由にふるまっていい場所だということを、できるだけ何度も、気持ちよく自然に示した。

最初の日、マネット医師は出されたものを飲み食いし、暗くなって手元が見えなくなるまで働きつづけた。ローリー氏がどうがんばっても読んだり書いたりできなくなったあとも三十分ほど働いていたが、ついに翌朝まで使えなくなった道具を脇《わき》に置いた。ローリー氏は立ち上がって言った。

「外に出ませんか?」

医師は昔のように自分の左右の床を見て、やはり昔のように顔を上げ、昔の低い声で言った。

「外に?」

「ええ。いっしょに散歩にでも。どうです《ホリィ・ノット》?」

なぜいけないか《ホワイ・ノット》の説明はなかった。医師はそこから何も言わなかったが、暗がりのなかベンチでうつむき、両肘《りょうひじ》を膝《ひざ》について、頭を抱えている姿に、ぼんやりとしながらも、なぜいけないと自問している気配があるとローリー氏は思った。洞察鋭い実務家はこれを前進と受け止め、さらに進めようと決意した。

その夜はミス・プロスと交替で不寝《ねず》の番を務め、ときどき隣の部屋から医師を観察した。医師はベッドに入るまえに長いこと室内を歩きまわっていたが、ついに横になると、眠りに落ちた。翌朝は早くから起きてまっすぐベンチに向かい、仕事に取りかかった。

この二日目、ローリー氏は相手の名前を呼んで明るく挨拶し、ふたりがよく知る最近の話題を投げてみた。返事はなかったが、医師が内容を聞いているのは確かで、混乱しているにしろ考えているのがわかった。これに意を強くしたローリー氏は、その日は何度かミス・プロスを部屋に招き入れて、仕事をしてもらうことにした。そんなとき彼らは、ルーシーや、眼のまえにいる彼女の父親のことを、まったくふだんどおり、何事もなかったかのように静かに話した。それもこれ見よがしにやるのではなく、医師を煩《わずら》わさないように、時間も短め、回数も控えめにした。彼が少しずつ顔を上げるようになり、まわりの様子がどうもおかしいことに気づきはじめたようなので、友人思いのローリー氏の心は少し軽くなった。

また暗くなると、ローリー氏は前日と同じように訊いた。

「親愛なるドクター、外に出ませんか？」

相手も前日のようにくり返した。「外に？」

「ええ。いっしょに散歩でも。どうです？」

今度も返事がなかったので、ローリー氏は自分だけ出かけるふりをした。部屋の外に出て、一時間後にまた戻った。その間、医師は窓辺の椅子《いす》に移動して、下のスズカケの木を見ていたが、ローリー氏が戻ってくると、また静かにベンチに移った。

時間はのろのろとすぎ、ローリー氏の希望に影が差した。気分はまた重くなり、日がたつにつれ、いっそう沈んだ。三日目が来て、去った。四日目、五日目も。五日、六日、七日、八日、九日。

希望はますます翳《かげ》り、気分は重くなる一方だった。ローリー氏は心配でたまらないときをすごした。秘密は保たれ、ルーシーはまだこのことを知らず幸せだが、最初は少々手つきが怪しかった靴作りが、いまやぞっとするほど熟練してきたことにローリー氏は気づかずにはいられなかった。しかも、これまで見たことがないほど仕事に集中していて、その手が九日目の黄昏《たそがれ》どきほどすばやく、巧みに動いていたことはかつてなかった。

第十九章　意見

心配しながら観察するのに疲れきって、ローリー氏は当番中に寝入ってしまった。この不安が始まって十日目の朝、暗い夜のあいだに深く眠りこんでいた彼は、部屋に射《さ》し入る太陽の光に、はっと眼覚めた。

眼をこすって立ち上がったが、自分は起きていないのではないか、まだ眠っているのではないかと思った。というのも、医師の部屋のドアに近づいてなかを見てみると、靴作りのベンチと道具がまた片づけられ、当の医師が窓のそばに坐《すわ》って本を読んでいたからだ。いつもの朝の服を着て、（はっきりと見えた）顔はまだひどく青白いが、落ち着いて本に集中していた。

自分が眼覚めているのはわかったものの、ローリー氏はしばらくめまいのするような感覚で、昨日までの靴作りは彼自身の悪夢だったのではないかと思った。眼のまえの友人はいつもの服を着て、いつものように本を読んでいる。この部屋のどこかに、あれほど劇的な変化が実際に起きたことを物語る何かが残っているだろうか。

しかしそれは、見てまず驚き混乱したローリー氏が自問しただけのことで、答えは明らかだった。もしあの変化が確たる根拠のない幻だったのだとしたら、このジャーヴィス・ローリーはどうしてここにいるのだ。どうして服を着たままマネット医師の診察室のソファで寝てしまい、朝早くから医師の寝室の外でこんなことを考えているのだ。

数分のうちにミス・プロスが横に立ち、耳元で囁《ささや》いていた。たとえいくらか疑問が残っていたとしても、それですべて解消したはずだが、すでにローリー氏の頭の霧は晴れ、疑問はなくなっていた。彼はミス・プロスに、ふだんの朝食の時間まで待って、何も変わったことなどなかったかのように医師と会うのがよかろうと提案した。そのうえで医師がふつうの精神状態に戻っているようなら、今回の不安な時期にぜひとも聞きたかった専門家の意見を聞き、注意深く指導を仰ぐことにすると。

ミス・プロスがその判断にしたがい、ふたりは慎重に計画を実行した。ローリー氏はいつもの朝の身支度にたっぷりと時間をかけ、朝食の時間になると、いつもの白いシャツに、きちんとしたストッキングという恰好《かっこう》で現れた。そしていつもどおり医師に声をかけると、医師が出てきて朝食のテーブルについた。

安全に先に進むたったひとつの方法は、細やかに気を配り、少しずつ質問していくことだった。そうしてローリー氏が理解した範囲では、医師は最初、娘の結婚式は前日だったと思っていた。ローリー氏がわざと偶然を装《よそお》って、この日が何月何日の何曜日であるかに触れると、医師は頭のなかで日を数えて、明らかに不安そうな顔をした。しかしほかの点ではすっかり落ち着いていたので、ローリー氏はついに求めていた意見を聞くことにした——マネット医師本人の意見を。

朝食が終わり、食器が片づけられたあと、医師とふたりきりになった彼は感情をこめて言った。

「わが親愛なるマネット、ひとつ内密にあなたの意見をどうしてもうかがいたいことがあるのです。私にとって非常に興味深い、じつに不思議な症状なのですが、あなたのように知識豊富なかたにとっては、さほど不思議ではないかもしれない」

このところの作業で汚れた手を眺めながら、医師は顔を曇らせたが、真剣に聞いていた。彼はすでに何度も手を眺めていた。

「ドクター・マネット」ローリー氏はその腕にやさしく触れて言った。「私ととりわけ親しい友人の症状です。どうか聞いて助言してください、彼のために——そして何より、彼の娘さんのために——娘さんです、わが親愛なるマネット」

「もし正しく理解しているとすれば」医師は静かな声で言った。「それは精神的なシヨックに関することか――」

「そうです」

「くわしく話してくれ。細かいこともすべて」

ローリー氏は医師に話がつうじているのを見て続けた。

「わが親愛なるマネット、昔から長く続いているショック症状なのです。非常に激烈なもので、感情や知覚――あなたがたの言う精神――に影響を与えます。そう、精神にです。患者を押しつぶすこのショックが、どのくらい続いたのかはわかりません。苦しんだ本人にしかわからないのですが、その本人に時間の感覚がなくなるからです。彼はこのショックから回復しましたが、どういう経緯で立ち直ったのかはわかりません――本人が公《おおやけ》の場でそういう驚くべき告白をしたのを、私も聞きました。ともあれ完全に回復して、きわめて知的な人間になり、いまや精神も緻密《ちみつ》に働けば、肉体も人並み以上に動き、もとから豊富な知識に絶えず新しい知識を加えています。ところが、残念なことに――」そこで間を置いて、大きく息を吸った。「ちょっとしたぶり返しがあったのです」

医師は低い声で訊《き》いた。「どのくらいの期間？」

「まる九日間」

「どんな症状だったのかな。推察するに」とまた両手を眺めながら、「かつてそのショックと結びついていた行動をまたとりはじめたとか?」

「そのとおりです」

「以前、彼がその行動をとっているのを見たことは?」医師はやはり低い声ではあるが、はっきりと、落ち着いて尋ねた。

「一度あります」

「では、ぶり返したとき、多くの点で――もしくはあらゆる点で――以前と同じだったかね」

「あらゆる点で同じだったと思います」

「娘さんがいるという話だったね。娘さんはその再発のことを知っているのか」

「いいえ。彼女には知らせていません。今後も知らないほうがいいでしょう。知っているのは私と、信頼できるもうひとりだけです」

医師はローリー氏の手を取ってつぶやいた。「それは親切だった。なんと思慮深いことだ」ローリー氏も手を握り返し、ふたりはしばらく無言だった。

「わが親愛なるマネット」ややあってローリー氏が、もっとも思いやりと愛情のあふれる口調で言った。「私はただの仕事人間ですから、こういうこみ入ってむずかしい事態の対処には向いていません。対処に必要な知識もなければ、知性も持ち合わせていない。ですから教えていただきたいのです。正しく導いてくれると確信できるのは、この世にあなたしかいません。どうして今回のぶり返しがあったのですか。これからも起きる危険があるのですか。再発は防げるのでしょうか。再発した場合、どのように世話すればいいのですか。そもそもどうして起きるのですか。私の友人のために何ができますか。私がこの友人に尽くしたい気持ちは、もう人としてこれ以上の友情は持ちえないほど強いのですが、いかんせん、尽くす方法がわからないのです。こういう症例で、どこから手をつければいいのかわからない。あなたの洞察と知識と経験で進むべき道がわかれば、できることはたくさんあるかもしれませんが、知識も指示もないいまは、ほとんど何もできないのです。どうか相談に乗ってください。どうかもっとこのことを理解させてください。そして、どうすればもっと役に立てるのか教えてください」

この熱心なことばを聞きながら、マネット医師は黙って考えこんでいた。ローリー氏も答えを迫らなかった。

「おそらく」医師は努力して沈黙を破った。「あなたが言ったぶり返しは、その人にとってまったく意外なことでもなかったのではないかな」

「また起きると本人が思っていたということですか」ローリー氏は思いきって訊いてみた。

「大いにね」医師はふいにぶるっと震えた。「その不安が患者の心にどれだけ重くのしかかっているかは想像もつかない。彼にとって抑鬱《よくうつ》の原因を誰かにたとえひと言でも話すことがどれほどむずかしいか——あるいは、ほとんど不可能なのかもしれない」

「胸につらい秘密を抱えている場合、それをあえて誰かに打ち明ければ少しは効能があるのでしょうか」

「あると思う。だがそれはすでに言ったとおり、ほとんど不可能だ。症例によってはまったく不可能だろうね」

「そもそも」短い沈黙のあと、ローリー氏はまた医師の腕にそっと手を置いて言った。「この症状はどうして起きるのですか」

「それはたぶん」マネット医師は言った。「病状の最初の原因となった一連の思考と記憶が、異常な強さで甦《よみがえ》るからだ。この上なく心を苦しめる経験が鮮烈に思い出されるのだろう。おそらく長いあいだ心の底にわだかまっていた恐怖の記憶が、なんらかの状況、ふとしたきっかけで襲ってくる。本人も心の準備はしていただろうが、しても無駄で、かえってそのために心が弱くなっていたのかもしれない」

「ぶり返したときに何が起きたか、本人は憶《おぼ》えているのでしょうか」ローリー氏は当然ためらいながら尋ねた。

医師は寂しそうに部屋のなかを見まわし、首を振って、低い声で答えた。「まったく憶えていないだろうね」

「将来については？」ローリー氏はうながした。

「将来については」医師は確固たる態度を取り戻して言った。「まあ大丈夫だろう。天の恵みでそれほど早く回復したということには、大いに希望が持てる。その人は複雑な何事かの圧力にさらされ、長いこと怖れ、ぼんやり予感し、心のなかで闘ってきたが、その黒雲が雨を降らして去っていったのだから、最悪の時期は終わったと考えていいと思う」

「なるほどそうですか！　よかった。ありがとうございます」

「こちらこそありがとう」医師は敬意を表して頭を下げた。

「じつはあとふたつ、意見をうかがいたいことがあります」ローリー氏は言った。

「よろしいですか」

「ご友人のためには、訊いておくのがいちばんだよ」医師は手を差し出した。

「では、ひとつめから。彼はふだんから勤勉で、並はずれて活動的です。たいへんな熱意で専門知識を習得し、実験をおこない、ほかにもさまざまなことをしているのですが、これはやりすぎでしょうか」

「そうは思わない。つねに何かに没頭しなければならないのが、彼の精神の特徴かもしれない。一部は生まれつきで、一部は苦しみの結果ということかもしれないが。健全なものに没頭する量が減るだけ、不健全な方向に進む危険性が高まる。本人も自分を観察して、そのことに気づいたのかもしれないな」

「無理に気を張っているわけではない。それは確かですか」

「確かだと思う」

「わが親愛なるマネット、もしいまも彼が働きすぎているのなら――」

「わが親愛なるローリー、働きすぎになるのはむしろむずかしいと思うよ。ひとつの方向に強烈な圧力がかかっているのだから、逆方向に力を加えてバランスをとらなければならないのだ」

「実務家というのはしつこいものだと思ってお赦《ゆる》しいただきたいのですが、かりに働きすぎだったとしましょう。それが症状のぶり返しとなって現れたとは考えられませんか」

「そうは思わないね。それはちがう」マネット医師は自信たっぷりに言った。「症状がぶり返すのは、ある連想が働いたときだけだ。つまり、今後そこのところを極端に刺激しなければ、再発はありえない。現に起きたことと回復の経過を考えれば、そこまで激しい刺激がもう一度あるとは想像しにくい。再発を引き起こしそうな状況はもう尽きたと思う。そう信じている、と言ってもいい」

医師の口調には、どれほど些細《ささい》なことが精神の繊細な仕組みを狂わせるかを知っている人間の遠慮があったが、同時に、みずからの努力で苦難を乗り越え、一歩一歩進むことで得てきた自信も感じられた。友人として、その自信を傷つけるわけにはいかない。ローリー氏は実際より大げさに、安心して力づけられたと言い、最後の質問に移った。これがいちばんむずかしく感じられたが、いつかミス・プロスと日曜の朝に交わした会話や、この九日間に見たことを思い出して、訊くしかないと肚《はら》をくくった。

「いまこそありがたくも回復していますが、一時的に陥っていた病状でその友人がやっていた仕事のことです」そこでひとつ咳払《せきばら》いをして、「鍛冶屋《かじ》としておきましょう。鍛冶屋です。この場での説明のために、かりにその友人が、病状が出たときに小さな鞴《ふいご》を使っていたとします。それをまた今回も使っていて、見つけたこちらは驚いた。つまり、鞴が彼のそばにあるからいけないとは考えられませんか」

医師は額に手を当て、神経質そうに足を床に打ちつけた。

「いつもそばに置いているのです」ローリー氏は友人に不安な顔を向けて言った。「捨ててしまったほうがいいのではないでしょうか」

医師はやはり額に手を当て、足で床を鳴らしていた。

「助言はむずかしいでしょうか」ローリー氏は言った。「慎重を要する質問だということはわかっています。ですが――」首を振って、ことばを切った。

「おわかりと思うが」不穏な沈黙のあと、マネット医師はローリー氏のほうを向いて言った。「その気の毒な人の精神の働きを理路整然と説明することは非常にむずかしい。彼はその職業に怖ろしいほど憧《あこが》れ、実際に手がけたときには大いに喜んだ。それで苦痛が大いに減ったことは疑いない。脳の混乱を指先の混乱に置き換え、習熟してくると、心の苦しみから生まれるさまざまなものを、手から生まれるさまざまなものに置き換えた。だから、それを手の届かないところに置こうなどという考えには耐えられなかったのだ。いまは自分に対してかつてなかったほどの希望を抱いているだろうし、ある程度自信をもって、自分のことも語れるようになっているかもしれないが、それでも、そのなじみの仕事がいつかまた必要になったときに身近にないかもしれないと考えるだけで、突然恐怖に襲われ、迷子になった少年のように途方に暮れてしまうのだ」

ローリー氏の顔に眼を上げた医師自身が、その例証に見えた。

「ですが――いいでしょうか、金貨とか銀貨とか紙幣といった形のあるものしか扱わない、頭の悪い実務家としてうかがいます。ものをそばに置いておくということは、記憶もそばに置いておくことになりませんか。わが親愛なるマネット、むしろものがなくなれば、恐怖も去るのではありませんか。要するに、鞴があるかぎり不安は続くのではないでしょうか」

また沈黙ができた。

「これもわかるだろうが」医師は震えながら言った。「昔からの友人のようなものなのだ」

「私なら手放します」ローリー氏は首を振りながら言った。医師が動揺しているのを見て、ますます確信した。「友人にも手放すように勧めましょう。あとはあなたの許可さえあれば。ぜったいに本人のためになりません。さあ、どうか温かい思いやりで許可してください。友人の娘さんのために、わが親愛なるマネット!」

医師の心の葛藤《かっとう》は、見ていて不思議なほどだった。

「では、その娘さんのためにそうしよう。許可する。しかし、本人がいるまえから持ち出さないほうがいい。なくなってしまったあとで、旧友を偲《しの》ばせようではないか」――

ローリー氏に異論のあろうはずはなく、話し合いはそれで終わった。その日はふたりで田舎に出かけ、医師は眼に見えて回復した。そしてその後三日で完全に健康を取り戻し、十四日目にルーシーと夫の旅行に加わるべく出発した。父から娘に二週間連絡がなかったことについては、ローリー氏が手を打つと医師本人に説明し、あらかじめルーシーにも納得できる内容の手紙を送っておいたので、ルーシーはなんの疑問も抱かなかった。

医師が家を出た日の夜、ローリー氏は、明かりを持ったミス・プロスをともなって、斧《おの》、鋸《のこぎり》、鑿《のみ》、金槌《かなづち》を医師の寝室に持ちこみ、ドアを閉めてから、謎《なぞ》めいたうしろ暗い雰囲気のなかで、靴作りのベンチをばらばらに分解した。ミス・プロスは殺人を手伝うように蠟燭《ろうそく》を掲げていたが、それはじつのところ、彼女の厳《いか》めしい顔に似合っていなくもなかった。〝死体〟は台所の火でただちに焼却し(そのために小さく切り刻んだ)、道具と靴と革は庭に埋めた。正直な人々にとって破壊と隠蔽《いんぺい》はいかにも邪悪に映る。自分たちに託された仕事を遂行し、痕跡《こんせき》を消しているローリー氏とミス・プロスは、怖ろしい犯罪の共犯者になったかのように感じ、傍目にもそう見えた。

共犯者たち

第二十章 懇願

新婚のふたりが家に戻ってきたとき、最初に祝いのことばを述べたのはシドニー・カートンだった。彼はふたりが家に着いて数時間のうちに訪ねてきた。外見や立ち居ふるまいは一向に改善されていないものの、チャールズ・ダーネイがそれまで見たことのなかった、どこか無骨な忠誠心のようなものが感じられた。

カートンは折を見てダーネイを窓際《まどぎわ》に連れていくと、他人に聞かれないように話しかけた。

「ミスター・ダーネイ。あんたとは友だちづき合いができるといいんだが」

「すでに友だちだと思うけれど」

「そう言うのはあんたがいい人で、会話の礼儀を心得ているからだ。だが、礼儀なんてどうでもいい。友だちづき合いというのは、そういう意味じゃないんだ」

チャールズ・ダーネイは、当然ながら、ではどういう意味だい、とすこぶる快活に、親しみをこめて訊《き》いた。

「ともかく」カートンは微笑《ほほえ》みながら言った。「この頭で考えてるより、説明するのはむずかしいんだが、まあいい、やってみよう。あの問題の夜を憶《おぼ》えてるかな、おれがひどく酔っ払った——いつにも増して」

「きみが酔っ払っていることをぼくに無理やり認めさせた、問題の夜なら憶えているよ」

「おれも憶えてる。あのときのことが頭から離れなくてね、呪《のろ》いのように降りかかってる。おれの最期《さいご》の日が来たときには、あれも考慮に入れてもらいたいものだ。心配しないでくれ、説教するつもりはないから」

「まったく心配はしていない。きみが真面目《まじめ》になったからって、心配すべきことではないよ」

「ああ！」カートンは相手のことばを払いのけるように手をぞんざいに振った。「あの酔っ払った夜（ご承知のとおり、ああいう夜はしょっちゅうあるわけだが）、あんたのことが好きだの、好きでないだのと本当に失礼なことを言った。忘れてくれればうれしい」

「とうの昔に忘れたよ」

「また礼儀だ！　だが、ミスター・ダーネイ、こっちはあんたとちがって、そう簡単には忘れられないんだ。まったく忘れられない。軽々しく答えられても、忘れる役には立たないな」

「軽々しい答えだったのなら謝る」ダーネイは言った。「自分にとっては些細なことだと言いたかっただけなんだ。きみがすごく気に病んでいるのは驚きだ。紳士として誓うけれど、あのときのことはもう頭にない。いやちがう、むしろないと困るな。あの日きみがぼくにしてくれた力添えは、何より重要じゃないか。忘れるわけにはいかない」

「ちょうど話に出たから正直に言うが、あの日の力添えなんてのは専門的な戯言《たわごと》のやりとりだ。あれであんたがどうなるかってことを気にしてたかどうか、わからない。ただ、それはあのときの話、つまり過去の話だけどね」

「恩義に感じる必要はないと言いたいんだろうね」ダーネイは応じた。「だが、きみの軽々しい答えには反論しないことにする」

「いや、真実を話してるんだ、ミスター・ダーネイ、信じてくれ。本筋から離れてしまったな。友だちづき合いという話だった。いまやあんたはおれを知ってる。おれが人間の階段のもっと上、もっといいところへ上がれないことを。疑わしいと思うなら、ストライヴァーに訊いてみるといい。請け合ってくれるから」

「他人の助けは借りないで、自分の考えを持ちたいと思う」

「ふむ。まあとにかく、あんたはおれが自堕落な野良犬《のらいぬ》だってことを知ってる。善行なんて何もしたことがないし、これからもできない」

「〝これからもできない〟かどうかはわからないさ」

「おれにはわかる。だから信じたほうがいい。さて、これほど価値がなくて評判も悪い男の顔をときどき見ることにもし耐えられるなら、ここに特別な友人として出入りさせてもらえないだろうか。使い途《みち》のない（あんたとこれほど似ていなければ、見た目もぱっとしない、とつけ加えてもいいが）家具だと思ってもらえばいい。ただ昔からあるという理由でそこに置かれていて、誰からも注意を払われないような。許可を得たからといって甘えるつもりはない。せいぜい年に四回来るくらいだ。百対一で賭《か》けてもいい。許可してもらえるだけで充分満足なんだ」

「ならそうしてみようか」

「つまり頼みが聞き入れられたってことだな。ありがとう、ダーネイ。これからはそう呼んでもいいかな」

「いいと思うよ、カートン。そういう時期だ」

ふたりは同意の印に握手し、シドニーは背を向けた。一分とたたないうちに、彼は相変わらずどう見ても取るに足りない男になっていた。

カートンが去ったあと、チャールズ・ダーネイは、ミス・プロス、マネット医師、ローリー氏と夕べをすごしながらこのときの会話に触れ、シドニー・カートンの無頓《むとん》着《ちゃく》と無鉄砲の問題について話した。といっても、けなしたり責めたりしたわけではなく、要するに、カートンに会った誰もが抱く印象を語ったのだった。

そのことがいつまでも美しい若妻の頭に残っていようとは思いも寄らなかったが、あとになって自分たちの部屋に入ると、ルーシーが例の愛らしいしわをくっきり刻んだ額を上げて、待っていた。

「今夜はずいぶん深刻そうじゃないか」ダーネイは妻を抱き寄せて言った。

「ええ、愛《いと》しいチャールズ」ルーシーは両手をダーネイの胸に当て、真剣に問いかけるような表情を向けた。「今夜は深刻なの、考えていることがあるから」

「それはなんだい、ルーシー？」

「もしお願いしたら、何も質問しないと約束してくださる？」

「約束？　愛する人に約束できないことなんてあるかな？」

ダーネイは彼女の頰から金色の髪を払い、もう一方の手を、自分のために鼓動している妻の心臓の上に当てた。

「チャールズ、思うのだけれど、あの気の毒なミスター・カートンは、あなたの今夜のことばよりもっと思いやりと尊敬に値するかただと思うわ」

「本当に？　なぜだい？」

「その質問をしないでほしかったの。でも思う――わかるんです――彼はそういう人だって」

「きみにわかっていれば充分だ。ぼくはどうすればいい、大切な人？」

「最愛のあなた、どうかあの人には、つねに広い心で接していただきたいの。どうか彼がいないときも、欠点を大目に見てあげて。心の内を明かすことはめったにないけれど、根はやさしい人で、心に深い傷を負っている。信じてください、愛しいあなた、わたくしはあの人の心が血を流しているのを見たことがあるの」

「それは胸が痛むな」チャールズ・ダーネイは驚いて言った。「彼に何か悪いことをしてしまったのだとしたら。そんな面があろうとは思ってもみなかった」

「でも旦那《だんな》様、そうなの。あのかたは立ち直れないかもしれない。あの性格も、運命も、いまさら修復できないのかもしれない。でも、ぜったいにいいこと、やさしいこと、寛大で高潔なことすらできる人なのです」

哀れなあの男をそんなふうに信じている様子があまりにも純粋でいじらしく、夫は何時間も見ていたいと思うほどだった。

「ああ、最愛の人！」しがみつくようにダーネイに身を寄せ、胸にそっともたれて、彼の顔を見上げた。「どうか忘れないでください。わたくしたちがどれほどこの幸せのなかで心強く、あのかたが惨《みじ》めさのなかで弱っているか！」

懇願がダーネイの胸に響いた。「ずっと忘れないよ、愛する人。この命があるかぎり憶えていよう」

彼は金色の髪に顔を近づけ、バラ色の唇にキスをして、ルーシーを抱きしめた。もし暗い通りを寂しくさまようひとりの男が、彼女の無垢《むく》な告白を聞いたなら、もし夫がキスでぬぐい去る同情の涙――その夫への愛情をたたえた、やさしい青い眼から流れる涙――を見ることができたなら、夜に向かって叫んだかもしれない。一度ならずその男の唇から発せられるそのことばは、「彼女の温かい思いやりに神の祝福を！」

第二十一章　こだまする足音

医師が住む通りの角が、こだまの響く趣深い場所であることはすでに述べた。ルーシーは、夫と父親と彼女自身、それから年来の家事の責任者にして友人であるミス・プロスを結びつける金の糸をいそいそと紡《つむ》ぎ、穏やかな音が響く角の家で、長年こだまする足音を聞きながら、静かな喜びに包まれて生活していた。

最初のころは、この上なく幸せな若妻でありながら、針仕事で持っていたものが手から落ち、眼に暗い影が差すことがよくあった。こだまのなかに、まだ遠くにあって弱々しく、ほとんど聞き取れないが、ひどく心を騒がすものが近づいてくるのを感じたからだ。頼りない希望と疑念が、彼女の胸を二分した――まだ知らない愛という希望と、その新しい愛の喜びを知るまでこの地上にいられるだろうかという疑念と。こだまのなかには、若くして死んだ自分の墓を訪ねる人々の足音もあった。たったひとり取り残され、彼女の死を嘆き悲しむ夫のことを思うと、眼に涙が波のようにあふれ、はらはらとこぼれ落ちた。

そんなときも去り、彼女の胸には小さなルーシーが抱かれていた。すると聞こえてくるこだまのなかに、娘の小さな足音と片言の声が混じった。ほかのこだまがどれほど大きく響いても、揺りかごの横にいる若い母親には、いつもそれらがはっきりと聞こえた。足音と片言が届くと、やがて木陰の家は太陽のように明るい子供の笑い声で満たされた。困難だった時期に彼女が悩みを打ち明けた、幼子の友であるキリストが、昔あの幼子を抱いて教えを説いたように、彼女の娘も腕に抱いていてくださっている気がするのは、母親にとって聖なる喜びだった。

ルーシーはますます熱心に金の糸を紡いで、家族全員を結びつけた。彼らの生活の隅々にまで幸せをもたらす奉仕を織りこみながら、どこにもそれを目立たせなかった。こだまはどれもやさしく、心和む音だった。なかでも夫の足音は力強く、希望にあふれ、父親のそれはしっかりと落ち着いていた。そして見よ、ミス・プロスは手綱と鞭《むち》で抑えこまれた暴れ馬よろしく荒々しい鼻息で、庭のスズカケの下の地面を蹴立《けた》ててこだまを呼び起こしていた。

たとえときに悲しいことがあっても、こだまが耳障《みみざわ》りな音になったり、残酷に響いたりすることはなかった。たとえルーシーと同じ金髪が、枕《まくら》の上で憔悴《しょうすい》した小さな男の子の顔のまわりに広がり、その子が輝かしい笑みを浮かべて、「愛するパパとママ、そして可愛いお姉ちゃん、お別れするのは悲しいけど、呼ばれてるから行かなきゃ」と言ったときでさえ、若い母親の頬を濡《ぬ》らしたのは苦悩の涙だけではなかった。幼い魂は彼女の抱擁から旅立っていった。幼子らを許せ、われに来たるを止《とど》むな。彼らはわが父の顔を見ることを得ればなり。ああ、神様、なんと恵み深いおことば！

こうして天使の翼のはばたきがほかのこだまに混じったので、それらには地上のものばかりでなく、天の息吹《いぶき》も含まれていた。庭の小さな墓にかかる風の吐息もそこに加わり、ルーシーは両方の静かなつぶやきを、眠たげに砂浜に波を寄せる夏の海の息遣いのように聞いた。そんなとき小さなルーシーは、微笑《ほほえ》ましくも朝の自分の仕事に精出しているか、母親の足台のそばで人形の着せ替えをしながら、彼女の命のなかに溶け合っている二都のことばでおしゃべりをしていた。

シドニー・カートンの足音のこだまが実際に響くことはまれだった。多くて年に六回ほど、招待なしで訪ねてもいいという特権を利用して現れ、かつてよくやっていたように一家といっしょに夜をすごした。ワインで酔って現れることは決してなかった。こだまのなかで彼に関することがもうひとつ囁《ささや》かれた。それは真実のこだまが、はるか遠い昔から囁いてきたことだった。

男が本気でひとりの女を愛して、失い、彼女が妻となり母となったあとも変わらず純粋な思いを抱きつづけると、不思議なことに、決まって彼女の子供が男に同情を寄せる——思いやりと憐《あわ》れみの情が自然に生まれるのだ。秘められたどういう繊細な感受性でそうなるのかは、こだまも語ってくれないが、事実そうであり、この場合にも当てはまった。カートンは小さなルーシーがぽっちゃりした両腕を差し伸べた初めての家族以外の人で、その結びつきは彼女が大きくなっても変わらなかった。幼い男の子も、命が尽きる直前まで、「可哀相《かわいそう》なカートンさん！　ぼくの代わりにキスをしてあげて」と言っていた。

ストライヴァー氏は、濁った水を切り裂いて進む大きな蒸気船のように威風堂々と法曹界を栄進し、使い勝手のいい友人を、船尾につないだボートのように連れまわしていた。そうした扱いを受けるボートが波をかぶり、沈没しかかるのは世の常で、シドニーの生活も水浸しだった。しかし習慣というものは楽で力強く、不幸なことに彼を眼覚めさせるはずの不毛さや不名誉のどんな感覚より強くて惰性があったので、シドニーは相変わらずの生活を送っていた。本物のジャッカルが成り上がってライオンになりたいと思わないように、ライオンの家来たる地位から抜け出そうとは思いもしなかった。ストライヴァーは財産と三人の息子つきの健康な未亡人と結婚して、裕福だった。息子たちには、団子のようなずんぐり頭に生えたまっすぐな髪以外に、これといって見るべきものはなかった。

その若い三人を三頭の羊のように先に立てて、ストライヴァー氏は体じゅうの毛穴から父親ぶった態度を発散しつつソーホーの静かな一画へ出向くと、ルーシーの夫の弟子にと息子たちを差し出しがてら、品よく提案した。「やあやあ！　おふたりのピクニック向けに、パン三切れとチーズを持参しましたよ、ダーネイ！」しかし、そのパン三切れとチーズが丁重に断られるとひどく腹を立て、あとで若い息子たちに、あの個人教師みたいな乞食《こじき》の見栄っ張りには注意しなければならないぞと教え諭した。

上等のワインを飲みながら、自分の妻には、ダーネイ夫人が自分を〝落とす〟ためにしかけた手練手管について滔々《とうとう》と語り、丁々発止のやりとりの末、結局どうやって〝落とされなかった〟かをしきりに説明するのだった。ときに上等のワインの相伴にあずかり、彼のほら話に耳を貸す王座裁判所《キングズ・ベンチ》の同業者たちは、ほら話についてはあまりに何度も口にしすぎて本人が信じこんでしまったのだと大目に見ていた。もっともそれは、そもそもの悪事をさらに悪くしているだけだから、この手の輩《やから》は、どこか人目につかない場所に連れていって吊《つる》し首にしたほうが世のためというものである。

以上のことは、こだまの響く一画で小さな娘が六歳になるまで、ルーシーが物思いに沈んだり、愉快に笑ったりしながら聞いた音だった。小さな娘の足音や、つねに活発で冷静な愛《いと》しい父親の足音、そして言うまでもなく愛しい夫の足音が、どれほど心に近しく響いたことだろう。ルーシーの賢く洗練された切り盛りで、どんな贅沢《ぜいたく》をするよりも豊かになり、ひとつにまとまった家庭のこだまは、ほんの小さなものでも彼女にとって音楽だった。耳に心地よいこだまは、まわりにたくさんあった。たとえば、父親が何度となく、ひとり身のころより結婚してからのほうがいっそう尽くしてくれるようになった（もしそんなことが可能ならば）と言ってくれるとき。夫が、どんな心配事や責任があっても彼に対する愛や手助けが減ることはないとしきりに言い、「秘《ひ》訣《けつ》を教えてくれないか、ダーリン。きみはまるで家族がひとりずつしかいないみたいに、全身全霊で接してくれるけれど、なぜ急いでいるようにも、忙しそうにも見えない？」と尋ねるとき。

しかしその間もずっと、通りの一画ではほかのこだまが聞こえていた。遠くで不吉に轟《とどろ》いていたその音は、小さなルーシーの六歳の誕生日が来るころには、フランスで怖ろしい高波をともなう、すさまじい大嵐《おおあらし》の響きになっていた。

一七八九年七月なかばのある夜、ローリー氏は遅くにテルソン銀行を出て、ルーシーと彼女の夫と暗い窓辺に坐《すわ》っていた。暑い荒れ模様の夜で、三人はみな、いつだったか同じ場所から雷光を見た日曜の夜を思い出していた。

「今晩はもしかするとテルソンに泊まりこみかと思いましたよ」ローリー氏が茶色のかつらをうしろに押し上げながら言った。「一日じゅう本当に忙しかったのです。どこから手をつければいいのか、どっちを向けばいいのかもわからなくて。パリがあまりにも不穏な状況なので、人々がうちに詰めかけているのです。あちらの顧客は、それこそ一刻も早くうちに資産を預けたいようでして。もう狂ったようになってイギリスに送りたがっています」

「たいへんそうですね」ダーネイが言った。

「親愛なるダーネイ、たいへんそうとおっしゃるなら、そのとおり。ですが、理由がわからないのです。みな理性を失っているとしか思えない！　テルソンの行員にも老人がいますから、ちゃんとした理由もないのにこれほど働かされるのは困るのです」

「それでも」ダーネイが言った。「空がどれだけ暗く禍々《まがまが》しいかはわかりますよね」

「もちろんわかります」さすがに今日は上機嫌とはいかず、不満をこぼしてしまうのだと自分に言い聞かせながら、ローリー氏は同意した。「長くて疲れる一日だったものだから、愚痴のひとつも言いたくなりましてね。ところでドクター・マネットはどこに？」

「ここにいるよ」医師がちょうど暗い部屋に入ってきながら言った。

「いてくださってよかった。一日じゅうあわただしいし、胸騒ぎもするしで、わけもなく神経が苛《いら》立っているのです。今日はもう出かけませんね？」

「出かけないよ。よければバックギャモンでもしようか」

「正直に言いますと、ちょっとそういう気分ではないのです。今晩はあなたと対戦してもまったく歯が立たないでしょう。お茶のトレイはまだそこに、ルーシー？　見当たらないもので」

「もちろんありますよ。あなたのために置いてあります」

「どうもありがとう。大切なお嬢さんはベッドですか」

「ええ、ぐっすり眠っています」

「それですよ。すべてが穏やかでいつもと変わりない。ここに何か穏やかでないものがあるなんて考えられない。神に感謝します。私は今日働きすぎた。もう昔のように若くはないのに。お茶をお願いします。ありがとう。さあ、こっちへ来て、われわれに加わってください。みんなで静かに坐って、あなたが理論をお持ちのこだまを聞こうじゃありませんか」

「理論なんかじゃありません。ただの空想です」

「では空想ということにしておきましょう」ローリー氏は彼女の手を軽く叩《たた》いた。「でもたしかに大きな音で、たくさん鳴っていますね。ほら、聞いて！」

彼らが暗いロンドンの窓辺で膝《ひざ》を寄せ合って坐っているころ、遠いサンタントワーヌでは猛《たけ》り立つ足音が響いていた。それは誰の生活だろうと蹂躪《じゅうりん》し、狂ったように突き進む危険な足音、一度血に赤く染まると容易に消えない足音だった。

その朝、サンタントワーヌでは、案山子《かかし》の黒い群衆がうねりながらあちこちへ動いていた。頭の大波の上で、鋼鉄の刃物や銃剣が、昇った太陽の光に照らされてきらきらと輝いた。サンタントワーヌの喉《のど》からすさまじい咆哮《ほうこう》が湧き起こり、そこらじゅうに振り上げられたむき出しの腕が、冬の風になぶられる枯れ枝のように宙でもがいた。指という指が、どこか深い闇《やみ》の底から投げ上げられる武器か武器まがいのものを、どれほど遠くからだろうととっさにつかみ取っていた。

誰が武器を差し出したのか。それらがどこから出てきて、最後に誰から渡され、誰の手を経て、人々の頭の上で一度に何十も、稲妻か何かのように屈折して飛び交い、震え、突き上げられることになったのか。誰ひとりそれに答えられる者はいなかったが、とにかくマスケット銃が配られていた。さらに弾薬や火薬、弾、鉄棒、棍棒《こんぼう》、短剣、斧《おの》、槍《やり》、そして怒りに駆られた人の知恵が作り出すか見つけるかした、ありとあらゆるものが。ほかに何も見つからなかった人々は、手を血まみれにして壁から石や煉瓦《れんが》を掘り出していた。サンタントワーヌの心臓は脈打つたびに火照《ほて》り、熱に浮かされたように奮い立った。生きる者すべてが己の命を顧みず、いくらでも犠牲にしようという熱情で荒れ狂っていた。

煮えたぎる熱湯の渦に中心があるように、この暴動はドファルジュの酒店を中心にまわっていた。大釜《おおがま》のなかの一滴一滴の人間がドファルジュを取り巻く渦に吸いこまれていった。すでに火薬と汗にまみれたドファルジュその人は、命令を発し、武器を手渡し、こちらの男を押しのけては、あちらの男を引き寄せ、武器をある男から奪って別の男に与え、とにかく混乱のただなかで懸命に働いていた。

「そばにいてくれ、ジャック三番」ドファルジュは大声で呼びかけた。「それからジャック一番と二番、ふた手に分かれて、できるだけ多くの愛国者の先頭に立ってくれ。うちのやつはどこだ?」

「ああ、ここよ」夫人はいつもどおり落ち着き払って答えたが、この日は編み物をしていなかった。毅然《きぜん》とした右手には、ふだんのやさしげな編み棒の代わりに斧が握られ、ガードルには拳銃《けんじゅう》と、怖ろしげな短剣が突っこまれていた。

「おまえはどこに行く?」

「いまはいっしょに行くよ」夫人は言った。「けどすぐに女組を率いるつもりだ」

「では行こう!」ドファルジュはあたりに響きわたる声で言った。「愛国者よ、友よ、準備はできた。いざバスティーユへ!」

湧き起こった喚声は、フランスじゅうの息がこの忌《い》まわしい一語に使われたかのようだった。命を持つ海が波に波を、深みに深みを重ねて盛り上がり、街全体にあふれて監獄をめざした。警鐘が響き、太鼓が打ち鳴らされ、荒ぶる海が轟々《ごうごう》と新しい浜辺に押し寄せて、襲撃が始まった。

深い濠《ほり》、跳ね橋がふたつ、巨大な石の壁、八基の大きな塔、大砲、マスケット銃、砲火と砲煙。酒屋のドファルジュはその砲火と砲煙をくぐり抜け――というより、人波に押されて大砲にぶつかり、そのまま砲手になっていたから、砲火と砲煙のまんなかで――勇ましい兵士さながら二時間も熾烈《しれつ》に戦っていた。

深い濠がひとつに減り、跳ね橋もひとつ、巨大な石の壁、八基の大きな塔、大砲、マスケット銃、砲火と砲煙。跳ね橋が落ちた！「行け！　同志たち！　行け、ジャック一番、ジャック二番、ジャック一千番、ジャック二千番、ジャック二万五千番！あらゆる天使と悪魔の名にかけて――好きなほうを選ぶがいい――行け！」酒屋のドファルジュは、すでに砲撃ですっかり熱くなっている大砲の横で叫んだ。

「女はこっちへ！」ドファルジュ夫人が叫んだ。「なあに、あたしたちだって、いざとなりゃ男と同じくらい殺せるさ」血気にはやる甲高い叫びとともに、女たちが続々と集まった。みなそれぞれに武器を持っていたが、共通する武器は飢えと復讐心《ふくしゅうしん》だった。

大砲、マスケット銃、砲火と砲煙。しかし、まだ深い濠と跳ね橋ひとつ、巨大な石の壁、八基の大きな塔が残っている。負傷者が倒れ、荒ぶる海にいくらか人の入れ替えがある。ぎらつく武器、燃え盛る松明《たいまつ》、煙を上げる荷車の濡《ぬ》れた藁《わら》。あらゆるところで人々が障害物を叩き壊している。金切り声、一斉射撃、罵声《ばせい》、不屈の勇気、砲声、粉砕の音、崩壊の音、生ける海の怒りの大音声《だいおんじょう》。それでも深い濠と跳ね橋ひとつ、巨大な石の壁、八基の大きな塔がある。酒屋のドファルジュも、四時間の熾烈な砲撃で倍に熱くなった大砲をまだ撃ちつづけている。

監獄のなかから白旗が出てきて、講和交渉が始まった。荒れ狂う嵐でほとんど見えず、何も聞こえなかったが、突如海がひときわ大きく高々と盛り上がり、酒屋のドファルジュを、おろされた跳ね橋のほうへ押し流していった。巨大な石の外壁をすぎて、降伏した八基の塔のなかへ！

流れの強さになすすべもなく運ばれて、ドファルジュは南海の大波のなかでもがくように息もできず、首もまわせないほどだったが、やがて気づくとバスティーユの外庭に打ち上げられていた。壁の曲がり角に張りついて、どうにか周囲を見渡すと、ジャック三番がすぐそばにいた。ドファルジュ夫人も見えた。まだいくらか女たちを引き連れ、手に短剣を持って奥に突き進んでいる。あらゆるところに興奮と歓喜、熱狂的な混乱と耳を聾《ろう》する騒音、なおも続く怒りの無言劇があった。

波が高まる

「囚人!」

「記録!」

「秘密の監房!」

「拷問具《ごうもんぐ》!」

「囚人!」

　こうした叫びや、ほかの支離滅裂な幾千万もの声のなかで、時空と同じく永遠に続きそうな人の海が、監獄内になだれこみながらとりわけくり返していたのは「囚人!」の叫びだった。最初の波が牢番《ろうばん》たちを連れ去り、どんな秘密の房でもひとつ残らず開けないとただちに殺すぞと脅しはじめると、ドファルジュはなかのひとりの胸ぐらをつかんで――火のついた松明を持っている白髪混じりの男だった――ほかの牢番から引き離し、壁に押しつけた。

「北塔はどこだ。早く教えろ!」

「教えますよ」男は答えた。「ついてくるのであれば。でも、誰もいませんよ」

「北塔の百五番とはどういう意味だ」ドファルジュは訊《き》いた。「早く!」

「意味とは?」

「囚人の番号なのか、房の番号なのか。それとも殴り殺されたいか?」

「殺そう！」近くに来ていたジャック三番が言った。

「ムシュー、房の番号です」

「そこへ連れていくんだ」

「ではこっちへ」

例によって貪欲《どんよく》なジャック三番は、話が流血に結びつきそうにないので明らかにがっかりしながら、ドファルジュの腕をつかんだ。ドファルジュは牢番の腕をつかんでいた。いまの短い会話のあいだ三人は頭を寄せ合っていたが、それでも聞こえるか聞こえないかだったのは、人の海が監獄に流れこみ、中庭や通路や階段に満ちあふれる音がすさまじかったからだ。海は建物の外からも深くしわがれた怒号をぶつけて壁を震わし、ときおり騒乱の一部の叫び声が水しぶきのように空中に飛び散った。

日の光がまったく入らない薄暗い丸天井の空間を抜け、暗い穴蔵や檻《おり》につながるおぞましい扉をくぐり、洞窟《どうくつ》めいた階段をおりて、今度は階段というより涸沢《からさわ》のような石と煉瓦のでこぼこの急斜面をのぼり、ドファルジュと牢番とジャック三番は手と腕をつないで、あたうかぎりの速さで進んでいった。とくに最初のころは、そこここで人の流れに追いつかれて呑《の》みこまれることもあったが、階段をおりきって、塔をぐるぐるとのぼるころには、三人だけになっていた。重く厚い壁やアーチに囲まれていると、監獄内外の嵐も鈍く沈んだ音にしか聞こえず、暴動の大音声で自分の耳がおかしくなった気がした。

牢番が低い扉のまえで立ち止まり、ガチャガチャと鍵《かぎ》をまわして扉をゆっくりと開けた。三人は頭を下げてくぐり抜けた。

「北塔百五番です」

壁の高いところにガラスの入っていない小窓があった。頑丈な鉄格子《てつごうし》がついて、手前には石の目隠しもあるので、低く屈《かが》んで仰ぎ見ないことには、空は見えない。小さな煙突があり、その数フィート奥にもしっかりと鉄格子がはまっている。炉には羽毛のようになった古い木灰が積もっていた。粗末な椅子《いす》、机、藁のベッドが置かれ、四方は黒ずんだ壁で、そのひとつには錆《さ》びた鉄の輪がついていた。

「よく見えるように、松明で照らしながら壁のまえをゆっくり歩け」ドファルジュが牢番に言った。

牢番はしたがい、ドファルジュは眼を凝らして光を追った。

「止まれ！　これを見ろ、ジャック」

「A・M！」ジャック三番が貪《むさぼ》るように読みながら、かすれ声で言った。

「アレクサンドル・マネットだ」ドファルジュが火薬で真っ黒に汚れた指で文字をな

ぞりながら、相手の耳元で言った。「そしてここに〝哀れな医師〟と書いてある。この石に日付を刻んだのはまちがいなく本人だな。手に何を持ってる？ 鉄梃《かなてこ》か。貸せ！」

ドファルジュはまだ大砲の道火桿《みちびざお》を持っていた。それをいきなり相手の鉄梃と取り替えると、虫食いのある椅子と机に振りおろして、ほんの数回でばらばらに砕いてしまった。

「松明をもっと高く！」ドファルジュは牢番を叱《しか》り飛ばした。「破片を注意して見てくれ、ジャック。ほら、短剣を！」と持っていた短剣を放って、「ベッドを裂いて藁のなかを探すんだ。松明をもっと上げろ、こら！」

牢番を睨《にら》みつけてから、ドファルジュは炉に這《は》っていき、煙突のなかを見上げると、まわりの壁を鉄梃で叩いたり、削ったり、鉄格子を突いたりした。数分で漆喰《しっくい》と土塊《つちくれ》が落ちてきて、ドファルジュは顔をよけ、落ちてきた土や漆喰や、灰のなか、鉄梃でほじった煙突のなかを手で慎重に探った。

「木や藁のなかには何もないか、ジャック」

「ないな」

「全部部屋のまんなかに集めろ。さあおまえ、これに火をつけろ」

牢番が松明の火を移すと、小さな山は高々と熱い炎を立てて燃えた。三人は炎を背後に残し、また屈んで低いアーチ型の扉を抜け、中庭から来た道を引き返した。塔をおりるにつれ聴覚が戻ってきて、彼らはふたたび猛り狂う人の群れに加わった。

サンタントワーヌの群衆は波打ち、揺れ動いて、ドファルジュその人を探していた。この酒屋を、バスティーユの監獄長を護送する集団の先頭に立てたかったのだ。そうしなければ、人々に発砲した監獄長をパリ市庁舎まで連行して裁くことができない。監獄長が逃げてしまい、人々の血（長年なんの価値もなかったのに、ここに来てにわかに価値を持つようになった）が無駄に流され、復讐が果たされないことになる。

厳《いか》めしい年寄りの監獄長は赤い飾りつきの灰色の上着を着ていた。彼を呑みこみそうな群衆の咆哮と騒擾《そうじょう》のなかで、ただひとり落ち着き払った人物がいた。それも女だ。「見よ、あれがあたしの夫だ！」女は指差しながら叫んだ。「ドファルジュを見よ！」彼女は厳めしい年寄りの監獄長の横に泰然と立っていた。そのまま離れず、ドファルジュたちが彼を市庁舎へ連れていくあいだ、泰然と通りをついていった。目的地が近づいて、人々がうしろから彼を打ちすえはじめても、泰然とそばにいた。続々と集まってきた人がいっそう激しく彼を刺し、殴っても、泰然と離れなかった。そしてついに監獄長が横死したときにはすぐそばで急に活気づき、死人の肩に足をのせるや、ずいぶんまえから用意していた残忍な短剣でその首を掻《か》き落とした。

ついにサンタントワーヌが、自分たちは何になれるか、何ができるかを示すために、街灯柱から人を吊《つる》すという怖ろしい考えを実行するときが来た。サンタントワーヌの血は燃え上がり、冷酷な暴政と支配の血は流れ落ちた——監獄長の死体が横たわる市庁舎の階段に——断首のために死体を踏みつけたドファルジュ夫人の靴底に。「あの街灯をおろせ!」新しい殺害手段を探しまわった末に、サンタントワーヌは叫んだ。「あいつの手下の兵士がひとりいた。見張りに残しておけ!」柱の持ち場に哨兵《しょうへい》を吊り下げておいて、人の海は進んでいった。

波に波が重なって襲いかかる暗く猛々《たけだけ》しい海は、深さも破壊力も計り知れなかった。激しく揺れ動く波と、復讐の声と、苦難の竈《かまど》で焼き固められて一片の哀れみも浮かばなくなった顔からなる、非情の海だった。

しかし、いずれも獰猛《どうもう》な怒りをくっきりと表す顔の大海のなかに、ほかとは明らかにちがう集団がふたつ——それぞれ顔は七つずつ——あった。これほど記憶に残る難破物を浮かべてうねった海はかつてない。ひとつめは囚人の七つの顔で、彼らの墓を襲撃した嵐《あらし》によっていきなり解放され、頭上高く持ち上げられていたが、みな怯《おび》え、途方に暮れ、訝《いぶか》り、驚いていた。あたかもこれが最後の審判の日で、まわりで歓喜する連中は救われない亡霊のように見えていたのだろう。さらに高く掲げられたもう一方の七つの顔は死んでいて、まぶたの垂れ下がった半眼で審判の日を待っていた。そろって無反応の顔だが、表情が完全に消えたわけではなく、恐怖したまま一時停止している。これから垂れたまぶたを開き、血の気のない唇で「おまえがやったのだ！」と告発せずにはおかないといった顔だった。

解放された七人の囚人、槍に刺された七つの血だらけの首、八つの塔を持つ呪《のろ》われた監獄の鍵、心破れて遠い昔に死んだ古《いにしえ》の囚人たちの手紙やその他の遺品――そうしたもろもろを手にして、サンタントワーヌの足音は、一七八九年の七月なかば、パリの通りで大きくこだまして進んでいった。天なる神よ、どうかルーシー・ダーネイの空想を打ち破り、それらの足を彼女の人生から遠ざけておかれんことを。なぜならそれらは向こう見ずで、凶暴で、危険だからだ。ドファルジュの酒店のまえで樽《たる》が壊れて長年たつが、一度赤く染まった足は容易に浄《きよ》められるものではない。

第二十二章　波はなお高まる

痩《や》せ衰えたサンタントワーヌの人々が、同胞との抱擁と祝賀で堅パンの苦い味をわずかながらよくした喜びの一週間がすぎると、ドファルジュ夫人はもういつものように店の勘定台について、客たちをさばいていた。頭にバラは挿していない。たったの一週間で、スパイの集団は街の慈悲を当てにせず、極端なまでに慎重に行動するようになっていた。通りに並ぶ街灯が彼らを待ちかねるように不吉に揺れていたからだ。

ドファルジュ夫人は腕を組んで坐《すわ》り、朝の光と暑気のなかで店と通りをじっと見つめていた。どちらにも貧しく惨《みじ》めな人々が何組かうろついていたが、いまや彼らの窮乏に権力の冠がのっているのははっきりと見て取れた。不潔な頭に斜にかぶった汚れ放題のナイトキャップにさえ、こんなねじれた意味があった――こいつをかぶったおれの命を長らえるのがどれほどむずかしいかはわかってるが、同じおれがあんたの命を奪うのがどれほどたやすくなったかわかるか？　痩せ細ったむき出しのどの腕も、かつては仕事がなかったが、もういつでも暴力の仕事に取りかかれた。編み物をする女たちの指も、何かを引き裂くことができるのを知ったいま、悪意に満ちていた。サンタントワーヌの顔が変わったのだ。何百年もかけていまの姿に近づいていたが、この夏の最後の仕上げが如実《にょじつ》に外見に表れていた。

ドファルジュ夫人は坐ってそんな街を見ていた。サンタントワーヌの女組の頭領にふさわしく、静かな満足をたたえて。その隣で同志のひとりが編み物をしていた。貧しい八百屋の小太りの妻で、ふたりの子の母でもあるこの補佐役は、すでに敬意をこめて〝復讐《ヴァンジャーンス》〟の渾名《あだな》で呼ばれていた。

「聞いて！」復讐が言った。「誰か来る。誰だろう」

サンタントワーヌ地区のはずれからこの酒店の入口まで引かれた火薬の線に突然火がついたかのように、つぶやきが街を駆けめぐって広がった。

「ドファルジュだ」夫人が言った。「静かに、愛国者たち」

ドファルジュが息を切らしてやってきた。かぶっていた赤い帽子を脱いで、まわりを見た。「聞いて、みんな」夫人がまた言った。ドファルジュはあえぎながら立っていた。背景の店の外には、熱心に眼を光らせて口を半開きにした人々が集まった。店のなかにいた者たちは全員さっと立ち上がった。

「どうしたの、あんた」

「あの世からの知らせだ」

「なんだいそれは」夫人は見下したように叫んだ。「あの世？」

「みんな、あの大臣だったフーロンを憶《おぼ》えてるか。餓死寸前の人々に草を食えと言って、死んで地獄に墜《お》ちた男を」

「みんな憶えてる」全員が答えた。

「あいつに関する知らせだ。あいつがわれわれのなかにいる」

「われわれのなかに！」またいっせいに声があがった。「死人として？」

「死んでない！　われわれを怖れるあまり──それももっともだが──死んだふりをして、偽《にせ》の葬式を盛大にやったのだ。だが田舎に隠れて生きていたのを、同志が見つけてパリに連れてきた。囚人として市庁舎に引っ立てられていくのを見てきたとこだ。やつが怖がるのももっともだと言ったが、どうだみんな、そう思うか？」

七十歳を越えた惨めな罪人がたとえその答えを知らなかったとしても、人々が返した叫び声を聞けば、心の底から思い知っただろう。

深い静寂ができた。ドファルジュ夫妻は互いに見つめ合った。復讐が背を屈《かが》め、勘定台のうしろで動かした太鼓の鈍い音がした。

「愛国者たち！」ドファルジュは決然と叫んだ。「準備はいいか」

瞬時にドファルジュ夫人の短剣がガードルに入った。太鼓と鼓手が魔法で飛んできたかのように、通りに太鼓の音が鳴り響いた。復讐がすさまじい金切り声をあげ、四十人の復讐の女神さながら頭のまわりで腕を振りまわして、家から家へと飛び移り、女たちに呼びかけた。

男たちも怖ろしく、血に飢えた怒りの形相を窓からのぞかせると、なんであれ武器になるものを手にして通りにあふれ出してきたが、真の勇者をもぞっとさせるのは、女たちだった。底なしの貧困から生じる家事も放り出し、子供も見捨て、飢えて着るものもなく床にうずくまっている老人や病人もなげうち、髪をなびかせて走りながら、途方もない喚声と身ぶりで、みずからとほかの女たちを狂気に駆り立てていた。卑劣漢のフーロンが捕まったよ、姉さん！　爺《じじい》のフーロンが捕まった、母さん！　恥知らずのフーロンが捕まった、わが娘！　その騒ぎのまんなかにさらに二十人の女が、胸を打ち、髪をかきむしり、叫びながら飛びこんだ。フーロンが生きてた！　飢えた人々に草を食えと言ったあのフーロンが！　老いた父さんにパンを渡せないとき、草でも食ってろと言ったフーロン。栄養不足でこの胸からお乳が出ないとき、あたしの赤ちゃんに草を吸ってろと言ったフーロンだ！　ああ、聖母様、あのフーロンだ！　ああ、神様、あたしたちの苦しみときたら！　天国にいるわが子、しなびて死んだ父さん、聞いて！　この膝《ひざ》に、この敷石に誓って、あんたたちの仇《かたき》は討ってやる。亭主たち、兄弟たち、若者たち、われらにフーロンの血を与えよ。フーロンの首、フーロンの心臓、フーロンの体と魂を！　フーロンをずたずたに引き裂き、地中に埋め、その上に草を茂らせろ！　こうした叫びとともに大勢の女が狂ったように走りまわり、仲間を殴ったり、引っ掻《か》いたりした挙句、興奮しすぎて気絶するありさまだった。人に踏まれないように、それを夫たちが救い出すのだ。

とはいえ、一瞬も無駄にはされなかった。ほんの一瞬も！　フーロンは市庁舎にいて、釈放されるかもしれない。サンタントワーヌが彼から受けた仕打ちと、屈辱と、苦しみを忘れていないなら、そんなことは許されない。武器を持った男女はサンタントワーヌから風のように飛び出し、その勢いで澱《おり》のような輩《やから》までも連れ去られて、十五分とたたないうちに、地区内には老婆《ろうば》が数人と、泣きわめく子供しかいなくなった。

そう、そのころにはみなこの邪悪な醜い老人がいる審問法廷に詰めかけ、隣の空き地や通りにまであふれていた。ドファルジュ夫妻、復讐、ジャック三番はその先頭に立ち、廷内の老人のすぐそばにいた。

「見なさい」夫人が短剣で指差して言った。「縄で縛られたあのあくどい老人を。背中に草の束を結びつけたのは気が利《き》いてるね。はは、傑作だ。いまから食わせな！」夫人は脇《わき》に短剣を挟むと、劇でも観《み》ているかのように拍手した。

ドファルジュ夫人のうしろにいた人々は、彼女がうれしそうにしている理由をうしろに伝え、その人たちがまたうしろに話して、ほどなく通りに拍手の音が響いた。同様に、延々と陳述のことばがふるい分けられた二、三時間の審問のあいだじゅう、ドファルジュ夫人がたびたび苛立《いらだ》って口にした文句は、驚くべき速さで遠くまで伝えられた。それにとりわけ貢献したのは、建物の外壁になんとも器用によじのぼった男たちで、窓からなかをのぞきこみ、ドファルジュ夫人をしっかり観察して、外の群衆に信号を伝える役割を果たしたのだった。

やがて太陽が高く昇り、希望か保護のやさしい光を老いた囚人の頭にまっすぐ当てた。そんな哀れみは群衆にとって耐えがたく、思いがけず長く宙を舞って囚人を守っていたことばの埃《ほこり》や籾殻《もみがら》は一閃《いっせん》、風に吹き払われて、サンタントワーヌが彼につかみかかった。

たちまちそれは群衆のもっとも遠い端まで伝わった。ドファルジュが手すりと机を飛び越え、惨めな悪党を渾身《こんしん》の力で羽交い締めにすると、ドファルジュ夫人もすぐあとからフーロンの縄をつかんでひねり上げた。復讐とジャック三番がまだそこに届かず、窓にいた男たちも、高い木の枝から獲物を狙《ねら》う猛禽《もうきん》類のように室内に飛びおりていないうちに、「外に連れ出せ！　街灯に吊《つる》せ！」という叫び声が湧《わ》き起こり、街全体を包みこむかのようだった。

倒れ、起き上がり、玄関前の階段を真っ逆さまに落ち、膝をつき、立ち上がり、仰向けに倒れる。引きずられ、殴られ、何百という手で草や藁《わら》を顔に押しつけられて、息ができなくなる。引き裂かれ、傷つけられ、あえぎ、血を流しながら、ひたすら慈悲を乞《こ》いつづける。人々がひと目見ようと互いに押しのり合うので、まわりに小さな空間ができ、いっそう激しくじたばたする。脚の森のなかに倒れた一本の枯れ木のように、死の街灯のひとつが揺れている最寄りの角まで引きずっていかれると、そこでドファルジュ夫人が――猫がネズミにやるように――彼を解放し、みんなが準備をするあいだ、無言で淡々と見ていた。フーロンはまだ赦《ゆる》しを乞うている。女たちはいつまでも金切り声を浴びせ、男たちも、口に草を突っこんで殺してやれと怒声をぶつけた。フーロンは一度高々と吊されたが、ロープが切れ、落ちて泣きわめいているところを捕まえられた。ふたたび吊されたときにもロープが切れ、また泣きわめいているところを捕まえられた。三度目にやっとロープは慈悲深く持ちこたえ、すぐに彼の首は槍《やり》に刺されて、口にはたっぷりと草が詰められた。サンタントワーヌの人々はその光景にみな喜んで踊った。

一日の悪行はそれで終わりではなかった。日暮れどき、やはり民衆の敵にして侮辱者である、殺された男の娘婿《むすめむこ》が、総勢五百名あまりの騎兵隊に護衛されてパリに入ってくるという噂《うわさ》が聞こえると、叫び踊っていたサンタントワーヌの血はふたたび沸き立った。サンタントワーヌは大きな紙に彼の罪を書き出し、本人につかみかかって――フーロンの道連れを作るためなら、全軍からでも奪い去っただろう――その首と心臓を槍に立てた。その日の戦利品三つとともに、狼《おおかみ》たちは街を練り歩いた。

男たちや女たちが、腹を空《す》かして泣いている子供のもとへ帰ったのは、夜の帳《とばり》がすっかりおりたあとだった。みすぼらしいパン屋のまえには、粗末なパンを買うために辛抱強く待つ長い列ができた。空っぽの胃で待つあいだも、彼らは互いに抱き合ってその日の勝利を祝い、達成したことを語り合っていた。ぼろを着た人の列は次第に短くなり、散っていった。やがて家々の高い窓に乏しい光が灯り、通りのあちこちで小さな火が焚《た》かれて近隣の者たちが共同で炊事をし、玄関先で食べた。

肉も、惨めなパンにつけるものすらない、わずかな貧しい食事だったが、人と人との同志愛が、火打ち石のような食べ物にもいくばくかの栄養を与え、そこから喜びの火花を飛ばした。その日の最悪の所業に力を尽くした父親や母親も、痩せこけた子供とやさしく遊んでいた。恋人たちも、そういう世界をまわりと行く先に見ながら、愛し合い、希望を抱いていた。

ドファルジュの酒店から最後の客が出ていったのは、ほとんど夜が明けるころだった。ドファルジュ氏はドアを閉めながら、しわがれ声で妻に話しかけた。

「ついに来たな、おまえ」

「ええ」ドファルジュ夫人は答えた。「ほとんどね」

サンタントワーヌは眠り、ドファルジュ夫妻も眠った。〝復讐〟でさえ、腹を空かした八百屋の夫と眠った。太鼓も休んでいた。サンタントワーヌの流血と騒乱で変わらなかったのは、その太鼓の音だけだった。持ち主である復讐はまたそれを抱えて、バスティーユが落ちるまえや、老フーロンが捕らえられるまえと同じ音を打ち鳴らすことができたが、サンタントワーヌの懐《ふところ》に抱かれた男女の荒々しい声は、もうもとへは戻らなかった。

第二十三章　炎が立つ

水汲《みずく》み場の水が流れ、道路工夫が毎日出かけてハンマーを振るい、無知な魂とがりがりに痩《や》せた体をかろうじて養うわずかなパンを手にしていた村にも、変化は訪れていた。岩山の監獄に昔ほどの威容はなかった。警備の兵士がいるにはいたが、数は少なく、彼らを統率する士官にしても、部下が何をしはじめるか、誰ひとり予測できなかった――おそらく命令にはしたがわないということしか。

荒廃しか生まない滅びた田園がどこまでも広がっていた。あらゆる葉は、緑木だろうと草だろうと穀物だろうと、惨《みじ》めな人々と同じようにしおれて弱っていた。あらゆるものが元気なくうなだれ、押さえつけられ、傷《いた》んでいた。家も、柵《さく》も、家畜も、男や女や子供、そして彼らをのせている土地自体も、すべてがくたびれきっていた。

貴族（一人ひとりはきわめて立派な紳士ということも多かった）は国の誉れであり、物事に騎士道の色を加え、贅沢《ぜいたく》で輝かしい生活の礼儀正しい見本となり、ほかにもさまざまな点で大きな存在だったが、とにかく階級全体でこの事態を招いてしまった。貴族のために特別に創《つく》られた宇宙がこれほど早く、からからになるまで搾《しぼ》り尽くされてしまうことの不思議よ！　神の永遠の計らいにはなんらかの短慮があるにちがいない。しかしそれが現実だった。火打ち石から最後の一滴まで血が搾り取られ、磔《はりつけ》の拷問台《ごうもんだい》の最後のネジまで酷使の末に歯止めが壊れ、空まわりするだけになったところで、ようやく彼らは下劣で不埒《ふらち》な状況から逃げ出しはじめた。

けれどもこの村や、似たようなほかの村に起きた変化は、それとはちがった。何十年ものあいだ、貴族はそこから搾れるだけ搾っていたが、狩りを愉《たの》しむときぐらいにしか姿を見せなかったのだ。人を狩るときもあれば、獣を狩るときもあり、そのためにあえて不毛の荒れ地を残しておいた。したがって村の変化は、貴族の彫りの深い、でなければ美しく化粧をほどこした上流階級の顔がなくなるというより、下層階級の見知らぬ顔が増えることに現れた。

というのも、塵《ちり》のなかひとりで働いている道路工夫が、塵である自分は塵に帰らなければならないということなどめったに考えず――頭のほとんどを占めているのは、夕食に食べるものがいかに少ないか、手に入りさえすればどれほどたらふく食べたいかということだった――ふと仕事から眼を上げてまわりの景色を見たときなど、遠くからぼろ着の人影が歩いてきていることが多くなったからだ。昔はそういう風体の人間など見かけなかったものだが、このごろそれがやたらと増えた。工夫はもう驚きもしないが、近づいてくる男はたいてい野蛮人のように髪がぼさぼさで、背が高く、彼の眼にすら不恰好《ぶかっこう》な木靴をはいていた。ぞっとする荒々しい雰囲気で、陽焼けして、多くの街道の泥と塵にまみれ、多くの沼地の湿気を吸い、多くの森の間道の茨《いばら》や葉や苔《こけ》を体じゅうにくっつけていた。

七月のある日の午《ひる》ごろ、そんな男のひとりが幽霊のように現れた。道路工夫は土手の下で石の山の上に坐《すわ》って、にわかに降り注いできた雹《ひょう》を避けていた。

男は道路工夫を見て、盆地の村、風車、岩山の監獄を見た。暗く鈍った心でそれらを認めると、ほとんど聞き取れない方言で言った。

「調子はどうだい、ジャック」

「いいよ、ジャック」

「では握手だ」

ふたりは握手した。男は石の山に腰をおろした。

「昼飯はねえのか」

「夜食うだけだ」道路工夫はひもじそうな顔で言った。

「それが流行だな」男は不満げに言った。「昼は食わねえのが」

黒ずんだパイプを取り出し、煙草《たばこ》を詰めて火打ち石で火をつけ、赤く燃えるまで吸った。かと思うと、ふいにそれを置き、親指と人差し指でつまんだものを火の上に落とした。それはぱっと燃え上がり、煙を立てて消えた。

「握手だ」その所作を見たあと、今度は道路工夫が言った。ふたりはまた握手を交わした。

「今晩か?」工夫が言った。

「今晩だ」男がパイプをくわえて言った。

「どこで?」

「ここで」

ふたりは石の上で黙って見つめ合った。雹はふたりのあいだに小人の銃剣突撃のように降りかかっていたが、そのうち村の上の空が晴れてきた。

「教えてくれ」旅人が丘の崖《がけ》のほうに歩きながら言った。

「教えよう」工夫が指し示した。「ここをおりていって、通りをまっすぐ進んで、水汲み場を通りすぎて――」

「そんなこたあどうだっていい」男はさえぎって、下の景色を見渡した。「おれは通りも進まないし、水汲み場の横も歩かねえ。短く言え」

「つまり、丘のてっぺんから村まで二リューほどだ」

「わかった。あんたの仕事が終わるのは？」

「陽が沈むころ」

「なら帰るまえに起こしてくれるか。ふた晩、歩きづめだった。この煙草を吸ったら、子供みたいにぐっすり寝るよ。起こしてくれるな？」

「もちろん」

旅人は煙草を吸い終わり、パイプを胸に戻すと、大きな木靴を脱いで石の上に仰向けになり、たちまち寝入った。

道路工夫が塵だらけの仕事をせっせと進めるうちに、雹を降らせた雲は流れていき、縞《しま》模様に現れてきた青空から陽が射《さ》して、地上の風景が銀色に輝いた。愛用の青い帽子を赤い帽子に変えた小柄な男は、石の上の男の姿に魅せられているようだった。眼は始終そちらを向いて、道具の使い方も機械的、手を抜いていると言ってもいいほどだった。男のひどく陽焼けした顔、ぼさぼさの髪とひげ、目の粗い毛糸の赤い帽子に、手織りの布と獣の毛皮を継ぎ合わせたぼろ服、貧しい生活で痩せたたくましい体、寝ながらやけに強く引き結んでいる不機嫌な唇は、道路工夫に畏怖《いふ》の念を抱かせた。旅人ははるか遠くから旅してきて、足には靴ずれができ、くるぶしはすりむけて血が出ている。大きな靴には葉や草が詰まっていて、長い道のりを延々と引きずって歩くには重かったにちがいない。着ている服も、本人同様、あちこちすり切れて穴があいていた。工夫は男の横に屈《かが》んで、胸かどこかに武器を隠し持っていないか探ろうとしたが無駄だった。体のまえで腕を組んで、唇と同じようにしっかりと胸を閉じていたからだ。防柵や衛兵所、門や濠《ほり》や跳ね橋で守りを固めた砦《とりで》の町も、この男のまえでは空気のようなものではないかと思われた。地平線に眼を上げてまわりを眺めわたした工夫には、この男と似たような小さな人影が何物にも妨げられず、フランスじゅうのさまざまな中心地に向かっているのが見える気がした。

男は眠りつづけた。雹が降ろうと、雲が切れようと、顔に陽が照ったり影ができたりしようと。体に積もる小さな氷の塊が、陽の光でダイヤモンドのようにきらめくのにも、まるで頓着《とんちゃく》しなかった。やがて太陽が西に傾き、空が夕焼けに染まってきた。

道路工夫は道具をまとめ、村におりる準備を整えると、男を起こした。

「よし」寝ていた男は肘《ひじ》をついて起き上がった。「丘のてっぺんから二リューだな」

「だいたいな」

「だいたい。よし！」

道路工夫は家路についた。風の吹くままに土埃《つちぼこり》が彼のまえを舞っていた。まもなく彼は水汲み場のまえまで来て、水を飲みに連れてこられていた貧相な牛の群れに割りこみ、村じゅうの人間に囁《ささや》くついでに牛にまで囁いているように見えた。村人たちは乏しい食事を終えたあとも、いつものようにベッドにもぐりこまず、また家のまえに出てきて立っていた。奇妙な伝染病のように囁きが広がり、彼らが闇《やみ》のなか水汲み場に集まると、これも奇妙な伝染病のごとく一様に期待をこめて、空の同じ方向を見ていた。村いちばんの役人であるギャベル氏は不安になり、ひとりで家の屋根にのぼって、やはりその方向を見た。煙突の陰から下にいる人々の暗い顔を見やり、教会の鍵《かぎ》を持っている聖具管理人に、もうすぐ警鐘を鳴らす必要があるかもしれないと連絡をとった。

夜が更《ふ》けた。風が立ち、古い館《やかた》を取り巻いてその孤立を守っている木々が、闇に沈む巨大な石の建物を脅すように揺れた。テラスにつながる二段の石段に雨が吹きつけ、なかにいる者を起こそうとする使者のように館の大扉を打った。玄関広間の古めかしい槍《やり》や短剣のあいだを不穏な風が駆け抜け、嘆きの音とともに階段を上がって、先代の侯爵《こうしゃく》が眠っていたベッドのカーテンを揺らした。東、西、北、南の木々のあいだから、四人のぼさぼさの髪の人影がゆっくりと現れた。高い草を踏みつけ、木の枝を踏み鳴らしながら慎重に近づいてきて、前庭で落ち合った。四つの火がぱっと現れ、それぞれ別の方向に離れていくと、あたりはまたすっかり闇に包まれた。

が、それも長くは続かなかった。館そのものが輝くかのように、内側からの光で奇妙に闇から浮かび上がってきた。ひと筋の光が玄関の奥にちらつき、透けて見える場所から手すりやアーチや窓を照らし出していたのが、天井へと舞い上がって横に広がり、いっそう明るくなった。まもなく無数の大窓から炎が吹き出し、石の顔が眼覚めて火のなかから外を見つめた。

館に残っていたわずかな人々から弱い悲鳴があがった。誰かが馬に鞍《くら》をつけて駆け出した。拍車を当てて闇を切り裂き、水を跳ね飛ばしてひた走った。村の水汲み場の横の空き地で手綱が引かれ、口から泡を吹いている馬がギャベル氏の宿のまえに立った。「助けてください、ムシュー・ギャベル！　助けて、皆さん！」警鐘はこれでもかと鳴ったが、ほかの助けは（かりに警鐘が助けだったとしてだが）得られなかった。

道路工夫と二百五十人の仲間たちは腕を組んで水汲み場に立ち、空に立つ火柱を見ていた。「四十ピエ（訳注　十二メートルあまり）はあるな」みな暗い声で言い交わし、その場を動こうとしなかった。

館から来た男と、泡を吹いた馬は騒々しく村を駆け抜け、ついには石だらけの険しい坂を駆け上がって岩山の監獄に達した。門のまえに士官たちが集まって、火事を見物していた。うしろには兵士たちもいた。「助けてください、皆さん！　館が火事なんです。急げば貴重品を炎から救えるかもしれない。お願いです、助けて」士官たちは、やはり見物している兵士たちのほうを向いたが、命令は出さなかった。ただ肩をすくめ、唇を噛《か》んで、「燃えるしかない」と答えた。

馬と乗り手がまた丘をおりて通りに入ると、村が明るく輝いていた。道路工夫と二百五十人の仲間たちが、みないっせいに火を飾ることを思いついてそれぞれの家に駆け戻り、汚れた小さな窓という窓に蠟燭《ろうそく》の光を灯していたからだ。おしなべてものが欠乏しているので、ギャベル氏から有無を言わさず蠟燭を借り出した者もいた。役人がちょっとためらったときには、あれほど権威に従順だった道路工夫までもが、馬車は祝いの焚《た》き火にちょうどいいし、駅馬も火で炙《あぶ》って食ってやろうかと言った。

館は燃えるにまかされた。轟々《ごうごう》と燃え立つ炎のなかで、地獄から吹き上げた灼熱《しゃくねつ》の風が建物を吹き飛ばさんばかりだった。高まりうねる猛火に包まれて、石の顔は拷問を受けているように見えた。石と材木の大きな塊が崩れ落ちると、鼻にふたつのくぼみがある石の顔が見えなくなった。と思う間に、煙のなかからまた現れ、それはあたかも火刑に処されてもがき苦しむ残忍な侯爵の顔のようだった。

館は燃えつづけた。すぐそばの木々も火につかまり、焼け焦《こ》げて縮んだ。遠くの木も四人の獰猛《どうもう》な男たちに火を放たれ、燃える建物を新たな煙の森で包みこんだ。大理石の噴水の底で溶けた鉛と鉄が煮立って、水が干上《ひあ》がった。蠟燭消しに似た塔の先端は熱を加えた氷のように溶けて、四つのギザギザの火炎の井戸に流れ落ちた。残った壁には結晶のように大きな割れ目や裂け目が走った。方向感覚を失った鳥がぐるぐる飛んで火炉に落ちていく。四人の獰猛な男たちはみずから焚いた篝火《かがりび》をたよりに、夜の屍衣《しい》がかかった道を、次の目的地がある東、西、北、南へと去っていった。明かりを飾った村の人々は警鐘を奪い、本来の撞《つ》き手を押しのけて、喜びの鐘を打ち鳴らした。

それだけではない。空腹と火事と鐘の音でまともにものが考えられなくなった村人たちは、ギャベル氏が租税と地代の徴収を手伝っていたことに思い至り――このころギャベル氏が取り立てていたのは租税のわずかな月割り分だけで、地代にはかかわっていなかったのだが――ぜひとも彼と直接会見したくなっていた。さっそく家を取り囲み、相談があるから出てこいと呼びかけたが、これに対してギャベル氏はドアに固く閂《かんぬき》をかけ、家の奥で自分自身と相談した。そうして出た結論は、もう一度屋根に上がって煙突の陰に隠れるというものだった。もしドアが破られて人々が押し入るようなことがあれば（彼は復讐心旺盛《ふくしゅうしんおうせい》な南仏出身の小男だった）、屋根の端から真っ逆さまに飛びおりて、下にいるひとりふたりは押しつぶしてやろうと肚《はら》をくっていた。

遠い館の火事を炉火と蠟燭代わりに、おそらくギャベル氏はそこで長い夜をすごしたことだろう。下ではドアがバンバン叩《たた》かれ、喜びの鐘が音楽のように鳴り響いていた。言うまでもなく、宿駅の門の向かいには不吉な街灯が立っていて、村人が彼を吊《つる》そうと意欲を燃やしていた。人の黒い大海の縁で、いつでも飛びこんでやるという決意とともに夏の一夜をやりすごすのは、さぞ不安でつらかったにちがいない。しかし、ようやくやさしい夜明けが訪れ、村の獣脂の蠟燭は燃え尽きて、村人たちも幸せな気分で散っていった。ギャベル氏は当面命拾いして、屋根からおりてきた。

そこから百マイルも離れていないところで別の炎に照らされた別の役人たちは、ギャベル氏ほど運がよくなかった。その夜も、ほかの夜も、明けて陽が昇るたびに、彼らが生まれ育った、かつては平和だった通りに吊されているのが見つかった。一方、道路工夫や仲間たちほど運がよくない村人や町の人もいた。役人や兵士たちが勝利して、逆に村人たちを吊したのだ。とはいえ、獰猛な男たちは休むことなく、思い思いに東へ、西へ、北へ、南へ進み、そこで誰が吊されようと火事になった。絞首台《こうしゅだい》がどれだけ高ければその火が鎮《しず》まり、人々の渇きが満たされるのかは、どんな役人にも、どれほど高度な数学をもってしてもわからなかった。

第二十四章　磁石島に引き寄せられて

こうして炎が立ち、海が騒ぎ、固い大地をも揺るがす怒りの波濤《はとう》は引くことがなく、つねに高く、より高く流れる上げ潮ばかりで、岸辺から見る者たちを怖れさせ驚かす、嵐《あらし》の三年が費やされた。小さなルーシーの誕生日がさらに三回、平和な家庭生活の薄布に金の糸で織りこまれた。

幾日も、幾晩も、彼らは通りの一画でこだまを聞いた。群衆の足音が聞こえたときには心臓が止まる思いだった。彼らにとってそれは、戒厳令の赤旗のもと、国の危機を宣言して暴れまわり、長年続いた悪い魔法のせいで野獣に変わった人々の足音だったからだ。

フランスの貴族たちは、階級として嫌われていること、フランスではまったく必要とされておらず、国どころかこの世からも追放される危険があることに、あえて眼をつぶってきた。さんざん苦労して悪魔を呼び出したのに、本物の悪魔の姿に震え上がり、質問ひとつせずに逃げ出した寓話《ぐうわ》の田舎者と同じである。閣下たちも長年、主の祈りを無謀にも逆に読みつづけ、ありとあらゆる強力な呪文《じゅもん》を唱えて、邪悪な悪魔を召喚したが、その姿を見るなり恐怖に襲われて、さっさと逃げ出した。

ヴェルサイユ宮殿のあの牛眼の間もなくなった。もし残っていたら、台風さながら乱れ飛んだ国民の銃弾の標的になったことだろう。その〝眼〟はもとよりものを見るのに適した眼ではなかった。明けの明星《ルシファー》の驕《おご》り、アッシリア王サルダナパロスの放蕩《ほうとう》、モグラの盲目という塵《ちり》が久しくたまっていたからである。結局ぽとりと落ちて消えてしまった。宮廷なるものは、ごく内輪の高級貴族の集団から、いちばん外周の陰謀、腐敗、秘密に満ちた取り巻きどもに至るまで、ことごとく消え去った。王権もなくなった。廃止の通告がなされたときには、すでに王は宮殿内に捕らえられ、王権も停止していた。

一七九二年の八月が来るころには、閣下たちは遠く広く、あらゆるところに散らばっていた。

当然ながら、ロンドンにおける彼らの本拠であり一大集合場所は、テルソン銀行だった。亡霊は生前の体がもっとも足繁《しげ》くかよったところに取り憑《つ》くという。もはやギニーも持たない閣下たちは、かつて自分のギニー金貨があったところに取り憑いた。しかもこの銀行は気前がよく、高貴な地位を失ったなじみの顧客に寛大な手を差し伸べた。また、嵐《あらし》の到来をいち早く察知した貴族たちは、予想される略奪や没収から逃れようとテルソンに資産を移しておいたが、困った仲間が銀行を訪ねれば、いつでも彼らの消息を知ることができた。フランスから初めて来た者は、みな当然のようにテルソン銀行に立ち寄って到着を報告し、便りを残していたことも、言い添えておかなければならない。そんなこんなの理由から、フランスの情報に関するかぎり、当時のテルソン銀行は一種の王立取引所だった。そのことは広く世に知られ、あまりにも多くの質問が寄せられるので、ときに銀行のほうで最新ニュースを紙に一、二行書いて、テンプル門を通りすぎる誰もが読めるように、窓に張り出すほどだった。

靄《もや》のかかった蒸し暑い午後、ローリー氏が机について坐《すわ》り、チャールズ・ダーネイがそこにもたれて立ったまま、低い声で話していた。かつて頭取との打ち合わせに使われていた告解聴聞室のような部屋は、いまや情報交換所となり、人がごった返して外にあふれ出していた。あと三十分ほどで閉店である。

「ですが、たとえあなたがこの世でいちばん若々しい人だとしても」チャールズ・ダーネイはためらいながら言った。「やはり――」

「わかります。それでも歳《とし》をとりすぎていると言いたいのでしょう」

「天候は不順だし、長い旅です。旅行手段も覚束《おぼつか》ない。国はあのとおりの騒ぎで、パリもあなたにとって安全ですらないかもしれない」

「わが親愛なるチャールズ」ローリー氏は明るく自信ありげに言った。「あなたは私が行くべき理由をあげたようなものですよ、とどまるべき理由ではなく。あちらは充分安全です。八十になろうという老人にかまう人などいるものですか、ほかにかまい甲斐《がい》のある人がいくらでもいるというのに。街の騒ぎについては、騒ぎがなければ本店からあちらの支店に行員を送る必要はないわけですからね。街と業務の両方を昔から知っていて、テルソンとして信頼のおける行員を。旅行の手段と長さ、それから天候に関しては、これほど長く勤めた私がテルソン銀行のために多少の不便を我慢しなかったら、いったい誰がするというのです」

「ぼくが行ければよかったんだが」チャールズ・ダーネイはそわそわして、考えが思わず口に出たようだった。

「いやはや！　立派な反論と助言ですな」ローリー氏は大声になった。「あなた自身が行く？　フランス生まれのあなたが？　なんとも賢明な助言ですよ」

「親愛なるミスター・ローリー、フランス生まれだからこそ、帰りたいという思いが（いま口にするつもりはなかったのですが）たびたび胸をよぎるのです。考えずにはいられません、惨《みじ》めな人たちに同情を覚えますし、彼らのためにいくらかのものを捨ててもきましたから」もとの思慮深い口調に戻って続けた。「ぼくの話を聞いてくれるかもしれない、ことによると、多少なりとも自制するように説得できるかもしれないと思うのです。昨日の夜、あなたが帰られたあとも、ルーシーと話していて——」

「ルーシーと話していて——」ローリー氏はくり返した。「驚いた。よくまあ、恥ずかしげもなく奥様の名前を出しましたね、この時期にフランスに行きたいなどと言いながら」

「いや、行きませんよ」チャールズ・ダーネイは微笑《ほほえ》んだ。「あなたが行かれるほうが目的に適《かな》うということですから」

「ええ、行きますよ、本当に。じつを言いますと、チャールズ」ローリー氏は遠くにいる頭取をちらっと見て、声を下げた。「われわれの業務がどれほどむずかしいことになっているか、あちらで帳簿や書類がどれほどの危険にさらされているか、あなたには想像もつかないと思います。うちの書類の一部でも差し押さえられたり、破棄されたりしたら、大勢の人がどれだけ困ったことになるか、神のみぞ知るです。それがいますぐ起きるかもしれない。おわかりでしょう。パリが今日火に包まれない、明日略奪されないと誰が言えます？　できるだけ早くそこから慎重に重要書類を選んで、貴重な時間を無駄にせず、どこかに埋めるなり、とにかく危険から遠ざけることができる人物は、いるとしても私ぐらいです。テルソンにもそれがわかっているから今回の話があったというのに、この銀行に六十年間世話になった私が、体の節々が痛むぐらいの理由でのんびりしていられますか。ここにいる五、六人の偏屈老人に比べれば、私など子供みたいなものです」

「あなたの勇気と精神の若さには感服します」

「はっ、何をおっしゃる！　それにお忘れなく、わが親愛なるチャールズ」ローリー氏はまた頭取のほうを見やって、「いまパリからものを持ち出すのは、なんであれほとんど不可能なのです。まさに今日も書類と貴重品がここに持ちこまれたのですが（これは厳秘に願いますよ。たとえ相手があなたでも、こうして囁《ささや》くのは実務家として問題なので）、持ってきたのは想像を絶する奇天烈《きてれつ》な人たちで、間一髪のところで死刑を逃れてパリの門を抜けてきたのだそうです。ほかのときなら、銀行の荷物など古き良き事務本位のイギリスと同じように自由にやりとりできるのですが、いまはすべてが止まっています」

「それで、本当に今晩発《た》たれるのですか」

「今晩発ちます。一刻を争う事態ですから」

「たったひとりで？」

「あらゆる随行者を勧められましたが、来てもらってもね。ジェリーを連れていくつもりです。長いこと日曜の夜に用心棒をしてもらっているから、私のほうも慣れていますし。ジェリーは誰が見てもイギリス産のブルドッグでしょう。主人に手を出す人間に飛びかかることしか頭にないような」

「もう一度言いますが、あなたの勇気と若さには感服します」

「こちらももう一度言いますが、何をおっしゃる！　この小さな仕事を終えたら、引退してもいいというテルソンの申し出を受け入れて、たぶんのんびり暮らすことになりますよ。歳をとることについて考えるのは、それからでも充分です」

この会話はローリー氏のいつもの机で交わされていたが、一、二ヤード先には閣下たちが大勢集まって、遠からずあのならず者どもに復讐《ふくしゅう》してやると息巻いていた。この怖ろしい革命を、広い空の下、種をまいてもいないのに得られた唯一《ゆいいつ》の収穫であるかのように、まるでその原因となる作為も不作為もなかったかのように語るのは、亡命の窮地にある貴族や、旧弊な正統派のイギリス人のお定まりの論法だった。フランスの何百万という不幸な人々を見、使い途《みち》さえ正しければ彼らに繁栄をもたらしたはずの資源が誤用悪用されるのを見た者なら、かならずこうなることが何年もまえから預言できたし、彼らの観察の明白な記録も残っていたのにである。貴族たちの馬鹿《ばか》げた考えは、天も地も使い果たして完全に疲弊し、自滅した昔の状態に国を戻そうという途方もない企てと相俟《あいま》って、真実を知る正気の人間なら抗議のひとつもせずにはいられないものだった。チャールズ・ダーネイは、胸の奥の不安に加えて、頭の血の流れをおかしくしそうな、そうした考えがやたらと耳に入ってくるので、先刻からずっと落ち着かない気分だった。

その手の話をしている者のなかに、王座裁判所で働くストライヴァーもいた。国の昇進の道を邁進《まいしん》する彼は、それゆえこの話題にはうるさく、閣下を捕まえては、人民を地雷か何かで吹き飛ばして地上から永遠に消し去る案や、鷲《わし》の尾に塩を振りかけて飛べなくし（訳注　小鳥の尾に塩を振ると飛べなくなって捕まえられるという言い伝えを大げさに表現している）、種族まるごと絶滅させるのに類する工夫を盛んに授けていた。そんなストライヴァーの話にダーネイはとりわけ反感を覚え、その場を離れて聞くのをやめようか、いっそ何か言い返してやろうかと思い悩んでいたときに、起きるはずだったことが自然に起きた。

頭取がローリー氏に近づいてきて、汚れた未開封の手紙を机に置きながら、宛名《あてな》の人物について何か手がかりは見つかったかねと訊《き》いた。すぐ近くに置かれたので、ダーネイにも宛名が見えた——というより、眼に飛びこんできた。そこに書かれていたのは、自分の本名だったからだ。住所を英語に訳すとこうなった——

〝大至急。イギリス、ロンドン、テルソン銀行気付、元フランス侯爵《こうしゃく》、サンテヴレモンド殿〟

結婚式の朝、マネット医師がチャールズ・ダーネイにどうしてもと要求したことがあった。ダーネイの本名を、医師自身が明かしていいと認めるまで、ふたりだけの秘密にしておくというのだ。よってそれがダーネイの本名であることは、医師のほか誰も知らない。妻のルーシーさえ知らないし、ましてローリー氏の知るところではなかった。

「いいえ」ローリー氏は頭取に答えた。「ここに来たかた全員に訊いたと思いますが、この紳士がどこにいるのか、誰にもわかりませんでした」

時計の針が閉店時刻に近づいていた。話しつづける客たちがローリー氏の机のまえを通っていった。ローリー氏が尋ねるように封筒を見せると、憤然として陰謀を企《たくら》む亡命貴族たちは一瞥《いちべつ》し、行方不明の侯爵に対して、誰も彼もフランス語か英語で蔑《さげす》みのことばを吐いた。

「甥《おい》だったはずだが――どのみち、殺された上品な侯爵の足元にも及ばない跡継ぎだろう」ひとりが言った。「知り合いでなくて幸いだ」

「侯爵の地位を捨てた臆病者《おくびょうもの》さ」別のひとりが言った。「この閣下は干し草の山に頭からもぐって、窒息しそうになりながらパリから逃げ出してきた。「何年かまえにね」

「新しい思想にかぶれてな」三人目が通りがてら眼鏡越しに封筒を見て言った。「先代の侯爵に盾突いた。せっかく相続した領地を捨てて、あの暴徒の群れにくれてやったんだ。いまごろ連中からお返しをもらっていればいいが」

「なんと」騒々しいストライヴァーが叫んだ。「そんなことをした。そういう人間ですか。ろくでもない名前を憶《おぼ》えておこう。とんだ愚か者だ！」

それ以上自分を抑えられなくなったダーネイは、ストライヴァー氏の肩に手を置いて言った。

「この人とは知り合いです」

「ほう、本当に？」ストライヴァーは言った。「それは残念だ」

「なぜです」

「なぜって、ミスター・ダーネイ、彼がしたことを聞きませんでした？　このごろは、なぜなんて訊かないのが流儀だ」

「ですが、なぜ？」

「ではもう一度言いますが、ミスター・ダーネイ、それは残念だ。あなたがそういう異常な質問をすること自体が残念です。いいですか、この世でもっとも有害で不敬な悪魔の教典にかぶれた男がいて、地上でいちばん汚い、くそみたいな人殺しの集団に財産をくれてやった。そんな輩《やから》を、若者にものを教える立場のあなたが知っていることがなぜ残念か訊くわけですか。ならば答えましょう。極悪人の毒はかならずや伝染するから残念なのです。それが理由だ」

秘密のことがあるから、ダーネイは懸命に自分を抑えて言った。「あなたはその紳士を理解していないのかもしれない」

「あなたを言い負かす方法は理解してますよ、ミスター・ダーネイ」ストライヴァーはますます攻勢に出た。「やって見せましょう。もしこの輩が紳士だとしたら、たしかにまったく理解できない。先方にもそう伝えてもらってけっこう。よろしく言っといてください。ついでに伝えてもらえますか、財産や身分を捨てて人殺しの集団にやったあと、みずからやつらの先頭に立っていないのは驚きだとね。ですが皆さん」とまわりを見て、指を鳴らしながら言った。「私は人間の本件というものをいくらか知ってるが、請け合ってもいい、こういう男にかぎって、可愛い子分どもに身をあずけるようなことはしない。もめごとになったら、真っ先にこそこそ逃げ出すでしょうな」

締めくくりにぱちんと指を鳴らし、ストライヴァー氏は聴衆の歓声を浴びながら、また威風堂々とフリート街に出ていった。客がみな去ったあと、ローリー氏とチャールズ・ダーネイは机にふたりきりで残された。

「この手紙をあなたに託してかまいませんか」ローリー氏が言った。「届け先がわかるなら」

「わかります」

「こちらに届け先がわかればということで送られてきたのですが、わからずしばらく留め置かれていたことも伝えていただけますか」

「伝えましょう。パリへはここから直接？」

「ええ、八時に出ます」

「また見送りに戻ってきます」

自分に関しても、またストライヴァーやほかの客たちについても落ち着かない気分だったので、ダーネイはそそくさとテンプル門の陰に入って手紙を開封し、読んでみた。内容は次のようなものだった――

〝パリ、アベイ監獄にて
一七九二年六月二十一日
元侯爵様

村人の手によって長々と命の危険にさらされた末、私は途方もない暴力と辱《はずかし》めを受けて捕らえられ、はるか遠いパリまで徒歩で護送されてきました。道中は苦しみ抜きましたが、それにとどまらず、家は跡形もなく打ち壊されてしまいました。

元侯爵様、私が投獄され、裁判に付され、(あなたの寛大な助けがなければ)命を失うもととなる罪科は、人民の尊厳に対する反逆罪だと言われております。亡命貴族のために、人民に危害を及ぼしたと。危害を及ぼすのではなく、あなたの命を受けて人民のために働いていたのだと説明しても、わかってもらえません。亡命貴族の財産が没収されるまえに、彼らが滞納していた税金はすべて免除したうえ、地代も徴収せず、訴訟の手続きをとることもなかったと説明しても無駄です。返ってくる答えはただひとつ、おまえは亡命貴族のために働いていた、亡命者はいまどこにいる、だけなのです。

ああ、この世でいちばん情け深い元侯爵様、いまどこにいらっしゃるのですか。眠りながらもそう叫んでいます。帰ってきて私を助けてくださらないのだろうかと天に問いかけますが、答えはありません。ああ、元侯爵様、私のこの悲痛な叫びを海の向こうに送ります。パリでも名高い偉大なテルソン銀行をつうじて、あなたの耳に届くことを祈りつつ。

神と、正義と、寛大さと、高貴で名誉あるあなたの家名を愛する心から、お願い申し上げます。元侯爵様、どうか私をこの監獄から救い出してください。私に科《とが》があるとすれば、あなたに誠意を尽くしたことだけです。ああ、元侯爵様、どうか私にも誠意をお示しくださいますように！

刻々と死が近づいてくるこの怖ろしい監獄から、元侯爵様、悲しく不幸せな奉仕の誓いを送らせていただきます。

苦しむあなたの僕《しもべ》
ギャベル〟

この手紙は、ダーネイの心にわだかまる不安をいやが上にもかき立てた。かつての善良な使用人が、彼と彼の家族に忠実だったというその罪だけで危機に陥っている。真正面から非難の眼を向けられている気がして、どうしようかと思案しながらテンプルを往《ゆ》き来するあいだも、通行人から顔を背けていた。

自分が性急に行動してしまったのはよくわかっていた。一族代々の悪行と悪評の頂点をなすような行為におののき、信用できない叔父に腹を立て、本来支えるはずだったあの崩れかけた館《やかた》を良心が嫌悪《けんお》して見るようになったからだった。ルーシーへの愛ゆえに、多少なりとも頭に浮かんでいたこととはいえ、社会的地位を放棄してしまったのも勇み足で不完全な行動だった。もっと筋道立てて考え、最後まできちんと監督すべきだった。そうするつもりだったのに、できなかったこともよくわかっていた。みずから選んだイギリスの家庭は幸せで、生活の糧《かて》を得る仕事はつねに忙しい。時代の変化は急激で、次から次へと問題が生じるので、先週いくらか立てた計画は今週になるともう使えず、次の週の予定はまた最初から組み直すといった具合だ。こうした状況に流されてきたことはわかっていた。そのことに不安がなかったわけではないが、かといって根気強く抵抗したわけでもない。行動を起こすときを見計らっているうちに時代が大きく動き、乱れたために、時機を逸してしまった。貴族たちはあらゆる街道や脇道《わきみち》を通って、フランスから続々と逃げてくる。彼らの財産はもうすぐ没収されるか灰燼《かいじん》と化し、家名自体も消されてしまう。そのことはダーネイも承知しているし、彼に責任を問うかもしれないフランスの新たな統治者も、よく知っていた。

しかし、ダーネイは誰も虐《しいた》げていないし、誰も投獄していなかった。税を厳しく取り立てる領主からはかけ離れていた。みずからの意志でその身分を捨て、何も特権がない世界に身を投じて、己の居場所を作り、生計を立てた。ギャベル氏には書面の指示を出して、貧しく混乱した領地を管理させていた。その指示書にはまちがいなく、領民を寛大に扱い、少ないながらも彼らに与えられるものを——どんなに厳しい徴税請負人でも冬は多少の薪《まき》を分けてやり、夏は農産物をいくらか残してやるものだが——みな与えよと書いてあった。ギャベルも助かるために、まちがいなくそれを弁明に用い、証拠として提出しているだろうから、すでに誰の眼にも明らかになっているはずだ。

そのことが、パリに行くというチャールズ・ダーネイの向こう見ずな決断をあと押しした。

そう、昔話の船乗りのように、彼は風と海流に運ばれて磁石島の磁界に近づき、ぐんぐん引き寄せられて、行かずにはいられなくなっていた。それまでに考えたことのすべてが、より早く、より確実に彼を怖ろしい目的地へと送りこんでいた。もとより心の奥には、自分の不幸な祖国が悪い手段で悪い方向に進んでいるのではないかという不安が絶えずあった。なのに、彼らよりましだと思わずにはいられないこの自分は祖国におらず、流血を止めて社会に慈悲と人間性を取り戻そうと努力していない。抑えこんではいるが、それでも彼を非難しつづけるそんな不安があったところへ、義務感のすこぶる強いあの勇敢な老紳士と、わが身を比較させられ、あまりにも大きなちがいに恥じ入った。かと思うと、貴族たちに嘲笑《ちょうしょう》され、胸はさらに痛んだ。昔の恨みからか、とりわけ粗暴で腹立たしいストライヴァーの嘲笑もあった。そしてとどめがギャベルの手紙だった。死地に陥った無実の囚人が、ダーネイの正義感と高潔さと家名への誇りに訴えかけていた。

ダーネイの心は決まった。パリに行かなければならない。

そう、磁石島が彼を引き寄せていた。ぶつかるまで船を走らせるしかないが、岩があることなど知らないので、さして危険は感じなかった。自分が行動したときの意図を、あちらに行ってしっかりと説明すれば、たとえ行動自体は不完全だったとしても、フランスの人々は喜んで理解してくれるだろうと思われた。善人が善行をなすときによく見える、楽観的で輝かしい蜃気楼《しんきろう》が眼のまえに現れ、彼はその幻のなかに、怖ろしく荒れ狂ういまの革命をいくらかなりと正しい方向に導く自分の姿まで見ていた。往《い》ったり来たりして決意を固めながら、このことは国を出るまでルーシーにも父親にも知らせるべきではないと思った。ルーシーにとっては別れがつらいだろうし、父親のほうは、昔いたあの危険な土地のことをいまだに考えたがらないから、行くのだろうか行かないのだろうかと心配させるのではなく、行ったあとで受け入れてもらうほうがいい。フランスに関する昔の記憶を呼び戻したくないという父親への気遣いが、自分のあいまいな態度にどのくらい影響しているのかは考えなかったが、進路をある程度左右したのは確かだった。

歩きまわってあれこれ頭を悩ましているうちに、テルソンに戻ってローリー氏を見送る時間になった。パリに着いたらすぐにこの年配の友人を訪ねようと思ってはいても、まだ行くことを明かすわけにはいかなかった。

銀行のまえに駅馬車が停まっていた。ジェリーがブーツをはいて旅支度を整えていた。

「手紙を渡してきましたよ」チャールズ・ダーネイはローリー氏に言った。「返事の手紙を届けていただくという考えには反対しましたが、口頭で伝えていただくのはかまいませんか」

「もちろん、喜んで」ローリー氏は言った。「危険でなければね」

「危険はありません。ただ、手紙の差出人はアベイ監獄に囚《とら》われています」

「名前は？」ローリー氏は手帳を開いて訊いた。

「ギャベル」

「ギャベルですね。それで、監獄にいる気の毒なギャベル氏に伝えたいこととは？」

「簡単です――〝彼は手紙を受け取った。会いにくる〟」

「時期については何か？」

「明日の夜、出発する」

「名前は伝えなくていいのですか」

「かまいません」

ダーネイは、ローリー氏が上着とコートを何枚も重ね着するのを手伝い、古い銀行の暖かい室内から、霧のかかったフリート街へといっしょに出ていった。「ルーシーと、小さいルーシーによろしく伝えてください」ローリー氏は別れ際《ぎわ》に言った。「私が戻るまで、ふたりを大切にお世話してください」チャールズ・ダーネイは出ていく馬車に首を振り、自信なさげに微笑《ほほえ》んだ。

その夜は――八月十四日だった――遅くまで起きていて、心のこもった手紙を二通書いた。一通はルーシー宛《あ》てで、どうしてもパリに行かなければならなくなったことを告げ、わが身に危険は及ばないと確信しているわけを縷々《るる》書き綴《つづ》った。もう一通は医師に宛てて、ルーシーと可愛い娘の世話を頼み、やはりまったく心配はいらない旨《むね》、いっそうの確信をこめて長々と説明した。どちらに対しても、安全な証拠に、あちらに着いたらすぐ手紙を送るからと書き添えた。

出立の日に彼らといっしょにすごすのはつらかった。家族として生活するようになってから、初めての隠しごとだった。ふたりがまったく疑っていないだけに、善意からとはいえ秘密を押し通すのは苦しかったが、幸せそうに立ち働くルーシーを見るにつけ、愛《いと》おしさがこみ上げてきて、差し迫った事態について話すのはやめておこうと決意を新たにした（彼女のやさしい手助けなしに何かをすることがあまりに不自然なので、何度か打ち明けそうにはなったけれども）。その日は足早にすぎた。夕方、ダーネイは妻を抱きしめ、同じくらい愛おしい娘のルーシーも抱いて、すぐに戻ってくるふりをしながら（架空の用事で出かけることにしてあり、スーツケースに服も詰めて隠しておいた）、重苦しい霧の垂れこめる重苦しい通りに、いっそう重苦しい心で出ていった。

見えない力がぐいぐいと彼を引き寄せていた。潮も風もこぞってそれに協力した。ダーネイは二通の手紙を信頼できる門番にあずけ、かならず夜の十一時半がすぎたあとで届けてくれと頼んでから、ドーヴァー行きの馬を雇って、旅に出発した。〝神と、正義と、寛大さと、高貴で名誉あるあなたの家名を愛する心から〟という哀れな囚人の懇願を思い出し、沈む心を奮い立たせて、地上で愛するもののすべてをあとに残し、はるか磁石島へと漂っていった。

第三部　嵐《あらし》のあと

第一章　独房行き

一七九二年の秋、イギリスからパリに向かう例の旅人の足は遅かった。落魄《らくはく》の不幸なフランス国王が、たとえまだ栄《は》えある王座についていたとしても、そこらじゅうにある悪路と、当てにならない馬車や馬のせいで、なかなか先に進めなかったことだろう。時代は変わり、それらのほかにも障害物が山をなしていた。町の門や村の徴税所には、かならず愛国市民の一団がマスケット銃を発砲する構えでいて、出入りの通行者をひとり残らず止まらせ、尋問し、旅券を調べ、自分たちの名簿に名前がのっていないか確認していた。そのうえで、できたばかりの〝自由、平等、友愛、さもなくば死の単一不可分の共和国〟にもっとも資すると勝手に決めたか夢想した基準にしたがって、引き返させたり、通過させたり、引き止めて捕らえたりするのだ。

フランスに入って田舎道をさほど行かないうちに、チャールズ・ダーネイには、パリで善き市民と公認されないかぎり、同じ道を引き返せる見込みはないことがわかってきた。途中で何が降りかかろうと、旅の目的地まで進みつづけるしかない。通り抜けたどんな貧しい村も、うしろで閉まったどんな関門も、彼とイギリスのあいだに立ちふさがる鉄の扉だった。どこにいても四方八方から監視され、たとえ網をかけられたり、檻《おり》に入れられて目的地に運ばれたとしても、これほど自由を奪われた感じはしないだろうと思うほどだった。

至るところにいる監視者たちは、ときに馬で追ってきて彼の馬車を引き戻し、今度は先まわりして停止を命じ、また別のときには併走して圧力をかけるなど、一駅区で二十回は足止めを食らわし、日に二十回は旅程を遅らせた。フランス内の移動だけで何日もかかり、ダーネイがくたびれ果てて街道沿いの小さな町に投宿したときには、パリはまだずっと先だった。

アベイ監獄で苦悩するギャベルからの手紙がなければ、決してこれほど遠いところまで来はしなかっただろう。その町の衛兵所での取り調べはことに厳しく、いよいよこの旅は危険になってきたと感じたところだったので、朝まで滞在するつもりだった小さな宿屋で真夜中に突然起こされても、ほとんど驚きもしなかった。

眼を開けると、小心そうな町の役人と、不恰好《ぶかっこう》な赤い帽子にパイプをくわえて武装した愛国者が三人いて、ベッドの端にどっかと腰をおろした。

「亡命者」役人が言った。「あなたを護衛つきでパリまで送っていく」

「市民（訳注　革命後に流行った呼びかけのことば）、パリまではどうしても行きたいと思いますが、護衛は必要ありません」

「黙れ」赤い帽子のひとりがどすの利《き》いた声で言い、マスケット銃の床尾でバッドカバーを突いた。「静かにしてろ、貴族め！」

「この愛国者の言うことは正しい」小心者の役人が同意した。「あなたは貴族だから護衛が必要で、われわれに代金を払わなければならない」

「選択の余地はないようだ」チャールズ・ダーネイは言った。

「選択だとよ！　聞いたか」同じ赤帽がしかめ面《つら》で言った。「街灯から吊《つる》されねえように護《まも》ってやろうってのに、ありがたいとも思ってねえようだ」

「この愛国者はつねに正しい」役人が言った。「さあ、起きて服を着るんだ、亡命者」

ダーネイはしたがい、衛兵所まで連れ戻された。やはり不恰好な赤い帽子をかぶったほかの愛国者たちが篝火《かがりび》のそばで煙草《たばこ》を吸い、酒を飲み、眠っていた。ダーネイはそこで法外な護衛代を支払い、朝の三時に、濡《ぬ》れそぼった道を馬で走りだした。

護衛の愛国者はふたりいて、赤い帽子に三色の花形帽章をつけ、国民軍のマスケット銃とサーベルで武装して、ダーネイの両側を走った。護衛されるダーネイも馬を操るが、轡《くつわ》に綱がついていて、たるんで伸びたその先を護衛のひとりが手首に巻きつけていた。一行はこのような状態で、篠突《しのつ》く雨を顔に受けながら出発した。竜騎兵を思わせる重い速歩で町のでこぼこの敷石を鳴らし、ぬかるみの道に出て、ときどき馬を替え、走り方を変えるほかは、そのまま変わらずパリまでの泥道を駆けていった。

夜走って、夜明けの一、二時間後に馬を止め、黄昏《たそがれ》がおりるまで休息した。護衛の服はじつに粗末で、むき出しの脚に藁《わら》を巻きつけ、ぼろがほつれた肩にも藁をのせて雨を防いでいた。四六時中監視されているのが不愉快なのと、護衛のひとりが慢性的に酔っていて、マスケット銃をぞんざいに扱うので危険で仕方がないことを除けば、この拘束もチャールズ・ダーネイの胸にことさら恐怖を感じさせるものではなかった。個別の事情が相手にわかっているはずはなく、それをこれからきちんと説明し、アベイ監獄の囚人から裏づけもとれれば納得してもらえるだろう、とひとり合点していたからだ。

しかし、ボーヴェの町に着くと——夕方で、通りには人々があふれていた——ダーネイとしても事態が急迫していることを認めざるをえなかった。彼が宿駅で馬からおりるのを見ようと、不気味な群衆が集まってきて、そこらじゅうから「亡命貴族を倒せ！」と怒声を浴びせた。

ダーネイは鞍《くら》からおりかけて、馬の上にいるのがいちばん安全だと思い直し、言った。

「亡命貴族ですか、友人の皆さん。こうしてみずからの意志でフランスに戻ってきたのがわからないのですか」

「呪《のろ》わしい亡命者だ」ごった返す人のなかから、蹄鉄工《ていてつこう》が怒りの金槌《かなづち》を振り上げ、人混みをかき分けて迫ってきた。「呪わしい貴族だ！」

宿駅の駅長が、その男と馬の轡（男は明らかにそこへ突き進んでいた）のあいだに割りこんでなだめるように言った。「ここは放っておけ。どうせパリで裁かれるんだから」

「裁かれるがいい！」蹄鉄工は金槌を振りまわしながらくり返した。「反逆者の宣告を受けやがれ」群衆が賛同してどよめき立った。

ダーネイは、馬の首を馬留《うまど》めに向けようとしていた駅長を止めて（酔っ払いの愛国者は縄を手首に巻いたまま静かに見ていた）、自分の声が聞こえるようになると、すぐに言った。

「友人の皆さん、誤解です。あるいはだまされている。私は反逆者ではありません」

「嘘《うそ》だ！」蹄鉄工が叫んだ。「こいつは法令ができたときから反逆者だ。呪わしい命は人民が没収した。もうこいつ自身のものじゃない」

　群衆の眼に激情があふれ、次の瞬間には突撃してくる気配をダーネイが感じ取ったとき、駅長が彼の馬を馬留めに入れ、護衛がその横にぴたりとついた。壊れかけた両開きの門に駅長が閂《かんぬき》をかけると、蹄鉄工がそこに金槌の一撃を加え、群衆もうなったが、それ以上何もしなかった。

「あの鍛冶屋《かじや》が言った法令というのは？」ダーネイは駅長に礼を言いながら、馬留めで横に立って訊《き》いた。

「亡命者の財産を売り払う法令ですよ」

「いつ制定されたんです？」

「十四日に」

「私がイギリスを発《た》った日だ」

「みんなの話だと、そういう法令がいくつもあるそうです。まだ出てないのは、これから出る。貴族をみんな国外に追放して、戻ってきたやつは死刑にするとかね。あんたの命はあんたのものじゃないとあの男が言ったのは、そういう意味です」

「しかし、そんな法令はまだ出てないんでしょう？」

「どうだか」駅長は肩をすくめた。「出るかもしれない。もう出ると決まってるのかもしれない。同じことだ。何を召し上がります？」

彼らは藁を敷いた屋根裏部屋で休み、町じゅうが寝静まった真夜中にまた出発した。かつてダーネイが見慣れた多くのものが一変していて、この旅自体が現実ではない気すらしたが、なかんずく変わったのは、睡眠というものがなくなったように見えることだった。殺風景な寂しい道を延々と走ってたどり着く貧しい集落は、闇に浸《つ》かっておらず、掘っ立て小屋のすべてに明かりが灯っている。夜中でも人々が亡霊のように手に手を取って、立ち枯れた〝自由の木〟のまわりに集まっていたり、寄り添って自由の歌を歌っていたりする。だが幸いにも、その夜のボーヴェは眠っていたので、彼らは無事外に出て、また孤独で寂しい旅を続けることができた。時季はずれに寒い雨の降る夜に蹄《ひづめ》の音を響かせ、この年、作物ができなかった不毛な田園のなかを走り、ときおり燃やされた家々の黒い焼け跡を見た。あらゆる道で見張りをしている愛国者の一団が急に現れ、彼らの手綱を鋭く引いて行く手をさえぎることもあった。

ようやく朝の光が射《さ》し、彼らはパリの門のまえまでやってきた。馬で近づいていくと、門は固く閉ざされて厳重に警備されていた。

「この囚人の書類はどこだ」衛兵に呼ばれて出てきた、毅然《きぜん》たる顔つきの上役ふうの男が訊いた。

不愉快なその呼び方にチャールズ・ダーネイは当然胸を突かれ、自分はフランス市民であり、自由に旅行しているだけである、国内が物騒なのでやむをえず護衛をつけているが、代金はちゃんと支払ってある、と説明した。

「この囚人の書類はどこだ」相手はダーネイのことばを完全に無視してくり返した。

酔っ払いの愛国者が赤い帽子のなかに持っていた。男はギャベルの手紙に眼を落とし、ふいに当惑と驚きの色を浮かべて、ダーネイをしげしげと見つめた。

しかし、何も言わずに護衛とダーネイを残し、衛兵所に入っていった。三人は馬に乗ったまま門の外で待たされた。どうしようもなくチャールズ・ダーネイがあたりを見まわすと、監視についているのは兵士と愛国者の混合部隊らしく、人数は後者のほうがはるかに多かった。荷車に食糧を積んだ農夫とか、それに類する運搬者や運搬物がパリに入るのはたやすいが、出るほうはどれほど質素な身なりの人間でも非常にむずかしい。家畜やさまざまな乗り物はもちろん、たいへんな数の男女が外に出るのを待っているが、そのまえの身元の確認があまりに厳しいので、ごくゆっくりとしか進まない。自分たちの審査がはるか先であることを知っている人々は、地面に横たわって寝たり、煙草を吸ったりしていた。話し合っている人も、ぶらついている人もいた。男も女もみな赤い帽子をかぶり、三色の帽章をつけていた。

ダーネイがそれらを観察しながら馬上で半時間ほど待ったとき、先ほどの上役のような男が戻ってきて、衛兵に門を開けろと命じた。そのあと酔っ払いと素面《しらふ》の護衛に引受証を渡し、ダーネイに馬からおりるよう指示した。ダーネイがしたがい、ふたりの愛国者は彼のくたびれた馬を引いて背を向け、街に入ることなく駆け去った。

ダーネイは男に連れられて、安酒と煙草のにおいがする衛兵室に入った。なかには兵士と愛国者が立つか横になっていて、眠っていたり、起きていたり、酔っていたり、素面だったり、それぞれの中間のどこかにいたりした。部屋の明かりの半分は消えかけた獣脂のランプから、半分は外の曇天から来ていて、それらしく不確かな感じだった。机の上には何冊か記録簿のようなものが開いてあり、その向こうに荒々しく浅黒い顔の役人が坐《すわ》っていた。

「市民ドファルジュ」役人はダーネイを連れてきた男に言い、記録用の紙を一枚取った。「これが亡命貴族のエヴレモンドか」

「そうです」

「年齢は、エヴレモンド?」

「三十七歳です」

「結婚しているのか、エヴレモンド?」

「はい」

「どこで結婚した？」

「イギリスです」

「なるほど、そうだろうな。奥さんはどこにいる？」

「イギリスです」

「だろうとも。さて、エヴレモンド、きみはラフォルス監獄に送られる」

「なんということを！」ダーネイは叫んだ。「いったいなんの法律にもとづいて？どういう罪ですか」

役人はちらっと紙から眼を上げた。

「新しい法ができたのだよ、エヴレモンド。新しい罪も。きみがいなくなったあとでね」冷たい笑みを浮かべて言い、書き物を続けた。

「どうか、みずから進んでここに戻ってきたことを勘案してください。同胞が、あなたのまえに置かれたその手紙で訴えてきたのです。私の望みは一刻も早くそれに応《こた》えること、それだけです。それは私の権利ではないのですか」

「亡命貴族に権利はない、エヴレモンド」取りつく島もない答えだった。役人はなおも書きつづけ、終わると一度読み直し、インク止めの砂をかけて、ドファルジュに渡

投獄の評議で

しながら言った。「独房行き」

　ドファルジュは囚人に書類を振って、ついてこいと合図した。囚人はしたがい、銃を持ったふたりの愛国者が横についた。

「あんたか」衛兵所の入口の階段をおり、パリの市内に入りながら、ドファルジュが低い声で言った。「いまはもうないバスティーユ監獄に囚《とら》われていた、ドクトル・マネットのお嬢さんと結婚したのは」

「ええ」ダーネイは驚きの眼で相手を見て答えた。

「私はドファルジュだ。サンタントワーヌ地区で酒店を経営している。名前を聞いたことがあるかもしれないが」

「家内が父上を引き取るために、あなたの家に行ったのでしたね。もちろん聞いています」

　〝家内〟に暗い思い出でもあるのか、ドファルジュは突然苛立《いらだ》ったように言った。

「生まれたばかりの鋭い女〝ラ・ギヨティーヌ〟（訳注　処刑具ギロチンのこと）の名にかけて、どうしてフランスに戻ってきた？」

「ついさっき説明したでしょう。嘘だと思うのですか」

「あんたにとっては不運な真実だったな」ドファルジュは眉間《みけん》にしわを寄せ、まっすぐまえを見ていた。

「面食らっています。何もかも新しく、すっかり変わっていて、突然で、不公平で。もう完全に途方に暮れています。助けてもらえませんか」

「無理だ」ドファルジュはずっとまえを向いたまま話していた。

「ひとつだけ質問に答えることは？」

「それはできるかもしれない、内容にもよるが。言ってみなさい」

「監獄に送られるのはあまりにもひどい仕打ちですが、あちらでは外の世界と自由に連絡をとり合えますか」

「行けばわかる」

「審問もなく判決を下され、抗弁の機会も与えられずに、そこに永遠に閉じこめられるなどということはありませんね？」

「行けばわかる。だが、知ってどうなる？　もっとひどい監獄に、同じように閉じこめられている連中が山のようにいるのに」

「しかし、私がやったわけじゃない、市民ドファルジュ」

ドファルジュは答えの代わりに暗い一瞥《いちべつ》を返し、黙々と歩きつづけた。沈黙が深まるにつれ、わずかなりと彼の態度が軟化する希望は失《う》せていくように思われたので、ダーネイはあわててことばを継いだ。

「いまパリにいるイギリスの紳士、テルソン銀行のローリー氏に連絡をとることが、私にとってきわめて重要なのです（どのくらい重要かは、あなたのほうがもっとよくおわかりでしょう）。事実だけ、ほかには何もつけ加えなくてかまいませんから、私がラフォルスに投獄されたと伝えてもらえませんか、どうか私のために」

「あんたのためには何もしない」ドファルジュは頑固に答えた。「私が義務を負うのは国と人民に対してだ。このふたつの僕《しもべ》になると誓いを立てた。あんたは敵だ。だから何もしてやらない」

チャールズ・ダーネイは、これ以上懇願しても見込みはないと思った。誇りも傷ついた。ふたりで黙って歩くあいだ、通りを連行される囚人を民衆がどれほど見飽きているかに気づかずにはいられなかった。子供ですらほとんど眼も向けない。通行人のいくらかは振り返り、貴族だと指差す者も多少はいたが、残りの人々にとって、立派な身なりの男が監獄に連れていかれる光景は、作業着姿の労働者が仕事に行くのとほとんど変わらないようだった。途中の暗く狭い汚れた通りで、興奮した演説者が足台の上に立ち、やはり興奮した聴衆に向かって、王と王家が人民に対して犯した罪についてまくし立てていた。耳に入ってきた演説の断片から、チャールズ・ダーネイは、王が獄中にあり、外国の大使はひとり残らずパリから出ていったことを初めて知った。来る途中の道では（ボーヴェを除いて）まったく何も聞かなかった。護衛がいたのと、どこに行っても監視されていたのとで、まわりからいっさい情報が入らなかったのだ。

いまやイギリスを出たころとは桁《けた》ちがいに大きな危険のなかに陥ったのは明らかだった。見る間にそれが深まり、ますます早く深まっていくのもわかった。ここ数日の出来事を予想できていたら、今回の旅には出なかったかもしれないと認めざるをえなかった。それでもダーネイの心配は、いまの時代からこうだろうと想像するほど深刻なものではなかった。未来に暗雲は垂れこめているが、それはまだわからない未来であり、不確かさのなかに無知による希望があった。時計の針があと何度かまわるあいだに、何日も何夜も続く大虐殺《だいぎゃくさつ》が始まり、祝福すべき収穫の時期に大きな血の跡を残すことなどは、ダーネイにとっては十万年も先のことと同じく知りえない。刃先鋭い女〝ラ・ギヨティーヌ〟の名は、彼にも、一般のパリ市民にもまだほとんど知られていなかった。まもなくそれでなされるおぞましい行為の数々は、おそらくこのときには行為者の頭のなかでも想像されていなかった。まして心のやさしい男のどこに、そんな暗い考えの宿る場所があるだろう。

拘束や虐待、妻子から無残に引き離されるといった不当な扱いは予想していた。否《いな》、覚悟していたが、ほかに取り立てて怖ろしいことはなかった。チャールズ・ダーネイはそんな気持ちで——陰惨な監獄のなかに持ちこむには、それだけでも充分だったが——ラフォルス監獄に到着した。

顔のむくんだ男が重いくぐり戸を開け、ドファルジュが「亡命貴族のエヴレモンドだ」と言った。

「なんてこった！　あと何人いるってんだ」男が感嘆の声をあげた。

ドファルジュはそのことばを無視して引受証を受け取り、仲間の愛国者ふたりと去っていった。

「なんてこった、まったくよ」妻と残された牢番長《ろうばん》は言った。「あと何人いるってんだ」

妻は答えを知らなかったので、ただ「ここは辛抱だよ、あんた」と言った。彼女が鳴らしたベルで牢番が三人入ってきて、同じようなことばをくり返し、ひとりが「自由のためさ」とつけ足した。その結論を監獄で聞くのは、いかにも場ちがいだった。

ラフォルスは暗く汚れた憂鬱《ゆううつ》な監獄で、ろくに眠れない囚人たちのひどいにおいがした。世話の行き届かないこの種の場所に、監禁生活の悪臭が立ちこめるまでの早さときたら、異常なほどである。

「こいつも独房か」牢番長は書類を見て不満げに言った。「もういっぱいいっぱいだってのに」

　そして不機嫌に書類を紙留めに刺した。チャールズ・ダーネイは彼が機嫌を直すまでさらに三十分待たされることになった。その間、丸天井の控え室のなかを歩きまわったり、石の椅子《いす》に坐ったりして、牢番長と部下たちにすっかり顔を憶《おぼ》えられた。

「来い」牢番長がようやく言って、鍵《かぎ》を取った。「ついてくるんだ、亡命者」

　ダーネイは彼に導かれて、薄暗い監獄の通路や階段を進んだ。うしろでいくつもの扉がガシャンと閉まり、鍵がかけられた。やがて低い丸天井の大監房に入ると、なかは男女の囚人でごった返していた。女たちは長い机について坐り、本を読んだり、ものを書いたり、編み物や縫い物や刺繍《ししゅう》をしている。男たちはたいていその椅子のうしろに立つか、部屋のなかをうろついていた。

　ダーネイはとっさに囚人たちを恥ずべき犯罪と不名誉に結びつけて、あとずさりしたが、この現実離れした長い旅のなかでも最高に現実らしからぬ光景が眼のまえに現れた。囚人たちがいっせいに立ち上がって、当時のあらゆる洗練された態度と、魅力ある優雅さ、礼儀正しさをもって彼を迎えたのだ。

　そうした洗練が監獄の陰気な雰囲気に包まれているのはあまりに不自然で、みすぼらしく惨《みじ》めなまわりとの対照がこの世のものとも思われず、チャールズ・ダーネイは死者の集まりのなかに立っているような気がした。みな亡霊だ！　美の亡霊、威厳の亡霊、気品の亡霊、誇りの亡霊、軽薄さの亡霊、理知の亡霊、若さの亡霊に老いの亡霊——全員が冥府《めいふ》の岸から解放されるのを待ちながら、ここに送られたことで一度死んで変わり果てた眼を、ダーネイに向けてきた。

ダーネイは衝撃を受け、動けなくなった。横にいる牢番長も、動きまわっているほかの牢番も、通常の仕事をするうえでは善良そうに見えなくもないが、部屋のなかで悲しむ母親やうら若い娘たち——艶《なま》めかしい色女と、若々しい麗人と、上品に育った大人の女の亡霊たち——といっしょにいると果てしなく粗野に見え、この暗い部屋ですべての経験と真実らしさが反転しているという感覚がますます強まった。たしかに彼らは亡霊だった。たしかにあの長く現実離れした騎行は、ダーネイをこの暗い亡霊たちへと導く病の進行だったのだ！

「不幸にもここに集まった仲間を代表して」垢抜《あかぬ》けた装《よそお》いと話しぶりの紳士が近づいてきて言った。「ラフォルスに来られたあなたを歓迎し、われわれに加わる原因になった災難に心よりお悔やみ申し上げます。どうかすぐに幸せな結末が訪れますように。ほかの場所では失礼にあたりますが、ここではちがいます——あなたのお名前と身分をうかがえますか」

チャールズ・ダーネイはわれに返り、できるだけ場にふさわしい言い方で名前と身分を告げた。

「ですが、どうか」紳士は部屋を横切っていく牢番長を眼で追いながら言った。「独房行きではありませんように」

「よくわかりませんが、独房行きと言っていたようでした」

「おお、なんということだ！　心が痛みます。しかしどうか気を落とさず。ここにいる何人かも最初は独房に入れられましたが、短いあいだだけでした」そして声を上げ、「残念ながら、皆さんにお伝えします――独房行きだそうです」

チャールズ・ダーネイが牢番長の待つ鉄格子《てつごうし》の扉のほうへ歩いていくと、そこここで同情のつぶやきがもれた。多くの声は――とりわけ耳に届いたのは女たちのやさしく哀れみ深い声だった――彼を励まし、幸運を祈っていた。ダーネイは鉄格子の扉のまえで振り返り、心からの感謝を伝えた。牢番長が扉を閉めると、亡霊たちはダーネイの視界から永遠に消えた。

くぐり戸を抜けると、上に向かう石の階段があった。そこを四十段のぼり（入獄三十分の囚人は段を数えていたのだ）、牢番長が低くて暗い扉を開けて、彼らは独房に入った。なかはじっとりと冷たかったが、暗くはなかった。

「ここだ」牢番長が言った。

「どうしてひとりで閉じこめられるのです」

「知るか！」

「ペンとインクと紙は買えますか」

「そういうことは私の仕事ではない。あとで見まわりがあるから、そのとき訊《き》いてみろ。いま買えるのは食べ物だけだ」

独房には椅子、机、藁《わら》のマットレスが置かれていた。牢番長は出ていくまえに、それらと四方の壁をひととおり検分した。向かいの壁にもたれた囚人はそれを見ながら、顔も体も不健康にむくんだこの牢番長は水ぶくれした溺《でき》死者のようだ、などとあてどなく考えていた。牢番長がいなくなると、同じようにぼんやりと、〝こんなところに取り残されて死んだも同然だ〟と思った。そこではたとマットレスを見おろし、胸が悪くなって眼をそらすと、〝死んだ体に最初に取りつくのは、ここを這《は》っている虫どもだ〟と考えた。

〝五歩かける四歩半、五歩かける四歩半、五歩かける四歩半〟。囚人は独房の大きさを測りながら、何度も往《い》ったり来たりした。街のどよめきは、くぐもった太鼓の音に荒々しく高ぶる人声が加わったように聞こえた。〃あの人は靴を作った。靴を作った〃。囚人はまた大きさを測った。くり返される頭のなかのことばから気持ちを引き離すために、また歩数を数えながら、いっそう速く歩いた。〃くぐり戸が閉まったときに消えた亡霊たち。あのなかにひとり、窓の狭間《はざま》に寄りかかった喪服の女性がいた。金髪に光が射《さ》して輝き、彼女はまるで……もう一度馬に乗ろう、乗らせてくれ、明るい光の灯った、住人がみな起きている村を駆け抜けて……あの人は靴を作った、靴を作った、靴を作った……五歩かける四歩半〃。そんな考えの断片が心の底からむくむくと湧《わ》き起こって駆けめぐり、囚人はますます速く歩いて頑《かたく》なに数えつづけた。街のどよめきがいくらか変わった。まだくぐもった太鼓の音は聞こえたが、いまやそれを上まわった人声のなかに、彼の知る嘆きの声が混じっていた。

第二章　回転砥石《といし》

パリのサンジェルマン地区にあるテルソン銀行は、大きな邸宅の一翼に入っていて、高い塀と重い門扉《もんぴ》で通りから隔てられ、中庭を通って出入りするようになっていた。この豪邸はかつて大貴族が所有し、なかで暮らしていたが、危難を逃れるために自分の料理人の服を着て国外に逃げ出したのだった。いまこそ狩人に追われて逃げる獲物になり変わってしまったが、彼はかつてチョコレートを飲むのに三人の屈強な男と料理人を必要とした、あの閣下にほかならなかった。

閣下がいなくなり、三人の屈強な男は、いつでも喜んで閣下の首を掻《か》き切り、生まれてまもない自由、平等、友愛、さもなくば死の単一不可分の共和国の祭壇に捧《ささ》げる態度を見せて、ようやく高給に釣られた罪を贖《あがな》った。閣下の邸宅はまず差し押さえられ、次いで完全に没収された。世の中が目まぐるしく変わり、急ごしらえの法律が次から次へと発布されていたからだ。この秋の九月三日には、愛国者の執行吏が閣下の邸宅を占領し、三色旗を掲げて、貴賓室でブランデーを飲んでいた。

ロンドンのテルソン銀行がこのパリの支店のようだったら、たちまち気がふれたと見なされ、ロンドン・ガゼット紙に破産公告を出すことになっただろう。責任感と名誉心の強いロンドンの真面目《まじめ》ひと筋の銀行が、前庭の箱に植わったオレンジの木や、まして窓口の上方のキューピッド像を見たら、なんと言ったことだろう。だが、それらは実在した。さすがのパリ支店もキューピッドは白く塗りつぶしていたが、それは依然として天井にあり、いたって涼しげな薄布をまとって、朝から晩まで、矢で下にある金を（たいがいそうしているように）狙《ねら》っていた。この永遠に若い少年の異教徒や、その奥にあるカーテンのかかった小部屋《アルコーブ》、壁の姿見、そして隙《すき》あらば人前で踊りたがるまったく年老いていない行員たちは、ロンドンの金融街《ロンバード》ならまちがいなく破産を招いたはずだが、フランスのテルソン銀行はそんな条件でもこの上なく繁盛《けんじょう》し、時代の流れによほどのことがないかぎり、誰も怯《おび》えて金を引き出そうとはしなかった。

　しかし、これからどれだけの金がテルソンから引き出され、どれだけが銀行にとどまったまま捨てられ、忘れ去られるのか。預け主が監獄で朽ち果てたり無残に殺されたりするあいだ、テルソンの金庫でどんな食器や宝石が輝きを失っていくのか。テルソン銀行のどれだけの口座がこの世で清算されず、あの世にくり越されなければならないのか――その夜、それは誰にもわからないことだった。ジャーヴィス・ローリー氏もそうした疑問について真剣に考えてはいるが、やはりわからない。彼は火をつけたばかりの薪《まき》のそばに坐《すわ》っていた（ひどい不作だったその年は、早くから寒かった）。正直で勇敢なその顔には、天井からさがったランプの光が部屋のなかの物で作り出すどんなゆがんだ影よりも暗い、恐怖の影があった。

　たくましい木蔦《きづた》のように、もはや己の一部として育っている銀行への忠誠心から、ローリー氏は銀行内の数部屋に滞在していた。たまたま本館を愛国者が占拠しているので、ある種安全と考える向きもあったが、実直な老紳士はそんなことは当てにせず、まわりの状況には眼もくれずに仕事をせっせとさばいていた。中庭の向かいに広々とした柱廊があり、馬車置き場になっていて、閣下の馬車がいまも何台か残っている。列柱の二本には火のついた太い松明《たいまつ》がくくりつけられ、その光で大きな回転砥石が浮かび上がっていた。近所の鍛冶屋《かじ》か、どこかの作業場からあわてて運んできて、外に乱暴に置いたようだ。ローリー氏は立ち上がって、窓からそうした無害なものを眺め、ぶるっと震えて火のそばの椅子《いす》に戻った。ガラス窓だけでなく、外側の格子《こうし》窓も開けていたが、またふたつとも閉めて、体全体を震わせた。

高い塀と重い門扉の向こうから、街の夜のいつものざわめきが聞こえた。ときおりそれに、ことばに言い表せない、この世ならざる奇妙な響きが混じった。何か異様に怖ろしい音が天に昇っていくようだった。

「近しい人が今晩この怖ろしい街にいなくてよかった」ローリー氏は両手を握り合わせて言った。「危険にさらされたすべての人に、神様のお慈悲を」

そのあとすぐに大きな門の呼鈴が鳴った。ローリー氏は、また連中が戻ってきたと思い、椅子の上で聞き耳を立てた。しかし、想像していたように中庭に群衆が乱入してくる大きな音はせず、門がまたガシャンと閉まって、あたりは静寂に包まれた。不安と恐怖でローリー氏は銀行のことが心配になった。社会に起きた大きな変化と感情のうねりから自然に生まれる不安だった。しかし、銀行の警備は万全だ。頼りになる夜番のところに行ってみようと立ち上がったとたん、部屋のドアが開き、人がふたり飛びこんできた。その姿にローリー氏は驚き、思わずあとずさりした。

ルーシーと父親ではないか！　ルーシーが両手をローリー氏に差し伸べた。いつもの額の真剣な表情は極度に張りつめ、人生のこの瞬間に力を与えるために刻印されているように見えた。

「どうしたんです！」ローリー氏は息を呑《の》み、混乱して叫んだ。「何があったんです。ルーシー！　マネット！　どうしてここに？　これはいったいなんなのです」

ルーシーは青ざめ興奮した顔でローリー氏をひたと見すえ、彼の腕のなかであえぎながら懇願した。「ああ、大切なお友だち！　わたくしの主人が！」

「ご主人が？」

「チャールズが」

「チャールズがどうしたのです」

「ここにいるのです」

「ここ、パリにですか」

「もう来て数日になります。三日か四日か、よくわかりませんが。もうきちんとものをが考えられなくて。人助けのために来たようです。内容はわたくしたちにはわかりません。そして城門で止められて、監獄に送られたのです」

老人は思わず叫び声をあげた。ほぼ同時に門の呼鈴がまた鳴り、大きな足音と人声が中庭になだれこんだ。

「あの音は？」医師が窓のほうを向いて言った。

「見ないで！」ローリー氏は大声で言った。「外を見てはいけません。マネット、お願いです、窓には触らないように」

医師は窓の留め金に手をかけて振り返り、冷静で力強い笑みを浮かべて言った。

「わが親愛なる友人、私はこの街では不死身なのだよ。バスティーユに囚《とら》われていたことを知って私に害を加えようという愛国者は、パリには——というよりフランスには——いない。近寄ってくるとしたら、みな私をさんざん抱擁したり、胴上げして練り歩いたりするだけだ。昔の苦難があればこそ、城門を越え、チャールズの行方を突き止め、ここまでたどり着くこともできたのだ。できることはわかっていた。チャールズを危機から救い出せることも。ルーシーにもそう言ってある——あの音はなんだね？」また窓に手をかけた。

「見ないでください！」ローリー氏は必死の思いで叫んだ。「ルーシー、あなたもです、見てはいけない」彼女を抱き寄せて言った。「どうかそんなに怖がらないで。チャールズの身に何かあったという話はいっさい耳に入っていません。誓います。この危険な街にいるとすら思ってもみなかったのですから。彼はどの監獄に？」

「ラフォルスです！」

「ラフォルス！　ルーシー、大切なわが子、もしこれまでの人生で勇気を持って誰かの役に立つことができたのなら――つねにそうだったことはわかっていますが――いまこそ落ち着いて、私の言うとおりにしてください。あなたが思うより、私が説明できるよりずっと、多くのことが懸《かか》っているのです。今晩、あなたにできることはありません。外にはぜったいに出ていってはいけない。チャールズのためにあなたにしていただかなければならないことが、あらゆることのなかでいちばんむずかしいのはわかっています。とにかく私のことばにしたがって、心を落ち着け、静かにしていてください。そこの奥の部屋に一度入っていただきます。父上と二分間、ふたりきりで話させてください。いますぐに。生死にかかわることですから、どうかいますぐ」

「おっしゃるとおりにいたします。お顔の表情から、それ以外にわたくしにできることはないと思っていらっしゃるのがわかりますから。おことばが真実であることが」

老人は彼女にキスをし、自分の部屋に急いで連れていって鍵《かぎ》をかけ、また急いで医師のところに戻ってきた。窓を開け、格子窓もいくらか開けて、医師の腕に手を置き、いっしょに中庭を見た。

男女の群衆がいたが、数はせいぜい四、五十人で、中庭を埋め尽くすにはほど遠かった。邸宅を所有する愛国者たちが、門を開けて入れてやったのだ。群衆は砥石に駆け寄って盛んにまわしていた。隠れて刃を研ぐのに便利だから、そこに置かれたのは明らかだった。

それにしても、なんと怖ろしい作業にたずさわる、怖ろしい人々だろう！

回転砥石には一対の持ち手がついていて、ふたりの男が狂ったようにまわしていた。回転に合わせて顔を上げるたびに長い髪がうしろに跳ね上がった。その形相は、もっとも粗野な仮装をしたもっとも凶暴な蛮人より残忍ですさまじかった。つけ眉《まゆ》とつけひげの不気味な顔は血と汗にまみれ、怒鳴るたびに醜くゆがんだ。眼はかっと開き、獣じみた興奮と睡眠不足でぎらついている。凶漢たちが砥石をまわしにまわすと、乱れ絡《から》まった髪がまえに跳んでその眼に垂れかかり、うしろに跳んで首を叩《たた》いた。何人かの女がワインの器を彼らの口まで持っていき、飲ませてやる。滴《したた》る血、滴るワイン、砥石から散りつづける火花のせいで、あたりは流血と火の邪悪な雰囲気に包まれていた。血のついていない者はひとりもいない。上半身裸で腕も体も血まみれの男たち、血染めのありとあらゆるぼろを着た男たち、女物のレースやシルクやリボンを奪って悪魔めいた飾りにしたうえ、何度も血を染《し》みこませた男たちが、われ先に砥石に群がっていた。持ち寄られて研がれる手斧《ちょうな》や短剣、銃剣、刀なども、すべて真っ赤に血塗られている。刃こぼれのした刀をシャツやドレスの切れ端で手首に結わえつけた者もいた。紐《ひも》の種類はいろいろだが、どれもひとつの色に濃く染まっていた。熱に浮かされた持ち主が、途切れない火花の流れから凶器を引きはがすように取って通りに駆け出していく、その狂った眼にも同じ赤い色があった――野蛮でない人が見たら、自分の命を二十年削ってでも、狙い定めた銃で石に変えたいと思うような眼だった。

これらすべては一瞬のうちに眼に入った。溺《おぼ》れかけた人間とか、人生の重大な危機に陥った人間が、一瞬でひとつの世界をまるごと見ると言われているように。ふたりは窓から離れ、医師は友人の血の気の引いた顔に説明を求めた。

「彼らは」ローリー氏は鍵をかけた部屋のほうをこわごわとうかがいながら囁《ささや》いた。「囚人を虐殺《ぎゃくさつ》しているのです。もし先ほどのことばに自信があって、本当にできるとお考えなら――私は本当だと信じていますが――あの悪魔たちのところに名乗り出て、ラフォルスに案内してもらってください。手遅れかもしれない。そこはわかりませんが、一刻も無駄にはできません」

マネット医師は握手をして、帽子もかぶらず急いで部屋から出ていった。ローリー氏が格子窓まで戻ったときには、もう中庭にいた。

医師は、風になびく白髪、印象深い顔、溌剌《はつらつ》と自信あふれる態度で、まわりにあふれる武器を水のようにかき分けて、たちまち砥石に群がる人々の中心に達した。いっとき作業の手が止まり、群衆がさっと集まって囁き合い、医師が何事か話した。ローリー氏が見ているうちに、医師は二十人の列のなかでみなに取り囲まれ、彼らは肩と肩、肩と手をつないで、叫びながら中庭から出ていった。「バスティーユの囚人万歳！　ラフォルスにいる、バスティーユの囚人の身内を助けよう。バスティーユの囚人に道を空けてやれ。ラフォルスの囚人エヴレモンドを救い出すぞ！」それに応《こた》える無数の叫び声があがった。

ローリー氏は胸を高ぶらせてまた格子窓を閉め、さらに窓とカーテンも閉めると、ルーシーのもとへ急ぎ、父上が人々の助けを借りてチャールズを探しにいったと伝えた。部屋には小さな娘とミス・プロスもいっしょにいたが、そのことに驚いたのはずいぶんあとで、夜に曲がりなりにも静けさが戻って、ふたりを見つめながら坐っていたときだった。

そのころには、ルーシーは彼の手にすがりついて床の上で気を失っていた。ミス・

プロスも子供を彼のベッドに寝かせ、自分もうつらうつらして、ついに横の枕《まくら》に頭をのせていた。ああ、可哀相《かわいそう》な妻の嘆きの声に満ちた、なんと長い、長い夜だったことか。父親も帰ってこず、知らせひとつない、なんと長い、長い夜だったことか。

闇《やみ》のなかで大きな門の呼鈴がさらに二度鳴り、乱入がくり返された。回転砥石はまわり、パチパチと火花を飛ばした。「あれは何？」ルーシーがはっと眼を覚まして訊《き》いた。「しっ。兵士たちが刀を研いでいるのです」ローリー氏は言った。「ここは国が所有して、一種の武器庫として使っているのですよ」

その二回で終わりだった。最後の一回は作業の勢いも衰え、途切れがちだった。夜が明けはじめるころ、ローリー氏はルーシーの手をそっと自分の手から離して、また慎重に窓の外をのぞいてみた。体じゅう血まみれの男がひとり、戦場で意識を取り戻した重傷の兵士のように、回転砥石の横の舗道から起き上がるところだった。ここはどこだというようにまわりを見ていたが、朝まだきの薄暗い光のなかで、疲れきった殺人者はすぐに閣下の豪華な馬車を見つけ、上品なクッションの上で眠ってやろうとよろめきながら近づいて乗りこみ、扉を閉めた。

地球という大きな回転砥石がもう少しまわったあとで、ローリー氏がまた外を見ると、陽の光が赤々と中庭に射《さ》していた。しかし、穏やかな朝の大気のなかで、小さいほうの回転砥石は、太陽が与えたのではなく、消えることもない赤の色に染まって、ぽつんと残されていた。

第三章　影

勤務時間が来たときに、実務家であるローリー氏の心に浮かんだ最初の考えは、亡命者の囚人の妻を銀行内にかくまうことによって、業務を危険にさらす権利は自分にはないということだった。自分の持ち物や安全はもちろん、命ですら、ルーシー母娘のためなら一瞬の躊躇《ちゅうちょ》もなく捧《ささ》げるが、いま預かっている大量の信託物は彼のものではなく、それをしっかりと守る点において彼は謹厳な実務家なのだった。

まず思いついたのはドファルジュだった。またあの酒店を見つけて、この騒乱の街でいちばん安全な滞在場所はどこか、店主に尋ねてみようか。しかし、思いついたのと同じ理由から、やはりいけないと思い直した。ドファルジュは暴力が熾烈《しれつ》をきわめる地区に住んでいて、まちがいなくそこで影響力を持ち、危険な行動に深くかかわっている。

午《ひる》になっても医師は帰らず、一分ごとに業務に支障を来《きた》していたので、ローリー氏はルーシーに相談してみた。彼女の話では、父親はこの区の銀行の近くに短期で部屋を借りるつもりだったということだった。その案に実務上の問題はなく、たとえチャールズが無事釈放されたとしても、すぐに街からは出られないと見込まれるので、ローリー氏は貸部屋を探しに出かけた。表通りから離れた脇道《わきみち》に、陰気そうな四角い建物があり、その上のほうの階に適当な部屋が見つかった。ほかの窓はみな鎧戸《よろいど》が閉まっていて、まわりに誰も住んでいないことがわかったのだ。

すぐにその部屋にルーシー母娘とミス・プロスを移し、彼自身より快適にすごせるように、できるだけのものをそろえてやった。頭をぶん殴られようとドアを守っていられるジェリーをいっしょに残し、自分は仕事を再開した。とはいえ、ルーシーたちのことを思うと痛ましくて心も落ち着かず、その日は重くじりじりと進んだ。

そうしてローリー氏が疲れ果てるうちに、閉店時間になった。前夜いた部屋にまたひとりになり、これから何をすべきか考えていると、階段をのぼってくる足音が聞こえた。まもなく男が眼のまえに現れ、ローリー氏を鋭く観察して、名前で呼びかけた。

「まさしく本人ですが」ローリー氏は言った。「私を知っておられる？」

男はたくましく、黒髪が波打ち、歳《とし》は四十五から五十といったところだった。答える代わりに、ローリー氏と寸分たがわぬ口調でくり返した。

「私を知っておられる？」

「どこかでお目にかかったことがあるような」

「おそらく私の酒店で？」

大いに関心と興奮が高まって、ローリー氏は言った。「ドクター・マネットからの伝言ですか」

「ええ。ドクトルからの伝言です」

「それで彼はなんと？　どんな伝言ですか」

ドファルジュはローリー氏の震える手に、広げた一枚の紙を置いた。そこには医師の筆跡でこう書いてあった——

〝チャールズは無事だが、まだ私はここから安全に出られない。この使いに頼んで、チャールズが妻に宛《あ》てた短い手紙を持っていってもらう。この者を彼女に会わせてほしい〟。

記された場所はラフォルス、時刻は一時間前だった。

「ついてきてもらえますか」伝言を声に出して読み、安堵《あんど》したローリー氏は、喜びあふれる声で言った。「夫人がいるところにご案内します」

「ええ」ドファルジュは答えた。

ローリー氏は、ドファルジュの妙に抑揚のない機械的な話し方にまだほとんど気づかない様子で、帽子をかぶると、ふたりで中庭におりていった。そこにふたりの女がいて、ひとりは編み物をしていた。

「マダム・ドファルジュでしたな！」ローリー氏は言った。夫人は十七年前に別れたときにも、まったく同じことをしていた。

「そうです」夫が答えた。

「奥様もいっしょに来られますか」大人がいっしょに歩きはじめたのを見て、ローリー氏は尋ねた。

「ええ。家内が顔を憶《おぼ》えて、この人だとわかるようにしておけば、皆さんにとって安全なので」

ドファルジュの態度が不自然だと思いはじめたローリー氏は、疑うように相手を見て、先頭を歩いた。ふたりの女もついてきた。あとのひとりは〝復讐《ヴァンジャーンス》〟である。

一同は途中の通りをできるだけ急ぎ、新しい住まいの階段をのぼって、ジェリーに迎え入れられた。なかに入ると、ルーシーがひとりで泣いていた。ローリー氏がチャールズの消息を伝えると、ルーシーは大喜びして、夫の手紙を届けてくれたドファルジュの手を握りしめた。同じ手が前夜、夫の近くで何をしていたか、また、偶然の介入がなければ夫に何をしたか、彼女には知る由《よし》もなかった。

〝最愛の妻へ――勇気を持って。ぼくは元気だ。父上にはここの人たちを動かす力がある。返事は受け取れない。ぼくに代わって娘にキスをしておくれ〟。

書かれているのはそれだけだった。が、ルーシーにとっては充分すぎるほどで、ドファルジュから夫人のほうを向くと、編み物を続けている手の片方にキスをした。女性らしい心のこもった感謝の仕種《しぐさ》だったが、キスをされた手はなんら反応せず、冷たく離れて体の横に落ち、また編み物に取りかかった。

触れた手の何かがルーシーに疑念を抱かせた。胸に当てようとした手紙を首のところで止め、怯《おび》えた顔をドファルジュ夫人に向けた。ドファルジュ夫人は、ルーシーの見上げる眉《まゆ》と額に、冷めた無表情な視線を返した。

「ルーシー」ローリー氏が割りこんで説明した。「まだあちこちで暴動が起きている。あなたがそれに巻きこまれることはないと思うけれど、有力者のマダム・ドファルジュは、万が一のときに守るべき人を見ておきたいということで、ここに来たのです。あらかじめ会って、顔を憶えておくために」三人の冷淡な態度がますます気になって、安心させることばにもためらいがあった。「そういう理解でよろしいですね、市民ドファルジュ？」

ドファルジュは暗い顔で妻を見、黙諾のうなり声を発しただけだった。

「ルーシー」ローリー氏は精いっぱいなだめる口調と仕種で言った。「愛する娘さんとミス・プロスにもここに来てもらいましょう。ドファルジュ、こちらはイギリスのご婦人、ミス・プロスです。フランス語はできません」

どんな外国人にも負けはしないという信念が、苦労や危険で揺らぐことのないこの婦人は、腕組みをして現れ、最初に眼が合った〝復讐〟に英語で話しかけた。「そのとおりなのよ、強面《こわもて》なかた。あなたもご機嫌うるわしいといいけれど」その調子でドファルジュ夫人にもイギリスふうの咳《せき》をしてみせたが、ふたりともあまり関心を払わなかった。

「それは彼の子かい⁉」ドファルジュ夫人が初めて編み物の手を止め、編み針を運命の指のように小さなルーシーに向けて言った。

「ええ、マダム」ローリー氏は答えた。「われわれの気の毒な囚人が心から愛する、ひと粒種の娘さんです」

ドファルジュ夫人と仲間のふたりの影が威嚇《いかく》するように暗く子供に差しかかったので、ルーシーは本能的にその横にひざまずき、わが子を抱きかかえた。ドファルジュ夫人と仲間の影は、するとますます威嚇するように暗く、母娘の上に落ちた。

「もういいよ、あんた」ドファルジュ夫人が夫に言った。「見たから。行こう」

しかし、抑えた動きのなかには充分な凄《すご》みがあり——はっきりと眼に見えるかたちではないが、裏に隠れている——ルーシーは不安になって、ドファルジュ夫人の服に手を添え、訴えた。「どうか可哀相な主人を助けてください。あの人を傷つけないでください。できれば主人と会わせてくださいますね？」

「あたしがここに来たのは、あんたの旦那《だんな》のためじゃない」ドファルジュ夫人は眉ひとつ動かさずに彼女を見おろした。「ドクトル・マネットの娘であるあんたのために来たんだ」

「ではわたくしのために、主人にも慈悲をお願いいたします。この子のために！　この子もあなたの慈悲を乞《こ》うてお祈りします。わたくしたちは、ここにいる人のなかであなたをいちばん怖れているのです」

ドファルジュ夫人はそれを褒めことばと受け取り、夫に眼を向けた。不安げに親指の爪《つめ》を嚙《か》みながら妻を見ていたドファルジュは、厳しい顔つきになった。

「あんたの旦那はその短い手紙でなんと言ってた？」ドファルジュ夫人は不気味な笑みを浮かべて言った。「力とか。何か力に関することを言ってなかったかい？」

「父には」ルーシーはあわてて胸から手紙を取り出したが、怯えた眼は手紙ではなく質問者を見ていた。「人を動かす力があると」「だったらそれが旦那を解放してくれるだろうよ」ドファルジュ夫人は言った。「そうさせればいい」

「妻として、母親として、お願いいたします」ルーシーは力のかぎり言った。「どうかわたくしを憐《あわ》れんでください。どうかお持ちの力で無実の主人を苦しめず、救ってくださいますように。心の姉のようなかた、どうかわたくしのことを考えてください。妻であり、母親であるわたくしのことを！」

ドファルジュ夫人は相変わらず冷たい眼で懇願者を見て、友人の復讐のほうを向いた。

「あたしたちがこの子かそれよりずっと小さいときから見てきた妻や母親は、ろくに考えてもらえなかったよね。あの人たちの旦那や父親が監獄に入れられて、家族と離ればなれになるのを、いったい何度見たことか。あたしたちは生まれてこのかた、心の姉やその子供が食べるものも着るものもなく、ありとあらゆる貧しさと病と不幸と抑圧と無視に苦しむのを、それはもう嫌というほど見てきた」

「ほかには何も見なかった」復讐が応じた。

「そういうことに長いあいだ耐えてきた」ドファルジュ夫人はルーシーに眼を戻して

言った。「胸に手を当てて考えてごらん。たったひとりの妻と母親の苦しみが、いまさらあたしたちにどれほどの意味を持つと思う？」

言って、また編み物をしながら出ていった。復讐があとに続いた。最後にドファルジュが出て、ドアを閉めた。

「勇気を持って、親愛なるルーシー」ローリー氏は彼女を立たせながら言った。「勇気です、勇気！　ここまでは万事うまくいっているのですから――最近不幸にみまわれた大勢の人たちに比べればずっと。さあ、元気を出して。感謝の心を忘れずに」

「忘れたわけではありませんが、あの怖ろしい女の人が、わたくしのすべての希望に暗い影を投げかけているようで」

「いけません」ローリー氏は言った。「その勇敢な小さい胸は、どうしてそこまで打ち沈んでいるのです。影ですと？　影に実体はありませんよ、ルーシー」

けれども、ドファルジュ夫妻のふるまいは彼の心にも暗い影を落とし、ひそかに大きな不安をかき立てていた。

第四章　嵐《あらし》のなかの静けさ

マネット医師は、いなくなって四日目の朝にようやく戻ってきた。その怖ろしい四日間に何があったのかは、長いことルーシーには知らされなかった。囚《とら》われて身を守るすべもない一万一千人の老若男女が民衆に殺されたこと、その四日間は残虐《ざんぎゃく》行為の闇《やみ》に包まれ、彼女のまわりの空気も死臭で汚染されていたことをルーシーが知ったのはずっとあとで、フランスから遠く離れていたときだった。当時の彼女にわかっていたのは、いくつかの監獄が襲われ、囚われた政治犯全員が危険にさらされ、群衆に引きずり出されて殺された者もいるということだけだった。

医師はローリー氏に決して口外しないよう約束させたうえで――わざわざ釘《くぎ》を刺すまでもなかったが――次のような話をした。群衆に連れられて大殺戮《さつりく》の現場を通り抜け、ラフォルス監獄まで行くと、なかで勝手に裁判が開かれていた。囚人がひとりずつ引き出され、殺す、釈放する、または（まれに）監房に戻すという判決がただちに下されていた。医師は案内者によってこの裁判に連れ出され、名前と職業を告げて、十八年間、正式な告訴もなくバスティーユの独房に入れられていたことを説明した。すると判事席に坐《すわ》っていたひとりが立ち上がって、医師の身元を請け合った。その男がドファルジュだった。

医師はそこの机にあった記録を調べて、義理の息子がまだ生きている囚人のなかにいることを確かめ、どうか命を救って解放してやってほしいと判事たち——寝ている者もいれば起きている者も、殺人の血で汚れている者も汚れていない者も、素面《しらふ》の者も酔っている者もいた——に嘆願した。まずは旧王制の顕著な被害者である医師にまわりから熱狂的な挨拶《あいさつ》が送られたあと、法のない法廷にチャールズ・ダーネイが呼び出され、審議されることになった。けれど、いまにも釈放されようかというところで、それまでの順調な流れがふいに止まり（医師には理由がわからなかった）、判事たちがこそこそと相談しはじめた。そして裁判長らしき男が、チャールズ・ダーネイは引きつづき収監するが、マネット医師に免じて危害は加えず、安全な場所にとどめ置くと宣告した。それを合図にチャールズはまた監獄内に連れていかれたが、医師は、なんらかの悪意か手ちがいによってチャールズが群衆の手に渡らないことを見届けるまで、その場にいたいとふたたび強く嘆願した。群衆は門のすぐ外にいて、野蛮な叫び声でたびたび裁判の進行を妨げるほどだったのだ。医師の訴えは認められ、彼は危険が去るまで〝血の法廷〟にとどまっていた。

ときおり短い食事や睡眠をとりながら医師がそこで見た光景は、話さないでおくことにする。囚人が無罪放免となったときの群衆の狂喜にも、有罪の囚人を切り刻む狂ったような獰猛《どうもう》さにも、彼は同じくらい驚かされた。ある囚人が釈放されて通りに出たものの——と医師はローリー氏に語った——出るなり誰かがうっかり槍《やり》で突いてしまった。医師は傷の手当をしてほしいと頼まれ、同じ門から外に出た。怪我人《けがにん》は何人かの善きサマリア人に介抱されていたが、その善きサマリア人たちは、自分たちが殺した死体の上に坐っているのだった。悪夢のように怖ろしい、怪物めいた不条理だった。彼らは怪我人にこの上なく細やかな配慮を示して、医師を手伝い、担架まで作って注意深く運び出してやった。かと思うと、いきなり武器を取って、またすさまじい虐殺のただなかに飛びこむ。あまりのことに医師は両手で眼を覆《おお》い、途中で気を失ったほどだった。

そんな打ち明け話を聞き、六十二歳になった友人の顔を見ながら、ローリー氏は、この生きた空もない体験で、彼がまた危険な状態に陥るのではないかと心配した。ところが、ローリー氏はこのときのような友人を見たことがなかった。人格まですっかり変わっていた。マネット医師は初めて、自分の受難は力であり強みだと感じていた。あの熾烈《しれつ》な炎で、娘婿《むすめむこ》が入れられた監獄の扉を壊し、彼を外に出してやる鉄をじっくりと鍛錬していたことに初めて気づいたのだ。「あれはみな役に立ったのだ、わが友人。たんなる無駄や破滅ではなかった。愛する娘が私を回復させてくれたように、今度は私が娘のいちばん大切なものを取り戻すのに力を貸すのだ。天の助けとともに、やりとげてみせる！」マネット医師は言った。ジャーヴィス・ローリーも、友人の燃える眼や決意のみなぎる顔、穏やかで力強い表情や身ごなしを見て、そのことばを信じた。本当に長いあいだ時計のように止まっているように見えた彼の人生は、使い途《みち》もなく休眠していたエネルギーとともに、また動きだしたのだ。

医師の不屈の決意をもってすれば、このときより大きな困難も克服できたことだろう。あらゆる階層の人々に——囚人、自由人の分かちなく、富める者にも貧しい者にも、善人にも悪人にも——本業の医療をほどこしながら、彼個人の影響力を巧みに用いて、ほどなく三つの監獄の検査医になった。そのひとつにラフォルスが含まれていたので、自信を持ってルーシーに、チャールズはもう独房ではなく、ほかの囚人たちと大監房に入っていると教えてやることができた。医師は週に一度チャールズと会い、夫のやさしいことばを自分の口から娘に伝えた。チャールズ自身が手紙をよこすこともあった(ただし、医師を介してではない)が、ルーシーのほうから手紙を送るのは認められなかった。監獄内にはいろいろ途方もない陰謀の噂《うわさ》があり、なかんずく嫌疑は、国外に友人か恒久的な連絡先がある亡命貴族に向けられていたからだ。

マネット医師の新しい生活が不安に満ちていたことはまちがいないが、慧眼《けいがん》のローリー氏が見たところ、そこには彼を力づける新たな誇りがあった。その誇りに不都合なところはない。誇らしく思うのは当然だし、価値あることだが、ローリー氏はそれを好奇の眼で見ていた。医師はこのときまで、娘とローリー氏が、彼自身の苦悩や喪失感や弱さを過去の捕囚と結びつけて考えていることを知っていた。しかし、事情が変わったのだ。いまや彼には、わが身を投じて、昔の試練から得た力でチャールズを安全に監獄の外へ出さなければならないことがわかっている。その変化に誰よりも本人が喜び、先頭に立ってあれこれ指示しながら、強者として、弱者である娘やローリー氏に、安心してまかせてくれと言うようになった。以前の彼とルーシーの関係は逆転した。といっても、どこまでも深い感謝の気持ちと愛情にもとづく逆転ではあるが。とにかく、これほど尽くしてくれた娘に何か返さないことには誇りなど持ちようがないのだった。面白いものだ、とローリー氏は鋭く観察して好ましく思った。だが、これこそ自然で正しいことなのだから、わが友人、ぜひこのまま先頭に立ちたまえ、あなたほどこの役割をうまくこなせる人はいない、と。

しかし、チャールズ・ダーネイを解放しよう、せめて裁判の場に引き出そうと医師が片時も休まず働きかけても、時世の流れはあまりに激しく速かった。新しい時代が始まった――王は裁かれ、刑を宣告され、断首された。自由、平等、友愛、さもなくば死の共和国は、武器を手に向かってきた全世界に対して、勝利か死を宣言した。ノートルダムの大きな塔には昼夜を問わず黒い旗が翻《ひるがえ》った。暴虐な領主を地上から消し去れという呼びかけに、フランスのさまざまな土地で三十万人の男たちが立ち上がった。カドモス王が古代テーベに竜の歯をまいたときのように、南仏の青い空、北仏の雲の下で、丘や野原、岩、砂利、堆積土《たいせきど》から、荒野や森、ブドウ畑やオリーブ畑のなかから、刈った草や穀物の切り株のあいだから、大きな川沿いの豊かな土地や海岸の砂浜から、いっせいに兵士が現れ出た。一人ひとりがいくら案じても、〝どうして〝自由〟元年の大洪水に抗《あらが》えるというのだろう。この洪水は上から降ってこず、下から湧《わ》いてきた。天の窓は開かず、ずっと閉じられていた！

そこには休止も、慈悲も、平和も、いっときの安息もなかった。時間を測るすべも失われた。世の初め、夕と朝が首の日で、ほかに時間の数え方がなかったころのように、昼と夜がたんにくり返された。熱病患者が時の感覚を失うように、国じゅうが怖ろしい熱病に罹《かか》って時を忘れた。やがて街全体の異様な静けさを破って、死刑執行人が民衆に王の首をさらした。美貌《びぼう》の王妃も、寡婦《かふ》になって八カ月後に、惨《みじ》めな監獄生活でやつれて白髪になった首をさらされたが、そのふたつがほとんど同時に起きたかのように思われた。

とはいえ、こうした場合にかならず働く奇妙な矛盾の法則によって、時間は一瞬燃え上がる火のように速くすぎながら、長くも感じられた。首都パリに革命裁判所、フランス全土に四万から五万の革命委員会ができ、反革命容疑者法が成立して、自由と生命の安全がことごとく奪い去られ、無辜《むこ》の善人が罪深い悪人の手に引き渡された。監獄は釈明の機会すら与えられない無実の人々で埋まった。それらが秩序として確立し、たかが数週間で、太古の昔から決まっていたことのようにまかり通った。わけても世の始まりから堂々と存在したかのごとく人々に知れ渡ったのは、刃先鋭い女〝ラ・ギヨティーヌ〟のぞっとする姿だった。

それにまつわる冗談も人口に膾炙《かいしゃ》した。曰《いわ》く、頭痛の特効薬である、白髪を確実に防げる、顔つきに格別な味が出る、じつによく剃《そ》れる〝愛国カミソリ〟だ、ギヨティーヌ嬢にキスをする者は、小窓からのぞいて、袋のなかにくしゃみをする……。それは人類再生の印であり、十字架に取って代わるものだった。それを象《かたど》ったネックレスが十字架の代わりにかけられた。十字架が否定された国で、人々はそれを崇《あが》め、信奉した。

あまりにも多くの首を落としたので、刑具も、それがいちばん汚した場所も、腐肉の赤い色に染まった。それは悪魔の子が遊ぶ玩具《おもちゃ》のパズルのように分解され、必要になるとまた組み立てられた。雄弁家を黙らせ、権力者を倒し、佳人も善人も滅ぼし、ある朝には、名望ある二十二人の同胞——二十一人は生きていて、ひとりは死んでいた——の首を一分ひとりの割合で切り落とした。死刑執行人は旧約聖書の豪傑にちなんでサムソンと呼ばれていたが、この刑具を手にしたいまは同名の豪傑よりも強く、怖れ知らずになり、来る日も来る日も神の宮の門を引き倒した。

それらの恐怖と、そこから生まれた恐怖の雛《ひな》のなかを、マネット医師は少しも臆《おく》さず歩きまわった。己の力を信じて、慎重に粘り強く交渉し、最終的にはルーシーの夫を救い出せることをつゆほども疑わなかった。しかし時の流れは速く、深く、あまりにも力強かった。医師がこのように落ち着いて自信にあふれているあいだにも、チャールズの投獄からはや一年と三カ月になっていた。その年の十二月、革命はまた一段と凶悪で無軌道になった。南の川には夜間乱暴に溺死《できし》させられた死体が浮かび、南部の冬の太陽の下、囚人たちが並ばされたり集められたりして撃ち殺された。それでも医師は渦巻く暴力のなかを冷静に歩きつづけた。当時パリで彼ほどの有名人はおらず、彼ほど奇妙な境遇の人もいなかった。いつも静かでやさしく、病院でも監獄でも欠かせない存在となり、中立な立場から暗殺者にも犠牲者にも等しく治療をほどこした。医師として腕をふるうときには、バスティーユに囚われていたという経歴と、そのことがわかる外見によって、まわりと一線を画していた。怪しく思われることもなければ、質問されることもない。十八年前に本当に人生に甦《よみがえ》ったのだとしても、生者のあいだを動きまわる本物の精霊だったとしても、これほど平然とはしていられなかっただろう。

第五章　薪屋《まきや》

一年と三カ月。その間ルーシーは一時間おきに、夫の首が明日断頭台《ギロチン》で落とされるのではないかと心配しつづけた。敷石の道を毎日、死刑囚を満載した護送馬車がガタゴトと重い音を立てて通っていった。美しい娘たち、茶色の髪、黒髪、あるいは白髪の上品な婦人たち、若者、たくましい男、老人、貴族、農民――みなラ・ギヨティーヌに捧《ささ》げられる赤ワインであり、日々忌《い》まわしい監獄の暗い房から外の光のなかに出され、貪欲《どんよく》な彼女の渇きを癒《い》やすために通りを運ばれていった。自由、平等、友愛、さもなくば死。その最後がいちばん与えやすいものだった。ギヨティーヌのおかげで！

突然訪れた災難と、めまぐるしくまわる時代に圧倒されて、医師の娘がただ何もせず悲嘆に暮れていたとしたら、ほかの多くの人たちと変わらない。が、サンタントワーヌの屋根裏部屋で父親の白髪頭を若い胸にかき抱いたときから、ルーシーはみずからの務めを誠実に果たしてきた。静かな忠誠心と善意を持っている人のつねとして、彼女も試練のときこそもっとも誠意をこめて働くのだった。

新しい住まいに移り、父親が日々の医業を再開すると、ルーシーはすぐさま、夫がいっしょにいるかのように家のなかを整えた。正しい場所、正しい時間にすべてが収まり、小さなルーシーには、みなでイギリスの家にいたときと同じように、時間どおりに勉強を教えた。早々と夫を迎える準備をしたり、彼の椅子《いす》や本をすぐ横に置いたりする小さな工夫で、すぐにまたいっしょに暮らせると自分に言い聞かせ、夜は監獄で死の影に怯《おび》える多くの不幸な魂、とりわけそのなかの愛《いと》しいひとりのために真剣に祈ることが、重い心を確かに軽くする数少ない慰めだった。

彼女の外見はさほど変わっていなかった。娘とおそろいの質素な黒い服は、喪服のように見えなくもないが、幸せだったときに着ていた明るい色の服と同様、きれいに保ち、大切に扱っていた。顔は青白く、例の集中したときの眉間《みけん》のしわは、いまやときどきではなく、つねにできていたが、ほかの点では相変わらずとても美しく、魅力的だった。夜、父親にキスをするときに、一日じゅう抑えていた感情がこみ上げてきて思わず泣きだし、この空のもと、お父様だけが頼りなのですと訴えることもあった。

すると父親は、いつも決然とした口調で答えた。「私の知らないうちにチャールズに何か起きることはぜったいにないよ。彼を救い出せるのはわかっている、ルーシー」

　生活が変わって何週間にもならないある日の夕方、家に帰ってきた父親がルーシーに言った。

「娘よ、監獄にひとつ高窓がついていて、チャールズが午後三時にそこへ行けるときがある。いろいろ不確かなことがあって、いつもとはかぎらないのだが、もし行ければ、通りにいるおまえが見えるかもしれないと彼が言っている。通りの決まった場所に立たなければならないのだが、あとでその場所を教えよう。ただ可哀相《かわいそう》だが、おまえのほうから彼は見えない。たとえ見えたとしても、わかったという合図を送るのは危険だ」

「ああ、お父様、どうか場所を教えてください。毎日そこへ行きます」

　そのときから、ルーシーはどんな天気の日にもそこで二時間待った。時計が二時を打つころには着いていて、四時になるとあきらめて帰る。空が荒れ模様でなければ、娘もいっしょに連れていった。雨風が強ければひとりで出かけたが、行かない日は一日もなかった。

　そこはくねくねと曲がった狭い通りの暗くて汚れた角だった。その通りの端にある建物は、丸太を小さく切って暖炉の薪を作るみすぼらしい小屋が一軒だけで、あとはすべて塀だった。ルーシーが通いはじめて三日目に、薪屋が気づいた。

「こんにちは、市民のご婦人」

「こんにちは、市民の紳士」

このように挨拶《あいさつ》することが法令で要求されていた。筋金入りの愛国者は少しまえから自発的にやっていたことだが、いまや万人の法になったのだ。

「また歩いてますね、市民」

「ご覧になっていたのですね、市民」

小柄で身ぶり手ぶりが大げさな薪屋（以前は道路工夫だった）は監獄をちらっと見て指差すと、鉄格子《てつごうし》のつもりだろう、両手の十本の指を顔のまえに立て、ふざけてそこからのぞいてみせた。

「でも、あたしにゃ関係のないことだ」言ってまた木を切りはじめた。

次の日、薪屋はルーシーを待っていて、姿が見えるなり声をかけた。

「おや、どうしたんです、また歩いてますね、市民」

「ええ、市民」

「おお！　小さいお子さんもいっしょだ。こちらはきみのお母さんかな、ちっちゃな市民？」

「はいと答えたほうがいい、お母様？」小さなルーシーが母親に身を寄せて小声で訊《き》いた。

「そうね、答えなさい」

「はい、市民」

「ほほう！　だが、あたしにゃ関係のないことだ。さあ、仕事仕事。この鋸《のこぎり》を見てください。わが家の小さなギヨティーヌと呼んでるんですよ。ラ・ラ・ラ、ラ・ラ・ラ！　ほら、旦那《だんな》の首が落ちる」

話しながら木片を落とし、拾って籠《かご》のなかに放りこんだ。

「自分のことは、薪用のギヨティーヌを使うサムソンってね。ご覧なさい。ル・ル・ル、ル・ル・ル。今度は奥さんの首が落ちる！　次は子供だ。こちょこちょ、くすくす。ほら、子供の首も。これで家族全員！」

薪屋が木片をさらにふたつ籠に投げ入れるのを見て、ルーシーはぞっとしたが、向こうが仕事をしているかぎり視界からは逃れられない。そこでその後はせめて機嫌を損なわないように、つねに自分のほうから話しかけることにした。飲み代《しろ》もしばしば渡し、相手は喜んで受け取った。

薪屋は詮索《せんさく》好きな男で、ルーシーが夫に思いを届けようと監獄の屋根と鉄格子を見つめ、男のことなどすっかり忘れていたあと、ふとわれに返ると、相手は作業台に片《かた》膝《ひざ》をつき、仕事の手を止めて、彼女を見ているのだった。そこであわてて「あたしにゃ関係のないことだ」と言い、また鋸を挽《ひ》きはじめる。

天候にかかわらず——冬の雪や霜、春の嵐《あらし》、夏の強い陽射《ひざ》し、秋の長雨、そしてまた冬の雪や霜のなかで——ルーシーは毎日そこで二時間をすごした。毎日去るときには、監獄の塀にキスをした。夫が彼女を見るのは（見ていると父親から聞いた）、五、六日に一度かもしれないし、二、三回続けてかもしれない。一週間、あるいは二週間、見られないかもしれない。けれども、チャンスがあるときにそうしてくれるだけで充分だった。そのためなら週に七日、朝から晩まで待ってもよかった。

こうしているうちに十二月になった。その間、父親は暴力のなかを冷静に歩きまわっていた。粉雪が舞うある午後、ルーシーはいつもの角にやってきた。街じゅうが大きな喜びに沸き返り、祭りさながらに騒いでいる日だった。来る途中で見た家々には、穂先に小さな赤帽をかぶせた槍《やり》や、三色のリボン、〝単一不可分の共和国。自由、平等、友愛、さもなくば死！〟という共通の標語（これも多くは三色で書かれていた）が飾られていた。

薪屋の陋屋《ろうおく》はあまりに小さく、外壁に標語が入りきらないほどだったが、誰かにとにかく書かせていた。書き手が苦労して押しこんだせいで、〝死〟の文字がひどく窮屈だった。善き市民の務めとして、やはり屋根には槍と帽子を飾り、窓には〝小さな聖女ギヨティーヌ〟の文字を入れた鋸を立てかけていた——というのも、そのころには多くの人々が、あの大きな刃先鋭い女を聖人扱いするようになっていたのだ。小屋の戸は閉まっていて、薪屋もいなかった。ルーシーはひとりでいられてほっとした。

しかし、薪屋はそう遠くにいたわけではなかった。乱れた足音と人々の叫び声が近づいてきて、ルーシーは恐怖を覚えた。すぐに監獄の塀をまわって大群衆があふれ出し、そのなかほどに復讐と手をつないでいる薪屋がいた。総勢五百人はいて、みな五千の悪魔のように踊っている。音楽は彼らの歌だけだった。いっせいに歯ぎしりをしているかのように乱暴に拍子をとりながら、流行の革命の歌に合わせて踊っていた。男と女が踊り、女同士が踊り、男同士が踊り、たまたま近くにいた者同士が踊った。最初は粗末な赤い帽子と羊毛のぼろ着の嵐だったのが、通りを満たし、ルーシーのまわりで止まって踊りだすにつれ、なかから不気味な亡霊のように狂乱の舞踏が立ち現れた。まえに出、あと戻りし、手と手を打ち合わせ、互いに相手の頭をつかみ、ひとりでまわり、また相手を捕まえてふたりでまわり、しまいに大勢が通りに倒れた。彼らが倒れると、残った者たちが手をつないで輪になり、ぐるぐるまわるうちに輪がちぎれ、ふたりとか四人の輪ができ、またまわりにまわる。かと思うと一気に止まり、また最初から手を打ち合わせ、相手をつかみ、引きはがし、今度は逆にまわりだす。そしてまた突然止まり、休んで、最初から。通りの端から端までいくつも列を作って、頭を下げ、両手を高く上げて、叫びながら突進した。どれほど激しい闘いも、この踊りの半分も怖ろしくなかった。それは堕落した娯楽であり、無邪気に始まったものが、広がるうちに邪悪になり、健康な気晴らしだったものが、血を沸き立たせ、感覚を惑わせ、心を鉄に変えるものになっていた。いくらか優美さがあることによって、本来善なるものがみないかにゆがんで卑劣になりうるかが示され、かえって醜さが際立《きわだ》っていた。若々しい女が胸をはだけ、子供のように可憐《かれん》な頭を振り動かし、華奢《きゃしゃ》な足で血と泥のぬかるみを踏み歩いているのが、この関節のはずれてしまった時代を象徴していた。

これがかのカルマニョールだった。群衆が行ってしまうと、取り残されたルーシーは薪屋の入口で怯え、茫然《ぼうぜん》としていた。羽毛のような雪がまるで何事もなかったかのように静かに降ってきて、白く、柔らかく地面に落ちた。

「ああ、お父様!」手でしばらく覆《おお》っていた眼を上げると、父親がすぐまえに立っていた。「なんて野蛮で怖ろしい光景でしょう」

「わかるよ。私は何度も見たことがある。怖がらなくていい。誰もおまえを傷つけたりしないから」

「自分のことは怖くありません、お父様。でもチャールズと、あの無慈悲な人たちのことを考えると——」

「もうすぐあの連中のもとから救い出せるさ。ちょうど私が出るときにチャールズが高窓に行くというから、おまえに知らせにきたのだ。ほかに見ている人はいない。あのいちばん高い、傾斜のゆるい屋根に向かってキスを投げるといい」

「そうします、お父様。いっしょにわたくしの魂も」

「可哀相に。彼は見えないか?」

「ええ、お父様」自分の手にキスしながら、慕る思いでさめざめと泣きだした。「見えません」

雪を踏む足音。ドファルジュ夫人だった。「ご機嫌よう、市民のご婦人」医師が言った。「ご機嫌よう、市民」彼女の返事は歩きながらだった。たったそれだけで、ドファルジュ夫人は白い道に映る影のように行ってしまった。

「さあ、腕を貸しなさい、わが愛しい娘。ここからは彼のために明るく、勇気を持って歩いていこう。よし、そうだ」ふたりは通りの角をあとにしていた。「このことは無駄にはならないよ。チャールズは明日、裁判に呼び出されるのだ」

「明日！」

「ぐずぐずしていられないぞ。私はしっかり準備しているが、さらに策を講じる必要がある。それは実際に彼が法廷に出てきてからだ。チャールズ本人はまだこのことを知らされていないが、まもなく彼が明日の召喚に備えてコンシェルジュリー監獄に移されることもわかっている。それが最新情報だ。怖くないね？」

ルーシーはやっとのことで答えた。「お父様を信じています」

「すべてまかせておきなさい。不安な日々はもうすぐ終わるのだ、愛しい娘。チャールズはあと何時間かのうちに、おまえのところに帰ってくる。彼を守るためにできるだけのことはした。これからローリーに会わなければ」

医師は足を止めた。重い車輪の音が聞こえてきた。ふたりともそれが何かわかっていた。一、二、三――三台の囚人護送馬車が、怖ろしい荷物を積んで静かな雪の上を進んでいった。

「ローリーに会わなければ」医師はくり返して、娘を別の道に連れていった。

一方、実直な老紳士はまだ銀行にいた。誰かの資産が国に没収されると毎度のように帳簿ごと呼び出されるので、離れられない。もとの所有者に残せるものは、できるだけ残してやった。テルソン銀行が預かっているものをきちんと守り、口を閉じていることにかけては、この世に彼ほどの適任者はいなかっただろう。

くすんだ赤黄色の空と、セーヌ川から立ち昇る霧が夕刻を告げた。ふたりが銀行に着いたときには、もうほとんど暗かった。堂々たる閣下の邸宅は完全に壊れ、人気《ひとけ》がない。中庭に積まれた土と灰の上に文字が掲げられていた――〝国有財産。単一不可分の共和国。自由、平等、友愛、さもなくば死！〟

ローリー氏といっしょにいた、他人に見られてはならない人物は誰だったのだろうか――椅子にかけてある乗馬用コートの持ち主は？　ローリー氏が驚き動揺して出てきて、愛しいルーシーを抱きしめたとき、隣の部屋には誰がいたのだろうか。ルーシーがつかえながら言ったことばを、出てきた部屋に向かって彼が大きな声でくり返したのは、誰に聞かせたかったのだろうか。ローリー氏はこう言った。「コンシェルジュリーに移されて、明日裁判にかけられる？」

第六章　凱旋《がいせん》

五人の判事、検事、そして決然たる陪審からなる恐怖の裁判が毎日開かれていた。夕方になると被告の名簿が配布され、あちこちの監獄で牢番《ろうばん》が囚人に読み上げた。牢番のお定まりの冗談は、「ほら、囚人ども、夕刊を読んでやるから出てこい」だった。

いよいよラフォルスの夕刊がそんなふうに始まった。

「シャルル・エヴレモンド、通称ダーネイ！」

名前が呼ばれると、その主は致命的な名簿に記録された者専用の場所に移動する。シャルル・エヴレモンド、通称ダーネイにもそのことはわかっていた。そうやって何百という人が消えるのを見ていたからだ。

顔のむくんだ牢番長が、かけていた眼鏡の上から、ダーネイが所定の場所に移るのを確認し、そのあともひとりずつ間を置いて同じように確かめながら、最後まで読み上げた。名前は二十三人分あったが、答えたのは二十人だった。呼ばれたうちのひとりは獄死して忘れられ、ふたりはすでに首を落とされて忘れられていたのだ。名前が呼ばれたのは、ダーネイがここに初めて来た夜に仲間の囚人が集まっていた丸天井の部屋で、あのときいた人は全員例の虐殺《ぎゃくさつ》で殺されていた。あれ以来、彼が気にかけ、別れてきた人たちも、ひとり残らず断頭台で死んでいた。

囚人たちは急いで別れや思いやりのことばを交わしたが、それもすぐに終わった。しょせん毎日の行事だったし、この夜はラフォルスの社交界で没収ゲームと小さな音楽会があるというので、準備に忙しかったのだ。みな鉄格子《てつごうし》に駆け寄って涙を流したが、予定された余興のために二十人分の席は補充しなければならない。しかも門限が近づいていて、そのあと共用室や通路は大きな番犬が夜どおし警備することになる。決して囚人たちが無頓着《むとんちゃく》とか冷淡なわけではなかった。彼らの態度は、そのときの状況によるものだった。同様に、微妙なちがいはあるものの、まぎれもないある種の情熱や陶酔とともに、不必要に勇ましく断頭台に立って殺される者もいた。これもたんなる強がりだけでなく、ひどく揺さぶられた集団心理にひどく感染した結果でもある。悪疫《あくえき》が流行《はや》っているときには、その病にひそかに憧《あこが》れ、いっそ罹《かか》って死んでしまいたいという怖ろしい考えをふと抱く人がいる。われわれの誰もが胸の奥に驚くべき願望を隠していて、状況次第でそれが呼び覚まされるのだ。

コンシェルジュリーへの道のりは短く、暗かった。ネズミや虫が棲《す》みつく監房の夜は長く、冷たかった。翌日、チャールズ・ダーネイの名が呼ばれるまえに、十五人の囚人が法廷に呼び出された。十五人全員に有罪の判決が下され、かかった時間はわずかに一時間半だった。

「シャルル・エヴレモンド、通称ダーネイ」がついに召喚された。

判事たちは羽根飾りつきの帽子をかぶって席についていたが、ほかの大勢の頭にあるのは赤い粗布のナイトキャップと三色の帽章だった。陪審と、騒ぎ立てる傍聴者たちを見たダーネイは、通常の社会秩序が逆転して重罪犯が正直者を裁いていると思ったかもしれない。下劣で残酷で凶悪な人間には事欠かない街で、もっとも下劣で残酷で凶悪な大衆が法廷を支配していた。止める者とてなく、大声で感想をしゃべり、拍手喝采《かっさい》し、不賛成を唱え、結果を決めつけて引き出していた。男はたいがい何かで武装している。女の一部はナイフを持ち、短剣を持ち、あるいは傍聴しながら飲み食いし、多くは編み物をしている。編み針を動かしながら、もうひとつの編みかけを脇《わき》に挟んで最前列に立っている女がいた。その隣にいるのは、ダーネイがパリの門に到着した日以来、一度も会っていなかった男――すぐに思い出した。ドファルジュだ。女のほうが彼の耳に一、二度囁《ささや》くのが眼に入った。どうやら妻のようだ。しかし、このふたりについてダーネイがいちばん気づいたのは、これ以上近づけないほど近くにいるにもかかわらず、彼のほうをいっさい見ないことだった。不動の決意を胸に、何かを待っているらしく、ひたすら陪審だけを見ている。裁判長の下に、マネット医師がいつもの慎ましい服装で坐《すわ》っていた。ダーネイが見たところ、裁判にかかわっていないのは彼とローリー氏だけだった。このふたりだけはいつもの恰好《かっこう》で、カルマニョールの粗末な身なりをしていなかった。

検事は、シャルル・エヴレモンド、通称ダーネイを亡命貴族として告発した。死の苦痛をもってすべての亡命貴族を滅ぼす法令により、その命はすでに共和国に没収されている。帰国が法令の発布前だったことは関係ない。被告はいまフランスにいて、法令もいまあるのだから。フランスで捕らえたからには、被告の首を要求する。

「首を刎《は》ねろ！」傍聴者が叫んだ。「共和国の敵め！」

裁判長がベルを鳴らして叫び声を静め、被告に、イギリスに長く住んでいたというのは事実ではないのかと尋ねた。

たしかに事実です。

では、亡命者ではないか。自分ではどう思う？

法の意義と精神に照らせば、亡命者とは言えないと思います。

なぜ？　裁判長は問うた。

望まない爵位《しゃくい》と望まない特権的地位を進んで捨て、いま裁判で使われている亡命者ということばが世に広まるまえに国を去ったからです。重労働に苦しむフランスの人々から搾取《さくしゅ》するのではなく、イギリスでみずから生計を立てるために。

その証拠はあるのかね。

ダーネイはふたりの証人の名前を提出した――テオフィル・ギャベルと、アレクサンドル・マネットだった。

被告はイギリスで結婚したのではなかったか？　裁判長は尋ねた。

結婚しましたが、相手はイギリス人ではありません。

フランスの市民かね？

はい。生粋の。

彼女の名前は？

「ルーシー・マネット。そちらに坐っている優秀なドクトル・マネットのひとり娘です」

この答えは傍聴者を喜ばせた。誰もが知る優秀な医師に対する称讃の叫びが、建物を揺るがした。群衆は気まぐれに感動した。ついさっきまで被告をすぐにでも通りに引きずり出して殺してやると睨《にら》みつけていた獰猛《どうもう》な男たちの顔に、見る見る涙が流れた。

チャールズ・ダーネイは、この最初の危ない数歩を、マネット医師が何度もくり返した指示にしたがって踏み出していた。注意深い医師は、これから進むべき道を一歩一歩指示し、あらゆる展開について細かく準備させていた。

裁判長が、ではなぜいまごろフランスに帰ってきたのか、なぜもっと早く帰ってこなかったのかと訊《き》いた。

ダーネイは、以前捨てたもの以外に、フランスで生活する手段がなかったからだと答えた。一方、イギリスではフランス語とフランス文学を教えて生活ができた。今回戻ってきたのは、あるフランス市民から、自分がいないせいで彼の命が危うくなっているという緊急の手紙を受け取ったからである。フランスでどんな危険が待ち受けていようと、その市民の命を救い、真実の証言をするために戻ってきた。共和国から見て、それは犯罪だろうか。

群衆が熱狂的に「ちがう!」と叫んだ。裁判長がまたベルを鳴らして静粛を求めたが、効果はなく、彼らは自然におさまるまで「ちがう!」と叫びつづけた。

裁判長がその市民の名前を要求した。被告は、それが最初の証人だと答えた。さらに問題の手紙の件にも触れ、パリの城門で没収されたが、裁判長のまえの書類にまちがいなく含まれているはずだと胸を張って答弁した。

これも医師があらかじめそのように手配し、ダーネイにかならず手紙は入っているからと伝えていたのだ。そこで手紙が取り出され、読み上げられた。ギャベル市民が呼び出されて、内容を確認した。ギャベルはさらに、裁かなければならない共和国の敵が多すぎて、アベイ監獄にいた自分にまで裁判所の関心が向けられなかったことを、ごくさり気なく、丁重に指摘した。じつのところ裁判所の愛国的な記憶から抜け落ちていたのだろうが、三日前に突然呼び出されて、エヴレモンド、通称ダーネイの身柄が確保されたいま、彼に対する告発は解決したという陪審の宣言によって、釈放されたのだった。

次にマネット医師が尋問された。彼の名声の高さと答弁の明快さはたいへんな感銘を与えた。医師は証言を続け、長い監獄生活から解放されたときの初めての友人が被告だったこと、被告は国を離れてイギリスにいるあいだ、自分と娘につねに真心で接し、献身的に尽くしてくれたこと、加えて、イギリスの貴族政府にはむしろ目をつけられ、イギリスの敵、アメリカの友として裁判にかけられ、死刑に処されそうになったことを、まことに思慮深く、真実と誠意の率直な力を用いて説明した。聞くにつれ、陪審と群衆はひとつになった。最後に医師が、この法廷にいるイギリス紳士で、同じイギリスの裁判でも証人となり、いまの自分の話を裏づけてくれる人としてムシュー・ローリーの名をあげると、陪審員たちはもう話は充分聞いたと宣言し、裁判長さえよければただちに評決を下すと言った。

陪審員がひとりずつ評決を口にするたびに、群衆は喝采を送った。全員が被告の無罪を唱え、裁判長が晴れてダーネイの釈放を宣告した。

そうして異様な騒ぎが始まった。群衆が気まぐれに身をまかせたくなったのか、寛容と慈悲の善き衝動にしたがいたくなったのか、あるいは、ふくれ上がった残虐な怒りの行動を多少なりとも償うつもりだったのか——異様な光景が立ち現れた理由はこの三つのどれか、誰にもわからない。おそらくすべてが入り混じっていて、とくに二番目が大きかったのだろう。無罪が言い渡されると、別のときに流された血のように人々の眼から涙が止めどなく流れ、駆け寄れるかぎりの男女がダーネイを温かく抱擁した。不健康な監獄に長く閉じこめられて衰弱していたダーネイは、危うく気を失いそうになった。同じ人たちが別の方向に流されたなら、これと同じ勢いで飛びかかってきて、彼をばらばらに引き裂き、通りにばらまくことがよくわかっているだけに、なおさら気が遠くなった。

残りの被告の裁判のためにダーネイは法廷の外に出され、とりあえず人々の抱擁から解放された。次は、共和国への支持をことばでも行為でも示していなかった五人が、国賊としてまとめて裁かれることになっていた。その裁判は、ダーネイを有罪にできなかったことを法廷と国家に償うかのように恐るべき速さでおこなわれ、五人は二十四時間以内の死刑を言い渡されて、まだ所内にいるダーネイを追い越していった。なかのひとりが指を一本立てて――死刑を表す監獄の符丁である――ダーネイにそれを告げ、五人はそろって「共和国万歳！」とつけ加えた。

五人の裁判を長引かせる傍聴人がすでにいなくなっていたということもある。ダーネイとマネット医師が門から出ると、大勢の人々が外で待っていた。法廷のなかで見た顔はすべてそこにあるようだったが、探しても見当たらない顔がふたつだけあった。出てきたダーネイに群衆はまた泣きながら押し寄せ、泣いたり、抱きついたり、叫んだり、それらを代わる代わるやるかと思えば、一度にすべてやったりもした。この狂った場面が演じられている土手の横のセーヌ川も、人々と同じように狂ってうねり流れるかに見えた。

人々はダーネイを大きな椅子《いす》に坐らせた。法廷のなかから持ち出したのか、別の部屋や通路から取ってきたのか、とにかくその椅子に赤い旗をかけ、背もたれの上には穂先に赤帽をかぶせた槍《やり》を立てていた。この凱旋の車にダーネイを乗せ、男たちは医師が止めるのも聞かずに担《かつ》ぎ上げて家まで運んでいった。まわりは波立ち揺れる赤帽の海、高々と持ち上げられるたびに、その荒れた深みに難破物のような顔また顔が見えて、ダーネイの頭は混乱し、自分は護送馬車に乗せられて断頭台に向かっているのではないかと一度ならず思った。

奔放な夢のような行列を作って、人々は会う者を誰彼なく抱きしめ、ダーネイを指差しながら進んだ。雪の積もった通りを一面、共和国の赤い色で染め――まえに雪の下をもっと濃い赤で染めたように――ダーネイの家の中庭まで運んでいった。医師が先に帰って、ルーシーに心の準備をさせていたが、それでも夫が椅子から地面におり立つと、ルーシーは彼の腕に倒れこんで気を失ってしまった。

ダーネイはルーシーを胸に抱き寄せ、その美しい顔を沸き立つ群衆から隠して、自分の涙と彼女の唇を触れ合わせた。まわりの何人かが踊りはじめると、すぐに残りの全員が踊りだし、中庭はカルマニョールを歌い踊る人々であふれた。彼らは若い娘を選び出して空いた椅子に坐らせ、自由の女神に見立てて運んだ。カルマニョールはふくらんで、まわりの通りにあふれ出し、川の土手から橋を渡り、あらゆる人を大渦に巻きこんで連れ去った。

ダーネイは、勝利をものにして誇らしげに立つ医師の手を握り、カルマニョールの竜巻をどうにか抜け出してきて息を切らしているローリー氏の手も握った。抱え上げられて首にしがみついてきた小さなルーシーにキスをし、彼女を抱え上げたいつも熱心で忠実なミス・プロスと抱擁した。そして最後に妻を抱き上げ、自分たちの部屋へ運んでいった。

「わが愛するルーシー、無事帰ってきたよ」

「ああ、愛《いと》しいチャールズ、どうか神様に感謝させて。いつもお祈りしていたようにひざまずいて」

ふたりは恭《うやうや》しく頭を垂れて、心から祈った。ルーシーがまた腕のなかに入ると、ダーネイは言った。

「さあ、お父さんにお礼を言っておいで、愛しいきみ。フランスじゅう探したって、ぼくのためにこれだけのことができた人はいない」

遠い昔、可哀相な父親の頭を抱きしめたときと同じように、ルーシーは、今度は自分の頭を父親の胸にあずけた。父親は娘に恩返しできたことがうれしく、昔の苦悩も報われた気がして、自分の力が誇らしかった。「強くならなければいけないよ、わが娘」と言って聞かせた。「そんなに震えていてはいけない。私は彼を救ったのだ」

第七章 ドアを叩《たた》く音

「私は彼を救ったのだ」夢のなかではよく帰ってきた夫だった。それがもう夢ではなく、本当にそこにいる。なのに妻は震えていた。漠然とした、しかし重苦しい恐怖がルーシーを捕らえていた。

まわりの空気は濃く、暗かった。人々はあまりにも気まぐれで激しい復讐心《ふくしゅうしん》に駆られ、罪もない人間がちょっとした容疑や腹黒い悪意で四六時中殺されていた。ルーシーには、彼女の夫と同じように無実で、同じように誰かにとって愛しい人が、毎日のように同じ運命に搦《から》め捕られていることが忘れられなかった。だから、心の重荷がおりたと感じるべきところ、あまり感じられない。冬の午後の影が差しはじめたが、怖ろしい護送馬車はまだ通りをガタゴトと進んでいた。ルーシーの心はそれを追い、死刑囚のなかに夫の姿を探した。そして眼のまえにいる生きた夫にしがみついて、いっそう震えた。

ルーシーが弱っているのに比べ、娘を慰めている父親には思いやりと強さがあって、頼もしかった。屋根裏部屋も、靴作りも、北塔百五番もいまはない。みずから定めた任務を果たし、約束どおりチャールズを救った。誰もが頼れる男になった。

彼らの暮らしは非常に質素だった。そのほうが人々の怒りに触れず、いちばん安全だということもあるが、そもそも裕福ではなかったし、チャールズが監獄に入っているあいだ、粗悪な食事や、護衛や、より貧しい囚人の生活の足しに多くの金を払わなければならなかったのだ。そのこともあり、家庭に入りこむスパイを避けることもあって、マネット家は使用人を置いていなかった。中庭の門番をしている市民夫婦が、折に触れて家事を手伝ってくれ、ジェリーが日々の世話係として（ローリー氏がほとんどマネット家に譲ったようなかたちで）毎晩泊まりこんでいた。

自由、平等、友愛、さもなくば死の単一不可分の共和国の法により、あらゆる家の扉か側柱には、地面からほどよい高さに、一定の大きさの読みやすい文字で、すべての住人の名前を示さなければならなかった。したがって、ジェリー・クランチャー氏の名前も側柱のいちばん下にきちんと書かれていたが、その日の午後の影が深まるころ、当人が現れて、マネット医師の雇ったペンキ屋がシャルル・エヴレモンド、通称ダーネイの名前を書きこむのをきちんと見届けた。

時代を暗くする社会全体の恐怖と不信のなかで、ふだんの何気ない生活も一変していた。医師のささやかな家庭でも、ほかの多くの家と同じように、食料や日用品は毎晩少しずつ、さまざまな小さな店で買っていた。人目を避け、他人の噂や羨望の的になる機会をできるだけ減らすことが、みなの望みだった。

　ここ数カ月はミス・プロスとクランチャー氏が調達役を務めていた。ミス・プロスが金を、クランチャー氏が籠《かご》を持ち歩く。毎日夕方、街灯に火が入る時分になると、ふたりはこの仕事に出かけ、必要なものを買って帰ってきた。フランス人の家族とこれだけつき合っているのだから、ミス・プロスもその気になれば、母国語と同じくらいフランス語が話せてもおかしくないのだが、その気はさらさらなく、あの〝ちんぷんかん《ナンセンス》〟（フランス語のことを好んでそう呼んだ）については、クランチャー氏と同様、まったく使えなかった。ものを買うときには、前置きも何もなく店主の顔に名詞をぶつけるだけ。たまたまそれが欲しいものの名前でなかったら、あたりを見まわして実物をつかみ取り、売買が成立するまで持っているのだ。店主が値段を指で示すと、それがいくらであれ、かならず一本少なく指を立てて、これが正しい値段ですとばかりに値切った。

「さあ、ミスター・クランチャー」ミス・プロスは無上の喜びで眼を赤くしていた。

「そちらがよければ、わたしはいつでもかまいませんよ」

　ジェリーはしわがれ声で、こちらもいつでもと答えた。指についた錆《さび》はずっとまえに落としていたが、つんつんした髪はいかなるやすりを使っても寝ない。「あらゆるものが必要ですからね」ミス・プロスは言った。「ずいぶん忙しくなりますよ。忘れずにワインも買わないと。どこで買うにしても、赤帽たちが愉《たの》しく乾杯してるでしょうけど」

「どっちみちちんぷんかんなんだから、同じことじゃないですか、ミス」ジェリーは言い返した。「連中があなたの健康を祝ってようが、なじみのあいつ《オールド・アン》のために飲んでようが」

「あいつって？」

クランチャー氏はためらいながら「悪魔《オールド・ニック》です」と説明した。

「はっ！」ミス・プロスは言った。「あの連中が言ってることを理解するのに通訳はいりませんよ。ひとつしかないんだから。真夜中の殺人と狼藉《ろうぜき》よ」

「しっ、静かに！　どうか、お願いです、発言に気をつけて」ルーシーが叫んだ。

「はい、はい。気をつけますよ。ですがここだけの話、息が詰まりそうなタマネギと煙草《たばこ》のにおいの元が、そこらじゅうの通りで抱き合ってなきゃいいのにと思いますよ。さて、愛しいお嬢様、わたしが戻ってくるまで暖炉のまえから離れないように。戻ってこられた愛しい旦那《だんな》様をいたわって、いまみたいに、その可愛い頭を旦那様の肩から離さないようにね、わたしと次に会うときまで。ドクター・マネット、出かけるまえに、ひとつ質問してもよろしいですか」

「自由にしてください」医師は微笑《ほほえ》みながら答えた。

「どうぞお願いですから〝自由〟についてはお話しにならないで。もう充分すぎるほどありますから」

「しっ！　またですよ」ルーシーがたしなめた。

「わたしの愛しいかた」ミス・プロスは強調するようにうなずきながら言った。「早い話が、わたしは恵み深い国王閣下、ジョージ三世の臣民です」王の名前を口にしながら、膝《ひざ》をついて敬意を表した。「ですので座右の銘は、彼らの策略を惑わせたまえ、彼らの奸計《かんけい》をくじきたまえ、われらの望みは陛下にあり。神よ、国王を守りたまえ（訳注　イギリス国歌より）、なのです」

クランチャー氏もにわかに忠誠心が湧《わ》いたのか、教会にいる信徒のようにしわがれ声でミス・プロスのことばをくり返した。

「あなたがしっかりイギリス人の心をお持ちなのはうれしいことですよ、風邪で声がそんなふうなのは残念だけれど」ミス・プロスは認めて言った。「ですが、質問です、ドクター・マネット」人のいいミス・プロスには、まわりの全員にとって深刻な事柄を、たまたま思いついたように軽々と口にする特技があった。「わたしたちがこの場所から出ていける見込みはありますの？」

「まだないと思う。チャールズにとってまだ危険すぎる」

「まったくねえ！」ミス・プロスは陽気にため息を押し殺し、暖炉の火に輝くルーシーの金髪をちらりと見た。「だったら辛抱強く待たなきゃなりませんね。弟のソロモンが昔言ってたように、頭《こうべ》を上げて低く闘え、です。さあミスター・クランチャー、行きましょう。あなたは動かないように、愛しいお嬢様」

ふたりはルーシーとその夫、父親、娘を明るい炉端に残して出ていった。ローリー氏がそろそろ銀行から戻ってくる。ミス・プロスはすでにランプに火を入れていたが、家族が愉しんでいる暖炉の光の邪魔にならないように、部屋の隅に置いていた。ルーシーは祖父の隣に坐《すわ》り、両手を彼の腕に絡《から》ませていた。医師は囁《ささや》くような小さな声で、強くて立派な妖精が、監獄の壁に穴をあけ、かつて自分を助けてくれた囚人を救い出す話を聞かせはじめた。すべては穏やかで静かだった。ルーシーも過去のどんなときよりくつろいでいた。

「あれは何？」突然ルーシーが叫んだ。

「落ち着きなさい」父親が話を中断して娘の手に触れた。「どれだけ心配性なのだ。

ちょっとしたことで——何もないときでも——驚くのだからな。この父の子であるおまえが！」

「でもお父様」ルーシーは顔色を失い、震える声で言いわけした。「階段でおかしな足音がしたような気がしたのです」

「愛しい娘、階段は死んだように静かだよ」医師が言った矢先に、ドアを強く叩く音がした。

「ああ、お父様、お父様。いったい誰なの！　チャールズを隠して。この人を助けて！」

「わが娘」医師は立ち上がり、娘の肩に手を置いた。「私はすでに彼を助けたよ。どこまで気が弱いのだ。見てこよう」

彼はランプを取り、あいだにある部屋をふたつ横切って玄関のドアを開けた。とたんに家のなかに乱暴で騒々しい足音が響き、サーベルと拳銃《けんじゅう》を持った赤い帽子の荒くれ者が四人、部屋に入ってきた。

「市民エヴレモンド、通称ダーネイ」先頭の男が言った。

「彼を探しているのは誰です？」ダーネイが答えた。

「おれが——われわれが探している。おまえだな、エヴレモンド。今日法廷で見たからわかる。おまえはまた共和国の囚人になった」

四人は彼を取り囲んだ。ダーネイはその場に立ち、妻と娘にすがりつかれていた。

「なぜ、どんな経緯でまた囚人になるのか教えてもらえませんか」

「コンシェルジュリーに戻ればわかることだ。明日な。おまえは明日召喚される」

マネット医師はこの訪問に驚き、ランプを持った石像さながら、ぴくりともせず立っていたが、男の最後のことばを聞いて動きだした。ランプを置いて相手と向かい合うと、ぶかぶかの赤い羊毛のシャツの裾《すそ》を取って言った。

「彼を知っていると言ったな。私は知っているか」

「知ってるとも、市民ドクトル」

「みんな知ってる、市民ドクトル」残る三人も言った。

医師はわけがわからないというように男たちをひとりずつ眺め、ややあって低い声で言った。

「ならば彼の質問に答えてもらえないだろうか。どうしてこういうことになった？」

「市民ドクトル」最初の男がためらいながら言った。「彼はサンタントワーヌ地区に告発されたんだ。この市民が――」と二番目の男を指差して、「サンタントワーヌ出身だが」

指差された市民はうなずいて、くり返した。

ドアを叩く音

「彼はサンタントワーヌに告発された」

「どういう罪で？」医師は訊《き》いた。

「市民ドクトル」最初の男がやはりためらいながら言った。「もう質問はしないように。共和国が犠牲を要求したら、あなたは善き愛国者として当然したがうはずだ。共和国が何よりも優先する。人民が第一だ。エヴレモンド、時間がないんだ」

「ひとつだけ」医師は懇願した。「誰が告発したのか教えてもらえないか」

「それは規則違反だ」最初の男が答えた。「だが、サンタントワーヌのこの男に訊いてみてもいい」

医師はその男に眼を向けた。相手は決まり悪そうに足踏みし、顎《あご》ひげをちょっとなでたが、しまいに言った。

「いや、本当に規則違反なんだが、彼を告発したのは――それも重大な罪で――ドファルジュ市民夫妻だ。それと、もうひとり」

「誰だね？」

「あ、あなたが訊くのか、市民ドクトル？」

「そうだ」

「だったら」サンタントワーヌの男は奇妙な顔つきで言った。「答えは明日わかる。

これ以上はしゃべらない」

第八章　手札

幸い、家での新しい災難を知らないミス・プロスは、心のなかでどうしても買わなければならないものを数えながら、狭い通りを縫うように進み、ポン・ヌフでセーヌ川を渡った。クランチャー氏は籠《かご》を持って彼女の隣を歩いていた。ふたりとも左右のほとんどの店に目を配り、とにかく人が集まっているところには注意した。ひどく興奮して話している集団がいたら、かならず避けて別の道を通った。寒い夜で、霧の立った川がまばゆい光にぼやけ、荒々しい騒音に埋もれていた。あちこちに浮かぶ艀《はしけ》で、鍛冶《かじ》屋が共和国軍の銃を作っていたのだ。その軍に盾突く者、その軍のなかで不当に昇進する者に災いあれ！　その男は最初からひげが生えなければよかったと思うだろう。あの〝愛国カミソリ〟にしっかり剃《そ》り落とされてしまうからだ。

ちょっとした食料品とランプの油を買って、ミス・プロスはワインをどうしようかと考えた。酒店を何軒かのぞいたあと、かつて（二度）テュイルリー王宮だった国民公会議場からそう遠くないところに、〈古代の善き共和主義者ブルータス〉という看板を見つけ、雰囲気がなかなか気に入った。途中で見たどの店より落ち着いていて、愛国者の赤い帽子はあるものの、ほかのところほど赤くない。クランチャー氏にここはどうかと訊くと、よさそうだと言うので、ミス・プロスは騎士の護衛つきで店内に入った。

薄暗い明かりにぼんやりと浮かび上がったのは、パイプをくわえ、よれよれのカードや黄色いドミノで遊んでいる男たちだった。煤《すす》まみれの労働者がひとり、胸も腕もあらわにして大声で新聞を読み上げ、まわりの連中が聞いていた。武器を身につけている者、すぐ手に取れるように横に置いている者がいた。二、三人の客は突っ伏して寝ており、怒り肩で毛羽立った当世流行《はや》りの黒い短外套《がいとう》を着ているその姿は、熊《くま》か犬が眠っているようだった。そんな光景を横目で見ながら、ふたりの外国人は勘定台に近づき、欲しいものを指差した。

ワインが測られているあいだに、店の隅にいたひとりの男が、連れの男を残して去ろうと立ち上がった。出ていく途中で、ミス・プロスと正面から向き合う恰好《かっこう》になり、男の顔を見たミス・プロスはたちまち金切り声で叫んで、両手を打ち合わせた。

瞬時にまわりの全員が立ち上がった。どうせ意見の対立で誰かが誰かを殺したといったところだろう。みな人が床に倒れるのを期待したが、ただ男と女が向かい合って立っているだけだった。男のほうはどう見てもフランス人で、完全な共和国民だが、女のほうは明らかにイギリス人だ。

拍子抜けの展開にがっかりした〈古代の善き共和主義者ブルータス〉の門弟たちがかけたことばは、とにかくうるさくて口数が多いということ以外、ミス・プロスと彼女の護衛がどれほど耳をそばだてようと、ヘブライ語かカルデア語のように意味不明だった。とはいえ、ふたりとも驚きのあまり、ことばを理解するどころではなかったのだ。ミス・プロスが動揺して自制心を失っただけでなく、クランチャー氏まで――彼だけの特別な理由からのようだったが――最大の驚きに包まれていたことをここに記しておかなければならない。

「どうしたんだよ」ミス・プロスを叫ばせた男が言った。困ったような、ぶっきらぼうな（だが静かな）声音で、しかも英語だった。

「ああ、ソロモン、愛《いと》しいソロモン！」ミス・プロスはまた手を叩《たた》いて叫んだ。「これほど長いあいだ会うことも便りを聞くこともなかったのに、こんなところで会うなんて！」

「ソロモンなんて呼ぶなよ。おれが殺されてもいいのか？」男はあたりを気にして、怯《おび》えた様子で言った。

「弟！　わが弟！」ミス・プロスは叫んで、わっと泣きだした。「そんなひどい質問をされるようなことを、わたしがいままでに一度だってしたことがある？」

「だったらそのお節介な口を閉じてろ」ソロモンは言った。「話したいことがあるなら外へ出よう。そのワインの金を払って外へ。この人は誰？」

愛情あふれるミス・プロスは、とても愛情を持っているとは言えない弟に落胆して首を振り、涙ながらに答えた。「ミスター・クランチャーよ」

「いっしょに出てもらおう」ソロモンは言った。「この人、おれを幽霊かなんかと思ってんの？」

クランチャー氏の顔つきから判断すると、まさにそのようだった。しかし彼はひと言も発さず、ミス・プロスは泣きながらやっとのことで小さなバッグの奥を探り、酒代《さかて》を支払った。その間、ソロモンは善き共和主義者ブルータスの門人たちのほうを向いて、フランス語で短く説明した。聞いた客たちはみなもとの席について、それまでやっていたことを続けた。

「さて」ソロモンは暗い通りの角で立ち止まると言った。「何が望みなんだ？」

「何があっても弟を愛しつづけてきた姉さんに」ミス・プロスは叫んだ。「どうしてそんな愛情の欠片《かけら》もない、血も凍るほどひどいことが言えるの」

「だったらほらよ！」ソロモンは姉の唇に軽くキスをした。「満足したかい？」

ミス・プロスはただ首を振って、さめざめと泣いた。

「おれが驚いたと思ったら大まちがいだぜ」弟のソロモンは言った。「姉さんがここにいるのは知ってた。おれはここにいる人間はほとんど知ってる。おれの命を危うくしたくなかったら――もう半分危うくなってるけど――さっさと自分の道に戻ってくれ。おれはおれの道を行く。忙しいんだ。役人だから」

「イギリス人で、わたしの弟のソロモンが――」ミス・プロスは涙の浮かんだ眼で見上げて言った。「母国のイギリスで一級の偉人になる素養を持っていた弟が、異国で役人になっているなんて。こんな人たちのなかで！　いっそ可愛い弟のままお墓に――」

「ほおら、言ったたろ」弟が大声でさえぎった。「わかってたよ、おれを死なせたいって思ってることは。おれはじつの姉貴の手で容疑者にされるんだ。ちょうどいろいろうまくいきだしたときに！」

「恵み深い天の神様、お赦《ゆる》しを！」ミス・プロスは叫んだ。「そんなことなら、もう二度とあんたには会わないよ、愛しいソロモン。これまでも、これからもあんたを心から愛していることは変わらないけれど。どうかひと言でいいから、やさしいことばを口にして。わたしたちのあいだには怒りもわだかまりもないと言って。そしたらもう引き止めない」

なんという善人！　まるでわだかまりの責任がひとえに自分にあるといった口調だった。何年もまえ、ソーホーの静かな角の家で、この大切な弟が彼女の財産を使い果たして逃げたことを、ローリー氏は聞かされたのだったが。

それでもソロモンが、姉と損得や立場が入れ替わっていたとしてもかくやというほど見下した、恩着せがましい態度で（世の中はつねにそういうものだ）、渋々やさしいことばをかけていると、クランチャー氏が彼の肩に手を置いてさえぎり、ふいにしわがれ声で質問をした。

「なあ、ひとつ訊《き》いていいかな。あんたの名前はジョン・ソロモンか。それともソロモン・ジョン？」

役人は相手にさっと不審顔を向けた。クランチャー氏はそれまでひと言も口を利《き》いていなかったのだ。

「さあ」クランチャー氏は言った。「はっきり答えてくれ」（ちなみにそれはクランチャー自身にもできないことだった）「ジョン・ソロモンか、ソロモン・ジョンか。この人はあんたをソロモンと呼んだ。そりゃ正しいんだろう、あんたの姉さんなんだから。だ

二重の見憶え

が、おれはあんたがジョンだって知ってる。わかるだろ。だからふたつのどっちが先に来る？　あと、プロスはどうなった？　海の向こうじゃその名前じゃなかったよな」

「どういう意味だ？」

「いや、どういう意味かはおれにもわからんが。あっちでのあんたの名前が思い出せないんでね」

「ほう？」

「そうなんだ。だが二音節だったのはまちがいない」

「本当に？」

「ああ。もう一方は一音節だった。おれはあんたを知ってるよ。ベイリーで証言した――スパイだろう。あんたの生みの親と言ったっていい、嘘《うそ》つきの生みの親の名にかけて訊くが、あのときなんと呼ばれてた？」

「バーサッドだ」別の声がいきなり加わった。

「それだ！　千ポンド賭《か》けてもいい」ジェリーは叫んだ。

声の主はシドニー・カートンだった。両手を体のうしろの乗馬用コートのなかにまわし、クランチャー氏のすぐ横に、まるで話に出たオールド・ベイリーにいるかのように飄然《ひょうぜん》と立っていた。

「ご心配なく、親愛なるミス・プロス。おれは昨日の夜、ミスター・ローリーを訪ねて彼を驚かしたんです。ふたりで相談した結果、万事うまくいくか、おれが何かの役に立てるまで姿を現さないことにしました。それがここに現れたのは、あなたの弟さんと少々話がしたかったからです。弟さんがミスター・バーサッドよりましな仕事についていればよかったんですがね。あなたのことを思うと、ミスター・バーサッドが牢屋《ろうや》の羊だというのは残念です」

〝羊〟とは、牢番の下で働くスパイを指す隠語だった。もともと青白い顔のスパイはいっそう青ざめ、シドニー・カートンに、よくもそんなことを、と言い返した。

「説明しよう」シドニーは言った。「一時間かそこらまえ、コンシェルジュリー監獄の塀を見ていたときに、偶然あんたが出てくるのを見かけたんだ、ミスター・バーサッド。そもそも憶《おぼ》えやすい顔だし、おれは人の顔を憶えるのが得意でね。あんたがなぜあそこにいたのか気になった。察しがつくだろうが、おれの友人を襲ったとてつもない不幸とあんたを結びつける理由もあったものだから、そのままあとを尾《つ》けることにして、すぐあとからあの酒店に入り、こっそり近くに坐《すわ》ってた。そのとき聞こえてきたあけすけな会話と、あんたの讃美者たちのあいだで公然と広まっている噂《うわさ》から、その職業を推測するのはたやすかったよ。そしてだんだん、当てもなくばらばらにやってきたことがひとつの目的に向かっているように思えてきたのだ、ミスター・バーサッド」

「どんな目的に？」スパイは訊いた。

「それを通りで説明するのはむずかしいし、危険かもしれない。ふたりきりで数分話せないだろうか——たとえば、テルソン銀行の事務室で？」

「脅迫してるのか」

「いやいや、そんなことをいつ言った？」

「だったらなぜ行かなきゃならない？」

「本当に言えないのだ、ミスター・バーサッド、あんたが行けないなら」

「どうしても言わないというんだな？」スパイはまだ決めかねて訊いた。

「まさにそのとおり、ミスター・バーサッド。言わない」

カートンの無頓着《むとんちゃく》で臆《おく》さない態度は、バーサッドのような男を相手にして、心中ひそかに抱いている計画をすばやく巧みに実行するのに大いに役立った。彼は経験豊かな眼でそれを見抜き、精いっぱい利用したのだ。

「ほら、言わんこっちゃない」スパイは姉を非難の眼で見て言った。「もしこれで面倒なことになったら、姉さんのせいだからな」

「おいこら、ミスター・バーサッド！」シドニーは大声で言った。「感謝の心を忘れちゃいけない。おれが姉上をこれほど尊敬していなかったら、気持ちよくいまのささやかな提案ができたかどうかわからないぞ。お互いの利益になるはずだ。いっしょに銀行まで来てくれるな？」

「そこまで言うなら聞こうじゃないか。ああ、いっしょに行くよ」

「まず姉上を家のあるあの角まで安全に送っていくのが先だ。さあ、腕をこちらへ、ミス・プロス。いまこの街を護衛なしで歩くのは危険ですからね。あなたのお連れはミスター・バーサッドを知っているから、いっしょにミスター・ローリーのところまで来てもらいましょう。よろしいですか。さあ、行きますよ」

ミス・プロスは、このあとすぐに思い出し、一生忘れなかったのだが、シドニーの腕にすがって顔を見上げ、どうかソロモンに乱暴なことはしないでと懇願したとき、彼の腕には固い決意が、眼には霊感の閃《ひらめ》きのようなものがあった。それはいつもの気軽な態度と相容《あいい》れないだけでなく、彼の人格まで変え、気高さを感じさせた。ただそのときには、愛し甲斐《がい》のない弟のことがあまりに心配だったのと、シドニーの親切な励ましに気を取られていたのとで、変化に気づきはしても、ほとんど注意を払えなかった。

ミス・プロスと通りの角の家で別れ、シドニーが先に立って、徒歩でほんの数分の銀行へ向かった。ジョン・バーサッド、またの名をソロモン・プロスは、彼の横を歩いた。

ローリー氏は夕食を終えたばかりで、小さな丸太が一、二本心地よく燃えている暖炉のまえに坐っていた。その炎のなかに、もうはるか昔、ドーヴァーのロイヤル・ジョージで赤々と燃える石炭に見入った、テルソン銀行のいまより若い中年紳士の姿を見ていたのかもしれない。シドニーたちが入っていくと振り返り、見知らぬ男がいたので驚きをあらわにした。

「ミス・プロスの弟さんです」シドニーが言った。「名前はミスター・バーサッド」

「バーサッド？」老紳士はくり返した。「バーサッド？　どこか聞き憶えがある――顔にもなんとなく」

「憶えやすい顔だと言っただろう、ミスター・バーサッド」シドニーは冷ややかに言った。「どうか坐ってくれ」

彼自身も坐り、眉間《みけん》にしわを寄せて、「あのときの裁判の証人ですよ」とローリー氏に欠けていた情報を補った。ローリー氏はすぐに思い出し、新しい訪問者を露骨な嫌悪《けんお》の表情で見た。

「ミスター・バーサッドが愛情あふれる弟だということは、ミス・プロスからお聞きでしょう。その弟をたまたま彼女が見つけた」シドニーは言った。「ミスター・バーサッドのほうも、弟であることを認めています。ところで、もっと悪い知らせがあります。ダーネイがまた捕らえられました」

老紳士は驚愕《きょうがく》して叫んだ。「なんということだ！　ほんの二時間前に家を出たときには、あれほど平和にすごしていたのに。ちょうどいま、あちらに戻ろうとしていたところでした」

「それでも捕らえられたのです。いつのことだった、ミスター・バーサッド？」

「ついさっきだろ、もし本当に捕らえられたんなら」

「このことはミスター・バーサッドがいちばんよく知っています」シドニーは言った。「酒店で彼がワインを飲みながら、逮捕があったと別の〝羊〟に話しているのを聞いたのです。逮捕に行った連中と家の門のまえで別れて、門番が彼らをなかに入れるのを見届けた、と言っていました。だから、ダーネイがまた捕らえられたのはまちがいありません」

ローリー氏の実務家の眼は、相手の表情から、その点について議論しても時間の無駄であることを読み取った。混乱はしていたが、平常心を保つことが何かの役に立つかもしれないと考えて、自分を抑え、静かに耳を傾けていた。

「ドクター・マネットの名声と影響力が明日も有利に働くと信じています」シドニーはローリー氏に言った。「ダーネイは明日また法廷に立つと言ったな、ミスター・バーサッド?」

「ああ、立つと思う」

「今日と同じように、明日も有利に働くとは思いますが、うまくいかないこともありうる。正直に言えば、ミスター・ローリー、ドクター・マネットの力をもってしても今晩の再逮捕を止められなかったのは意外でした」

「あらかじめ知らされていなかったのかもしれない」ローリー氏は言った。

「ですが、彼が娘婿《むすめむこ》とどれほど近しいかは、みな知っていたはずです。それを考えると、この状況全体が油断ならない」

「たしかに」ローリー氏は認め、震える手を顎《あご》にやり、困惑した眼でシドニーを見た。

「つまるところ」シドニーは言った。「いまはやけっぱちの時代で、やけっぱちのゲームがやけっぱちの賭け金でおこなわれている。ドクターには勝ち目のあるゲームをしてもらいましょう。負けるゲームはおれがします。ここでは人の命なんてなんの価値もない。今日みんなに担《かつ》がれて家まで運ばれた人間が、明日には死刑の宣告を受けるかもしれない。最悪の場合、おれがこの賭けで勝ち取ろうと心に決めてるのは、コンシェルジュリーにいる友人です。そして負かそうと思ってる友人は、ミスター・バーサッド、あんただ」

「よほどいい手札がないとね」スパイは言った。

「何があるか、よく考えてみるさ。ミスター・ローリー、あなたはおれがどれほど向こう見ずかご存知だ。できたら少しブランデーをいただけませんか」

ブランデーが出され、シドニーはグラスになみなみとついで飲み干した。さらにもう一杯飲み、考えながらその壜《びん》を押しやった。

「ミスター・バーサッド」と本当に手札を確かめているような口調で続けた。「牢屋の羊、共和国委員会の使者、ときに牢番、ときに囚人、そしてつねにスパイで、密告屋。どの立場でも、イギリス人のほうがフランス人より買収の疑いをかけられにくいから、イギリス人として重宝され、雇い主には偽《にせ》の名前で知られている。これはすばらしい手札だな。いまはフランスの共和国政府に雇われているミスター・バーサッドは、かつてフランスと自由の敵であるイギリスの貴族政府に雇われていた。これも最高の手札だ。この疑惑だらけの土地で、ミスター・バーサッドがいまだにイギリスの貴族政府から給料をもらい、ピット首相のスパイを務めていると推論されるのは、火を見るより明らかだ。共和国のただなかにひそむ裏切り者、イギリス人の売国奴、噂《うわさ》はそこらじゅうにあるけれど実際に見つけるのはむずかしい、諸悪の根源たるスパイと見なされるのはね。これこそ最強の手札だ。こちらの手札がわかったかな、ミスター・バーサッド？」

「どんな出し方をするつもりだ」スパイはいくらか不安そうに訊き返した。

「エースを使うさ。最寄りの地区委員会にミスター・バーサッドを告発する。自分の手札を見てみろ、ミスター・バーサッド、急ぐ必要はないから」

シドニーはまた壜を引き寄せ、ブランデーをグラスの縁まで注いで飲み干した。酔っ払っていますぐ自分を委員会に突き出すのではないか、とスパイが怯《おび》えているのがわかった。ならばと、もう一杯ついで飲んだ。

「自分の手札をよく調べることだ、ミスター・バーサッド。時間をかけて」

じつは、彼が思っていたより相手の手は悪かった。バーサッド氏は、シドニー・カートンがあずかり知らない悪い札を持っていることに気づいた。イギリスで万全だったはずの証言が見事に覆《くつがえ》され、名誉ある職務から追放されたのち——もちろん人材として捨てられたわけではない。われわれイギリス人が隠密《おんみつ》行動やスパイなどもういらないと自惚《うぬぼ》れるようになったのは、つい最近のことだ——彼はドーヴァー海峡を渡り、フランスの諜報《ちょうほう》機関に雇われた。まずはフランス国内にいるイギリス人をそそのかしてしゃべらせたり、盗み聞きで情報を得たりした。徐々にそれをフランス人にも広げていった。倒れた旧政府のもと、サンタントワーヌとドファルジュの酒店でスパイ活動をしたことは、自分でも承知していた。ドファルジュ夫妻と近づきになるために、注意深い警察からマネット医師の収監や釈放、経歴といった情報を仕入れ、それを夫人に投げてみたが、結果は惨敗《ざんぱい》だった。話しているあいだじゅう、あの怖ろしい夫人は編み物をしていて、指を動かしながら、ぞっとする視線をよこした。思い出すたびに恐怖で体が震える。あれ以来、サンタントワーヌで何度となく彼女を見かけたが、編みこまれた名前の主を告発しては、確実に断頭台に送りこんでいた。スパイがみなそうであるように、バーサッドも自分が安全ではなく、逃げ出すこともできないのを知っていた。刃《やいば》の影の下にしっかりと縛りつけられていて、たとえいまは欺瞞《ぎまん》と背信のかぎりを尽くして恐怖政治を押し進めていようと、たったひと言でその刃が首に落ちてくる。もしいま心に浮かんだような重大な事実にもとづいて告発されたら、すでに怖ろしい証拠を次々と見せているあの無慈悲な女が、死の名簿にバーサッドの名を編みこみ、生き延びる最後のチャンスをも叩《たた》きつぶしてしまうのはわかりきっていた。

秘密活動に従事する者が怯えやすいのは別としても、いまの手札が死につながるのはまちがいない。一枚めくるごとに持ち主が青ざめていくのも当然だった。

「だいぶ気に入らないと見える」シドニーが落ち着き払って言った。「勝負するかい？」

「思うのですが」スパイはローリー氏のほうを向いて、媚《こ》びへつらう態度で言った。「あなたのように年配で慈愛に満ちた紳士から、はるかに若いもうひとりのこの紳士に訊《き》いていただけないでしょうか、いま話したエースを使うのは何があっても避けられないものだろうかと。手前がスパイであることは認めます。恥ずべき仕事であることも。けど、誰かがやらなきゃならない仕事です。この紳士はスパイじゃないのに、なんでまたスパイに身を落とすようなことをするんですかね？」

「エースは使うよ、ミスター・バーサッド」シドニーはみずから答えて時計を見た。「なんのためらいもなく、あと数分のうちに」

「おふたりとも」スパイはそれでもローリー氏を会話に加えようとして言った。「姉を大切にしてくださってる――」

「おれにとって、姉上を大切に思うことのいちばんの証明は、これでようやく弟から解放してあげられることだ」シドニー・カートンは言った。

「そう思われる？」

「もう完全に心は決まった」

スパイの柔らかな物腰は、あえてみすぼらしくした外見と、おそらくふだんの態度にもそぐわないものだったが、カートンという不可解な男――バーサッドより頭がよくて正直な人にとってさえ謎《なぞ》である――に断固はねつけられて、なすすべもなかった。スパイが途方に暮れているのを見て、カートンは先ほどの持ち札を確かめるような風《ふ》情《ぜい》で言った。

「改めて考えてみると、まだ見せてなかったいい札がもう一枚あるような気がしてならない。あんたの友人で、田舎の監獄で草を食《は》んでいるという同じ〝羊〟の――名前はなんといったかな？」

「フランス人だ。あんたは知らない」スパイはすばやく答えた。

「フランス人？」カートンはくり返して、考えこんだ。ことばはくり返しても、相手がいることには気づいていないかのように。「ふむ。そうかもしれないな」

「フランス人だ、ぜったいに」スパイは言った。「大したことじゃないが」

「大したことじゃないが」カートンはやはり機械的にくり返した。「大したことじゃない――そう、大したことじゃないな。たしかに。だがあの顔には見憶えがある」

「それはないだろ。見たことがあるわけない。ありえない」

「あり・え・ない」シドニー・カートンはつぶやき、また思い出しながら、グラスを満たした（幸い今度は小さなグラスだった）。「ありえない。流暢《りゅうちょう》なフランス語を話す――しかし、外国人のようだった？」

「田舎者だから」スパイは言った。

「ちがう、外国人だ！」カートンは叫んで机をばしんと叩いた。答えが閃いたのだ。「クライ！　変装していたが、同じ男だ。オールド・ベイリーの法廷でわれわれのまえに立った」

「早とちりしちゃいけない」バーサッドが微笑《ほほえ》み、鷲鼻《わしばな》がいっそう片方に傾いた。「これはこっちの勝ちだね。クライはたしかに遠い昔、おれの相棒だった。それはもちろん認めるけど、数年前に死んだんだ。病気の世話もしてやった。ロンドンのセント・パンクラス教会の墓地に埋められたときには、あいつが悪党のあいだで嫌われてたもんだから、墓までついていってやれなかったが、納棺は手伝った」

そこでローリー氏は坐《すわ》っていた場所から、奇怪きわまりない子鬼の影が壁に映るのを見た。そのもとを探ると、いつにも増してつんつん尖《とが》ったクランチャー氏の髪が突然伸び上がったのだとわかった。

「もっと筋の通った話をしたいね」スパイは言った。「しかも公平に。あんたがどれだけまちがってるか、さっきの説にどれだけ根拠がないか知りたいなら、クライの埋葬証明書を見せますよ。たまたまあのときから手帳に挟んでる」さっとそれを取り出して開いた。「ほら。さあ、見て。見てくれよ、その手に取って。偽造じゃないぞ」

ローリー氏は、壁に映った影が長くなるのを見た。クランチャー氏が立ち上がって、進み出た。彼の髪は、たとえジャックが建てた家にいるねじれ角《つの》の牛（訳注　『マザー・グース』に出てくる）が梳《と》かしつけたとしても、これほど鋭く尖りはしなかっただろう。

クランチャー氏はスパイの視線を避けつつその横に立ち、執行吏の幽霊のように相手の肩に触れた。

「ロジャー・クライのことだがな」むっつりとした険しい顔で言った。「あ、ん、た、が、棺《ひつぎ》に入れたのか」

「そうだ」

「誰がそこから出した？」

バーサッドは椅子の背にもたれ、たどたどしく言った。「どういう意味だね？」

「どういう意味かって」ジェリーは言った。「やつは棺のなかにいなかったんだよ。いなかったのさ、そいつは！　もしいたんなら、この首を落とされたってかまわねえ」

スパイはふたりの紳士のほうを向いた。ふたりともことばが出ないほど驚いてジェリーを見ていた。

「教えようか」ジェリーは言った。「あんたは棺に砂利と土を入れたんだ。クライを入れたなんて言うなよ。いかさまだったんだ。おれとあとふたりが知ってる」

「なんで知ってる?」

「おまえには関係ない。ちくしょう」クランチャー氏はうなった。「おれが昔から恨んでたのは、おまえだったのか。正直な商売人に恥知らずなひどいことしやがって。半ギニーもらえりゃ、その喉《のど》をつかんで絞め殺してやる」

ローリー氏ともども事態の予想外の展開に戸惑っていたシドニー・カートンは、クランチャー氏に、落ち着いて説明してくれと言った。

「それはまた別のときにでも」ジェリーはことばを濁した。「いまは説明に向いたときじゃないんで。とにかく言いたいのは、この男はクライが棺に入ってないのをちゃんと知ってるってことです。もし入ってたなんて、こいつが最初のひと文字でも口にしたら、半ギニーで喉つかんで絞め殺してやります」気前のいい提案だと言いたげにくり返した。「それか、いますぐ出ていってこいつを告発するかだ」

「ふむ。ひとつのことはわかったな」カートンが言った。「札がもう一枚手に入った、ミスター・バーサッド。空気に疑惑が充満しているこの大荒れのパリで、同じような経歴を持つ貴族政府のスパイと連絡をとり合ってたのなら、告発されて生き延びられる可能性はゼロだな。しかもそいつは死んだと偽って、また生き返ってる。外国人が監房内で共和国に背く陰謀を企てた。これこそ最強、断頭台まちがいなしの札だ！勝負するか？」

「とんでもない！」スパイは答えた。「降参する。告白します。おれたちはイギリスで民衆の怒りを買いすぎたんだ。水責めで殺されるかと思ったんで、おれだけ国を出たんだが、クライはあちこち逃げまわって、しまいに死んだふりをしなきゃ逃げきれないところまで来た。いかさまだったってことを、この男がどうして知ってるのかは見当もつかないけど」

「おれのことは放っとけ」喧嘩腰《けんかごし》のクランチャー氏が言い返した。「この旦那《だんな》との話だけで充分問題を抱えてんだからな。あといいか、もう一度こっちを見ろ！」気前のよさを再三見せびらかさずにはいられなかった。「半ギニーもらえりゃ、その喉をつかんで絞め殺してやるからな」

牢屋の羊はクランチャー氏からシドニー・カートンに向き直り、声に決意をにじませて言った。「本題に入ろう。おれはもうすぐ仕事だから、これ以上はいられない。

あんたは提案があると言った。それはなんだい？　おれにあんまりたくさん頼んでも無駄だぞ。職場でいまよりもっと危くなることをしろって言うんなら、したがって命を賭《か》けるより、拒否して運を天にまかせるほうがましだから。要するに、やれないってことだ。さっきあんたはやけっぱちと言ったろ。ここじゃみんなやけっぱちなんだ。憶《おぼ》えとけよ、おれだって、そうしたほうがいいと思えばあんたを告発するぜ。口八丁で石の壁だって通り抜けられるんだから。みんなそうだ。さあ、おれに何をさせたい？」

「大したことじゃない。あんたはコンシェルジュリーの牢番だろう？」

「これだけは言っとくよ。脱獄なんてのはぜったい無理だ」スパイは断言した。

「頼んでもいないことをどうして口にする。あんたはコンシェルジュリーの牢番だな？」

「ときどきやってる」

「好きなときにやれるのか」

「好きなときに出入りできる」

シドニー・カートンはまたグラスにブランデーを満たし、ゆっくりと炉床にこぼして、一滴ずつ落ちていくのを見ていた。グラスが空《から》になると、立ち上がって言った。

「ここまでは、このふたりのまえで話してきた。手札の中身についてはいっしょに聞いてもらったほうがいいと思ったからだ。だが、ここからはこっちの暗い部屋で、少しだけふたりきりで話そう」

第九章　勝負

シドニー・カートンと牢屋《ろうや》の羊が隣の暗い部屋に入り、もれ聞こえないように低い声で話しているあいだ、ローリー氏は深い疑惑と不信の眼でジェリーを見ていた。その視線を受け止める正直な商売人のふるまいは、信頼を取り戻せるようなものではなかった。体重をかける脚を、まるで脚が五十本あって一本ずつ具合を確かめているようにうに何度もせわしなく変え、怪しく見えるほど真剣に指の爪《つめ》を調べ、ローリー氏と眼が合うたびに掌《てのひら》を口に当てて、あの奇妙な短い咳《せき》をする。隠しごとがまったくない人間からは、とても出てきそうにない咳だった。

「ジェリー」ローリー氏が言った。「こっちへ来なさい」

クランチャー氏は一方の肩から横向きに近づいた。

「使い走りのほかに、いままで何をしていた？」

しばらく考えながら主人をじっと見つめていたクランチャー氏は、賢い答えを思いついた。「畑仕事みたいなことです」

「心配で仕方がないのだ」ローリー氏は怒って人差し指を振りながら言った。「敬うべき偉大なテルソン銀行を隠れ蓑《みの》にして、とうてい人には言えない違法な仕事をしているのではないかね。もしそうだったら、イギリスに帰って友人でいられるとは思わないでもらいたい。おまえの秘密を守ることも期待しないでほしい。テルソン銀行をそんなふうにだますことは断じて許せない」

「お願いです」恥じ入ったクランチャー氏は懇願した。「名誉なことに、こうやって白髪ができるまでお仕えしてきました。あなたは紳士だ。おれをひどい目に遭わせるのは考え直してもらえませんか。たとえおっしゃったことが真実だとしても――真実じゃありませんよ。たとえばの話です。もしかりに真実だったとしてもです――それは一方しか見てません。そこを考えに入れといてください。こいつには、するほうと、させるほうがいる。いまこのときにも、お医者さんたちは何ギニーも稼いでるのに、正直な商売人は一ファーデン（訳注　ファージングの訛。ファージングは最小額の銅貨）だってもらえない。一ファーデンですよ！　いや、半ファーデンか――半ファーデン！　いやいや、四分の一ファーデン！　でもってお医者はテルソン銀行に煙みたいにしゅっと入って、金を預けちゃあ出てく。みんな自家用の馬車で、これも煙みたいに乗り降りするときに、この商売人にちらっと目配せなんかしながら。あの人たちこそテルソン銀行をだましてるじゃありませんか。雄ガチョウに言えることは、雌ガチョウにも言えますぜ。おまけに家にはミセス・クランチャーもいるんです。少なくとも懐《なつ》かしいイギリスにはいましたし、理由さえありゃ明日現れたっておかしくないんだが、これがまた仕事を邪魔するためにどたばたお祈りばかりしてて。もう商売上がったり。ほんとに干上《ひあ》がっちまう。だけどお医者の奥さんはお祈りなんてしないでしょう。するわけがない！　もし祈るとしたら、もっと患者を増やしてくださいってことぐらいだ。だから、一方だけを責めて、もう一方を責めないってのは公平じゃありません。こっちは葬儀屋とか、教区の書記とか、墓掘り人とか、見張りの男とか（みんながみんな欲深です）いるせいで、たとえおっしゃったことが真実だったとしても、大した実入りはない。それに、そういう金は身につかないもんでしてね、ミスター・ローリー。いいことなんてなんにもない。だから手を染めたとしても、抜け出す方法さえわかりゃ抜け出したいと思ってたでしょうよ――かりにおっしゃることが真実なら、ですが」

「うー、おまえを見るとぞっとする」ローリー氏は言ったが、それでも態度は和らいだ。

「憚りながらお願いしたいことがあります」クランチャー氏は続けた。「おっしゃることがかりに真実だとしても――真実だとは言いませんが」

「ごまかすんじゃない」ローリー氏はたしなめた。

「いいえ、ごまかしじゃありません」クランチャー氏は考えにも行為にも嘘偽《うそ》りはないというふうに言った。「おっしゃることが真実だとは言いませんが、憚りながらお願いしたいのは、こういうことです。テンプル門のまえの足台におれの息子が坐《すわ》ってます。立派に育って一人前の男になりました。もしよろしければ、あなたが老いるまで、あれに使い走りとか、手紙の配達とか、細々したことをなんでもやらせてくださいませんか。もしおっしゃることが真実だったとしたら――真実だとは言いませんよ（あなたをごまかすつもりはありません）――あの息子を父親の代わりに使って、母親の面倒を見させてやってください。どうか父親のほうはあんまり公《おおやけ》にしないで、そっとしといてください。お願いします。これからはふつうの墓掘りになって、いままで掘り出したものの――もしそんなことをしてればですが――償いをさせてもらいます。それが、気合いを入れて掘って、将来ずっと掘り返されないようにしっかり埋めますんで。そ

れが、ミスター・ローリー」腕で額をふいて、長い演説の締めくくりに入ったことを知らせた。「尊敬するあなたにお願いしたいことです。まわりでこれだけ怖ろしいこ

とが起きりゃ、誰だって物事を真剣に考えます。首なしの国民がこんなにわんさか出てきて、運賃にもならないくらい値下がりしちまうなんてことがあればね。そういうわけで、いまのがおれの考えです。どうかお心に留めといてください、黙っててもよかったのに正義のために言ったたってことを」

「その点だけは真実だな」ローリー氏は言った。「もういい。ちゃんとした人間になるなら、友人でいつづけるかもしれない。悔い改めたことを、ことばではなく行動で示すなら。ことばはもう聞きたくない」

クランチャー氏が額に拳《こぶし》を当てたところで、シドニー・カートンとスパイが暗い部屋から戻ってきた。「さようなら《アデュー》、ミスター・バーサッド」前者が言った。「取り決めができたから、もう何もおれを怖れることはない」

カートンは暖炉のまえの椅子《いす》にローリー氏と向かい合って坐った。ふたりきりになると、ローリー氏は、何をしたのかと訊《き》いた。

「大したことではありません。もしダーネイにとってことが悪いほうに進んだら、彼を一度だけ訪ねられるように話をつけたのです」

ローリー氏は失望の色を浮かべた。

「おれにできるのはそれだけです」カートンは言った。「あまりいろいろやらせると、あの男は断頭台に送られてしまう。本人も言っていたとおり、告発されたら、それ以上悪いことは起こりえないのです。そこが明らかにこちらの弱みで。どうしようもありません」

「だが、訪ねたところで」ローリー氏は言った。「裁判で事態が悪化していたら、彼は救えないのではないかな」

「救えるとは言いませんでしたよ」

ローリー氏の眼はゆっくりと火のほうを向いた。ルーシーを不憫《ふびん》に思う気持ちと、ダーネイの再逮捕による落胆で、眼から次第に力が失われていた。このところの心配続きですっかり老《ふ》けこんでいる。涙がこぼれ落ちた。

「あなたは立派なかたで、真の友人です」カートンはそれまでとちがう口調で言った。「心が弱っておられることに気づいたとしてもお赦《ゆる》しください。昔、親父《おやじ》が泣いたときには、とても平然と坐って見ていられませんでした。たとえあなたが自分の父親だったとしても、その悲しみにこれ以上の敬意を捧《ささ》げることはできません。もっとも、あなたとしては、おれなんかの父親じゃなくて幸いだった」

最後のことばはいつもの調子に戻ったが、カートンの声と態度には真心と尊敬が感じられ、それまで彼のよい面を見たことがなかったローリー氏は、少なからず驚いた。

手を差し出すと、カートンはそっと自分の手で包みこんだ。

「気の毒なダーネイに話を戻しますと、この話し合いのことも、取り決めのことも、奥さんには話さないでください。彼女がダーネイに会いにいけるわけではありませんし、最悪の場合に備えて判決前に自害する手段を与えたと考えるかもしれませんからね」

ローリー氏は、思ってもみなかった説明にさっと振り向き、そういう意図だったのだろうかと相手の顔をうかがった――どうやらそのようだ。明らかにローリー氏の考えを理解しているという表情が返ってきた。

「奥さんはあらゆることを考えるでしょう」彼は言った。「そのどれも心配事を増やすだけです。だから、おれのことは話さないでください。最初に来たときに言ったとおり、おれはあの人に会わないほうがいい。会わなくたって、彼女のためにどんな小さなことでも手を差し伸べて、力になれるのですから。あなたはあちらに行っていただけますね？　今晩、彼女は深く絶望しているにちがいない」

「これからすぐに行きますよ」

「よかった。彼女はあなたを敬愛して、とても頼りにしています。いまどんな具合ですか」

「不安で不幸だが、やはりとても美しい」

「ああ！」

長い嘆きの声だった——吐息のような、ほとんどすすり泣きに近い。はっとしたローリー氏がカートンの顔を見ると、暖炉の火のほうを向いていた。光か影が（老紳士にはどちらかわからなかった）、風の強い晴れた日に丘の上で起きる変化のように、カートンの顔をすばやく横切った。カートンは足を上げ、暖炉のまえに転がってきた小さな燃えさしを押し戻した。当時流行の白い乗馬用コートに乗馬ブーツという恰好《かっこう》だったが、それらに炎の光が照り映えて、長い茶色の髪を梳《と》かしもせず無造作に垂らしている顔が、ずいぶん青白く見えた。踏んで折れた燃えさしの薪《まき》の上にまだブーツを置いているので、あまりの不注意にローリー氏は思わず警告の声を発した。

「うっかりしてました」カートンが言った。

ローリー氏の眼はまた彼の顔に引き寄せられた。もともとハンサムな顔を曇らせている疲弊した雰囲気が、まだ記憶に新しい囚人たちの表情にそっくりだった。

「こちらでの仕事は終わったのですか」カートンがローリー氏のほうを向いて言った。

「ええ。昨夜、ルーシーが思いがけず訪ねてきたときに話していたように、ここでできることはすべてやり終えました。マネット家の安全を見届けてパリを去るはずだったのだが。通行証は持っています。出立の準備はできているのです」

ふたりは押し黙った。

「振り返ると、長い人生を歩いてこられました？」カートンが物思わしげに言った。

「七十八歳です」

「これまでずっと人のために働き、つねに忙しかった。まわりに信頼され、尊敬されてきた？」

「私は一人前になったときからずっと仕事人間でした。それどころか、子供のころからそうだったかもしれない」

「七十八歳でそれがどれほどのものになっているかご覧なさい。あなたがいなくなったら、いったいどれだけの人が悲しむか」

「寂しいひとり身の男だ」ローリー氏は首を振りながら答えた。「私のために泣いてくれる人なんていません」

「どうしてそんなことが言えるんです。彼女が泣かないとでも？　彼女の娘さんも？」

「ええ、ええ、そうですね。ありがたいことに《サンク・ゴッド》。本気で言ったわけじゃありません」

「まさに神に感謝《サンク・ゴッド》すべきことだ。ちがいますか」

「いや、もちろんそうです」

「もし今晩、寂しいとおっしゃるその心に偽りなく、〝自分は誰からも愛されず、慕われず、感謝も尊敬もされていない。やさしく受け入れられた場所はない。人の記憶に残るようないいことも、役に立つこともしていない〟と言えるとしたら、あなたの七十八年は重苦しい七十八の呪《のろ》いだったのではないでしょうか」

「そうですね、ミスター・カートン。そうだと思う」

シドニーはまた眼を火に向け、ややあって言った。

「ひとつうかがいたいのですが。子供時代は遠い昔のことに思えますか。母上の膝《ひざ》に坐った日々は、はるか遠い過去に思えます？」

シドニーがしんみりしているのを見て、ローリー氏は答えた。

「二十年前ならそうだった。けれども、人生ここまで来るとちがう。終わりが見えてくるにつれ、環《わ》のまわりを旅しているように、どんどん最初に近づいているのです。心穏やかにそのときを迎えられるように、準備させているのでしょうね。いまは長いこと眠っていた記憶が懐かしく思い出される。美しかった若い母のこととか（自分はもうこんなに年寄りなのに！）、世の中というものにまだあまり現実味がなく、己の欠点もこれほどしっかりと根づいていなかった日々のことを」

「その感じ、わかります！」カートンは顔をぱっと輝かせて叫んだ。「そしてあなたはそれだけいい人間になった？」

「であればいいのですが」

カートンはそこで会話を切り上げ、立ち上がって、ローリー氏がコートを着るのを手伝った。「ですが」とローリー氏が話題を蒸し返した。「あなたはまだ若い」

「ええ」カートンは言った。「たしかに年老いてはいませんが、先々まで長生きできるような若さじゃありませんから。もうおれの話はいいでしょう」

「私の話もね」ローリー氏は言った。「あなたもこれから外へ？」

「いっしょに彼女の門のまえまで行きます。おれの放浪癖や落ち着きのなさはご存知だ。長いあいだ通りをうろついても心配なさらないでください。朝には戻ってきますので。明日は法廷に行かれますか」

「ええ、胸ふさがれて」

「おれも行きますが、傍聴するだけです。あのスパイが場所を取ってくれますので。さあ、どうぞ腕につかまって」

ローリー氏がつかまり、ふたりは階段をおりて通りに出た。数分でローリー氏の目的地に着き、カートンはそこで別れたが、少し離れたところで足を止め、閉まった門のまえまで戻ってきて手を触れた。彼女が毎日監獄を訪ねていたという話は聞いていた。「あの人はここから出てきたんだな」と言って、まわりを見た。「ここで曲がって、何度もこの敷石の上を歩いたにちがいない。通り道をたどってみよう」

夜十時、ルーシーが何百回と立ったラフォルス監獄のまえまで来た。仕事場を閉めた小柄な薪屋が、小屋のまえでパイプを吹かしていた。

「こんばんは、市民」シドニー・カートンは通りすがりに止まって挨拶《あいさつ》した。相手が何か問いたげな様子で彼を見ていたからだ。

「こんばんは、市民」

「共和国はどんな調子だい？」

「ギヨティーヌのことだね。悪くない。今日は六十三人だ。もうじき百人に達するだろう。サムソンと部下たちは、ときどき文句を言ってるよ、もうへとへとだって。は、は、は。あのサムソンてのは可笑《おか》しいやつだな。大した床屋だ！」

「よく彼を見にいくのか」

「カミソリを振るうところを？　もちろん。毎日だ。あの床屋のすごいこと。やつの働きぶりを見たことは？」

「ないな」

「いいのがそろったときに一度見にいくといい。自分の眼で確かめることだ、市民。今日はパイプを二回吸ううちに六十二人だ。いや、二服もかからなかったかな、冗談じゃなく」

小男がにやにやしながら吸っていたパイプを突き出し、死刑執行人が費やした時間を説明すると、カートンはこいつを殴り殺してやりたいという思いに駆られ、顔を背けた。

「でも、あんたはイギリス人じゃないね？」薪屋が言った。「イギリス人みたいな服は着てるけど」

「イギリス人だ」カートンはまた足を止めて、肩越しに答えた。

「フランス人並みにうまくしゃべる」

「ここで長いこと学んだんでね」

「なるほど。まるっきりフランス人だよ。おやすみ、イギリスの旦那《だんな》」

「おやすみ、市民」

「とにかくあの可笑しい男を見てみなよ」小男はしつこくうしろから呼びかけた。「パイプも忘れずに」

その男が見えなくなってさほど行かないうちに、シドニーは通りのまんなかで立ち止まった。ちらちらと照らす街灯の下で、紙切れに鉛筆で何か書き、道をよく知る者の確固たる足取りで、暗く汚れた通りをいくつか歩いていった。この恐怖の時代、街でいちばんの目抜き通りさえ清掃されていなかったから、これらの通りの汚れ方はすさまじかった。彼はちょうど店主が店じまいをしている薬屋のまえで止まった。曲がりくねった登り坂の通りにある、暗くていかがわしい小さな店で、店主も暗くていかがわしい小男だった。

この市民にもこんばんはと挨拶し、勘定台で向かい合って、紙切れを差し出した。

「ヒュー！」薬屋は読んで、低く口笛を吹いた。「ひ、ひ、ひ！」

シドニー・カートンが無視していると、薬屋は言った。

「あなたがお使いで？」

「そうだ」

「別々に保管していただくことが肝心です、市民。混ぜ合わしたらどういうことになるか、おわかりですな？」

「もちろんだ」

薬屋は小さな薬包をいくつか作って差し出した。シドニー・カートンはそれをひとつずつ上着の胸ポケットに収め、代金を払って、慎重に店をあとにした。「もう明日までにやることはない」と空の月を見上げて言った。「眠れそうもないな」

　乱れ飛ぶ雲の下で口にされたそのことばは、いつものぞんざいな調子ではなかった。無頓着《むとんちゃく》より果敢な決意が外に表れていた。さまよって苦労した末に方向を見失い、疲れきったが、ついに正しい道と目的地を突き止めた男の落ち着いた態度だった。

　はるか昔、前途有望な若者として、初めての競争者たちのあいだで有名だったころ、シドニー・カートンは父親の遺体を墓場まで送っていった。母親はその何年もまえに亡《な》くなっていた。高い空を月と雲が渡っていく、暗い通りの重苦しい影に囲まれて歩きながら、彼の心には父親の葬儀で読んだ厳粛な弔辞が思い起こされた。「イエス言いたまう。〝われは復活《よみがえり》なり、生命《いのち》なり、われを信ずる者は死すとも生きん。およそ生きてわれを信ずる者は、永遠《とこしえ》に死なざるべし〟」

　断頭台が支配する街の夜にひとりでいると、その日処刑された六十三人と、翌日の暗い運命を監獄で待つ犠牲者たち、さらに翌日、また翌日の犠牲者たちに対する悲しみが自然に湧《わ》き上がってくる。深海の底から引き上げられた、古い船の錆《さ》びた錨《いかり》のように祈りのことばを導き出した連想の鎖は、探せばたやすく見つかりそうだった。しかしカートンは探さず、ただそのことばをくり返して歩きつづけた。

　明かりの残る家々の窓では、ほんの数時間であれ、人々がまわりの恐怖を忘れて静かに眠りにつこうとしていた。教会の尖塔《せんとう》では、司祭面《づら》した詐欺《さぎ》師や略奪者や浪費家が長年のさばり、民衆の宗教嫌いがみずからを滅ぼすまでになって、もう祈りの声も聞こえなかった。遠い墓地は、入口の門に示されているとおり〝永遠の眠り〟のためにある。至るところに監獄があった。通りを六十何人が護送馬車で運ばれていくが、死はもはや日々のありきたりの出来事になって、断頭台がこれほど働いているのに、この世にとどまる幽霊の話ひとつ語られなくなった。シドニー・カートンは、これらすべてに厳粛な思いを馳《は》せ、夜の束《つか》の間、怒りを収めて休まんとする街のあらゆる生と死に厳粛な興味を抱いて、ふたたびセーヌ川を明るい通りのほうへ渡っていった。

馬車はほとんど通りかからなかった。馬車に乗っていると容疑をかけられる怖れがあるからで、上流階級の人間も赤いナイトキャップを深々とかぶり、重い靴をはいてとぼとぼと歩いた。が、劇場はどこも大入りだった。カートンが通りかかると、人々がなかからあふれ出してきて、愉《たの》しそうにしゃべりながら家路についた。ある劇場の扉のまえに女の子が母親と立って、ぬかるんだ道をどう渡ろうか考えていた。カートンは女の子を抱き上げて運んでやり、小さな腕が首から離れるまえに、キスをしてくれと頼んだ。

「イエス言いたまう。〝われは復活《よみがえり》なり、生命《いのち》なり、われを信ずる者は死すとも生きん。およそ生きてわれを信ずる者は、永遠《とこしえ》に死なざるべし〟」

通りは静まり、夜は更《ふ》けていった。ことばが足音のこだまに混じって夜気に響いた。完全に落ち着いた穏やかな気持ちで、歩きながらときどきそのことばを口にしたが、頭のなかではつねに聞こえていた。

夜が明けはじめ、カートンはシテ島の岸に打ちつける波の音を聞きながら、橋の上に立っていた。島の上では、絵のように雑然とした家々や大聖堂が月の光に明るく輝いていたが、そこに朝陽が死人の顔のように冷たく現れた。夜は月と星をともなって青ざめ、死んでいった。いっとき地上のすべてが死の支配にゆだねられたかのようだった。

しかし、太陽が輝かしく昇ると、その長く明るい光のなかで、ひと晩じゅう続いていた例のことばがまっすぐ心に届き、暖めてくれたように思えた。恭《うやうや》しく眼に手をかざしてそちらを見ると、彼と太陽のあいだの中空に光の橋がかかり、その下を川がきらきらと流れていた。

力強い川の流れは速く、深く、頼もしく、朝の静けさのなかで、心を許せる友人のようだった。彼は流れに沿って人家から遠く離れたところを歩き、太陽の光と暖かさに包まれて土手で眠った。眼が覚めるとまた立ち上がり、しばらくそのあたりをぶらぶらしながら、意味もなく渦を巻く水面《みなも》を見つめていた。やがて渦は流れに呑《の》みこまれ、海へと運ばれていった――〝おれみたいだ〟。

柔らかい枯葉色の帆をかけた荷船が視界に入ってきて、すぐそばを通り、見えなくなった。その静かな航跡が消えるうちに、已の蒙昧《もうまい》とあやまちに慈悲を乞《こ》うて心から湧き出ていた祈りは、やはりあのことばで終わった――〝われは復活《よみがえり》なり、生命《いのち》なり〟。

家に戻ると、ローリー氏はすでに外出していた。善良な老紳士がどこへ出かけたのかはたやすく察せられた。シドニー・カートンはコーヒー少々とパンだけの朝食をとり、顔を洗い、服を着替えてさっぱりしてから公判へと向かった。

法廷は詰めかけた群衆でざわついていた。多くの人が怖れて近寄らない例の黒い羊が、カートンを傍聴人の片隅に押しこんだ。ローリー氏とマネット医師がすでにいた。ルーシーも父親の横に坐《すわ》っていた。

夫が連れてこられると、彼女はそちらに顔を向けた。夫を支え励まそうとする称讃と愛情、憐《あわ》れみとやさしさに満ちたその顔には、彼のためにという気丈さも表れていて、それを見たダーネイの顔は健康な血色を取り戻し、眼元も明るくなり、心臓も高鳴ったようだった。鋭い観察眼の持ち主なら、そんな彼女の力がシドニー・カートンにもまったく同じ効果をもたらしていることを見て取っただろう。

この不公平な裁判には、被告の言い分をきちんと聞く手続きらしい手続きはなかった。そもそもあらゆる法やしきたり、儀礼が濫用《らんよう》されたからこその革命である。革命の自殺にも似た報復行為が、それらを八方《やも》に散らしたのだった。

みなの眼が陪審に向けられた。陪審員は前日、前々日と同じ、筋金入りの愛国者たちと善き共和国民たち――これは明日も明後日も変わらない。なかでもとりわけ熱心で人目を惹《ひ》くのは、貪欲《どんよく》な顔つきで手の指をずっと唇のあたりに置いている男だった。傍聴人も大いに歓迎しているこの男が、食人族さながら血に飢えた陪審員、サンタトワーヌのジャック三番だった。そろいもそろって、鹿《しか》を裁くために選ばれた猟犬のような陪審員たちである。

みなの眼が今度は五人の判事と検事を見た。どのひとりにも被告への同情は感じられず、残忍で凶暴、妥協のない職務遂行だけがあった。みなの眼は群衆のなかにいるある人物の眼を探し、見つけると満足そうに輝いた。彼らの頭がうなずき合い、緊張し集中してまえに乗り出した。

シャルル・エヴレモンド、通称ダーネイ。昨日釈放され、再度告発されて同日中に逮捕された。起訴状は昨晩、被告当人に手渡された。容疑は共和国の敵。貴族にして、暴虐《ぼうぎゃく》な領主の家系――すでに廃止された特権を用いて人民をあまねく抑圧したことにより、法律の保護を奪われた一族――のひとり。シャルル・エヴレモンド、通称ダーネイは、かかる事由によって当然死刑に処されるべきである。

こういった内容を、検事はこのくらいか、むしろこれより少ないことばで説明した。

裁判長が、告発は公式になされたのか、それとも密告によるものかと尋ねた。

「公式です、裁判長」

「告発者は？」

「三人います。まず、サンタントワーヌで酒を販売するエルネスト・ドファルジュ」

「よろしい」

「その妻テレーズ・ドファルジュ」

「よろしい」

「医師アレクサンドル・マネット」

法廷に叫び声が沸き起こった。そのただなかにマネット医師の姿があった。青ざめ、震えながら、坐っていたところにいまは立っていた。

「裁判長、断固抗議いたします。いまの指名はでたらめで意図的な詐術です。ご承知のとおり、被告は私の娘婿《むすめむこ》です。娘も、娘が愛する人たちも、私にとっては自分の命よりずっと大切な存在です。私がわが子の夫を告発するなどと、どこのどんな陰謀家が言った嘘《うそ》でしょうか」

「市民マネット、静粛に。当法廷の権威を傷つける発言をすると、あなた自身が罪に問われますよ。あなたの命より大切な存在ということだが、善き市民にとって共和国ほど大切な存在はないのだから」

この叱責《しっせき》に大きな歓声があがった。裁判長がベルを鳴らし、熱心な声で続けた。

「もし共和国があなたの娘さん当人を犠牲にせよと要求したら、犠牲にするのがあなたの義務です。これからの説明を聞きなさい。廷内は静粛に！」

群衆がまた狂ったように喝采《かっさい》した。マネット医師はあたりを見まわし、唇をわななかせて、また坐った。娘が彼に身を寄せた。貪欲な陪審員が両手をこすり合わせ、一方の手をまた口に持っていった。

ドファルジュがまえに進み出た。声が聞こえる程度に廷内が静まると、彼は早口でマネット医師が投獄されたときのことを語った。自分はまだ少年で、医師の使用人だったこと、長年ののち医師が釈放されて自分のところへ来たときに、どのような様子だったかを説明した。裁判の進行は速く、すぐに短い質疑があった。

「バスティーユ占領の折にはいい働きをしましたね、市民ドファルジュ？」

「したと思います」

そこで、傍聴していたひとりの女が金切り声で叫んだ。「あなたは最高の愛国者だったじゃない。なんでそう言わないの。あの日あの場所で砲手を務めて、あのろくでもない監獄が降伏したとき、最初に突入した集団のひとりだった。愛国者のみんな、ほんとのことだよ！」

叫んだのは〝復讐〟だった。熱狂的な称讃の声に包まれて、裁判の進行を助けていた。裁判長がベルを鳴らしたが、まわりの反応に意を強くした復讐はまた金切り声をあげた。「そんなベル、何さ！」これにも同じように歓声が送られた。

「その日、バスティーユのなかでしたことを話してください、市民ドファルジュ」

「わかっていたのです」ドファルジュは、証人台のすぐ下に立っている妻を見おろして言った。妻のほうは彼をまっすぐ見上げていた。「いま話題になっている囚人が北塔百五番の房に入ってたことは、本人から聞いてわかっていました。釈放後、私の世話のもとで靴を作っていたときに、自分の名前を北塔百五番としか憶《おぼ》えてなかったのです。大砲を撃ったあの日も、監獄が解放されたらその房を訪ねてみようと心に決めていました。牢番《ろうばん》に案内させて、本日陪審のなかにいる同胞市民といっしょに塔のその房に上がって、なかをくわしく調べました。すると煙突にひとつ、はずされ、またはめこまれた石があって、その奥の穴に何か書かれた紙が入っていたのです。これがその紙です。私のほうでドクトル・マネットのほかの書き物を調べてみましたが、まちがいなくドクトル・マネットの筆跡です。これを裁判長に提出いたします」

「読み上げてみよう」

廷内はしんと静まり返った。被告は愛情をこめて妻を見ていた。妻も、ときどき不安げに父親に眼をやるとき以外はずっと夫を見ていた。マネット医師は読み手を見すえている。ドファルジュ夫人は被告から片時も眼をそらさず、ドファルジュは獲物をまえに舌なめずりでもしているような妻を見つづけた。残りの眼はすべて医師に注がれているが、医師が視線を返すことはなかった。その紙には次のようなことが書かれていた。

第十章　影の正体

〝私ことアレクサンドル・マネット、ボーヴェに生まれ、のちにパリに移り住んだ不遇の医師は、一七六七年の最後の月、陰鬱《いんうつ》なバスティーユの独房でこの悲しい手記を書いている。あらゆる困難のもと、時間を盗みながら少しずつ書き足していき、完成したら煙突の壁のなかに隠しておくつもりだ。隠し場所はすでにこつこつと掘り進めて作ってある。私も、私の悲しみも塵《ちり》になるころ、誰かが見つけて憐《あわ》れんでくれるかもしれない。

この文字は、煙突から削り落とした煤《すす》と炭の粉に血を混ぜ、錆《さ》びた鉄釘《てつくぎ》を浸してようやく書いている。囚《とら》われの身となって十年目の最後の月だ。胸の希望は完全に消えた。これまでに自覚したさまざまな怖ろしい徴候から、ほどなく理性が崩れることはわかっているが、いまこのときは正気を保っており——記憶も細かいところまで正確だ——最後に記録するこのことばは、人に読まれようと読まれまいと、永遠の審判の席においても真実であることを断言する。

一七五七年十二月の三週目(たしか二十二日だった)の朧月《おぼろづき》の夜、私は気分転換に冷たい空気を吸おうと、医学校通りの住まいから一時間ほど離れた、セーヌ川の人気《ひとけ》のない埠頭《ふとう》を歩いていた。そこへ馬車がうしろからすごい速さで走ってきて、轢《ひ》かれるのではないかと思ったので横によけて通すと、窓から頭が出てきて、御者に停まれと呼ばわった。

御者が手綱を引くと馬車はすぐに停まり、同じ声が今度は私の名前を呼んだ。私は返事をした。馬車はすでにかなり先まで行っていたので、私がたどり着くころには、ふたりの紳士が扉を開けておりていた。ふたりとも外套《がいとう》に身を包み、隠れたがっているようだった。馬車の扉の近くに並んで立っているのを見ると、歳《とし》は私と同じくらいかいくらか若く、体格や身のこなし、声、そして(見える範囲で)顔も非常によく似ていた。

「ドクトル・マネットだな?」ひとりが言った。

「そうです」

「ボーヴェ出身のドクトル・マネット」もうひとりが言った。「もともと腕のいい外科医だったが、ここ数年パリで名を上げている若い医師?」

「はい、いまご親切なことばをいただいた本人です」

「きみの住まいを訪ねたのだ」最初の男が言った。「あいにく、そこにはいなかったが、このあたりを歩いているだろうという話だったので、捕まえられるのではないかと追ってきた。馬車に乗っていただけないだろうか」

有無を言わさぬ調子だった。話しながらふたりは移動して、馬車の扉のまえに私を追いこむ恰好《かっこう》になった。武器も持っていた。私は持っていなかった。

「失礼ながら」私は言った。「こういうときには、栄誉ある往診の機会を与えてくださるのは誰なのか、また、治療すべき病気は何なのかをうかがうことにしているのですが」

　答えは二番目の男から返ってきた。「患者は高い身分の人たちだ。病気については、われわれがここで説明するより、きみの技術でじかに確かめたほうがよかろう。さあ、馬車に乗ってくれるな？」

　したがうしかなく、私は黙って馬車に乗りこんだ。ふたりは私のあとから入ってきた。最後の男は踏み板を跳ね上げたあと飛び乗った。馬車は向きを変え、またさっきの速さで走りだした。

　会話はそのまま書き記している。一語もたがわず、このとおりだった。すべてを起きたまま書くことに注意を集中する。しばらく作業から離れ、手記を隠し場所に入れておくときには、次のような区切りを入れる。

＊＊＊

　馬車は街の通りをあとにして、北の門を通過し、田舎道に入った。城門から三分の二リューほど走ると――そのときではなく、帰り道で距離を見積もった――本街道から離れ、まもなくまわりからぽつんと隔てられた家のまえで停まった。ふたりと馬車をおり、流れっぱなしの噴水から水があふれている庭の、湿って柔らかい小径《こみち》を玄関まで歩いた。呼び鈴を鳴らしても扉はすぐには開かなかった。開けた召使いの顔を、案内役の男のひとりが分厚い乗馬手袋で叩《たた》いた。

その行為にはことさら注意を惹《ひ》かれなかった。平民が犬よりたびたび叩かれるのを見ていたからだ。しかし、同様に腹を立てていた二番目の男が、今度は腕で召使いの顔を殴りつけた。ふたりの見た目やふるまいがあまりに似ているので、そこで初めて、彼らは双子の兄弟にちがいないと思った。

外の門で馬車をおりてからずっと（門には鍵《かぎ》がかかっていたのを、兄弟のひとりが開けてわれわれをなかに入れ、また施錠した）、家の階上《うえ》の部屋から叫び声が聞こえていた。私はまっすぐその部屋に連れていかれた。階段をのぼるにつれて叫び声は大きくなり、部屋に入ると、重い脳炎の患者がベッドに横たわっていた。

それはたいそう美しい女性で、若かった。二十歳そこそこだったはずだ。髪の毛はぼさぼさに乱れ、両腕はサッシュやハンカチで体の脇《わき》に縛りつけられていた。縛《いまし》めに使われているのは、すべて男性が身につけるものだった。そのひとつ、礼装用の縁飾りつきのサッシュには、貴族の紋章と〝E〟の文字が入っていた。

それらを見たのは、患者の診察を始めて一分以内のことだった。というのも、彼女が終始ベッドの端でうつぶせになってもがきつづけ、サッシュの端を吸いこんで窒息しそうになったからだ。私はまずは手を伸ばして呼吸ができるようにしてやり、サッシュを取りのけたのだが、そのときに生地の端の紋章が眼に入った。

患者をそっと仰向けにして、両手を胸に当ててしっかりと落ち着かせたうえで、顔をよく見てみた。瞳孔《どうこう》が広がった眼は荒々しく、絶えず鋭い金切り声を発しては、「わたしの夫、お父さん、弟！」ということばをくり返していた。そのあと十二まで数えて、「しっ！」と言い、ほんの一瞬、静かに聞き耳を立て、また金切り声で叫びはじめる。そして「わたしの夫、お父さん、弟！」十二まで数えて「しっ！」この順序や言い方が変わることはなかった。一定時間ごとに訪れる休止を除けば、声が途切れることもなかった。

「これはどのくらい続いているのですか」私は訊《き》いた。

兄弟を区別するために、以後は兄、弟と呼ぶことにする。おおかたの権限を持っているのは兄のほうだった。その兄が答えた。「昨晩のいまごろからだ」

「この人には夫とお父さんと弟さんがいるのですか」

「弟がいる」

「あなたがその弟さんではありませんね？」

彼は軽蔑《けいべつ》もあらわに答えた。「ちがう」

「このかたは最近、十二という数にかかわっていたのですか」

弟が苛立《いらだ》たしげに答えた。「十二時とか？」

「このとおりです」私は患者の胸に両手を当てたまま言った。「連れてきてもらっても、なんの役にも立てない。あらかじめ患者の容態がわかっていれば準備もできたのですが、こうして時間を無駄にすごすしかありません。こんなに人里離れたところでは薬も手に入らないし」

兄は弟を見た。弟が「ここに薬箱がある」と居丈高に言い、戸棚から箱を取ってきて、机に置いた。

＊＊＊

私は薬の壜《びん》をいくつか開け、においを嗅《か》ぎ、栓を唇に当ててみた。本来毒である麻酔薬以外のものを使いたかったら、箱のなかの薬にはいっさい手を出さなかっただろう。

「疑うのか？」弟が訊いた。

「いいえ、ムシュー、使いますよ」私は答えて、それきり黙っていた。たいへんな苦労の末、どうにか患者に飲ませたい分量の薬を飲ませた。しばらくしてまた同じものを飲ませるつもりだったが、効果を見る必要があったので、ベッドの脇に坐《すわ》っていた。部屋の隅には、怯《おび》えて畏《かしこ》まった女性がひとり控えていた（階下にいた召使いの妻だった）。家のなかはじめじめして朽ちかけ、無頓着《むとんちゃく》に家具が置かれていた。入居してまもない仮住まいであることは明らかだった。叫び声を外にもらすまいと、窓のまえに古びた分厚い飾り布が釘で打ちつけてあった。その声はいつまでも続いた。「わたしの夫、お父さん、弟！」十二まで数えて「しっ！」暴れ方が激しいので、腕の縛めは解かなかったが、痛くならないように気をつけていた。唯一《ゆいいつ》希望が持てるのは、患者の胸に私が手を当てると、数分間だけは発作が治まることだった。ただ叫び声は止まらず、振り子もかくやと思うほど規則的に出てきた。

自分の手に効果があることがわかった（少なくともそう思った）ので、私はベッドの脇に三十分ほど坐っていた。兄弟はその間見ていたが、やがて兄が言った。

「もうひとり患者がいる」

私は驚いて訊いた。「そちらは急患ですか」

「自分で確かめてくれ」ぞんざいに答えて、ランプを取り上げた。

＊＊＊

もうひとりの患者は、ふたつめの階段をのぼった奥の部屋にいた。厩《うまや》の上にある屋根裏部屋のようなところで、一部には漆喰《しっくい》の低い天井があり、残りは片流れの屋根の裏が棟まで見え、梁《はり》が何本も渡されていた。天井の下には干し草と藁《わら》が保管されていた。火にくべる粗朶《そだ》の束や、砂のなかに蓄えたリンゴもあった。そこを通って部屋の奥に行かなければならなかった。記憶にまちがいはない。細かい点を一つひとつ頭のなかで確認したが、囚われて十年がたとうとしているバスティーユのこの独房でも、あの夜の光景がはっきりと見える。

床の干し草の上に、投げ出されたクッションを枕《まくら》にして、端整な顔立ちの農夫が横たわっていた。せいぜい十七歳ぐらいの少年で、仰向けになって歯を食いしばり、右手で自分の胸をつかみ、ぎらつく眼でまっすぐ上を見ていた。傷の場所は見えなかったが、膝《ひざ》をついて顔を近づけると、鋭利なもので刺されて死にかけているのがわかった。

「私は医者だ。可哀相《かわいそう》に。傷を見せてごらん」

「診てほしくない」彼は答えた。「ほっといて」

傷は手の下だった。私はなだめて手をはずさせた。二十時間から二十四時間前に剣で突かれた傷だった。即座にどんな治療をほどこしても、救うことはできなかっただろう。死が急速に近づいていた。兄弟の兄のほうに眼を向けると、この瀕死《ひんし》の美少年を、傷ついた鳥か野ウサギか飼いウサギのように見おろしていた。まったく同じ人間だとは思っていないかのように。

「どうしてこんなことに、ムシュー？」私は尋ねた。

「頭がおかしい犬畜生さ。農奴めが！　わが弟に無理やり剣を使わせた挙句、その剣に倒れたのだ――まるで紳士のように」

露ほどの憐れみも、悲しみも、人としての思いやりもない返答だった。身分ちがいの人間にここで死なれるのは迷惑千万、虫けらは虫けららしく目立たないところで死んでもらいたかったと言わんばかり。少年にも彼の運命にもなんら同情を抱くことができないのだ。

少年の眼は、話す兄のほうにゆっくりと移っていたが、それがまたゆっくりと私のほうを向いた。

「お医者さん、あいつら貴族は誇り高い。けど、おれたち犬畜生だって誇り高いときもある。あいつらはおれたちからものを奪い、おれたちを痛めつけ、殴り、殺すけど、それでもちょっぴり誇りが残ることはあるんだ。姉さん――姉さんを診てくれた、お医者さん？」

甲高い叫び声は、離れているので小さくはなっているが、そこでも聞こえた。少年は彼女が同じ部屋にいるかのように、その声のことを言っているのだった。

私は「診たよ」と答えた。

「あれはおれの姉さんだ、お医者さん。あいつら貴族は長年恥知らずな権利を行使して、おれたちの家族の女の慎みや純潔を食い物にしてきた。でも、おれたちのなかには昔からちゃんとした女がいた。おれも知ってるし、父さんがそう言うのも聞いたことがある。うちの姉さんも立派な人だった。若くて立派な男と婚約もしてたんだ。あいつの小作人と。おれたちみんな、あいつの――そこに立ってるあの男の小作人だ。もうひとりはその弟で、悪い一族のなかでも最悪のやつだ」

少年が話すためには、体に残った力を振り絞らなければならなかったが、心がすさまじい強さでしゃべっていた。

「犬同然の平民はお偉方に何もかもふんだくられる。おれたちも、そこに立ってる男にやられた。年貢《ねんぐ》は容赦なく取り立てられるわ、ただ働きはさせられるわ、あいつの粉碾《ひ》き小屋でトウモロコシを碾かされるわ、乏しい収穫を犠牲にしてあいつらが何十羽と飼ってる家禽《とり》に餌《えさ》をやらなきゃならず、そのくせ自分たちが一羽でも飼えば死刑になって、取られ放題に奪われ放題。たまにちっぽけな肉が口に入るときにも、あいつの手下に見つかって取り上げられないように、扉に閂《かんぬき》をかけ、鎧戸《よろいど》を閉めて、びくびくしながら食べなきゃならない。おれたちみんな、奪われ、狩られ、貧乏のどん底に落とされて、父さんは子供がこの世に生まれてくるのが怖ろしい、いっそ女たちが石女《うまずめ》になって、この惨《みじ》めな一族が途絶えちまえばいいなんて言ってた」

抑圧された気持ちが、こうして火を噴く勢いであふれ出るのを見たのは初めてだった。人民のどこかにそんな思いがひそんでいるにちがいないとは思っていたが、この瀕死の少年を見るまで、それが噴出するのを見たことがなかったのだ。

「それでも姉さんは結婚した。気の毒にそのとき許婚《いいなずけ》は病気だった。姉さんはうちの小屋で――あいつは犬小屋と言うだろうけど――愛する人の世話をして、力づけるために結婚したんだ。そうして何週間もたたないうちに、あの男の弟が姉さんを見てひと目惚《ぼ》れし、彼女を貸せと義兄《にい》さんに申し入れた。平民の夫なんて、しょせんその程度の扱いさ。あの弟はその気だったけど、姉さんは立派で貞淑だから、おれと同じくらい強くあの弟を憎んだ。で、あいつら兄弟は、義兄さんのほうから姉さんを説得させるために、何をしたと思う？」

私の眼を見すえていた少年の眼がゆっくりと傍観者のほうを向いた。ふたりの顔つきから、いまの話が真実であることがわかった。ぶつかり合っていた二者の誇りを、このバスティーユでもまざまざと思い起こすことができる。歯牙《しが》にもかけない貴族の無関心と、踏みにじられて復讐《ふくしゅう》に燃える農夫の激情を。

「知ってるでしょう、お医者さん、あいつら貴族には、おれたち犬畜生に馬具をつけて荷車を牽《ひ》かせる権利がある。だから義兄さんに馬具をつけて追い使った。おれたちをひと晩じゅう敷地のなかに立たせて、貴族がよく眠れるようにカエルを黙らせておく、そんな権利があるのも知ってるね。あいつらはそうやって夜のあいだ義兄さんを冷たい霧のなかに立たせ、朝になるとまた馬具をつけた。けど義兄さんは説得されなかった。ぜったいに！　ある日の午《ひる》に何か食べるために――食べ物があったとして――馬具をはずされると、義兄さんは鐘の数だけ十二回泣いて、姉さんの胸に抱かれて死んだ」

少年を生き長らえさせているのは、虐《しいた》げられた思いを洗いざらい話すという決意だけだった。右手を傷に押し当てているのと同じ力で、迫り来る死の影を押し戻していた。

「すると、そこにいる男の許可と助けまで得て、弟が姉さんを連れ去った。そのとき姉さんがあいつに何を言ったか、あなたがいま知らなくても、すぐ知ることになると思うけど、とにかくそれにもかかわらず、あいつはいっときの気晴らしと愉《たの》しみのために姉さんを連れ去った。道端でそれを見たおれが家族に知らせを持ち帰ると、父さんの胸は張り裂けそうだったけど、そこにいっぱい詰まったことばは、ひと言も発さなかった。おれは下の妹をあいつの手の届かないところに移した。少なくとも、妹がいい、あいつの奴隷《どれい》にはならない場所に。それから例の弟のあとを追って、昨日の夜、ここの窓からなかに――犬畜生でも手には刀を持って――窓はどこ？　この屋根裏のどこかにあったのに」

彼の視界は暗くなり、世界が狭まってきていた。私が自分のまわりを見ると、床の干し草と藁が踏みつけられていた。そこで格闘があったかのように。

「姉さんがおれの声を聞いて駆けこんできた。おれは、あいつが死ぬまで近づかないでと言った。弟のやつが入ってきて、まず金をいくらか投げ、鞭《むち》でおれを打った。けどおれも犬畜生ながらに殴り返して、あいつは剣を抜いた――おれの平民の血で汚れたんだから、好きなだけばらばらに折るがいい――あいつは身を守るために剣を抜いて、あらゆる技を使って命がけでおれを突いてきた」

私はその少しまえに、折れた剣の断片が干し草のなかに落ちているのを見ていた。貴族が佩《は》く剣だった。別のところには兵士が使っていたような古い剣が落ちていた。

「おれを立たせてくれ、お医者さん。立たせて。あいつはどこだ」

「ここにはいない」私は少年を支えながら、弟のことを言っているのだろうと思った。

「いない！　いばった貴族のくせして、おれに会うのが怖いんだ。ここにいた男はどこ？　顔をそっちに向けさせて」

私は少年の頭を膝にのせ、言われたとおりにしてやったが、彼は一瞬、信じられないような力を出して、完全に立ち上がった。私もその体を支えるために立たざるをえなかった。

「侯爵《こうしゃく》」少年は相手のほうを向いて眼を大きく見開き、右手を上げた。「これがすべて償われる日が来たとき、おれはあんたとあんたの悪い一族を、末裔《まつえい》の最後のひとりまで呼び出して償わせてやる。その印として、この血の十字架をあんたに刻みつける。すべてが償われるその日には、悪い一族のなかでも最悪のあんたの弟を呼び出して、特別に償わせる。その印として、この血の十字架をあいつに刻みつける」

彼は二度、胸の傷に手を当てて、人差し指で空中に十字架を書いた。そのあと指を上げたまま一瞬静止し、指といっしょにがくんと崩れた。私は死んだ彼を床に横たえた。

＊＊＊

若い女性のベッドに戻ると、発作がまったく同じ順序で続いていた。おそらくこれからも長いこと続き、墓のなかでようやく静かになることはわかっていた。

私は先ほどと同じ分量の薬を与え、すっかり夜が更《ふ》けるまでベッドの横に坐っていた。耳をつんざく金切り声は一向に弱まらず、出てくることばもはっきりしていて、順序も変わらなかった。つねに「わたしの夫、お父さん、弟！」一、二、三、四、五、六、七、八、九、十、十一、十二。「しっ！」

それは初めて彼女に会ったときから二十六時間続いた。私は二度、部屋を出入りしてまた横に坐っていたが、彼女は弱りはじめ、わずかながらできるかぎりの世話を私がすると、徐々に力が抜けていって、死んだようにぐったりした。

長く怖ろしい暴風雨がようやくおさまったかのようだった。私は腕の縛めを解いてやり、召使いの女を呼んで、彼女をきちんと寝かせ、本人が引き裂いた服を整えるのを手伝ってもらった。彼女の体に、母親になる最初の徴候が現れはじめているのに気づいたのは、そのときだった。容態に関して多少なりとも残っていた希望は、それで消え失《う》せた。

「死んだのか」侯爵が乗馬ブーツのままで入ってきて訊《き》いた。この手記では兄と呼びつづけることにする。

「いいえ」私は言った。「ですが、おそらく死ぬでしょう」

「平民の体が丈夫なのには驚くな」彼はいくらか興味深そうに彼女を見おろして言った。

「並はずれた力です」私は答えた。「悲しみと絶望の」

彼は私のことばに笑ったあと、眉《まゆ》をひそめた。私の椅子《いす》の近くに別の椅子を足で寄せてきて、召使いに去れと命じ、低い声で言った。

「ドクトル、この農民たちのせいで弟が厄介なことになったとき、きみに助けてもらおうと言ったのは私だ。街の評判もいいし、これから立身出世しようという若者として、自分の利益になることもわかるだろうと思ってね。ここで見たことはいっさい口外しないでもらいたい」

私は患者の呼吸の音に耳をすまし、返事はしなかった。

「聞いているのかな、ドクトル？」

「ムシュー」私は言った。「この職業では、そもそも患者の情報は秘密にしなければなりません」すでに見聞きしたことでかなり動揺していたので、慎重に答えた。

彼女の呼吸は聞き取れないほど静かだった。念のため脈を取り、心臓に手を当ててみた。一応生きているが、それだけだった。また坐《すわ》りながらまわりを見ると、兄弟がふたりそろって私を真剣に見ていた。

＊＊＊

ここはあまりにも寒く、書きつづけるのは非常にむずかしい。見つかって真っ暗な地下牢《ろう》に閉じこめられるのも考えるだに怖ろしいから、短く切り上げなければならない。私の記憶には混乱も抜けもない。自分とあの兄弟のあいだで交わされた会話は、一語もたがわず思い出して再現することができる。

彼女はそこから一週間生きていた。終わり近くでは、唇の近くに耳を持っていけば、彼女が発した数語を理解することもできた。彼女は、自分はどこにいるのかと訊いた。私は教えた。あなたは誰、と訊いてきた。それも教えた。私のほうからは姓を尋ねたが、答えは得られなかった。彼女は枕《まくら》の上で弱々しく首を振り、少年と同じく秘密を守った。

患者は危篤《きとく》であと一日もたないだろうと兄弟に告げるまで、彼女に質問する機会は得られなかった。それまで彼女の意識にあるのは召使いの女と私だけだったが、私がいるときには、兄弟のどちらかが、ベッドの頭側にかかったカーテンの裏につねに疑い深く坐っていた。しかしそのあとは、私が彼女と何を話そうが気にならなくなったようだった。まるで——こんな考えが頭をかすめた——私もいっしょに死にかけているかのように。

私が弟と呼ぶことにした男が農民と剣を交えたこと、しかもそれが少年だったことでひどく誇りを傷つけられているのは、いつ見てもよくわかった。ふたりが気にかけているのは、これが家名を汚《けが》す不様な事件ということだけのようだった。弟の眼を見るたびに、そこに浮かぶ表情から、少年の話を聞いた私を心底嫌っているのがうかがえた。兄より物腰は穏やかで丁寧だったが、私にはわからなかった。ただもちろん、兄の心のなかでも私は邪魔者だった。

患者は真夜中の二時間前に死亡した。私の時計で、初めて彼女に会ったときとほとんど同じ時刻だった。部屋に彼女とふたりきりでいたとき、哀れな若い頭がそっと片側に倒れ、彼女の地上での苦しみと悲しみは終わった。

兄弟は階下の部屋で待っていた。早く馬に乗って出かけたいとそわそわして、乗馬ブーツに鞭を打ちつけながら歩きまわっていた。

「ようやく死んだか」私が入っていくと、兄が言った。

「死にました」

「おめでとう、わが弟」弟を振り向いて言った。

彼はまえにも金を出すと言っていたが、私は受け取るのを引き延ばしていた。今度は金貨の束を差し出した。私はそれを彼の手から取ったが、机の上に置いた。このことについては考えて、何ももらうまいと決めていたのだ。

「お赦《ゆる》しください」私は言った。「事情を考えると、受け取れません」

彼らは眼を見交わしたが、私が頭を下げると同じように頭を下げ、それ以上、双方何も話さずに別れた。

＊＊＊

疲れた。疲れた。疲れた。惨めさに疲れ果てた。この痩《や》せ細った手で書いたものを読み返すこともできない。

朝早く、自宅のドアのまえに私の名前が書かれた小箱が置かれ、なかにあの金貨の束が入っていた。不安な思いのなかで、私はかねてどうすべきか考えていたが、その日、大臣に手紙を書こうと決めた。連れていかれた場所と、そこで診たふたりの患者について、要するに、起きたことをすべて説明するつもりだった。宮廷の影響力や貴族の特権については知っていたので、大臣の耳には入らないだろうとは思ったが、心の重荷をおろしたかったのだ。あそこで起きたことはいっさい語らず、妻にさえ秘密にしていた。そのことも手紙には書こうと思っていた。わが身に危険が迫っている感じはしなかったが、私が知っていることをほかの人が知ったら、彼らが危険にさらされるかもしれないとは思った。

その日は忙しく、夜のうちに手紙を書き上げることができなかった。翌朝、いつもよりずっと早く起きて書き終えた。その日は大晦日《おおみそか》だった。できた手紙を眼のまえに置いていたとき、私に会いたいと訪ねてきた女性がいることを知らされた。

＊＊＊

みずからに課した作業を進めるのが、ますますむずかしくなってきた。ここはあまりにも寒く、あまりにも暗く、感覚がすっかり麻痺《まひ》している。そしてまわりの闇《やみ》はあまりにも怖ろしい。

その女性は若く、魅力あふれる美人だったが、薄命の相が見えた。ひどく動揺していて、サンテヴレモンド侯爵夫人ですと自己紹介した。少年があの兄を呼んだときの爵位であり、サッシュにエヴレモンドの頭文字のEも刺繍《ししゅう》されていたから、つい先日会った貴族の名前であることは容易に察せられた。

記憶はまだ正確だが、ここに会話の内容を記すことはできない。以前より厳しく監視されている気がするし、いつ監視されているのかもわからない。侯爵夫人は、夫がかかわり、私が助けを求められたあの残酷な事件のおもな部分を、いくらかは推察し、いくらかは事実として知っていた。あの娘が死んだことは知らなかった。私が話すと嘆き悲しみ、ひそかに女性として同情のことばをかけたかったのにと言った。夫人の願いは、長年多くの人を苦しめ、憎悪《ぞうお》されてきた一族に、せめて天罰が下らないようにということだった。

夫人はどこから聞いたものか、娘の妹がまだ生きていると信じていて、何をおいてもその人を支援したいと言った。私は、たしかに妹はいると答えたが、それ以上何も知らず、何も話せなかった。夫人が私を訪ねてきたのは、犠牲になった家族の名前と住所を内々に教えてもらえないかと考えてのことだったが、今日、不幸ないまこのときまで、私はどちらも知らない。

＊＊＊

紙が足りなくなってきた。昨日も一枚取り上げられ、警告された。この手記は今日じゅうに書き終えなければならない。

侯爵夫人は思いやりのある善良な人で、結婚生活に幸せを感じていなかった。感じられるわけがない！　義弟は彼女を信じず、嫌っていて、ことあるごとに彼女を苦しめた。夫人は義弟を怖れ、夫のことも怖れていた。彼女の手を取って門まで送っていくと、馬車のなかに二、三歳の可愛らしい男の子がいた。

「この子のためなのです」夫人は涙ながらに男の子を指して言った。「この子のために、無力でもできるだけの償いはするつもりです。そうしなければ、この子は家督を相続しても決して幸せにはなれないでしょう。誰か罪のない者が今回の償いをしないと、いつかこの子がつけを払わされる予感がするのです。わたくしが遺《のこ》せるのはせいぜいいくつかの宝石ぐらいですが、もし妹さんが見つかったら、たいへんな目に遭ったご家族にそれを差し上げることを、この子の人生の最初の義務とします。死にゆくこの母の同情と哀悼の気持ちとともに」

彼女は男の子にキスをし、やさしくなでてやりながら言った。「あなた自身のためなのよ。わたくしの言うとおりにしてくれるわね、可愛いシャルル？」子供は元気よく「はい」と答えた。私は彼女の手にキスをした。夫人は子供を腕に抱き、なでながら去っていった。それきり彼女に会うことはなかった。

夫人は私も当然知っているものと考えて、夫の名前を口にしたが、私は大臣宛《あ》ての手紙にその名前を書かなかった。封をして、他人に託すのも憚《はばか》られたので、その日みずから届けにいった。

その夜――大晦日の夜――九時前に、黒い服を着た男が私の家の呼び鈴を鳴らし、私に会いたいと言って、若い使用人のエルネスト・ドファルジュのあとから静かについてきた。私が妻といっしょにいた二階の部屋に――ああ、心から愛するわが妻、美しくて若い、私のイギリス人の妻！　――使用人が入ってくると、そのうしろに、門で待つべき男が黙って立っていた。

サントノレ通りに急患がいます、と男は言った。さほど時間はかかりません、馬車を待たせています、と。

その馬車が私をここへ運んできたのだ。この墓場へ。家を出ると、いきなりうしろから黒い布で口をふさがれ、両腕を縛られた。例の兄弟ふたりが暗い角から通りを渡ってきて、私にまちがいないことを仕種《しぐさ》で示した。侯爵は私が書いた手紙をポケットから取り出し、私に見せたあと、持っていたランタンの火で燃やし、灰を足で踏みつけた。ことばはひと言も発しなかった。そうして私はここに、生きたままこの墓に運ばれてきた。

ここですごした怖ろしい年月のあいだに、わが最愛の妻の消息を――せめて生きているか死んでいるかだけでも――私に知らせてやろうという考えが、あの兄弟のどちらかの冷たい心に浮かんだのであれば、神もまだ彼らを見捨てていないと思ったかもしれない。だがいまは、あの少年の描いた赤い十字架が彼らの宿命であり、彼らが神の慈悲にあずかることはないと信じている。私こと不遇な囚人のアレクサンドル・マネットは、この一七六七年最後の夜、耐えがたい苦悩に包まれて、あの兄弟と代々の子孫を、最後のひとりに至るまで、すべてが償われるときまで、告発する。私は彼らを天と地に告発する〟。

手記の朗読が終わると、怖ろしい音が湧《わ》き起こった。血のたぎりだけが感じられる、切望と熱狂の叫びだった。医師の手記は復讐《ふくしゅう》の熱情をもっとも激しくかき起こし、そのまえに頭を垂れずにいられる人間は国じゅうにひとりもいなかった。

ドファルジュ夫妻がなぜこのときまで手記を公《おおやけ》にしなかったのか、バスティーユで奪い、見せびらかして行進したほかの記念品といっしょにせず、なぜこの手記だけを隠して頃合いをうかがっていたのか、この法廷と傍聴人をまえにしては、ほとんど説明の必要がなかった。その一族の名前がサンタントワーヌで長いこと忌《い》み嫌われ、死の名簿に編みこまれていたことも、説明するまでもなかった。どれだけ善行を積んだ美徳の持ち主でも、あの日、あの場所で、あれほどの告発を受けては、持ちこたえられたはずがない。

悲運な被告にとってさらに具合が悪いことに、この告発者は名高い市民であり、被告の近しい友人であり、義父だった。人々の狂った願望のなかには、何やらいかがわしい古代の徳行に倣《なら》って、人民の祭壇に生贄《いけにえ》を捧《ささ》げ、自己を犠牲にすることがあった。だから裁判長が、共和国の善き医師は悪辣《あくらつ》な貴族の家系を根絶やしにすることによっていっそう共和国に奉仕し、己の娘を寡婦《かふ》に、孫を片親にすることによって、まちがいなく神聖なる輝きと喜びを得るだろう、と言うと（ほかのことを言えば、彼自身の首が肩から離れることになった）、法廷内に荒々しい興奮と愛国者の熱狂が生じ、そこに人間らしい同情はひとかけらもなかった。

「大した影響力があるんだろ、あの医者には」ドファルジュ夫人が〝復讐〟に笑みを向けてつぶやいた。「さあ、あいつを救ってみな、お医者さん、救えるものならね！」

陪審員がひとりずつ評決を述べるたびに歓声が轟《とどろ》いた。評決、また評決。歓声、また歓声。

全会一致の判決だった――出自も心も貴族であり、共和国の敵、人民の悪名高き抑圧者をコンシェルジュリーに戻し、二十四時間以内に死刑に処す！

第十一章　黄昏《たそがれ》

かくして死ぬ運命となった無実の男の妻は、刑の宣告とともに、哀れにもみずから致命的な打撃を受けたかのごとく気を失った。が、声ひとつ立てなかった。この苦難で夫を支えられるのは世の誰よりも自分であり、こちらから苦難を与えてはならないと内なる声が力強く訴え、そのため彼女はすぐに意識を取り戻して、ショックからも立ち直った。

判事たちは外で革命支持を表明しなければならず、裁判は休廷となった。多くの通路から外に出ていく群衆のせわしない音と動きのなかで、ルーシーは立ち上がり、両手を夫のほうに伸ばした。その顔にあるのは愛情と慰めだけだった。

「あのかたに触れることができたら！　一度でいいから、抱きしめることができたら！　ああ、善き市民の皆さん、わたくしたちに、それだけの情けをかけていただけないでしょうか」

法廷には牢番《ろうばん》ひとりと、前夜チャールズを連れ去った四人のうちのふたり、そしてバーサッドしか残っていなかった。あとはみな通りにあふれ出て、練り歩いていた。バーサッドが、居合わせた男たちに言った。「抱きしめさせてやれよ。ほんのちょっとのことじゃないか」みな静かに同意して、ルーシーを座席の上の少し高い場所まで連れていった。そこならダーネイが被告席から身を乗り出して、彼女を抱くことができた。

「さようなら、心から愛する大切な人。ぼくからの別れの祝福だ。倦憊《うみつか》れたる者の安息《やすみ》の地でまた会おう」

夫は彼女を胸に抱いてそう言った。

「わたくしは耐えられます、愛するチャールズ。天の神様が支えてくださるから。どうか心配しないで。わたくしたちの子にお別れの祝福を」

「あの子への祝福をきみに託すよ。あの子へのキスをきみに。あの子への別れのことばも」

「愛《いと》しい人。待って！　あと少し！」チャールズは強いて彼女から離れようとしていた。「そう長く離ればなれにはなりません。すぐにこの胸が張り裂けるでしょうから。でも生きているうちは、自分の務めをしっかり果たします。あの子を残していくときになったら、神様が彼女のために友だちを作ってくれる。わたくしにそうしてくださったように」

父親もルーシーについてきていて、ふたりのまえで両膝《りょうひざ》をつきかけたところを、ダーネイが手を伸ばし、引き上げながら叫んだ。

「いけません！　ここでひざまずくような何をされたというのです。あなたがどれほど苦しまれたかがわかりました。ぼくの家系について、まさかと思い、その推測が正しかったのを知ったときにどれほど苦悩されたか。当然の憎しみを娘さんのために抑え、克服してくださった。ぼくも彼女も、持てる愛情と道徳心のすべてをこめて心から感謝します。あなたに神の恵みがありますように」

父親の答えは、両手を白髪に突っこみ、苦悩のうめきとともにかきむしることだけだった。

「こうなるしかなかったのです」囚人は言った。「あらゆることが影響し合って、ここにつながった。可哀相《かわいそう》な母の願いを果たそうと努力してきましたが、それはことごとく無駄に終わり、結局、自分という危険な存在をあなたに近づけることになってしまった。あれほどの悪から善は生まれようがないのです。あれほど不幸に始まったことから、もっと幸せな結果は出ようがなかったのです。どうか気持ちを楽にしてください。そしてぼくを赦《ゆる》してください。あなたに天の祝福がありますように！」

チャールズが牢番に引かれていくと、妻は手を離し、祈るときのように両手を合わせて夫を見送った。その顔は輝き、温かい笑みすら浮かんでいた。チャールズが囚人用の扉から出ていくと、ルーシーは向き直り、父親の胸にそっと寄りかかって話しかけようとしたところで、足元に倒れた。

そのとき、薄暗い片隅にいて動かなかったシドニー・カートンがふいに出てきて、彼女を抱え上げた。そばにいたのは父親とローリー氏だけだった。彼女を持ち上げて頭を支えたカートンの腕は震えていたが、その態度には憐《あわ》れみだけでなく、一瞬、誇りらしきものも感じられた。

「馬車まで運びましょうか。重くはありません」

軽々と入口まで抱えていって、馬車のなかにそっと寝かせた。父親と家族の旧友が

判決のあとで

続いて乗りこみ、カートンは御者の隣に坐《すわ》った。

数時間前に彼が闇のなかにたたずみ、通りのでこぼこの敷石で彼女が踏んだのはどれだろうと想像した門のまえに馬車が着くと、カートンはまたルーシーを抱き上げ、階段をのぼって部屋まで運んだ。カウチに横たえると、娘とミス・プロスが彼女に取りすがってさめざめと泣いた。

「起こさないでください」カートンはミス・プロスに静かな声で言った。「いまはこのままのほうがいい。意識を取り戻さないほうが。気を失ってるだけですから」

「ああ、カートン、カートン、大好きなカートン！」小さいルーシーが彼に飛びつき、ひしと抱きしめて大声で嘆いた。「あなたがいらしたんだから、なんとかしてママを助けてくれるでしょ。パパを救ってくれるでしょ！　ねえ、ママを見て、大好きなカートン。ママを愛してる人はたくさんいるけれど、なかでもあなたがこんなママを見ていられる？」

カートンは少女のまえに屈《かが》み、その花のような頰を自分の顔に押し当てた。そしてそっと少女を遠ざけると、意識を失っている母親を見た。

「帰るまえに」彼は言って、間を置いた。「ママにキスをしてもかまわないかな」

そうしてカートンがひざまずき、唇で彼女の顔に触れたときに、ほんの数語のことばをつぶやいたのが、のちに思い出された。そのときいちばん近くにいた少女が、みんなに教え、やがて気品ある老女になったときにも、孫たちに語ったというそのことばは――「あなたの愛する命」。

　隣の部屋に出ていったカートンは、あとに続いたローリー氏と彼女の父親のほうを急に振り返って、父親に言った。

「つい昨日も大きな力を発揮されましたね、ドクター・マネット。ともかくそれをまた試してみてください。判事も権力者もみなあなたに好意的で、あなたがなさったことをよく知っている。そうでしょう？」

「チャールズに関することはすべて隠し立てなく教えてもらった。彼を救えると本気で信じていたのだ。一度は本当に救った」とてもつらそうに、ゆっくりと答えた。

「もう一度やってみてください。いまから明日の午後まで、時間はほんのわずかですが、とにかくがんばって」

「そうするつもりだ。片時も休まず」

「それがいい。これまでにも、あなたのような精力家は偉大なことをなしとげてきました。ただ――」微笑《ほほえ》み、ため息をついて続けた。「いまだかつて今回ほど偉大なことはなしとげていませんが。でもやってみてください。使い方をまちがえれば人の命などほとんど無価値ですが、ここで努力するだけの価値はあります。この努力にも値しないなら、人の命は捨てたってなんでもないものになってしまう」

「これから検事と裁判長のところへ行くよ」マネット医師は言った。「ここで名前をあげないほうがいい人たちのところへも。手紙も書こう。いや、待て。通りはお祭り騒ぎだから、暗くなるまでみな出払っている。連絡がつかない」

「そうですね。もともとかなり絶望的な状況です。暗くなるまで待っても、いっそう絶望的になるわけではない。あなたがどう動かれるか、知りたいことは知りたいのですが、気になさらず。何かを期待しているわけじゃありません。お偉方とはいつ会われます、ドクター・マネット?」

「願わくは、暗くなったらすぐに。いまから一、二時間後だ」

「四時をすぎればすぐ暗くなります。数時間の余裕を見ましょう。もし九時にミスター・ローリーのところへ行けば、あなた自身かミスター・ローリーから結果をうかがえますか」

「そうしよう」

「幸運を!」

ローリー氏が戸口までシドニーを送っていった。去ろうとする彼の肩に触れ、振り返らせた。

「希望は持っていないよ」ローリー氏は低く悲しい声で囁《ささや》いた。

「おれもです」

「たとえ権力者のひとりが、否《いな》、全員が彼を救おうと思ったとしても――あの人たちにとって、彼にしろ誰にしろ人の命がどれほどのものかを考えると、それ自体大いに疑問だけれど――法廷であれだけの示威行動があったあとであえて判決を覆《くつがえ》すとは、とうてい思えない」

「同感です。あの音のなかに、刃《やいば》が落ちる音が聞こえました」

ローリー氏はドアの側柱に腕を当て、顔を埋《うず》めた。

「どうか気落ちしないで」カートンは心からやさしく言った。「嘆かないでください。あんなふうにドクター・マネットを励ましたのは、いつか彼女にとって慰めになるかもしれないと思ったからです。そうしなければ彼女は、あの人の命は捨てられたとか、無駄になったと思うかもしれない」

「ああ、まさに」ローリー氏は涙をふきながら言った。「そのとおりだ。けれど彼は死んでしまう。本当は希望などない」

「ええ、死んでしまいます。本当は希望などありません」カートンはそのままくり返した。そして、しっかりした足取りで階段をおりていった。

第十二章　闇《やみ》

シドニー・カートンはどこに行くか決めかねて、通りで立ち止まった。「テルソン銀行に九時か」考えながら言った。「それまで人前に姿を見せておくのは得策だろうか。そう思う。おれのような男がここにいたことを、みんなに知らせておくのが最善だ。もっともな用心だし、準備として必要なことかもしれない。だが注意、注意、また注意だ。考えなければ」

目的地に向かいはじめた自分の足を見ながら、すでに暗くなってきた角を一、二度曲がり、ありうる結末まで考えをたどった。そしてようやく「おれのような男がここにいたことを、みんなに知らせておくのが最善だ」と結論を出して、サンタントワーヌのほうに顔を向けた。

ドファルジュはその日、郊外サンタントワーヌの酒店の主人だと名乗った。パリの街をよく知る者なら、人に道を訊《き》かなくてもその家はたやすくわかった。カートンはその場所を確かめたうえで、狭い通りから出て、レストランで食事をとり、ぐっすりと眠った。本当に何年ぶりかで、強い酒をいっさい飲まなかった。昨晩以来、軽めのワイン少々しか飲んでいないし、昨晩はローリー氏の住まいの暖炉に、これできっぱりと酒を断つ男のように、ブランデーをこぼした。

夜の七時にすっきりした気分で眼覚め、また通りに出た。サンタントワーヌに向かう途中、鏡が置かれていた店の窓のまえで立ち止まり、たるんだクラヴァットと、上着の襟、乱れた髪を少し整えてから、ドファルジュの店にまっすぐ歩いて、なかに入った。

店にいる客は、落ち着きのない指としわがれ声のジャック三番だけだった。裁判では陪審席にいたこの男は、小さな勘定台につき、ドファルジュ夫妻と話していた。〝復讐〟もこの家の一員のように会話に加わっていた。

カートンが入って席につき、（片言のフランス語で）ワインを少し頼むと、ドファルジュ夫人が無遠慮な一瞥《いちべつ》を送ったが、そのあとどんどん鋭い眼つきになり、みずからカートンに近づいて、何を注文したのか尋ねた。

カートンは同じことばをくり返した。

「イギリス人？」ドファルジュ夫人は濃い眉《まゆ》を持ち上げ、探るような表情で訊いた。

カートンは、フランス語の単語ひとつ聞き取るのもむずかしいといった顔で相手を見たあと、やはり強い外国訛《なまり》で答えた。「ええ、マダム、そうです。イギリス人です」ドファルジュ夫人はワインを取りに勘定台に戻った。カートンはジャコバン新聞を手に取り、意味を理解しようと頭を絞っているふりをした。夫人が「本当さ、エヴレモンドにそっくりだ」と言うのが聞こえた。

ドファルジュがワインを持ってきて、こんばんはと挨拶《あいさつ》した。

「え?」

「こんばんは」

「ああ! こんばんは、市民」グラスを満たしながら、「うん、いいワインだ。共和国に乾杯」

ドファルジュは勘定台に戻って言った。「たしかに、ちょっと似てるな」夫人がぴしりと言い返した。「ちょっとどころじゃないよ」ジャック三番が取りなすように言った。「あの男のことばかり考えてるからさ、マダム」復讐が愛想よく笑いながらつけ加えた。「そうそう! それに明日、もう一度あいつを見て、すかっとするのが待ちきれないんだろう」

カートンは人差し指で新聞の行や単語をゆっくりとたどりながら、判読に没頭している顔つきだった。四人は勘定台に肘《ひじ》をついて額を寄せ合い、低い声で話していた。

しばらく沈黙ができ、その間彼らは見るからに新聞の社説に集中しているカートンの邪魔をせずに、そろって彼のほうを向いていたが、すぐにまた話しだした。

「マダムの言うとおりだ」ジャック三番が言った。「どうしてやめる？　しごくもっともな言い分じゃないか。なぜやめる？」

「わかる、わかるとも」ドファルジュが理を説いた。「だが、どこかでやめなきゃならんだろう。結局、問題はどこでやめるかだ」

「皆殺しにしたときさ」夫人が言った。

「すばらしい！」ジャック三番がしわがれ声で言った。復讐も手放しで賛成した。

「皆殺しは主義としてはすばらしいよ、おまえ」ドファルジュが困惑顔で言った。「一般論として反対するつもりはまったくない。だが、ドクトル・マネットがあまりにもつらそうだ。今日のあの人を見ただろう。手記が読み上げられたときのあの顔を」

「見たともさ」夫人は蔑《さげす》み、怒って言った。「ええ、あの顔は見た。あれは共和国の真の友人の顔じゃなかった。あの人は自分の顔に気をつけたがいいね」

「それにおまえ、見ただろう」ドファルジュは弁解するように言った。「あの娘さんの苦悩を。あれでドクトルはまた怖ろしく苦しんだにちがいない」

「見たともさ」夫人はくり返した。「そう、何度か見たよ。今日も見たし、別の日にも。法廷でも、監獄のそばの通りでも。あたしがこうして指一本上げりゃ――」おそらくそこで指を上げ（カートンの眼は新聞から離れなかった）、勘定台の端にたんと打ちおろした――断頭台の刃のように。

「なんとすばらしい市民！」陪審員がしわがれ声で叫んだ。

「この人は天使だ！」復讐が言い、夫人を抱きしめた。

「あんた」夫人は容赦しない口調で夫に言った。「もしあんたに決められることだったら――幸いそれはないけど――たとえいまからでもあの男を救うつもりだね？」

「ちがう！」ドファルジュは反論した。「そんなことは、たとえこのグラスを持ち上げるだけでできるとしても、しない。だが、今回のことはそこまでにしておきたい。つまり、そこで終わりに」

「いいかい、ジャック」ドファルジュ夫人は憤然と言った。「あんたもだ、可愛い復讐。ふたりともよくお聞き。暴政と抑圧という別の罪でも、あの一族は長いことあたしの名簿にのってたんだ。あいつらは完全に滅ぼさなければならない。正しいかどうか、この夫に訊いてみて」

「正しい」夫は訊かれるまえに同意した。

「バスティーユが落ちて偉大な日々が始まったあのとき、この人は今日の手記を見つけて、家に持ち帰った。あたしたちは真夜中、客が帰ったこの店を閉めきって、この場所で、このランプの光で、手記を読んだ。正しいかどうか、この人に訊いて」

「正しい」夫が同意した。

「あの夜、手記を読み終えて、ランプも燃え尽き、あの鎧戸《よろいど》の上や鉄格子《てつごうし》のあいだから夜明けの光が射《さ》しはじめたとき、あたしはこの人に打ち明けたい秘密があると言った。正しいかどうか、この人に訊いて」

「正しい」夫はまた同意した。

「そうしてその秘密を打ち明けた。この胸をこうやって両手でどんと叩《たた》いて、言った。〝ドファルジュ、あたしは海辺に住む漁師の家で育てられたけど、このバスティーユの手記に書かれた、エヴレモンドの兄弟にひどい仕打ちを受けた農民の家族というのは、あたしの家族なんだよ。ドファルジュ、この刺されて死んだ少年の姉さんはあたしの姉さんだ。夫は義理の兄さん、生まれなかった子は彼らの子、少年はあたしの兄さん、父親はあたしの父さん、死んだ者たちはみなあたしの家族だ。あの暴虐《ほうぎゃく》を償わせるのは、あたしの責任だ〟と。正しいかどうか、この人に訊いて」

「正しい」夫はまたもや同意した。

「だったら、どこでやめるなんてことは、風と火に告げるがいい」夫人は言った。

「このあたしに告げるんじゃないよ」

ジャック三番と復讐は、夫人のこの憎悪《ぞうお》に満ちた怒りに狂喜し——夫人が顔面蒼白《そうはく》なのは、カートンには見ずともわかった——てんでに褒めたたえた。ただひとり立場の弱いドファルジュは、心やさしい侯爵夫人を思い出させようと、ひと言ふた言差し挟んだが、彼の妻から返ってきたのは、同じ最後の答えだった。「どこでやめるなんてことは、風と火に告げるがいい。このあたしに告げるんじゃない！」

客が何人か入ってきて、四人は別れた。イギリスの客は飲み代《しろ》を払い、不慣れな仕《し》種《ぐさ》で釣り銭を数え、街のことがわからないかのように、国民公会議場への行き方を訊いた。ドファルジュ夫人は彼を店の入口まで送っていき、腕をかけて、道を指差した。イギリスの客は、夫人の腕をつかんでぐいと持ち上げ、その下をぐさりと刺してやったらどれほど人のためになるかと考えずにはいられなかった。

けれども彼は歩きだし、まもなく監獄の塀の影に呑《の》みこまれた。約束の時間になるとそこから出て、ローリー氏の部屋をまた訪ねた。老紳士は不安にいても立ってもいられない様子で室内を歩きまわっていた。ついさっきまでルーシーといっしょだったが、この約束のために数分はずしてきたと言った。彼女の父親は四時前に銀行を出てから戻ってきていない。ルーシーは父親の働きでチャールズが救われるかもしれないという希望を捨てていないが、それは本当にはかないものだ。医師が出ていって五時間がすぎた。いったいどこにいるのだろう。

ローリー氏は十時まで待ったが、マネット医師は帰ってこず、これ以上ルーシーを放っておきたくなかったので、一度彼女のところに行き、深夜に銀行に戻ってくることにした。その間、カートンがひとり暖炉のそばで医師の帰りを待つ。

待ちに待って時計は十二時を打ったが、マネット医師は帰ってこなかった。ローリー氏は帰ってきたが、銀行に知らせは入っていないし、彼自身が持ち帰った情報もなかった。医師はいったいどこにいるのだろう。

ふたりがそのことについて話し合い、むしろこれだけ長くかかっていることに頼りない希望の礎石を築きはじめたそのとき、医師が階段をのぼってくる足音が聞こえた。彼が部屋に入ってきた瞬間、すべてが失われたことがわかった。

誰かと実際に会っていたのか、ただ通りをあてどなく歩きまわっていただけなのかは、ついぞわからなかった。突っ立ってローリー氏とカートンを見つめている医師に、ふたりは何も訊かなかった。顔がすべてを物語っていたからだ。

「見つからない」医師は言った。「あれがどうしても必要なのだが、どこにある?」

帽子もかぶらず、喉元《のどもと》もはだけ、話しながら心許《こころもと》なげにあたりを見まわしていた。

上着を脱いで、床に落とした。

「あのベンチはどこだ？　あらゆるところを探したのだが、見つからない。私が作ったものはどうした？　時間がないのだ。あの靴を仕上げてしまわないと」

ローリー氏とカートンは顔を見合わせた。ふたりの心ががっくりと沈んだ。

「さあ、早く！」医師は惨《みじ》めな泣き声で言った。「仕事に取りかからせてくれ。仕事をくれないか」

答えがないので、医師は怒った子供のように髪をかきむしり、床を踏み鳴らした。

「見捨てられた哀れな男をいじめないでくれ」ぞっとする叫び声で訴えた。「早く仕事を！　今晩じゅうにあの靴ができなかったら、私たちはどうなる」

すべては失われた。完全に。

事を分けて話すことも、病状から回復させることも、とてもできそうになかったので、ふたりは――示し合わせたように――それぞれ手を医師の肩に置き、彼をなだめて火のまえに坐《すわ》らせ、すぐに仕事を持ってくるからと約束した。医師は椅子《いす》にぐったりと坐り、じっと火を見つめながら涙を流した。まるであの屋根裏部屋からここまであったことは、束《つか》の間の空想か夢だったかのように。ローリー氏は、医師がドファルジュに保護されていたときと同じ姿にまで縮んでしまったのを見た。

ローリー氏もカートンも、この見るも無残な滅びの姿に打ちのめされ、怖れおののいたが、そうした感情に身をまかせている場合ではなかった。最後の頼みの綱も奪われたひとりぼっちのルーシーのことが、あまりにも重く心にのしかかった。彼らはふたたび示し合わせたように、ひとつのことを思い浮かべて、顔を見合わせた。まずカートンが口を開いた。

「最後のチャンスが消えました。もとより期待薄ではありましたが。そう、このかたを彼女のところに連れていったほうがいいのですが、そのまえに、ほんのしばらく、おれの話を落ち着いて聞いてもらえませんか。どうしてこういう条件を並べるのか、どうしてこんな約束をしてほしいのかは訊かないでください。理由があるのです――しっかりした理由が」

「だろうと思います」ローリー氏は答えた。「どうぞ先を」

ふたりのあいだで椅子に坐った人物は、ずっと規則正しく左右に体を揺すり、ぶつぶつとつぶやいていた。ふたりは夜寝ている病人につき添っているかのように、静かに話した。

カートンが屈《かが》んで、足に絡《から》まるように落ちていた上着を取り上げると、医師がいつもその日の仕事を書きつけて持ち歩くのに使っていた小さなケースが床に落ちた。拾ってなかを確かめると、たたんだ紙が入っていた。「これを見るべきでは？」ローリー氏が同意してうなずいたので、紙を開いたカートンは叫んだ。「ああ、よかった！」

「どうしたんです」ローリー氏が知りたがった。

「ちょっと待ってください。順序立てて話さないと。まず」カートンは上着のポケットに手を入れ、別の紙を取り出した。「これはおれがこの街から出るための許可証です。見てください――〝シドニー・カートン、イギリス人〟とありますね」

ローリー氏は受け取って開き、カートンの熱心な顔をじっと見つめた。

「明日までそれをあずかっておいてください。おれは明日、彼に会いにいきますから、監獄には持って入らないほうがいい」

「どうして？」

「理由はなんとも。とにかく持っていきたくないのです。それから、ドクター・マネットが持っていたこの紙も。同じような許可証です。これで彼と娘さんとお子さんはいつでもパリの門を出て国境を越えられる。わかりますか」

「なるほど、たしかに」

「おそらく昨日、邪悪なものから身を守る最後のできるだけの予防策として手に入れられたのでしょう。日にちはどうなってます？　まあいい。もう見なくてかまいません。おれの許可証、あなた自身の許可証といっしょに大切にしまっておいてください。ドクターがこういう書類を持っていること、手に入れられることは疑っていませんでしたが、この一、二時間は心配でした。取り上げられるまでは有効ですが、もうすぐ取り上げられるかもしれない。そう考えるべき理由があるのです」

「彼らに危険が迫っているわけじゃないんでしょう？」

「いや、とてつもなく危険です。ドファルジュ夫人に告発される怖れがあるのです。本人の口から聞きました。今晩、話しているのをもれ聞いて、たいへんな危機だと思い、そのあとすぐに例のスパイに会って確認したところ、まちがいありませんでした。彼の話では、監獄の塀のそばに住んでいる薪《まき》屋がドファルジュ夫妻の手下で、夫人に訊《き》かれて、〝彼女〟が」――決してルーシーの名前は口にしなかった――「囚人たちにいろいろ合図を送っているのを見たと言ったようなのです。監獄での陰謀という、よくある告発になることは容易に想像できます。それで彼女の命が危うくなる――おそらく娘さんと、お父さんの命も――ふたりとも彼女とその場所にいたところを見られていますからね。どうかそんなに怖がらないでください。あなたが彼ら全員を救うのです」

「本当に救えればいいのだが、カートン。でもどうやって？」

「これから説明します。あなたの双肩《そうけん》にかかっているのです。あなたほど頼りになる人はいません。問題の告発があるのは明日以降です。二日か三日先になるかもしれない。あるいは一週間先に。ギロチンの犠牲者に同情や感傷を寄せるのは重罪です。彼女とお父さんはまちがいなくその罪を犯すでしょうし、（とてもことばでは言い尽くせないほど執念深い）あの女はそれを待って、ふたりの死罪を二重に確実なものにするでしょう。ここまではわかりますか」

「しっかり聞いています。すべて正しいと思う。あまりに集中しすぎて」医師が坐った椅子の背に手をかけながら、「このつらい状況を忘れてしまうほどだ」

「あなたにはお金がある。可能ななかでいちばん早く海岸までたどり着ける手段を買うことができますね。イギリスに帰る準備は数日前にできているはずだ。明日の午後二時にはみんなで出発できるように、朝早くに馬を手配してください」

「そうします！」

カートンの熱心さと励ましでローリー氏にも火がつき、若者のように活気が出てきた。

「あなたは高潔なかただ。あなたほど頼りになる人はいないと言いましたっけ？　今晩、あなたのほうから彼女に、娘さんとお父さんも含めて危険が迫っていることを伝えてください。娘さんとお父さんのところをとくに強調して。なぜなら彼女自身は、夫の顔の横にあの美しい顔を喜んで並べたいと思っているでしょうから」そこで一瞬ためらい、また続けた。「お子さんとお父さんのために、みんなでその時間にどうしてもパリを去らなければならないと説得してください。それが旦那《だんな》さんの最後の計いだった、こうして出発することには、あなたが思ったり望んだりするよりずっと大事な意味があるのだ、と。お父さんはいまこんな状態ですが、彼女の言うことにはしたがうと思いますか」

「それはぜったいに」

「だろうと思いました。こうした手配を静かにすばやく、そこの中庭にしておいてください。あなたも馬車に乗りこんで待っているところまで。そして、おれが戻ってきたらすぐなかに入れて、馬車を出すんです」

「何があってもあなたを待つということですね？」

「おれの通行許可証は、残りの人のといっしょに先ほどあずけました。馬車の席を空けておいてください。その席が埋まったら、あとは目もくれずにイギリスに旅立つのです」

「ならば」ローリー氏は相手の熱意あふれる、しかし確固として落ち着いた手を握って言った。「すべてがこの老人ひとりにかかっているわけではない。しっかりした若いかたが横にいるのだから」

「天の助けがあればそうなりますよ。どうか固く約束してください。これから何が起きようと、いまふたりで取り決めたことを決して変えずに実行すると」

「実行しますよ、カートン」

「この取り決めを変更したり遅らせたりしたら――いかなる理由であれ――ひとりの命も救えなくなり、多くの命が失われる。明日このことを肝に銘じておいてください」

「そうします。私は自分の役割を忠実に果たす」

「こちらも自分の役割が果たせることを祈ります。では、さようなら」

真剣で誠実な笑みを浮かべてそう言い、老人の手を唇に持っていくことまでしながら、カートンはまだ去らなかった。ローリー氏に手を貸して、消えかけた薪のまえで体を揺すっている医師を立たせ、上着と帽子を身につけさせて、まだ医師が泣きながら切望しているベンチと靴を探しにいこうと外に誘い出した。ローリー氏の反対側から医師を支えて歩かせ、苦悩する魂が――カートン自身が孤独な胸の内を明かしたときには、あれほど幸せそうだったのに――この怖ろしい夜に不寝《ねず》の番をしている家の中庭まで送っていった。カートンは中庭に入ると、しばしひとりでたたずみ、彼女の部屋の明かりを見上げていた。去り際《ぎわ》にその窓に祝福のことばを送り、さようならとつぶやいた。

第十三章 五十二人

コンシェルジュリーの暗い監獄のなかで、その日の死刑囚が運命のときを待っていた。人数は一年の週の数と同じだった。五十二人が、街の命を運ぶその日の午後の波に乗って、いつまでも続く無限の海原へ流されようとしていた。彼らの監房が空くまえに、次に入る者が割り当てられていた。彼らの血が前日流された血と混じり合うまえに、翌日彼らの血に混じる血が取り分けられていた。

五十二人が選び出された。莫大《ばくだい》な貯《たくわ》えでも命を買うことができなかった七十歳の徴税請負人から、貧乏でも救われなかった名もない二十歳の針子まで。悪徳と不注意から生じる肉体的な病は、あらゆる階級の人々に襲いかかるが、筆舌の及ばない苦難、耐えがたい抑圧、冷酷な無関心から生じる怖るべき精神の病も、等しく彼らを打ちのめす。

チャールズ・ダーネイは独房でひとり持ちこたえていた。法廷から連れてこられて以来、甘い幻想は抱いていなかった。読み上げられた手記の一行一行に、刑の宣告を聞いた。もはや何人《なんぴと》の力をもってしても自分は救えない。事実上、万人に死刑を言い渡されたも同然であり、個々の人間にできることはないのだと悟っていた。

それでも、これからの受難を覚悟するのはむずかしかった。愛する妻の顔がすぐそこにあるように眼に浮かぶ。生への愛着は強く、捨てろと言われても無理な話だった。少しずつ努力して、ある部分を捨てられたとしても、別の部分にしがみついてしまう。意志の力であきらめても、かえって未練が募る。思考は頭を駆けめぐり、心臓は熱く激しく鼓動して、おとなしく受け入れることを拒否した。たとえ一瞬受け入れようと、自分亡《な》きあとも生きなければならない妻と子から、身勝手だとなじられている気がした。

しかし、それらすべては最初のうちだけだった。ほどなく、自分が迎える運命は何も恥ずべきものではない、不当にも同じ道を歩かされる人は大勢いて、みな毎日、勇敢に前進しているではないかという考えが湧《わ》いて、元気が出てきた。次に考えたのは、愛《いと》しい家族の今後の心の平和は、自分が静かで動じない態度を保てるかどうかに多分にかかっているということだった。そうして彼は次第に落ち着きを取り戻し、ずいぶん明るい方向に考えて、慰めを得ることができた。

死刑宣告を受けた夜、まだ暗くなるまえに、ダーネイは最後の長い旅路をたどって、そうした境地にたどり着いた。筆記用具と灯火を買うことは認められたので、坐《すわ》って、監獄の消灯時間まで書きつづけた。

ルーシーに宛《あ》てた長い手紙だった。父上が監獄に入っていたことは、きみから聞くまで全然知らなかった。父上の苦難の責任がわが父と叔父にあったことも、きみ同様、あの手記が読まれるまで知らなかった。捨てた姓のことを隠していたのは、それが父上から課された結婚のただひとつの条件で、結婚式当日の朝にも改めて約束させられたからだったが、いまやその理由がはっきりとわかった。父上は手記があったことをすっかり忘れておられたのか、それともはるか昔の日曜、庭のあの懐《なつ》かしいスズカケの木の下でロンドン塔の話が出たときに、(一瞬であれ、そのあとずっとであれ)手記のことを思い出されていたのか。それについては、ご本人のためにあえて確かめないでほしい。たとえしっかり思い出していたとしても、バスティーユ陥落の折に民衆があそこで見つけて、世に告げ知らせた囚人の遺物のなかに、手記に言及したものがいっさいなかったのだから、あの手記はバスティーユとともに失われたと考えたのはまちがいない。どうか思いつくかぎりの気配りで――そこは心配するまでもないだろうが

――父上はみずからを責めるべきことなど何もしておらず、お互いのためにご自身そっちのけで力を尽くしてくださったのだという真実を伝えて、慰めてあげてほしい、と手紙のなかで懇願した。いつかきみと天国で会うときには、どうかこの最後の感謝をこめた愛情と祝福を憶《おぼ》えていてほしい、悲しみから立ち直って、愛するぼくたちの娘をしっかりと育て、父上の世話をしてほしい、と。

彼女の父親にも似たような手紙をしたためたが、そこにはとりわけ妻と娘のことをよろしくお願いしますと書いた。そう強調することで、医師の心を襲うかもしれない失望や危険な回想から立ち直ってほしいと願ってのことだった。

ローリー氏には一家全員を託し、自分の細々した日常の仕事を説明した。そのあと長々と文章を連ねて、年来の友情と温かい思いやりに感謝すると、それですべては片づいた。カートンのことは一度も考えなかった。頭はほかの人のことでいっぱいで、カートンを思い浮かべることすらなかった。

消灯前にこれらの手紙を書き終えることができた。藁《わら》のベッドに横になり、この世界ともお別れだと思った。

だが、世界は眠っている彼を呼び戻し、その輝かしい姿を見せた。ダーネイは懐かしいソーホーの家に戻って(ただし本物の家に似たものは何もない)、自由で幸せだった。

口では言い表せないほどくつろいで、心も軽く、ルーシーがいっしょにいて、すべては夢だった、あなたはいなくなっていないの、と言う。そこで忘却の間ができたあと、処刑されたらしく、死んで安らぎ、彼女のもとへ戻っている。しかし自分は何も変わっていなかった。また忘却の間。今度は薄暗い朝に眼覚め、しばらく自分はどこにいるのか、何が起きたのかもわからなかったが、突然〝今日は死ぬ日だ〟という考えが心に閃《ひらめ》いた。

そうして彼は、五十二人の首が落ちる日の明け方の数時間をすごした。いまや落ち着き、静かな勇気とともに終わりを迎えられるかと思ったが、寝覚めの物思いのなかで新しい考えが生じて、それを抑えこむのは至難の業だった。

思えば、自分の命を絶とうとしている刑具を一度も見たことがなかったのだ。地上からどのくらいの高さがあり、階段を何段のぼり、どこに立たされるのだろう。執行人にはどのように扱われるのか。執行人の手は赤く染まるのか。顔はどちらを向かされるのか。自分は最初だろうか、最後だろうか——そうした疑問が意に反して次々と湧いてきて、何度となく、数えきれないほど思考に割りこんだ。どれも恐怖と結びついていたわけではない。恐怖は感じなかった。むしろそれらは、いよいよというときにどうすべきか知りたいという奇妙な願望から生まれてきた。処刑がまたたく間に終わってしまうことを考えると、不釣り合いもはなはだしい願望で、自分の心というより、そのなかにある別の心が知りたがっているかのようだった。

　独房のなかを歩きまわっているうちに時がすぎた。もう二度と聞くことのない数を、時計が打った。九が永遠に去り、十が永遠に去り、十一が永遠に去り、十二がこれから去ろうとしていた。最後に悩まされた奇妙な考えと格闘して、どうにか抑えこんだ。彼らの名前を静かにくり返しながら、歩きまわった。いちばん苦しい心の闘争は終わっていた。気の散る妄想から離れて、右へ左へ歩きながら、自分と家族のために祈ることができた。

　十二が永遠に去った。

　処刑は三時と告げられていた。護送馬車が通りをゆっくりガタゴトと進んでいく時間があるから、呼び出されるのはその少しまえだ。二時をめどに自分を勇気づけ、そこからはほかの人たちを勇気づけようと心に決めた。

　胸のまえで腕を組み、右へ左へ規則正しく歩きながら、ダーネイはラフォルス監獄を歩きまわった囚人とはまったく別の人間になっていた。時計が一時を打つのを淡々と聞いた。その一時間もほかとほとんど変わらなかった。自制を取り戻したことを天に深く感謝し、あと一時間だと思いながら、また歩きはじめた。

扉の外の石の通路に足音がした。彼は立ち止まった。鍵《かぎ》が差しこまれ、まわされた。扉が開くか開かないかのうちに、男の低い声が英語で言った。「彼に会ったことはないんだ。見つからないようにしてたから。あんたひとりで入ってくれ。おれは近くで待ってる。さあ早く！」

扉がさっと開いて閉じた。ダーネイのまえに静かに立ち、まっすぐ彼を見つめてにっこりと微笑《ほほえ》み、注意深く唇に人差し指を当てているのは、シドニー・カートンだった。

その顔がひときわ明るく輝いているので、ダーネイは最初、これは幻覚にちがいないと思った。しかし、幻がしゃべりはじめると、カートンの声だった。カートンはダーネイの手を取った。それも現実の握手だった。

「地上にいる全人類のなかで、まさかおれに会うとは思わなかった？」カートンは言った。

「きみだとは信じられなかった。本当に信じがたい。まさか――」そこでふと思いついて、「囚人になったのではないね？」

「ちがうさ。たまたまここの牢番《ろうばん》のひとりを動かせるようになったおかげで、あんたのまえに立ったわけだ。彼女の――奥さんの遣いでここに来た、親愛なるダーネイ」

囚人は手をもみ合わせた。

「彼女からの頼みごとを伝えにきたんだ」

「頼みごと？」

「この上なく真剣で、差し迫っていて、断固たる願いだ。あんたがあれほど愛して、いまもはっきりと憶えているあの声で、ぜひ伝えてほしいと切々と訴えていた」

囚人はつらそうに顔を背けた。

「なぜおれが伝えにきたかとか、どういう意味だとか、説明してる暇はない。言われたとおりにしてくれ——いまはいてるブーツを脱いで、おれのと取り替えるんだ」

ダーネイのうしろの壁際《かべぎわ》に椅子《いす》が一脚あった。カートンはすでに電光の速さで進み出て、囚人をそこに坐らせ、裸足《はだし》で相手を見おろしていた。

「さあ、おれのブーツをはくんだ。早く手に取って、はく。急いで！」

「カートン、ここからは逃げ出せない。そんなことは無理だ。きみもぼくといっしょに殺されるだけだ。狂ってる」

「逃げろと言うのなら、たしかに狂ってる。だが、そう言ったか？　あの扉から逃げてくれと頼んだら、そのときこそ狂ってると断じてここに残ってくれ。さあ、クラヴァットと上着もおれのと取り替えて。そのあいだに髪のリボンを取らせてもらう。頭を振って、おれの髪みたいに垂らしてくれ」

驚くべき手際のよさと、現実離れした意志の強さと行動力で、カートンはてきぱきと相手に着替えさせた。囚人は大人の手にかかった幼子のようだった。

「カートン！　親愛なるカートン！　狂気の沙汰《さた》だ。できるわけがない。こんなことは無理だ。うまくいったためしがないのだから。何度も試みられて、そのたびに失敗だった。お願いだから、ぼくのつらい死にきみの死まで加えないでくれ」

「だから言ったろう、あの扉から逃げてくれと頼んだかい、親愛なるダーネイ？　頼んだときには断ればいい。机にペンとインクと紙があるな。ものが書けるほど手は落ち着いてるか」

「きみが入ってくるまでは」

「じゃあまた落ち着かせてくれ。いまから言うことを書くんだ。早く、わが友、急いで！」

混乱した頭に手を当てて、ダーネイは机のまえに坐った。カートンは右手を胸に入れながら、相手のすぐそばに立った。

「言ったことをそのまま書くんだ」

「誰宛てに？」

「誰宛てでもない」カートンはまだ手を胸に入れていた。

「日付は？」

「いらない」

囚人は質問するたびにカートンを見上げた。カートンは手を胸に入れたまま立ち、見おろしていた。

「〝もしあなたがはるか昔にふたりで交わした会話を憶えているなら〟」カートンは口述しはじめた。「〝これを読めばすぐに理解できるはずです。憶えていることはわかっています。あなたは忘れるような人ではない〟」

カートンは胸から手を抜き出すところだった。当惑しつつも急いで手を動かしていた囚人がふと見上げると、何かを握っているらしいその手が止まった。

「〝忘れるような人ではない〟まで書いた？」カートンは訊《き》いた。

「書いた。その手にあるのは武器かい？」

「すぐにわかる。さあ書いて。〝あのときのことばが真実であることを証明できるときが来ました。そのことに感謝しています。あなたが後悔したり、嘆いたりするには及びません〟」書き手を見すえて、これらのことばを伝えながら、カートンは手をごくゆっくりと相手の顔の近くにおろしていった。

「なんのにおいだろう」相手が訊いた。

「におい？」

「いまふとにおったような」

「気づかなかったな。におうようなものがあるはずはない。さあ、ペンを取って最後まで書いてくれ。早く、急いで！」

記憶力が損なわれたか、感覚が混乱したかのように、囚人は注意を集中しようとした。霞《かす》んできた眼でカートンを見上げ、呼吸の仕方も変わっていた。カートンは――また胸に手を戻して――彼をじっと見ていた。

「さあ、早く！」

囚人はふたたび紙に集中した。

「〝こうしなければ〟」カートンの手がまた慎重に、ゆっくりとおりていった。「〝これほどの機会は二度と訪れません。こうしなければ〟」手が囚人の顔に。「〝償うべきことは増えるばかりです。こうしなければ――〟」カートンは、ペンがもはや読み取れない線を力なく書いているのを見た。

カートンの手はもう胸に戻っていかなかった。囚人が咎《とが》める顔つきで急に立ち上がったが、カートンの手は相手の鼻をぴたりと押さえ、左腕はその腰を抱えていた。囚人は数秒間、自分の代わりに命を捧《ささ》げにきた男を振りほどこうと弱々しくもがいたが、一分かそこらで気を失って、床に横たえられた。

カートンはすばやく、しかし断固目的に突き進む決意と手さばきで、囚人が脇《わき》に置いていた服を身につけ、髪をうしろになでつけて、囚人が使っていたリボンでまとめ、小声で呼んだ。「おい、入ってこい!」するとスパイが現れた。

「ほらな」カートンは気を失った男の横にひざまずき、紙をその胸のポケットに入れながら、見上げて言った。「大して危なくもないだろう?」

「ミスター・カートン」スパイはこわごわと指を鳴らして答えた。「この様子なら、おれにとって危なくはありませんよ、あなたが取り決めを守ってくれるかぎり」

「怖がらなくていい。おれは死ぬまで取り決めを守る」

「そうしていただかないと、ミスター・カートン、もし五十二人という数を変えないならね。その服を着て数をそろえてくれるんだったら、おれは全然怖くない」

「それでいい。おまえに何かしようにも、もうすぐおれはいなくなる。神の思し召《おぼしめ》しあらば、残る全員もここから遠いところに行く。さあ、助けを呼んでおれを馬車に連れていってくれ」

「あなたを?」スパイはびくっとして訊いた。

「彼だよ。おれと入れ替わった。おれを入れたのと同じ門から出ていくんだろう?」

「もちろんです」

「なかに入れたとき、おれは弱ってふらふらしてた。連れ出されるいまはもっと弱ってる。最後の別れの面会があまりにつらかったからだ。ここじゃそんなことはいくらでもある。ありすぎるくらいだ。おまえの命はこれからの行動にかかってるぞ。さあ急げ。助けを呼べ!」

「ほんとにおれを裏切らないね?」スパイは出がけに振り返って、震えながら訊いた。

「おいおい!」カートンは足を踏み鳴らして答えた。「ちゃんと約束しただろうが。このことは最後までやり抜くと。ここに至ってどうして貴重な時間を無駄にする? よく知っている中庭まで、おまえ自身が彼を運んでいって馬車に乗せろ。ミスター・ローリーに彼を見せて、気つけ薬はいらない、新鮮な空気さえ吸えば回復する、とおまえの口から伝えろ。昨晩のあの人のことばを思い出して昨晩の約束どおり出発してください、と!」

スパイは出ていった。カートンは机について坐《すわ》り、額を両手で支えた。すぐにスパイがふたりの男を連れて戻ってきた。

「どうしたんだ」床に倒れた人物に眼を剝《む》いて、ひとりが言った。「友だちが聖女ギヨティーヌの当たりくじを引いたのがそんなにつらかったのか」

「貴族が空くじを引くのを善良な愛国者が見たって、これほどは嘆かねえな」もうひとりが言った。

牢番たちは扉のまえに持ってきた担架に気絶した男をのせ、運ぼうと屈《かが》みこんだ。

「もうすぐだぞ、エヴレモンド」スパイが警告するような声で言った。

「わかっている」カートンが答えた。「友人の世話を頼む。あとはひとりにしておいてくれ」

「では行くぞ、おまえら」バーサッドは言った。「持ち上げて運び出すんだ」

扉が閉まり、カートンはひとりで残された。怪しい音、危険を知らせる音を何ひとつ聞き逃すまいと緊張して耳をすました。何もなかった。鍵をまわす音、扉がガシャンと閉まる音、遠い通路を歩いていく足音はしたが、異常を知らせる叫び声も、あわてて走りまわる音も聞こえなかった。ほっとひと息ついて、また机のまえに坐り、それでも耳をすましていると、時計が二時を打った。


音が聞こえてきた。その意味はわかっていたので、怖くはなかった。続けざまにいくつかの扉が開き、ついに彼の扉も開いた。名簿を手にした牢番がのぞきこんで、ただ「ついてこい、エヴレモンド」と言った。連れていかれたのは少し離れた大きな暗い部屋だった。暗い冬の日で、部屋の内外に影ができ、腕を縛られるために連れてこられたほかの人たちがいることも、かろうじてわかる程度だった。立っている人もいれば、坐っている人もいた。嘆き悲しんで、そわそわと動きまわっている人も。しかし動いているのはまれで、大多数はその場で静かにして、足元の一点をじっと見つめていた。

カートンが壁際の暗い隅に立っていると、五十二人のうちの何人かがあとから入ってきて、ひとりの男が通りがかりに立ち止まり、彼を知っていると言って抱きしめた。カートンは正体がばれたと思ってぞっとしたが、男は歩きつづけた。そのすぐあとで、まだ娘らしさの残る若い女が坐っていた場所から立ち上がり、話をしに近づいてきた。ほっそりした可憐《かれん》な面立ちで、色を失い、辛抱強そうな眼を大きく見開いていた。

「市民エヴレモンド」彼女は冷たい手で彼に触れて言った。「わたしはラフォルスでもごいっしょした貧しい針子です」

カートンは答えをつぶやいた。「そうでしたね。罪状は何でした？」

「陰謀罪です。無実であることは天の神様がご存知ですが。想像できますか？　いったい誰がわたしのようなか弱い人間と陰謀を企てるというのでしょう」

そう言って浮かべた寂しい笑みに、カートンの胸は痛み、涙が出てきた。

「死ぬのは怖くありません、市民エヴレモンド。でもわたしは何もしてません。わたしたち貧しい者にたくさんいいことをしてくれる共和国が、わたしの死で利益を得るのなら、死ぬのが嫌だとは言いませんが、どうしてそんなことがありうるのかわからないのです、市民エヴレモンド。こんなにか弱い哀れな人間なのに！」

カートンの心はこの世で最後に同情し、思いやる対象として、この可哀相《かわいそう》な娘に同情と思いやりを示した。

「あなたは釈放されたと聞きましたけど、市民エヴレモンド。ちがったのですか」

「ちがいません。ですが、また捕らえられて有罪になったのです」

「もし同じ車に乗ったら、市民エヴレモンド、あなたの手を握っていてもかまいませんか。怖くはありませんが、このとおり小さくて弱いので、そうすればもっと勇気が湧《わ》く気がして」

辛抱強い眼が彼の顔を見上げたとき、カートンはそこに突然疑念が、次いで驚きが浮かぶのを見た。仕事と栄養不足で荒れた彼女の指を握りしめ、自分の唇に持っていった。

「あのかたの代わりに死ぬの？」娘は囁《ささや》いた。

「加えて彼の妻と子供のために。しいっ！　そうだよ」

「ああ、あなたの勇敢な手を握らせてもらえませんか、見知らぬかた」

「しいっ！　いいとも、可哀相なわが妹、握っていなさい、最後まで」


同じ日の午後早く、監獄に落ちはじめたのと同じ影が、パリの門にも落ちてくる。人々が押しかけているところへ、街のほうから馬車が一台走ってきて、検問のために停まる。

「そこの馬車は？　なかに誰がいる？　通行証を見せろ！」

通行証が手渡され、調べられる。

「アレクサンドル・マネット、医師、フランス人。これは誰だ？」

この人です――救いがたく混乱して、わけのわからないことばをつぶやいている老人が指し示される。

「どう見ても、この市民医師の精神は正常ではないようだ。革命の熱にあぶられすぎたか？」

それ以上です。

「はっ！　そういうのが大勢いる。ルーシー、娘、フランス人。これは？」

彼女です。

「ほかにはいないな。ルーシー、エヴレモンドの妻。そうなのか？」

そうです。

「はっ！　エヴレモンドはほかのところに用事があるわけだ。ルーシー、彼女の娘、イギリス人。これがそのルーシー？」

そうです。

「キスしてくれ、エヴレモンドの娘。さあ、きみは立派な共和国民にキスしたぞ。家族にとって初めてのことだ。憶《おぼ》えておきなさい。シドニー・カートン、弁護士、イギリス人。これは？」

横になっています、この馬車の隅に、と指し示される。

「イギリスの弁護士は気絶中か」

新鮮な空気を吸えば回復すると思うのですが。もともと体が弱いうえに、共和国の不興を買った友人と別れるのが悲しすぎたようで。

「そんなことで？　大したことじゃないだろう。共和国の不興を買った人間はいくらでもいて、みな小さな窓から顔を出さなきゃならない。ジャーヴィス・ローリー、銀行家、イギリス人。これは誰だ？」

「私です、当然ながら。最後のひとりですから」

それまでの質問にすべて答えてきたのは、ジャーヴィス・ローリーだ。馬車をおり、扉に手をかけて役人の集団に答えている。役人たちはのんびりと馬車のまわりを歩き、のんびりと御者台に上がって、屋根に積まれたわずかな荷物を確認する。田舎者たちが集まってきて、馬車の扉にへばりつくほど近づき、貪欲《どんよく》になかをのぞきこむ。母親が、抱いた小さな子の短い腕を伸ばし、断頭台に送られた貴族の妻に触れさせようとする。

「ほら、通行証だ、ジャーヴィス・ローリー。許可の署名をした」

「行ってもかまいませんか、市民？」

「かまわない。御者、馬車を進めろ。道中無事で」

「ありがとうございます、皆さん――これで最初の危険が去った！」

ジャーヴィス・ローリーは両手を握りしめ、上を仰いで言う。馬車のなかの家族は怯《おび》え、泣いている。意識を失った旅行者の重苦しい息遣いが聞こえる。

「遅すぎませんか。もっと早く走ってもらっては？」ルーシーが老人にすがりついて尋ねる。

「そうすると逃げているように見えるからね、ダーリン。あまり急がせてもいけない。疑われてしまう」

「うしろを見て確かめてください。追われていませんか」

「大丈夫だよ。いまのところ追われていない」
二、三軒ずつまとまった家がわれわれの横を飛びすぎる。寂れた農場や、壊れかけた建物、染色工場、なめし皮工場をあとにして、広い田園、葉の落ちた並木道を走る。下は固いでこぼこの敷石道で、両側は柔らかく深い土。ときどき道の石を避けるために、まわりの土に入りこみ、馬車がガタンと大きく揺れる。溝やぬかるみにはまって出られなくなることもある。みな苛立《いらだ》ちが苦しいほど募り、気持ちは焦《あせ》って跳ねまわり、とにかく走って、逃げて——隠れてもいい——でも停まるのだけはやめてほしいと思う。
広い田園から、また壊れかけた建物や、寂れた農場、染色工場、なめし皮工場が現れる。二、三軒ずつまとまった小屋、葉の落ちた並木道が見えてくる。御者たちはわれわれをだまして、別の道でパリまで連れ戻すつもりだろうか。ここはすでに二回通った場所ではないだろうか。よかった、ちがう。村だ。うしろを見て。うしろを。追われていないか確かめて。しいっ！　あれは宿駅だ。

われわれの四頭の馬はのんびりと馬具をはずされる。馬のいない馬車は狭い通りにのんびりとたたずみ、二度と動きださないかに見える。新しい馬がのんびりと一頭ずつ現れる。新しい御者たちが鞭《むち》の革紐《かわひも》をなめ、より合わせながらのんびりとついてくる。もとの御者たちが金を数えるが、足し算をまちがえて、これじゃ足りないと文句を言う。そのあいだじゅう、負担がかかりすぎたわれわれの心臓は、世に生まれた最速の馬の最速の早駆けをはるかに上まわる速さで鼓動を打っている。

ようやく新しい御者が席につき、もとの御者が居残る。馬車は村を抜け、丘を登り、丘を下り、低湿地を走る。突然、御者ふたりが激しい身ぶりで話したかと思うと、手綱が引かれ、馬は尻餅《しりもち》をつくかというほどの勢いで止まる。追っ手か？

「よう、お客さん！　話がある」

「なんだね？」ローリー氏が窓から顔を出して訊く。

「何人だと言ってた？」

「意味がわからない」

「最後の宿で。今日は何人がギヨティーヌにかけられるって？」

「五十二人だ」

「ほらな！　立派な数だ。隣のこの市民が四十二人だと言うもんだから。十人増えるってのはいいねえ。ギヨティーヌはよく働くよ。見上げたもんだ。ハイ、進め。フー!」

暗い夜が訪れる。彼がまたいくらか動く。回復してきて、話すことばも聞き取れるようになる。彼はまだふたりでいると思っている。相手の名前を呼んで、手のなかにあるのは何だと尋ねる。おお、慈《いつく》しみ深き天の神よ、憐《あわ》れみたまえ。外を見て、外を見て、追われていないか確かめて。われらを救いたまえ。

風が追ってくる。雲があとから飛んでくる。月が飛びこんでくる。荒々しい夜全体がわれわれを追ってくる。だがいまのところ、ほかに追ってくるものはない。

第十四章　編み物が終わる

五十二人が己の運命を待っているのと同じころ、ドファルジュ夫人は〝復讐〟と、革命陪審員のジャック三番と、不穏な話し合いをしていた。このふたりの代表者と話している場所は酒店ではなく、かつて道路工夫だった薪《まき》屋の小屋だった。薪屋自身は話し合いに加わらず、手下のように少し離れたところで待っていた。求められないかぎり口は開かず、意見も述べない。

「だがドファルジュは」ジャック三番が言った。「まちがいなく立派な共和国民だろう、え？」

「あれほどの人はいないよ」口数の多い復讐が甲高い声で言った。「フランスには」

「お黙り、復讐」ドファルジュ夫人がちょっと顔をしかめて、手を副官の唇に当てた。

「いいかい、同志市民、うちの人は立派な共和国民だし、勇敢な男だ。共和国に功労もあって、信頼もされてる。けどあの人には弱いところがある。とりわけあの医者に同情するところがね」

「じつに残念だ」ジャック三番がしわがれ声で言った。信じられないというように首を振り、貪欲《どんよく》な唇に容赦のない指を持っていった。「立派な市民らしくないな、悲しむべきことに」

「言っとくが、あたしはあの医者にはなんの関心もない」と夫人。「あの医者の頭がくっついていようが離れようが知ったことじゃないし、あたしにとっちゃ同じことだ。けれど、エヴレモンド一族は滅びなければならない。妻と子も、夫であり父親のあとを追わなければならない」

「落とし甲斐《がい》のあるきれいな頭だ」ジャック三番が言った。「これまでにも青い眼と金髪の首は見てきたが、サムソンが持ち上げたときにすばらしく見映えがする」人喰い鬼が美食家のようにしゃべっていた。

ドファルジュ夫人は眼を伏せて、しばらく考えた。

「子供もな」ジャック三番は舌なめずりをするように言った。「青い眼と金髪だ。あそこに子供が上がることもめったにないし。大した見ものだぜ!」

「要するに」ドファルジュ夫人が短い物思いから戻って言った。「この件に関しては、あの人は信用できない。昨晩以来、あたしのくわしい計画を教えられないのはもちろんだけど、ぐずぐずしてたら、あの人があいつらに警告して逃がしちまうかもしれないと思ってるよ」

「それはまずいな」ジャック三番がしわがれ声で言った。「ひとりだって逃がしちゃいけない。まだ目標の半分も死んでないんだ。日に百二十人は送りこまないと」

「要するに」ドファルジュ夫人は続けた。「あたしの夫には、あの一族をどこまでも追って滅ぼしたいと思う理由がないし、あたしのほうには、あの医者に思いやりを示したいなんて理由がない。だから自力で動かないとね。こっちへ来て、そこの市民」

死ぬほど夫人を怖れ、完全に服従している薪屋が、赤い帽子に手を当てて進み出た。

「あの女が囚人に送ってた合図のことだけど」ドファルジュ夫人は厳しい声で言った。「今日証言できるね?」

「あ、ええ、もちろん!」薪屋は大声で答えた。「毎日、天気がどうだろうとかならず二時から四時まで合図しててました。小さい子を連れているときもあれば、連れていないときも。とにかくまちがいありません、この眼で見たんですから」

話しながら、あらゆる身ぶりをしてみせた。本当は見たこともないさまざまな合図を、たまたまいくつかまねているように。

「明らかに陰謀だ」ジャック三番が言った。「はっきりしてる！」

「陪審もまちがいなくそう判断するね？」ドファルジュ夫人は暗い笑みを向けて尋ねた。

「愛国者の陪審にまちがいはないよ、親愛なる市民。仲間全員を代表して請け合う」

「よし。あとは――」ドファルジュ夫人はまた考えこんだ。「もうひとつ。あたしの夫に免じて、あの医者は救ってやれる？　あたしはどっちでもいいが、どうだい？」

「頭ひとつに数えられるだろうね」ジャック三番が低い声で言った。「落ちる頭が足りないんだ。残しとくのはもったいない」

「あたしが彼女を見たとき、医者もいっしょに合図を送ってたよ」ドファルジュ夫人は言った。「一方だけの話じゃすまないね、もう一方も入れないと。何も言わずに、この可愛い市民にすべてまかせておくわけにもいかない。あたしだってでさの悪い証人じゃないんだし」

復讐とジャック三番が競い合うように、夫人はあらゆる証人のなかでもいちばん立派でずば抜けていると熱く褒めたたえた。可愛い市民も負けじと、夫人は神々《こうごう》しいほどの証人だと力説した。

「あの医者の運次第だね」ドファルジュ夫人は言った。「そう、見逃せない。あんたは三時ごろ忙しいんだろう。今日の分の処刑を見物にいくから。ちがう?」

薪屋に向けられた質問だった。薪屋はあわててそのとおりだと答え、ついでに自分ほど熱心な共和国民はいないとつけ加えた。したがって、午後のパイプをやりながらあの滑稽《こっけい》な愛国カミソリの働きを見物する愉《たの》しみが、何かの都合で奪われたりしたら、共和国民としてこれほど寂しいことはない。あまりに必死に訴えるものだから、この小物は一時間ごとに身の安全を心配しているのではないかと疑われるほどだった(ドファルジュ夫人は暗い眼で彼を見下してそう思った)。

「あたしも」と夫人は言った。「同じ場所で同じことをする。それが終わったら――夜の八時ぐらいになるかね――サンタントワーヌのあたしのところまで来て。いっしょにあたしの地区で彼らを告発するよ」

薪屋は、お手伝いができてうれしく誇らしいと言った。しかし、夫人が眼を向けるとおどおどし、小犬のように彼女の視線を避けて薪のあいだに戻り、鋸《のこぎり》を挽《ひ》くことで心の動揺を隠した。

ドファルジュ夫人は陪審員と復讐を小屋の入口近くまで呼び寄せ、これからの計画をくわしく語った。

「あの女は家にいて、あいつが死ぬときを待ち、悲嘆に暮れている。心のなかで共和国の正義を疑い、共和国の敵に深く同情している。あたしはそれを見にいく」

「なんとすばらしい人だ。崇拝する！」ジャック三番がうっとりと叫んだ。「ああ、あたしの大切な人！」復讐も叫んで夫人を抱きしめた。

「この編み物をあずかって」ドファルジュ夫人は副官に編み物を手渡した。「いつもの席に置いといておくれ。ちゃんといつもの席を取っとくんだよ、いますぐ行って。たぶん今日はいつもより人出が多いから」

「姉《あね》さんの命令には喜んでしたがうよ」復讐はすぐさま言って、夫人の頰にキスをした。「遅れはしないだろう？」

「始まるまえに行くさ」

「護送馬車が到着するまえにね。かならず来てよ、あたしの魂」復讐はうしろから呼びかけた。夫人がすでに通りに出ていたからだ。「護送馬車が到着するまえに！」

ドファルジュ夫人は、聞こえたことと、ちゃんと間に合うように行くことを示すために軽く手を振り、泥道を歩いて、監獄の塀の角を曲がっていった。復讐と陪審員は、去りゆく夫人の凜々《りり》しい姿を惚れ惚《ほぼ》れと眺め、その志の高さに感動していた。

このころ、時代のせいで怖ろしい容姿に変わった女は大勢いた。が、そのなかでも、いま通りを歩いているこの無慈悲な女ほど怖れられた存在はなかった。強靱《きょうじん》で怖いもの知らずの性格、抜け目のなさ、用意周到な気構え、固い決意、そして本人に強い意志と敵愾心《てきがいしん》を与えるだけでなく、まわりの人間にも本能的にそれを感じさせる類《たぐい》の美しさを具《そな》えていた。時代が混乱すれば、状況にかかわらずこういう女が力を持つものだが、子供のころから暗い悪の観念と、上流階級に対する根深い憎悪《ぞうお》を植えつけられていた夫人は、この機に雌トラに進化した。この女には憐憫《れんびん》の情がまったくなかった。かつてはその美徳があったとしても、いまや完全になくなっていた。

無実の男が先祖の罪をかぶせられて死のうと、夫人にとってはなんでもないことだった。彼女はその男ではなく、先祖の兄弟を見ていた。男の妻が寡婦《かふ》になろうと、娘が孤児になろうと、どうでもいい。それでも罰としては不充分だった。彼らは不倶戴《ふぐたい》天《てん》の敵であり、獲物なのだから、生きる権利などない。夫人に命乞《いのちご》いをしても無駄だった。自分に対してすらまったく憐《あわ》れみを感じないのだ。もし夫人が数多《あまた》の市街戦のどれかで倒れたとしても、自分を憐れんだりはしないだろう。たとえ彼女自身が明日、断頭台に送られるとしても気持ちは弱らず、自分をそこに送った人間と入れ替わってやるという獰猛《どうもう》な野望を抱きつづけるだけだった。

ドファルジュ夫人は、粗布の服の下にそんな心を持っていた。無造作に着たその服は、不思議と似合っていなくもない。粗布の赤い帽子の下にある黒髪は豊かだった。懐《ふところ》には弾をこめた銃を、腰には研ぎすました短剣をひそませている。そんな装《よそお》いのドファルジュ夫人は、この種の人間らしい自信にあふれ、子供のころいつも素足で海辺の茶色い砂の上を歩いていた悠々たるしなやかさで、通りから通りへと進んでいった。

ちょうどそのとき、旅馬車が最後の客を乗せようと待っていた。昨晩の計画で、ミス・プロスをいっしょに連れていくのがむずかしかったことは、ローリー氏の大きな気がかりだった。馬車に人を乗せすぎないことが望ましいだけでなく、何をおいても馬車と乗客の審査にかかる時間を最小限にすることが重要だったのだ。脱出の成否は、あちこちでほんの数秒節約できるかどうかにかかっていた。ローリー氏はさんざん頭を悩ませた末、いつでも街から出られるミス・プロスとジェリーはこの日の三時、当時利用できるなかでいちばん速い馬車で出発してほしいと提案した。重い荷物がないから、ローリー氏の馬車にすぐに追いついて、さらに先を走ることができるだろう。

彼らにあらかじめ馬の手配もしておいてもらえば、遅れることこそがもっとも怖ろしい夜の貴重な時間を、有効に使うことができる。

この緊急時に協力できると知って、ミス・プロスは大喜びで計画に賛成した。先発の馬車が出るのをジェリーと見送り、ソロモンが連れてきたのが誰かわかっているので、十分間、拷問《ごうもん》並みの緊張を味わった。最後の支度を整えてあとを追おうとしたとき、もはやミス・プロスとジェリーしかいなくなった家へ、ドファルジュ夫人が通りをどんどんと近づいていた。

「どう思います、ミスター・クランチャー?」ミス・プロスは言った。動揺のあまり、話すことも、立つことも、動くことも、生きることすらできなくなったかのようだった。「この中庭から出発しないほうがよくありません? 今日すでにここから別の馬車が出てるのに、怪しまれないかしら」

「おれの意見を言えば、ミス」クランチャー氏は答えた。「あなたが正しいと思いますよ。正しくてもまちがってても、お手伝いはしますがね」

「怖くなったり希望を持ったり、とにかくわたしの大切な人たちのことが心配で心配で」ミス・プロスはもう泣きじゃくりながら言った。「自分で計画が立てられないの。あなたは立てられますか、親愛なるミスター・クランチャー?」

「将来立てられればいいけどね、ミス」とクランチャー氏。「いまここで、このめでたく老いぼれた頭には無理ですね。ひとつお願いしてかまいませんか、ミス。こういう危ないときになんだが、おれの誓いをふたつ聞いてもらいたいんです」

「ああ、どうか！」ミス・プロスはやはり泣きじゃくりながら叫んだ。「いますぐ言って、早く片づけてしまって。お願いだから」

「まず」クランチャー氏は震えながら、色を失った真剣な顔つきで言った。「あの気の毒な人たちが無事これから逃れられたら、おれは二度とやりません。もう決して」

「もちろんですよ、ミスター・クランチャー」ミス・プロスは言った。「もちろんやらないわ、それがなんであれ。くわしく話す必要はありませんからね」

「ええ、ミス」ジェリーは答えた。「あなたには話しません。二番目。あの気の毒な人たちが無事これから逃れられたら、うちのかみさんがどたばたしてもかまいません。もう決して文句は言わない」

「家のなかのどういう取り決めかわからないけれど」ミス・プロスは涙をふいて、気持ちを落ち着けながら言った。「奥さんが自分のしたいことをなんでも好きなようにできるのがいちばんよ。ああ、可哀相《かわいそう》な人たち！」

「もっと言えば、ミス」クランチャー氏は教会の説教壇に立っているかのように、どうしてもこれは言わねばという熱心さで続けた。「これは何かに書き留めて、うちのかみさんに渡してもらいたいぐらいだけど、どたばたに対するおれの考えは変わったんです。いまもかみさんがやっててくれないかと心から思ってるんで」

「ええ、ええ、そうしてほしいものですよ、あなた」ミス・プロスは上の空で言った。「でもって、願いごとが叶《かな》うといいわね」

「どうか決して」クランチャー氏はますます真剣に、ゆっくりと、どうしても言っておくという口調で続けた。「おれがこれまでに言ったことや、やったことのせいで、あの気の毒な人たちに無事でいてもらいたいっていうこの心からの願いがはねつけられませんように。できるなら、かみさんといっしょにどたばたしたいくらいだ、このひどい危険からあの人たちが抜け出せるように。いやほんとに、ミス。やりますとも。ああ、やらいでか！」もっといい結論を出そうとさんざん苦労した挙句、それがクランチャー氏の精いっぱいの結論だった。

その間も、ドファルジュ夫人は通りをますます近づいていた。

「もしわたしたちが無事生まれ故郷に帰れたら」ミス・プロスは言った。「まかせておいて。わたしが理解できて憶《おぼ》えていられるかぎり、いまあなたが一生懸命言ったことを奥さんに伝えますよ。この怖ろしいときに、あなたがこの上なく真剣だったことも、この眼でしかと見ましたから、どうぞ安心して。さあ、いいですか、考えましょう。頼りになるミスター・クランチャー、考えてください」

ドファルジュ夫人は通りをいっそう近づいていた。

「あなたが先に行って、馬車と馬がここに来るのをやめさせる」ミス・プロスは言った。「そしてどこかでわたしを待つ。それがいちばんじゃないかしら?」

クランチャー氏も、それがいちばんだろうと言った。

「では、どこでわたしを待ってくださる?」

クランチャー氏は頭が混乱していて、テンプル門しか思いつかなかった。あいにくテンプル門は何百マイルも先で、ドファルジュ夫人はすぐそこまで近づいていた。

「ノートルダム大聖堂の扉」ミス・プロスは言った。「あのふたつの塔のあいだにある、大きな扉のまえで拾っていただくというのは、ずいぶんまわり道になる?」

「いいえ、ミス」クランチャー氏は答えた。

「だったらお願い」ミス・プロスは言った。「いますぐ駅馬屋に行って、変更を伝えて」

「あなたをここに残していくのは、どうかと思いますけど」クランチャー氏はためらい、首を振りながら言った。「わかるでしょう。何が起きるかわからないし」

「もちろんわかりませんよ」ミス・プロスは言い返した。「でも、わたしは大丈夫。大聖堂で三時に拾ってください。できればそれに近い時刻に。ここから出発するよりぜったいいいと思います。それはもう、まちがいなく。さあ、祝福を、ミスター・クランチャー！　わたしのことではなく、わたしたち次第でどうにかなる人々の命のことを考えて」

ミス・プロスはそう言って両手でクランチャー氏の手を握りしめ、苦悩の表情で懇願した。クランチャー氏の心は決まった。励ますように一、二度うなずくと、あとで合流する彼女をひとまず残して、すぐに馬車の手配を変更しにいった。

安全策をひとつ思いついて実行したことで、ミス・プロスはほっとひと息ついた。通りで人目につかない恰好《かっこう》をする必要があるが、それも安心の材料だった。時計を見ると、二時二十分。ぐずぐずしている暇はない。すぐに準備しなければならなかった。

誰もいなくなった部屋にひとりでいると不安でたまらず、開いたドアのすべてから人の顔がのぞいている気がしたので、ミス・プロスは洗面器に冷たい水を張り、赤く泣きはらした眼を洗いはじめた。滴《したた》る水で一分でも視界がぼやけるのは怖かったので、たびたび手を止めて、誰からも見られていないか、まわりを確かめた。そのうちの一回で彼女はびくっと跳び上がり、悲鳴をあげた。部屋に人が立っていたからだ。

洗面器が下に落ちて割れ、水がドファルジュ夫人の足元まで流れた。その足はこの世ならざる苛酷《かこく》な道をたどり、赤黒い血の海を渡って、ここまで来たのだった。

ドファルジュ夫人はミス・プロスを冷たく見すえて言った。「エヴレモンドの妻はどこ」

ミス・プロスはとっさに、ドアがすべて開いていると逃げたことがわかってしまうと思い、四つあるドアをみな閉めて、ルーシーが使っていた部屋のまえに立った。

ドファルジュ夫人の暗い眼はこのあわただしい動きを追い、立ち止まった相手に落ち着いた。ミス・プロスは美人ではない。齢《よわい》を重ねても外見から荒々しさや厳しさは一向に消えていなかったが、ドファルジュ夫人とはちがった意味で毅然《きぜん》とした女であり、こちらも夫人を上から下までしげしげと眺めた。

「見たところ、悪魔《ルシファー》の奥方のようね」ミス・プロスは荒い息で言った。「でも負けませんよ。わたしはイギリスの女です」

ドファルジュ夫人は軽蔑《けいべつ》もあらわに見ていたが、追いつめられたと感じているのはミス・プロスと同様だった。夫人が見ているのは、遠い昔にローリー氏が見た針金のように細くて強い腕自慢の女だった。ミス・プロスがマネット家の献身的な友人であることはすぐに察せられたし、ミス・プロスにも、相手が家族の仇敵《きゅうてき》であることがたちまちわかった。

「あっちに行くついでに」ドファルジュ夫人は刑場のほうに軽く手を振った。「あたしの椅子《いす》と編み物が待っているあそこに行くついでに、挨拶《あいさつ》に立ち寄ったんだ。奥さんに会いたいんだけどね」

「あなたが邪悪な意図を持っていることはわかってます」ミス・プロスは言った。「保証してもいいけれど、わたしは断固立ち向かいますよ」

ふたりはそれぞれ自国のことばで話していた。互いに相手の言っていることは理解できなかったが、真剣に睨《にら》み合い、表情や態度からことばの意味を推し量っていた。

「いまさら隠れてもためにならないよ」ドファルジュ夫人は言った。「善き愛国者にはそれがどういうことかわかるからね。さあ、会わせなさい。あたしが会いたがってると伝えな。わかる？」

「あなたのその眼がベッドのネジまわしで」ミス・プロスは言い返した。「わたしがイギリスの天蓋《てんがい》つきベッドだったとしても、板きれ一枚はずせませんからね。ええ、腹黒い外国女、あなたには負けないわ」

ドファルジュ夫人にこの言いまわしの細部がわかったはずはないが、相手に動くつもりがないことはわかった。

「愚かな豚女！」ドファルジュ夫人は顔をしかめて言った。「あんたがどう答えようと、あたしはあの女に会うんだよ。さっさと本人に伝えるか、そこをどいて通しな！」憤然として、問答無用とばかりに右腕を振りまわした。

「あなたの馬鹿《ばか》げたことばを理解したいとはこれっぽっちも思わないけれど」ミス・プロスは言った。「いま着ているこの服以外のものを全部くれてやってでも、あなたが真実をうすうす嗅《か》ぎ取っているのかどうか、知りたいところね」

ふたりとも一瞬のゆるみもなく相手の眼を見すえていた。ドファルジュ夫人は、ミス・プロスが気づいたときに立っていた場所から動いていなかったが、ここで初めて一歩踏み出した。

「わたしはイギリス人」ミス・プロスは言った。「こっちは必死なの。自分のことなんて二ペンス硬貨ほども気にしちゃいない。あなたをここに長く引き止めれば引き止めるほど、わたしの愛《いと》しいお嬢様にチャンスが生まれますからね。わたしに指一本でも触れようものなら、その黒い髪を頭から丸ごとむしり取ってやるわ」

こうしてミス・プロスは、早口で言う一文ごとに首を振り、眼をぎらつかせて一気にまくし立てた。じつは生まれてから一度も人に手を上げたことなどなかったのだが。その勇気が感情をかき立てるものだったために、ミス・プロスは思わず涙ぐんだ。

ドファルジュ夫人にはその種の勇気が理解できず、弱さだと誤解した。「は、は」と笑い、「惨《みじ》めな弱虫め！ あんたに用はない。医者と話す」と言って、大声で呼ばわった。「市民ドクトル！ エヴレモンドの妻！ エヴレモンドの子！ この哀れな馬《ば》鹿《か》以外の誰でもいいから、女市民ドファルジュに答えなさい！」

沈黙が続いたせいか、ミス・プロスの表情に無言の答えが書かれていたのか、あるいはどちらとも関係なく突然疑念が湧《わ》いたのか、ドファルジュ夫人は彼らがいないことを悟った。すばやく三つのドアを開けて、なかをのぞいた。

「どの部屋も乱れてる。あわてて荷造りしたんだね。床にはがらくたが散らばってるし。あんたのうしろの部屋にも誰もいないんだろう。見せなさい」

「だめよ」ミス・プロスは完璧《かんぺき》に要求を理解して言った。ドファルジュ夫人にも答えの意味はわかった。

「そこにもいないなら、逃げたってことだ。なら追いかけて連れ戻すまでさ」ドファルジュ夫人は自分に言い聞かせた。

「この部屋にいるかいないかわからないかぎり、どうするかは決められないわ」ミス・プロスも自分に言い聞かせた。「わたしがここで阻止すれば、あなたにはわからない。そして、わかろうがわかるまいが、わたしが引き止めれば、あなたはここから出られない」

「あたしは最初からこの街で戦ってきたんだ。誰にも止められないよ。いずればらばらに引き裂いてやるが、とにかくそこをどきな」ドファルジュ夫人が言った。

「わたしたちは高い家の上にふたりきりでいて、中庭にも人影はない。声をあげても誰にも聞こえない。いまこそあなたをここに引き止めておく力が欲しい。あなたがここにいる一分一分が、愛する人にとって十万ギニーもの値打ちがあるから」ミス・プロスは言った。

　ドファルジュ夫人がドアに近づいた。ミス・プロスはとっさの本能で彼女の腰につかみかかり、両腕で締めつけた。夫人はもがいて攻撃しようとしたが、無駄だった。ミス・プロスは、つねに憎しみを凌《しの》ぐ愛情の圧倒的な力で夫人にしがみつき、もみ合いながら相手を持ち上げるほどだった。ドファルジュ夫人は両手で彼女の顔を殴り、引っ搔《か》いたが、ミス・プロスは頭を下げて腰から離れず、溺《おぼ》れかけた女よりもっと強い力でしがみついていた。

　やがて夫人の攻撃の手が止まり、抱きしめられた腰のあたりを探った。「この腕の下ですよ」ミス・プロスはくぐもった声で言った。「だから抜けないわ。わたしのほうがあなたより力はある、ありがたいことに。どちらか一方が気絶するか死ぬまで離さないからね」

ドファルジュ夫人の手が胸に入った。ミス・プロスは顔を上げて夫人の手にあるものを見ると、叩《はた》き落とした。閃光《せんこう》と爆発音が飛び出した。ミス・プロスは煙のなかで何も見えず、立っていた。

すべては一瞬の出来事だった。煙はぞっとする静けさを残して消えていった。床に死んで横たわる猛女の魂のように、空中を漂っていった。

最初はこの状況に驚き、怯《おび》えて、ミス・プロスは死体からできるだけ離れ、無駄な助けを求めに階段を駆けおりた。幸い、おりきるまえに自分がもたらした結果について考え、足を止めて引き返すことができた。またドアからなかに入るのは怖かったが、思いきって入り、死体の近くも通りすぎて、ボンネットや、身につけるその他のものを取ってきた。身支度ができると階段に出て、ドアを閉め、鍵《かぎ》をかけて引き抜いた。しばらく階段にへたりこみ、呼吸を整え、泣いてから、立ち上がって急いで家を離れた。

運よくボンネットにはベールがついていた。それなしで通りを歩けば、かならず呼び止められただろう。また運よく、ふだんから独特の恰好《かっこう》をしているので、少々それが乱れていてもほかの女のように目立たなかった。顔に食いこんだ爪《つめ》の跡が深々と残り、髪はざんばら、服も（震える手であわてて整えはしたが）そこらじゅう引っ張られたりつかまれたりしていたから、どちらの運も必要だった。

橋を渡りながら、ドアの鍵を川に落とした。約束の時間の数分前に大聖堂に着いて、クランチャー氏を待ちながら、あの鍵がすでに漁網にかかってどの家のものかわかっていたらどうしようと思った。ドアが開けられ、残してきたものが見つかったら。城門で捕まり、監獄に送られ、殺人罪に問われたら！ 動揺してあれこれ考えているところへクランチャー氏が現れ、彼女を馬車に乗せて走りだした。

「通りで物音がする？」ミス・プロスは彼に訊《き》いた。

「いつもの物音ですよ」クランチャー氏はその質問と彼女の外見に驚いて答えた。

「聞こえない」ミス・プロスは言った。「いまなんと言った？」

同じ答えをくり返しても意味はなかった。ミス・プロスには聞こえない。うなずくことにしよう、とクランチャー氏は驚いたまま思った。とにかく見えるだろう。たしかに見えた。

「通りで物音がする？」ミス・プロスはまた訊いた。

ふたたびクランチャー氏はうなずいた。

「聞こえない」

「この一時間で耳が聞こえなくなったって？」クランチャー氏は考えながら言った。胸のなかがざわついた。「いったいこの人はどうしたんだ」

「ぴかっと光って、大きな音がした気がする」ミス・プロスは言った。「あの大きな音が、人生で最後に聞いた音になる気がする」

「おかしなことになってるぞ！」クランチャー氏はますます不安になった。「勇気を奮い立たせるために何か飲んだのかな。あっ！　またあの怖ろしい車の音だ。聞こえるでしょう、ミス？」

「何も聞こえない」ミス・プロスは彼が話しかけているのを見て答えた。「ああ、わたしの善き友だち、最初にとても大きな音がして、そのあとしんと静かになって、その静けさが変わらずずっと続いているようだわ。この人生が終わるまで、二度と破られない静けさが」

「目的地のすぐそばまで近づいたあの怖ろしい車の音が聞こえないって言うんなら」クランチャー氏はうしろをちらっと振り返った。「おれの考えじゃ、この人はこれから世の中のほかの音も全然聞こえないんだろうな」

本当にそうだった。

第十五章　足音が永遠に消える

パリの通りを、死の車が虚《うつ》ろで荒々しい音を立てて進んでいく。六台の死刑囚護送馬車が、ラ・ギヨティーヌにその日のワインを届けるのだ。人の想像を記録できるようになって以来想像されてきた、ありとあらゆる残忍で貪欲《どんよく》な怪物が、このひとつの現実のもの――ギヨティーヌ――に溶けこんでいる。しかし、多種多様な土壌と気候を持つフランスにも、この恐怖を生み出した世の中ほど確実に成長していく草木の葉や、根っこや、若枝や、胡椒《こしょう》の実はひとつとてない。似たような金槌《かなづち》が人間性を打ち砕くことがまたあれば、それは自然にねじれて同じゆがんだ形に育つ。行きすぎた強欲や抑圧の種がふたたびまかれれば、やはり種類に応じてまちがいなく同じ実ができる。

六台の護送馬車がガタゴトと進んでいく。強大なる魔術師〝時〟よ、これらをもう一度もとの姿に変えてみよ。そこに現れるのは、絶対君主や封建領主の馬車行列、派手でふしだらな女《イゼベル》たちの化粧室、父なる神の家ではなく強盗の巣と化した教会、そして飢え死にしかけた何百万という農夫の小屋である。否《いな》、創造主が築いた秩序を厳《おごそ》かに維持する偉大な魔法使いは、変えたものをもとに戻しはしない。かの賢明なアラビアの千一夜物語のなかで、魔法にかけられた者に預言者が言う。「もし汝《なんじ》が神の御心《みこころ》によっていまの姿に変えられたのなら、そのままでいなさい。しかし、もしたんに一時の魔法でそうなっているのなら、もとの姿に戻るがいい」変化も希望も捨てて、護送馬車は進んでいく。

六台の護送馬車の憂鬱《ゆううつ》な車輪は、通りの人々のあいだに、長く曲がった畝間《うねま》を耕していくように見える。通りの両端に顔また顔の畝を作りながら、鋤《すき》は着実に前進していく。近所の住人はあまりにこの光景を見慣れたために、多くはもう窓辺に立って外を見ようともしない。仕事をしている者は手も止めず、眼だけを馬車の上の顔に向けている。沿道のそこここには、見物の訪問客のある家もあって、家主が博物館長か権威ある解説者のように、満足げにあちらやこちらの護送馬車を指差し、昨日は誰々がいて、一昨日は誰々がいたと話しているらしい。

護送馬車に乗っている幾人かは、そうしたことや、最後の道行きのあらゆることに無感動の視線を送っている。ほかの者たちは、人生と人間のありようにまだ関心を寄せている。頭を垂れ、黙って絶望に沈んでいる者もいれば、人目を気にして、劇場や絵画で見かける眼つきを群衆に向ける者もいる。また数人は眼を閉じて考えているか、およそまとまらない考えをまとめようとしている。ひとりだけ哀れにも気がふれた男がいて、絶望し、恐怖に酔い、歌って踊ろうとしている。馬車に乗った人勢のなかで、外見や仕種《しぐさ》が群衆の憐憫《れんびん》を誘う者はひとりもいない。

護送馬車の横を騎馬の護衛の一隊が進んでいる。群衆がたびたび彼らに顔を上げて質問する。つねに同じ問いのようで、答えを聞いた人はみな三番目の馬車に押しかける。馬車の横の護衛は剣で何度もひとりの男を指し示す。誰もが知りたがるのは、どれがその男かということだ。男は護送馬車の後部に立ち、顔を下に向けて、うら若い娘に話しかけている。娘は馬車の縁に坐《すわ》り、彼の手を握っている。サントノレの長い通りのあちこちから男に罵声《ばせい》が飛ぶ。その声に彼が反応するとしても、ただ静かな笑みを浮かべ、頭を振って、髪がまた少し顔に垂れかかるだけである。両腕を縛られているので顔に触れることができないのだ。

教会の階段に、スパイかつ牢屋《ろうや》の羊が立ち、護送馬車が近づくのを待っている。最初の馬車を見る――いない。二台目――いない。すでに、あいつはおれを裏切ったのだろうかと自問しはじめている。そして三台目をのぞきこんで、晴れやかな顔になる。

「エヴレモンドはどれだ？」うしろの男が言う。

「あれだ。あのうしろに立ってる」

「娘に手を握らせて？」

「そうだ」

男が叫ぶ。「くたばれ、エヴレモンド！　貴族はみんなギヨティーヌだ！　くたばれ、エヴレモンド！」

「しいっ、静かに」スパイが遠慮がちに言う。

「どうしてだ、市民？」

「もうすぐ刑を食らうんだ。あと五分で。そっとしといてやれよ」

だが男は叫びつづける。「くたばれ、エヴレモンド！」一瞬、エヴレモンドの顔が男のほうを見る。次いでスパイを見、じっと見つめたあと、また進んでいく。

時計が三時を打ちはじめ、人の群れのなかを進んでいた鋤の溝がぐるりと向きを変えて刑場に達し、止まる。左右に分かれた畝がどっと崩れてひとつになり、最後の鋤の跡を埋めてしまう。断頭台のまえには、まるで遊園地にでもいるかのように、大勢の女が椅子《いす》に坐ってせっせと編み物をしている。その最前列の椅子の上に〝復讐〟が立ち、友人の姿を探している。

「テレーズ！」彼女は甲高い声で叫ぶ。「誰かあの人を見なかった？　テレーズ・ドファルジュ！」

「あの人が来なかったことなんてないのにね」編み物仲間が言う。

「そう、だからかならず来るよ」復讐が苛立《いらだ》って叫ぶ。「テレーズ」

「もっと大きな声で呼んでみたら」仲間が提案する。

叫べ！　もっと大きな声で、復讐。それでも彼女には聞こえない。もっと大きくだ、復讐。多少罵《のの》りのことばを加えてもかまわない。それでも彼女は現れない。ほかの女たちを送りこんで、どこかでぐずぐずしている彼女を探させるがいい。怖ろしいことをしてきた使者たちだが、はるばる彼女が見つかるところまで、みずから進んで探しにいくかどうかは疑わしいぞ。

「なんて間が悪いんだ！」復讐が椅子の上で地団駄踏んで叫ぶ。「ほら、馬車が来た。もうすぐエヴレモンドが処刑されるってのに、いないなんて。ほら見て、あの人の編み物はここにあるし、椅子も取ってある。苛立つわ、がっかりするわで泣きたくなるよ」

泣くために復讐が椅子からおりると、護送馬車が積荷をおろしはじめる。聖女ギヨティーヌの祭司たちがローブをはおって待ち構えている。ダン！　首が持ち上げられる。一瞬前まで考えも話しもした首には、ろくに眼も上げずに編み物をしていた女たちが、「一」と数える。

二台目の護送馬車が空《から》になり、去っていく。三台目が到着する。ダン！　片時も編み物の手を休めることのない女たちが、「二」と数える。

エヴレモンドと思《おぼ》しき男が馬車からおりる。針子を抱え上げて自分の隣におろす。約束どおり、おりながらも彼女の辛抱強い手をずっと離さない。滑車で引き上げられては落ちつづける刑具に針子の背中を向け、そっとおろしてやると、針子は彼の顔を見上げて礼を言う。

「やさしい見知らぬかた、あなたがいなかったら、わたしはこんなに落ち着いていられませんでした。哀れでちっぽけな人間ですし、気も弱いので。今日ここでも希望と慰めを与えてくださるために十字架にかけられた神様に、お祈りを捧《ささ》げることもなかったでしょう。あなたは天からわたしに遣わされたのだと思います」

「きみもだ」シドニー・カートンが言う。「さあ、おれの眼を見て、ほかのことは心配しないで」

「あなたの手を握っていれば心配はありません。あの人たちがすばやくやってくれるなら、手を離しても心配しないでしょう」

「すばやいさ。だから怖がらないで」

ふたりは見る見る少なくなっていく犠牲者たちのなかに立っているが、まるでふたりだけでいるように話す。眼と眼、声と声、手と手、心と心をつないで、このことがなければ遠く隔たり、まったく別の人生を送っていた、母なる聖母のふたりの子は、ともに暗い街道に立ち、家路につき、母の胸に眠ることになる。

「勇敢で心やさしいお友だち、最後にひとつ質問してもかまいませんか。わたしは無知で、気になるものですから――ほんの少し」

「かまわないよ」

「いとこがいるのです。たったひとりの身寄りで、わたしと同じ孤児ですが。とても愛しています。わたしより五つ歳下《としした》で、南のほうの農家に住んでいます。お金がなくていっしょに暮らせなかったのですが、彼女はわたしの運命を何も知りません。わたし、手紙が書けないので。たとえ書けたとしても、どうして教えられます？　知らないほうがいいに決まってます」

「そう、そうだね、知らないほうがいい」

「ここへ来るあいだも考えて、そしていまも、これほど支えてくださっているあなたのやさしくて力強いお顔を見ながら考えているのです。もし共和国が本当に貧しい者のためになることをしてくれて、みんながまえより空腹にならず、いろいろなところで苦しまなくなるのなら、わたしのいとこも長生きができて、お婆《ばあ》さんになるかもしれません」

「やさしい妹よ、それで？」

「あなたはどう思われます？」不平を言わず耐えに耐えてきた眼には涙が浮かび、唇が開いて震えている。「これからきっとわたしたちが慈悲深く受け入れてもらえる、よりよい国で、彼女を待つ時間は長く感じられるでしょうか」

「長いわけがない。あちらには時間も心配事もないのだから」

「ほんとに心が安らぎます！　とにかくわたしは無知なので。あなたにキスをしてもかまいませんか。そろそろ時間ですか？」

「ああ」

針子は彼の唇にキスをする。カートンも彼女にキスを返す。ふたりは厳かな気持ちで互いを祝福する。痩《や》せこけた手は彼が離しても震えない。辛抱強い顔にはやさしく明るい強さしか表れていない。彼女は彼のひとつまえを進み――行ってしまう。編み物をする女たちが、「二十二」と数える。

「イエス言いたまう。〝われは復活《よみがえり》なり、生命《いのち》なり、われを信ずる者は死すとも生きん。およそ生きてわれを信ずる者は、永遠《とこしえ》に死なざるべし〟」

群衆のざわめき。振り仰ぐ数多《あまた》の顔。まわりの大勢が分け入ろうと押し合うあまり、

ひとつの大波のようにふくれ上がって迫ってくる足音――それらすべてが一閃《いっせん》して、消える。［二十三］

その夜、街で人々は彼の話をした。あそこで持ち上げられたなかで、もっとも安らいだ顔だったと。気高くて、預言者のようでもあった、と多くの者が言い添えた。少しまえになるが、同じ刃《やいば》にかかった名高い囚人のひとり――ある女性――が、処刑台の下で頭に浮かんだ考えを書き記しておきたいと申し出たという。もし彼がやはり考えを口にして、そこに預言めいたものがあるとしたら、それは次のようなものだったろう――

「バーサッド、クライ、ドファルジュ、復讐、陪審員、判事、旧体制を壊してのし上がった多くの新たな抑圧者たちが、使われなくなるまえのこの報復の刑具で、みな滅び去るのが見える。そしてその深淵《しんえん》から美しい街と輝かしい人々が立ち上がるのが見える。彼らが真の自由を求めて長い年月、勝利と敗北を重ねていくうちに、この時代の悪と、現状を当然にもたらしたまえの時代の悪が、徐々に古びて、消えていくのが見える。

もう二度と見ることのないイギリスで、おれの命を捧げた人々が、平和で、有意義で、幸せで、豊かな生活を送っているのが見える。子供を胸に抱いた彼女が見える。その子にはおれの名前がついている。彼女の父親も見える。年老いて腰は曲がっているが、ほかの点では回復し、医院で誠意をこめてあらゆる患者の世話をし、心の平和を取り戻している。家族の長年の友人である、あの善良な老紳士も見える。十年のうちに持てるものすべてで彼らの生活を豊かにし、静かに天国に召されようとしている。

彼らの心のなか、何世代にもわたるその子孫の心のなかに、おれが特別な場所を占めているのが見える。毎年の命日が来るたびに、おれのことを思って泣いている老いた彼女が見える。彼女と夫が人生の旅を終え、最後の土のベッドに並んで横たわっているのが見える。ふたりはそれぞれの魂のなかで相手を敬い、大切に思っているが、それ以上におれがふたりの魂のなかで敬われ、大切にされているのがわかる。

彼女の胸に抱かれていた、おれの名前を持つ子が一人前に育って、かつてのおれの職業で成功するのが見える。あまりに見事に成功するので、おれの名前は彼の光のおかげで輝く。自分の家名につけた汚《けが》れは、そうして消えていく。公明正大で名誉ある最高の判事になった彼は、生まれた子におれの名前をつける。おれの知っている額のしわと金髪を持つその子を、彼がこの場所へ連れてくるのが見える——そのころには今日の醜い外観は跡形もなく、美しい場所になっている。そして、彼がその子にやさしく、震える声で、おれの話をしているのが聞こえる。

いましていることは、いままでにしたどんなことより、はるかにいいことだ。これから行くところは、いままでに知っているどんなところより、はるかにすばらしい安らぎの地だ」

（了）

訳者あとがき

シェイクスピアと並んでイギリスを代表する文豪、チャールズ・ディケンズの『二都物語』(A Tale of Two Cities)全訳をお届けする。

イギリスの国民作家であるだけでなく、世界じゅうでいまも広く読まれ、ドストエフスキーやプルースト、カフカといった諸外国の大作家にも影響を与えたディケンズだが、後期の作品群では、彼の大きな特徴であるユーモアが抑え気味になり、社会悪や制度を批判する重いテーマや、陰鬱《いんうつ》な登場人物が増えてくる。『二都物語』は、そうした〝ダーク〟ディケンズ全開の一篇で、二十を超える作品のなかでも傑出したエンターテインメントだ。二作しかない歴史物のひとつだが、『クリスマス・キャロル』とともにもっともよく知られ、小説として世界歴代トップクラスのベストセラーでもある。

一八一二年にイギリスのポーツマス郊外で生まれたディケンズは、十歳のときに家族に連れられてロンドンに移り住む。借金が返せなくなった父親が債務者監獄に入れられるなど生活は苦しく、少年だった彼はひとり靴墨工場に働きに出されて、心に深い傷を負う（本書でマネット医師が不調時に〝靴〟を作るのは、おそらく偶然ではない）。小学校を出たあとは法律事務所の下働き、法廷速記者、二十代初めには新聞記者となってジャーナリズムの道に進むが、そのころから雑誌に投稿していたエッセイが一八三六年に処女作『ボズのスケッチ集』として出版され、続く『ピクウィック・クラブ』、『オリバー・ツイスト』で早くも小説家として圧倒的な人気を獲得して、以後一八七〇年に五十八歳で没するまで、大衆に熱烈に支持された。その間のめざましい活躍は、『デイヴィッド・コパフィールド』、『荒涼館』、『大いなる遺産』など、代表作をいくつかあげるだけでも容易に想像できるだろう。

『二都物語』は当初、ディケンズみずから創刊した週刊誌《オール・ザ・イヤー・ラウンド（春夏秋冬）》に掲載された。執筆当時の彼は、その雑誌の執筆者と編集者を兼ね、自作の公開朗読会をたびたび開催し、慈善事業や各地での講演も積極的におこない、欧米に視察旅行にも出かけるなど、八面六臂《はちめんろっぴ》の働きぶりだった。そればかりか私生活では、素人《しろうと》劇団で共演した舞台女優といい仲になって家庭内に不和が生じ（そのことは亡《な》くなるまで細心の注意を払って隠していた）、気の休まる間もない日々だったにちがいない。

当時のロンドンは、産業革命で発展を遂げ、一八五一年の万国博覧会も成功した、ヴィクトリア朝の最盛期である。中産階級が成長して、社会に明るい希望はあるものの、貧富の差は拡大し、鋭い眼力で庶民の生活を観察していたディケンズには、不穏な空気も感じ取れたのだろう。『二都物語』は、第一部第三章で一度だけ〝私〟として登場する語り手が、約七十年前のフランス革命前後を振り返る構成をとっているが、あれは最良の時代であり、最悪の時代だったという冒頭の述懐には、執筆時の作者の実感が重なる。

本書は彼の長篇にしては短めで、週刊掲載だったこともあって話の展開が速く、ディケンズの小説は長いからと敬遠していたかたにこそお薦めしたい。法廷劇、殺人、復讐《ふくしゅう》、暴動、スパイの暗躍、秘められた過去など、ミステリーファンを愉《たの》しませる趣向にも富んでいる。ディケンズと聞いてまず頭に浮かぶのは、数々の魅力的な登場人物である。とくに市井《しせい》の人々を生き生きと自在に描き出す巧《うま》さは、百五十年以上を経たいまでも他の追随を許さない（さらにそれを子供の視点で書かせれば無敵である）。しかし、本書については、作者自身があらかじめ〝事件からなる物語〟を書くという方針を定め、事件に沿って人物を動かす手法をとったようだ。

とはいえ、そこはもちろんディケンズのこと、フランス革命という歴史的な動乱を取り上げながらも、それはあくまで背景であって、物語の中心となるのはやはりロンドンとパリという二都に住み、二都を往《ゆ》き来する人々の〝人間ドラマ〟である。そこがしっかりと書かれているからこそ、愛する人のために身を捧《ささ》げる、あのいささか現実離れした行動にも説得力があり、読者の感情を揺さぶるのだ。

全篇を貫くテーマが〝再生〟であることは、かねて指摘されてきた。マネット医師は十八年の獄中生活から人生に甦《よみがえ》る。ダーネイは一度ならず死地から救われる。クランチャーの裏稼業は復活屋《レザレクション・マン》だし、死んだはずのスパイも地上のどこかにいる。そしてシドニー・カートンはセーヌ川のほとりをさまよい、卑下するばかりだった不甲斐《ふがい》ない己の人生に意義を見出す。本書のクライマックスとも言えるカートンの再生を、すさんだ土地に遣わされたキリストになぞらえる向きもある。「われは復活《よみがえり》なり……」というヨハネの福音書の一節をくり返し唱えることや、とった行動の気高さからも充分うなずける解釈だけれども、ルーシーに捧げるカートンの思いの強さと、最後に残す〝預言〟は、信じる宗教にかかわりなく万人の胸に響く。

随所で発揮される視覚効果にも注目していただきたい。ディケンズは映画の時代を先取りしていたとよく言われるが、『二都物語』は舞台が大がかりで派手だから、その技もひときわ冴《さ》えている。たとえば、幕開けの馬車の一行を包みこむ生き物のような霧や、道にこぼれたワインを貪《むさぼ》るように飲む人々、あるいは、群衆を畑に見立てて囚人護送車が畝《うね》を作っていくたとえ。しかし白眉《はくび》は、革命前夜を描いた第二部第二十一章だろう。マネット家の生活の推移と、海の向こうの国に忍び寄る大暴動の気配を、足音のこだまというモチーフでつないだこの章は、そのまま映画の一部のようだ。本書が映像になじみやすい証左として、映画化は二度、一九三五年にアメリカ（邦題『嵐《あらし》の三色旗』、監督ジャック・コンウェイ、主演ロナルド・コールマン）、五七年にイギリスで（監督ラルフ・トーマス、主演ダーク・ボガード）おこなわれている。一九八〇年にはイギリスBBCでドラマにもなった（監督マイケル・ブライアント、主演ポール・シェリー）。ブロードウェイのミュージカル版もあり、日本でも演劇やミュージカルなど、さまざまなかたちで上演されているのはご承知のとおりだ。

ここからは少々個人的な話になる。我田引水をお許しいただきたい。今日までおもにミステリーや犯罪小説の翻訳にたずさわってきて、つき合った作家のなかでいちばん難解だったのが、スマイリー三部作などで知られるスパイ小説の大家、ジョン・ル・カレだった。大ざっぱに言って、ほかの作家の二、三倍はむずかしく、時間もそれだけかかる。が、今回のディケンズのむずかしさは、ル・カレのさらに二、三倍だった。一方で、ディケンズの原文に親しく接して、現代作家のなかでル・カレがいちばんディケンズ的な文章を書いているのではないかとも思った。

たとえば、動詞の現在形をたたみかけて臨場感を出す〝歴史的現在〟の使い方（本書では、ローリーたちのパリ脱出と最終章全体で効果的に使われている）や、間接話法（カギ括弧ではなく地の文で会話を表現する）でありながら、かぎりなく直接話法に近い〝描出話法〟の使い方（ダーネイの裁判の場面など）、そして全般的には、ひとつのイメージから別のイメージをどんどんつなげて息の長い文章を綴《つづ》る饒舌体《じょうぜつたい》。それらがみなル・カレにも当てはまるのだ。ついでに言えば、ともに風変わった父親を持ち、それを小説の登場人物に生かしているところも似ている（ディケンズは『デイヴィッド・コパフィールド』の放蕩家《ほうとうか》ミコーバー氏、ル・カレは『パーフェクト・スパイ』の詐欺師《さぎし》リチャード・T・ピム）。今後さらに研究してみたい。

本書の訳出に際しては、佐々木直次郎氏、中野好夫氏、本多顕彰氏の既訳から多くを学ばせてもらった。いまの時代、検索すれば英語による現代語訳も見つかるが、いずれも比喩《ひゆ》表現などをばっさりと簡略化していることが多く、日本人の先達のほうがずっと丁寧な仕事をしていると感じた。

原文の解釈については、注釈書の定番であるA・サンダースのThe Companion to A Tale of Two Citiesと、インターネットのサイトではスタンフォード大学のDiscovering Dickens (http://dickens.stanford.edu/dickens/archive/tale/two_cities.html) が大いに参考になった。

作家の生涯と各作品の解題については『ディケンズ鑑賞大事典』(南雲堂) がくわしい。『ディケンズ小事典』(研究社出版) や、ディケンズ・フェロウシップ日本支部のサイト (http://www.dickens.jp) に公開された論文にも教えられることが多かった。

また、本書執筆当時のイギリス社会の様子を知るには、『図説 ディケンズのロンドン案内』、『写真で見るヴィクトリア朝ロンドンの都市と生活』(ともに原書房) などが役立った。

最後に、今回も含めて訳者の英語の質問に十数年来答えてくれているイギリス人のユアン・コフーン氏と、本作を翻訳する貴重な機会と支援を与えてくださった新潮社の皆さんに、心から感謝したい。

二〇一四年四月

加賀山卓朗

ディケンズ
加賀山卓朗訳
大いなる遺産（上・下）
莫大な遺産の相続人となったことで運命が変転する少年。ユーモアあり、ミステリーあり、感動あり、英文学を代表する名作を新訳！

ディケンズ
中野好夫訳
デイヴィッド・コパフィールド（一～四）
逆境にあっても人間への信頼を失わず、作家として大成したデイヴィッドと彼をめぐる精彩にみちた人間群像！　英文豪の自伝的長編。

ディケンズ
加賀山卓朗訳
オリヴァー・ツイスト
オリヴァー8歳。窃盗団に入りながらも純粋な心を失わず、ロンドンの街を生き抜く孤児の命運を描いた、ディケンズ初期の傑作。

ディケンズ
村岡花子訳
クリスマス・キャロル
貧しいけれど心の暖かい人々、孤独で寂しい自分の未来……亡霊たちに見せられた光景が、ケチで冷酷なスクルージの心を変えさせた。

S・モーム
金原瑞人訳
月と六ペンス
ロンドンでの安定した仕事、温かな家庭。すべてを捨て、パリへ旅立った男が挑んだものとは――。歴史的大ベストセラーの新訳！

G・グリーン
上岡伸雄訳
情事の終り
「私」は妬心を秘め、別れた人妻サラを探偵に監視させる。自らを翻弄した女の謎に近づくため――。究極の愛と神の存在を問う傑作。

新潮文庫の新刊

宮島未奈著
成瀬は天下を取りにいく
R－18文学賞・本屋大賞ほか受賞
中二の夏を西武百貨店に捧げ、M－1に挑み、二百歳まで生きると堂々宣言。最高の主人公・成瀬あかりを描く、圧巻の青春小説！

畠中恵著
いつまで
場久と火幻を助け出すため、若だんなが「悪夢」に飛び込むと、その先は『五年後の江戸』だった！　時をかけるシリーズ第22弾。

千早茜著
しろがねの葉
直木賞受賞
父母と生き別れ、稀代の山師・喜兵衛に拾われた少女ウメは銀山で働き始めるが。生きることの苦悩と官能を描き切った渾身の長編！

重松清著
答えは風のなか
いいヤツと友だちは違う？　ふつうって何？　あきらめるのはいけないこと？　〝言いあらわせなかった気持ち〟が見つかる10編の物語。

田村淳著
母ちゃんのフラフープ
「別れは悲しい」だけじゃ寂しい。母親との希有な死別をもとにタレント・田村淳が綴る大切な人との別れ。感涙の家族エッセイ。

川上和人著
鳥類学は、あなたのお役に立てますか？
南の島で待ち受けていたのは海鳥と大量のハエ？　鳥類学者の刺激的な日々。『鳥類学者だからって、鳥が好きだと思うなよ。』姉妹編。

新潮文庫の新刊

R・デミング
田口俊樹訳
私立探偵マニー・ムーン
戦地帰りのタフガイ探偵が、大立ち回りの末に、関係者を集め謎解きを披露。レトロ新しい"本格推理私立探偵小説"がついに登場！

R・ムケルジ
小西敦子訳
裁きのメス
消えたメイド、不可解な水死体、謎めいた手帳……。19世紀のフィラデルフィアを舞台に、女性医師の名推理が駆け抜ける!!

C・S・ルイス
小澤身和子訳
ナルニア国物語7
さいごの戦い
カーネギー賞受賞
王国に突如現れた偽アスラン。ナルニアの王ティリアンは、その横暴に耐えかね剣を抜く。因縁の戦いがついに終結する感動の最終章。

緒乃ワサビ著
記憶の鍵盤
未来の記憶を持つという少女が僕の運命を大きく動かし始めた。過去と未来が交差する三角関係を描く、切なくて儚いひと夏の青春。

小島秀夫原作
野島一人著
デス・ストランディング2
—オン・ザ・ビーチ—
人と人との繋がりの向こうに、何があるのか。世界的人気ゲーム「DEATH STRANDING2: On The Beach」を完全ノベライズ！

窪美澄著
夏日狂想
才能ある詩人と文壇の寵児。二人の男に愛され、傷ついた礼子が見出した道は——。恋愛に翻弄され創作に生きた一人の女の物語。

新潮文庫の新刊

三國万里子著
編めば編むほどわたしはわたしになっていった
あたたかい眼差しに守られた子ども時代。生きづらかった制服のなか。少女が大人になる様を繊細に、力強く描いた珠玉のエッセイ集。

D・B・ヒューズ
野口百合子訳
ゆるやかに生贄は
砂漠のハイウェイ、ヒッチハイカーの少女。いったい何が起こっているのか――？　アメリカン・ノワールの先駆的名作がここに！

C・R・ハワード
高山祥子訳
罠
失踪したままの妹、探し続ける姉。彼女が選んだ最後の手段は……サスペンスの新女王が仕掛ける挑戦をあなたは受け止められるか?!

C・S・ルイス
小澤身和子訳
ナルニア国物語6
魔術師のおい
ルーシーの物語より遥か昔。ディゴリーとポリーは、魔法の指輪によって異世界へと引きずり込まれる。ナルニア驚愕のエピソード0。

五条紀夫著
町内会死者蘇生事件
「誰だ！　せっかく殺したクソジジイを生き返らせたのは!?」殺人事件ならぬ蘇生事件、勃発!?　痛快なユーモア逆ミステリ、爆誕！

川上未映子著
春のこわいもの
容姿をめぐる残酷な真実、匿名の悪意が招いた悲劇、心に秘めた罪の記憶……六人の男女が体験する六つの地獄。不穏で甘美な短編集。

Title : A TALE OF TWO CITIES
Author : Charles Dickens

二《に》都《と》物《もの》語《がたり》

新潮文庫　テ-3-3

Published 2014 in Japan
by Shinchosha Company

平成二十六年六月一日発行
令和七年七月十五日九刷

訳者　加《か》賀《が》山《やま》卓《たく》朗《ろう》
発行者　佐藤隆信
発行所　株式会社新潮社
郵便番号　一六二―八七一一
東京都新宿区矢来町七一
電話　編集部(〇三)三二六六―五四四〇
　　　読者係(〇三)三二六六―五一一一
https://www.shinchosha.co.jp

価格はカバーに表示してあります。

乱丁・落丁本は、ご面倒ですが小社読者係宛ご送付ください。送料小社負担にてお取替えいたします。

印刷・錦明印刷株式会社　製本・加藤製本株式会社

© Takurô Kagayama 2014　Printed in Japan

ISBN978-4-10-203014-1 C0197